UN HOMME
DE PAROLE

DU MÊME AUTEUR

Du fond de l'abîme : les enquêtes de Jack Reacher,
LGF, 1999 ; Ramsay, 2003

Des gages pour l'enfer,
Ramsay, 2000 ; Éd. de la Seine, 2001 ; Pocket, 2001

Les Caves de la Maison-Blanche,
Ramsay, 2001 ; Éd. de la Seine, 2002 ; Pocket, 2005

Un visiteur pour Ophélie,
Ramsay, 2001 ; Pocket, 2004

Pas droit à l'erreur,
Fleuve noir, 2004

Carmen à mort : les enquêtes de Jack Reacher,
Ramsay, 2004 ; Pocket, 2006

Ne pardonne jamais,
Fleuve noir, 2005

Folie furieuse,
Fleuve noir, 2006

Liste mortelle,
Fleuve noir, 2007

Sans douceur excessive,
Seuil, 2009 ; Points, n° P2412

La Faute à pas de chance,
Seuil, 2010 ; Points, n° P2533

L'espoir fait vivre,
Seuil, 2011

Elle savait,
Calmann-Lévy, 2012 ; Le Livre de Poche, 2013

61 Heures,
Calmann-Lévy, 2013 ; Le Livre de Poche, 2014

La cause était belle,
Calmann-Lévy, 2014 ; Le Livre de Poche, 2015

Mission confidentielle,
Calmann-Lévy, 2015 ; Le Livre de Poche, 2016

Jack Reacher : Never go back (Retour interdit),
Calmann-Lévy, 2016 ; Le Livre de Poche, 2017

La cible était française,
Calmann-Lévy, 2017 ; Le Livre de Poche, 2018

Bienvenue à Mother's Rest,
Calmann-Lévy, 2018 ; Le Livre de Poche, 2019

Formation d'élite,
Calmann-Lévy, 2019 ; Le Livre de Poche, 2020

Simples déductions,
Calmann-Lévy, 2020 ; Le Livre de Poche, 2021

Minuit, dernière limite,
Calmann-Lévy, 2021 ; Le Livre de Poche, 2022

Les Temps du passé,
Calmann-Lévy, 2022 ; Le Livre de Poche, 2023

Lee CHILD

UN HOMME DE PAROLE

Traduit de l'anglais (États-Unis)
par Elsa Maggion

CALMANN LÉVY NOIR

CALMANN LÉVY
ÉDITEUR DEPUIS 1836

Titre original (États-Unis) :
BLUE MOON

Première publication : Bantam Press, un imprint de Transworld,
une compagnie de Penguin Random House,
Londres, Royaume-Uni, 2019

Couverture : olo.éditions
Photographie de couverture : © Michael Harding

ISBN 978-2-7021-8265-9

Pour Jane et Ruth
Ma tribu

1

La ville paraissait petite sur une carte des États-Unis. Juste un point poli, près d'une route rouge étriquée qui s'étirait tel un fil sur à peine plus d'un centimètre de papier sans la moindre trace d'autres localités. Mais vue de l'intérieur et depuis le sol, elle comptait un demi-million d'habitants. Et couvrait plus de deux cent soixante kilomètres carrés. Près de cent cinquante mille familles y résidaient. Elle possédait plus de huit cents hectares de parcs. Dépensait un demi-milliard de dollars par an, et en récoltait presque autant en impôts, taxes et redevances. Elle était assez grande pour employer mille deux cents policiers.

Et assez grande aussi pour que le crime organisé y soit divisé en deux clans distincts : l'ouest de la ville dirigé par les Ukrainiens, l'est par les Albanais, avec une ligne de démarcation tracée aussi arbitrairement qu'une circonscription électorale. En principe, cette frontière suivait Center Street, qui courait du nord au sud et partageait la ville en deux, mais en zigzaguant pour inclure ou exclure certains pâtés de maisons et des portions de quartiers bien précis, partout où l'on estimait que les précédents historiques justifiaient des conditions particulières. Les négociations avaient été tendues. Il y avait eu de petites guerres de territoire. Et quelques désagréments.

Mais finalement un accord avait été trouvé et l'arrangement semblait fonctionner. Chaque camp se tenait à l'écart de l'autre et pendant longtemps il n'y avait eu aucune friction notable entre eux.

Jusqu'à un matin de mai. Le chef des Ukrainiens se gara dans un parking de Center Street, et prit vers l'est en territoire albanais. Seul. Il avait cinquante ans, était bâti comme la statue de bronze d'un vieux héros, grand, dur et solide. Il se faisait appeler Gregory, prononciation la plus proche de son prénom de naissance pour des Américains. Il n'était pas armé, et portait un pantalon et un tee-shirt près du corps pour le prouver. Rien dans les poches. Rien de caché. Il tourna à gauche, puis à droite, s'enfonçant profondément dans le territoire, se dirigeant vers une rue secondaire, où il savait que les Albanais menaient leurs affaires dans des bureaux à l'arrière d'une scierie.

Il fut suivi tout du long, dès qu'il eut franchi la frontière. Des appels avaient été passés, de sorte que lorsqu'il arriva, il se retrouva face à six hommes silencieux, immobiles en demi-cercle entre le trottoir et le portail de la scierie. Telles des pièces d'échecs en position défensive. Il s'arrêta, tendit les bras à l'horizontale. Puis effectua lentement un tour complet sur lui-même. Pantalon serré, tee-shirt serré. Pas de bosses. Pas de renflements. Pas de couteau. Pas de pistolet. Sans arme, devant six types indubitablement armés. Mais il n'était pas inquiet. Les Albanais n'iraient pas jusqu'à l'attaquer sans provocation. Il le savait. La courtoisie était de mise. Les bonnes manières sont les bonnes manières.

L'un des six hommes silencieux s'avança. En partie pour faire barrage, en partie pour l'écouter.

Gregory déclara :

— Je dois parler à Dino.

À savoir, le boss des Albanais.

— Pourquoi ? demanda le type.

— J'ai des informations.
— Sur quoi ?
— Quelque chose qu'il doit savoir.
— Je peux vous donner un numéro de téléphone.
— Il faut que je le lui annonce en personne.
— Tout de suite ?
— Oui.

Le type resta un petit un moment sans parler, puis il se retourna et s'engouffra dans le hangar par une porte réservée au personnel située au bas d'un portail métallique roulant. Les cinq autres gars se rapprochèrent, pour combler le vide. Gregory attendit. Ils le dévisagèrent, en partie méfiants, en partie fascinés. C'était une occasion unique. Ça ne se produisait qu'une fois dans une vie. Comme de voir une licorne. Le boss de l'autre clan. Juste là. Les négociations précédentes s'étaient déroulées en terrain neutre, dans un golf en dehors de la ville, de l'autre côté de l'autoroute.

Gregory attendit. Cinq longues minutes plus tard, le messager reparut par la porte du personnel. Qu'il laissa ouverte. Il fit un geste. Gregory avança, puis baissa la tête pour entrer. Il sentit l'odeur du pin fraîchement abattu et entendit le gémissement d'une scie.

Le messager déclara :

— Nous devons vous fouiller pour voir si vous portez un micro.

Gregory acquiesça et enleva son tee-shirt. Torse épais, musclé et velu. Pas de micro. Le gars examina les coutures du tee-shirt, puis le lui rendit. Gregory le renfila et se passa la main dans les cheveux.

— Par ici, lui dit le type.

Il conduisit Gregory au plus profond du hangar en tôle ondulée. Les cinq autres gars suivirent. Tous atteignirent une porte en métal. Derrière, un espace dépourvu de fenêtre avait été aménagé en salle de réunion. Quatre tables stratifiées avaient été rapprochées, pour faire comme une barrière. Sur une chaise au milieu, face à la porte, Dino. Plus jeune que Gregory d'un an ou deux, et plus petit de trois ou quatre centimètres, mais plus trapu. Cheveux bruns, cicatrice de coup de couteau sur le côté gauche du visage, un peu au-dessus du sourcil, et de la pommette au menton, comme un point d'exclamation inversé.

Le messager tira une chaise pour Gregory en face de Dino, puis contourna la table pour s'asseoir à sa droite, en lieutenant fidèle. Les cinq autres se divisèrent en un groupe de trois et un de deux et s'assirent près d'eux. Gregory resta seul de son côté de la table, face à sept visages inexpressifs. Au début, personne ne parla. Puis Dino finit par demander :

— Que me vaut ce grand plaisir ?

Les bonnes manières sont les bonnes manières.

Gregory répondit :

— Il va bientôt y avoir un nouveau commissaire de police en ville.

— Nous le savons.

— Promu de l'intérieur.

— Nous le savons, répéta Dino.

— Il a promis de sévir, contre nous deux.

— Nous le savons, dit pour la troisième fois Dino.

— Nous avons un espion dans son bureau.

Dino garda le silence. Il l'ignorait.

— Notre espion a trouvé un fichier secret sur un disque dur dans un tiroir, reprit Gregory.

— Quel fichier ?

— Son programme pour sévir contre nous.

— À savoir ?

— Ce n'est pas très détaillé. Par endroits, c'est même extrêmement sommaire. Mais patience. Au fil des jours et des semaines, il assemble de plus en plus de pièces du puzzle. Parce qu'il obtient un flux constant d'informations en interne.

— Par qui ?

— Notre espion s'est donné beaucoup de mal et a trouvé un autre fichier.

— À savoir ?

— Une liste.

— Une liste de quoi ?

— Des informateurs confidentiels les plus fiables des services de police.

— Et ?

— Il y avait quatre noms sur la liste.

— Et ?

— Deux d'entre eux étaient des gars à moi.

Personne ne dit mot.

Finalement, Dino demanda :

— Qu'avez-vous fait d'eux ?

— Je vous laisse imaginer.

Encore une fois, personne ne dit mot.

Alors Dino demanda :

— Pourquoi me dites-vous ça ? Qu'est-ce que ç'a à voir avec moi ?

— Les deux autres noms sur la liste font partie des vôtres.

Silence.

Gregory ajouta :

— Nous sommes dans la même galère.

Dino demanda :

— Qui sont-ils ?

Gregory lui donna les noms.

Dino lui demanda :

— Pourquoi vous me parlez d'eux ?

— Parce que nous avons un accord. Je suis un homme de parole.

— Vous avez tout à gagner si je tombe. Vous dirigeriez la ville entière.

— Je ne serais gagnant que sur le papier. Tout d'un coup je me rends compte que le statu quo devrait me convenir. Où pourrais-je trouver assez d'hommes honnêtes pour diriger vos opérations ? Apparemment, je ne peux même pas en trouver assez pour diriger les miennes.

— Et moi non plus apparemment.

— Alors nous nous affronterons plus tard. Pour l'instant, nous allons respecter notre accord. Je suis désolé de vous avoir apporté des nouvelles embarrassantes. Mais je me suis mis moi-même dans l'embarras. Devant vous. J'espère que ça compte pour quelque chose. Nous sommes dans la même galère.

Dino hocha la tête. Garda le silence.

— J'ai une question, reprit Gregory.

— Alors posez-la.

— Est-ce que vous m'auriez averti, comme je l'ai fait, si l'espion avait été de chez vous ?

Dino resta silencieux un très long moment.

Puis il répondit :

— Oui, et pour les mêmes raisons. Nous avons un accord. Et si nous avons tous les deux des noms sur leur liste, alors aucun de nous deux ne devrait être pressé de prendre des risques.

Gregory acquiesça, puis se leva.

Dino leva le bras droit pour lui montrer la sortie.

— Sommes-nous en sécurité à l'heure qu'il est ?

— De mon côté, oui, répondit Gregory. Je peux le garantir. Depuis six heures ce matin. Nous avons un gars au crématorium de la ville. Il nous doit de l'argent. Il était prêt à allumer le feu un peu plus tôt aujourd'hui.

Dino acquiesça sans rien dire.

— Et chez vous ? reprit Gregory.

— On le sera. D'ici ce soir. On a un gars à la casse. Il nous doit lui aussi de l'argent.

Le bras droit en avant, Dino reconduisit Gregory de l'autre côté du grand hangar jusqu'à la porte basse du portail roulant, là, sous le soleil radieux de ce matin de mai.

***

Au même moment, à cent kilomètres de là, Jack Reacher voyageait à bord d'un car Greyhound, sur l'autoroute inter-États. Assis dans la rangée de gauche du véhicule, vers l'arrière, siège fenêtre au-dessus de l'essieu. Personne à côté de lui. Au total, vingt-neuf autres passagers. Le mélange habituel. Rien de spécial. Hormis un détail, assez intéressant. De l'autre côté de l'allée, au fond du véhicule, un type dormait, la tête penchée. Cheveux gris qu'il aurait dû couper, peau grise et flasque, comme s'il avait perdu beaucoup de poids. Dans les soixante-dix ans. Courte veste bleue à fermeture Éclair, taillée dans une espèce de coton épais, peut-être imperméable. L'extrémité d'une grosse enveloppe dépassait de sa poche.

Reacher connaissait ce genre d'enveloppe. Il en avait déjà vu. Parfois, quand le distributeur automatique était hors service, il entrait dans une agence bancaire et retirait des espèces avec sa carte directement au guichet. Le guichetier lui demandait quel montant il désirait. Reacher, supposant que les distributeurs n'étaient peut-être plus très fiables, choisissait de prendre une bonne liasse, par précaution, et demandait deux ou trois fois le montant qu'il retirait normalement. Une grosse somme. Sur quoi le guichetier lui demandait s'il voulait une enveloppe avec ça. Parfois Reacher disait oui, juste pour le plaisir, et recevait alors sa liasse dans une enveloppe en tout point semblable à celle qui dépassait de la poche du type endormi. Même papier épais, même taille, mêmes proportions, même renflement, même poids. Soit plusieurs centaines, ou milliers de dollars selon le mélange de billets.

Reacher n'était pas le seul à l'avoir repérée. Le gars juste devant lui l'avait vue aussi. C'était évident. Et ça l'intéressait beaucoup. Il n'arrêtait pas de jeter des coups d'œil en coin de l'autre côté de sa rangée. Jeune et maigre, il avait les cheveux gras et une fine barbichette. La vingtaine, veste en jean. Presque un gamin. Qui observait, réfléchissait, planifiait. Se léchait les babines.

Le car continuait de rouler. Reacher jetait des coups d'œil tantôt par la fenêtre, tantôt sur l'enveloppe, et surveillait le gars qui surveillait l'enveloppe.

***

Gregory sortit du garage de Center Street, puis prit sa voiture pour retourner en lieu sûr, en territoire ukrainien. Ses bureaux se trouvaient à l'arrière d'une compagnie de taxi, en face d'un prêteur sur gages, à côté d'une agence de cautionnement, qui lui appartenaient tous. Il se gara, puis entra. Ses meilleurs gars l'attendaient. Quatre, identiques les uns aux autres, et à lui-même. On n'appartenait pas à la même famille au sens traditionnel du terme, mais mieux encore sans doute, on venait des mêmes villes, villages et prisons du pays d'origine.

Tous le regardèrent. Quatre visages, huit grands yeux, mais une seule question.

À laquelle il répondit :

— Succès total. Dino a gobé toute l'histoire. C'est un sacré imbécile, je peux vous le dire. J'aurais pu lui vendre le pont de Brooklyn. Les deux gars dont j'ai donné le nom sont de l'histoire ancienne. Il mettra un jour à réorganiser ses opérations. La chance frappe à la porte, les amis. Nous avons environ vingt-quatre heures. Ils sont à découvert.

— Ils sont comme ça, les Albanais, déclara son bras droit.

— Où avez-vous envoyé nos deux hommes ?

— Aux Bahamas. Un gars du casino nous doit de l'argent. Il a un bel hôtel.

***

Les panneaux verts sur le bas-côté de l'autoroute indiquaient l'entrée imminente dans une ville. Le premier arrêt de la journée. Reacher regarda le gars à la barbichette échafauder son plan. Il y avait deux inconnues. Le vieux à l'enveloppe avait-il l'intention de descendre ? Et s'il ne descendait pas, se réveillerait-il quand même à cause des coups de frein, du virage et des secousses ?

Reacher observa. Le car sortit de l'autoroute. Une quatre voies le mena vers le sud et lui fit traverser un terrain plat humide après une pluie récente. Revêtement lisse. Les pneus sifflèrent. Le vieux à l'enveloppe dormait toujours. Celui à la barbichette n'arrêtait pas de le regarder. Reacher devina qu'il avait mis son plan au point. Et se demanda s'il était bon. Le scénario intelligent consistait à voler rapidement l'enveloppe, à bien la cacher, et à descendre ensuite du car dès qu'il s'arrêterait. Même si le gars se réveillait juste avant d'arriver à la gare routière, il serait désorienté au début. Peut-être ne remarquerait-il même pas la disparition de l'enveloppe. Pas tout de suite. Et même s'il s'en apercevait, pourquoi en tirerait-il immédiatement des conclusions ? Il croirait l'avoir laissée tomber. Passerait une minute à chercher sur le siège, dessous et sous le siège devant lui, parce qu'il pourrait avoir donné un coup de pied dedans dans son sommeil. Ce n'est qu'après tout ça qu'il commencerait à regarder autour de lui d'un air perplexe. À ce moment-là, le car serait à l'arrêt et des passagers se seraient levés, seraient descendus et d'autres seraient montés. L'allée serait encombrée, le voleur pourrait filer sans problème. Ça, c'était le scénario intelligent.

Le gamin le savait-il ?

Reacher ne le découvrit jamais.

Le vieux à l'enveloppe se réveilla trop tôt.

Le car ralentit, s'arrêta à un feu rouge dans un crissement de freins et il releva la tête, cligna des yeux, tapota sa poche, et y enfonça un peu plus l'enveloppe, là où personne ne pourrait la voir.

Reacher se recala dans son siège.

Le gamin à la barbichette aussi.

Le véhicule redémarra. De chaque côté de la chaussée s'étendaient des champs saupoudrés du vert pâle du printemps. Ensuite apparurent les premiers complexes commerciaux, destinés aux machines agricoles et aux véhicules de tourisme, tous éparpillés sur d'immenses terrains. Des centaines d'engins brillants alignés sous des drapeaux et des banderoles. Vinrent ensuite les ensembles de bureaux, et un hypermarché. Et enfin la ville elle-même. La quatre voies devint une deux voies. Au loin apparurent des bâtiments plus hauts. Mais le car prit à gauche, en fit le tour, à distance convenable des quartiers chics jusqu'à ce que un kilomètre plus loin, il atteigne la gare routière. Le premier arrêt de la journée. Reacher resta sur son siège. Son ticket était valide jusqu'au bout de la ligne.

Le vieux à l'enveloppe se leva.

Il hocha la tête, remonta son pantalon, tira sur sa veste. Tout ce que font les vieux quand ils s'apprêtent à descendre d'un car.

Puis il s'avança dans l'allée en traînant les pieds. Pas de sac. Juste lui. Cheveux gris, veste bleue, une poche pleine, une poche vide.

Le gamin à barbichette imagina un nouveau plan.

Ça lui vint tout d'un coup. Reacher en vit pratiquement les rouages en mouvement à l'arrière de sa tête. Un pactole en perspective. Une série de conclusions tirées d'une suite d'hypothèses. Les gares routières ne sont jamais situées dans la partie la plus agréable des villes. Les sorties donnent sur des rues piteuses, sur l'arrière des bâtiments, parfois sur des terrains vagues, parfois sur des parkings. Il y aurait des angles morts et des trottoirs déserts. Un jeune de vingt ans contre un septuagénaire. Un coup par-derrière, hop, simple agression. Ça arrive tout le temps. Rien de bien compliqué.

Le gamin à barbichette bondit de son siège, puis se précipita dans l'allée, sur les talons du vieux à l'enveloppe, deux mètres derrière.

Reacher se leva et les suivit tous les deux.

2

Le vieil homme savait où il allait. C'était évident. Il ne regarda pas autour de lui pour s'orienter. Il franchit simplement la porte de la gare, prit vers l'est et se mit à marcher. Sans hésitation. Mais sans précipitation non plus. Il avança lentement. D'un pas mal assuré. Les épaules affaissées. Il semblait usé, épuisé, lessivé, et abattu. Sans enthousiasme. En chemin entre deux endroits aussi peu attrayants l'un que l'autre.

Le gamin le suivait, en retrait, et s'efforçait de rester maître de lui. Ce qui semblait difficile. Longiligne, il avait des jambes interminables et sautillait d'excitation en songeant à ce qui l'attendait. Il voulait aller droit au but. Mais le terrain ne se prêtait pas à l'exercice. Trop plat, trop à découvert et trottoirs larges. Plus loin, au carrefour, trois voitures attendaient que le feu passe au vert. Trois conducteurs qui s'ennuyaient et regardaient autour d'eux. Auxquels s'ajoutaient peut-être des passagers du car. Tous des témoins potentiels. Mieux valait attendre.

Le vieux à l'enveloppe s'arrêta au bord du trottoir. Attendit pour traverser. Pour aller droit devant. Vers des bâtiments décrépis, et des rues plus étroites. Pas vraiment des ruelles, mais abritées du soleil, et cernées par des immeubles miteux de deux et trois étages.

Terrain mieux adapté.

Le feu passa au vert. Le vieil homme traversa péniblement la rue, l'allure soumise, comme résigné. Le gamin à barbichette le suivit à six pas de distance. Reacher se rapprocha un peu de lui. Sentit le moment arriver. Le gamin n'allait pas attendre cent sept ans, et laisser le mieux devenir l'ennemi du bien. Deux pâtés de maisons suffiraient.

Ils continuèrent de marcher, en file indienne, bien espacés les uns des autres, insouciants. Le premier pâté de maisons devant eux semblait convenir, mais derrière eux, le terrain restait à découvert. Le gamin à barbichette se tint à l'écart, jusqu'à ce que le vieux à l'enveloppe ait franchi la rue transversale pour s'engager dans la suivante. Qui semblait bien à couvert. Abritée du soleil aux deux extrémités. Deux commerces condamnés, un restaurant fermé et un cabinet de comptable aux fenêtres poussiéreuses, parfait.

L'heure de la décision était venue.

Reacher pressentit que le gamin allait se lancer, juste là, et devinant que l'assaut serait précédé d'un coup d'œil nerveux autour de lui, y compris derrière, il resta hors de vue à l'angle de la rue transversale, une seconde, deux, trois, ce qui, selon lui, constituait un délai suffisant pour tous les coups d'œil dont on pouvait avoir besoin. Puis il avança et vit le gamin qui comblait déjà l'écart devant lui, se pressait, avalait d'une longue foulée enthousiaste les mètres restants. Reacher n'aimait pas courir, mais dans le cas présent, il le fallait bien.

Il arriva trop tard. Le gamin à barbichette poussa le vieux à l'enveloppe, qui s'effondra en avant dans une suite de bruits sourds, mains, genoux, tête, et l'autre se précipita, glissa la main d'un geste rapide et habile dans la poche, puis d'un geste tout aussi rapide et habile en retira l'enveloppe. Sur ces entrefaites, Reacher arriva en courant gauchement, un mètre quatre-vingt-quinze d'os et de muscles et cent dix kilos de masse en mouvement contre un gamin tout fluet qui venait à peine de se redresser. Reacher le frappa, torsion et inclinaison de l'épaule, et le gamin vola dans les airs comme un mannequin de crash test, pour atterrir dans un long enchevêtrement de membres, à moitié sur le trottoir, à moitié dans le caniveau. Où il resta étalé.

Reacher s'approcha et lui prit l'enveloppe. Elle n'était pas cachetée. Elles ne le sont jamais. Il y jeta un coup d'œil. Épaisse d'environ huit millimètres. Un billet de cent dollars sur le dessus, et un billet de cent dollars tout en dessous. Il compta. Des billets de cent. Des milliers et des milliers de dollars. Peut-être quinze. Peut-être vingt.

Il regarda derrière lui. Le vieux avait levé la tête. Il jetait des coups d'œil dans tous les sens, paniqué. Il avait une entaille au visage. À cause de la chute qu'il avait faite. Et son nez saignait. Reacher lui montra l'enveloppe. Le vieux la fixa des yeux. Et tenta de se relever, sans succès.

Reacher revint sur ses pas.

Et lui demanda :

— Rien de cassé ?

Le vieux répondit :

— Qu'est-ce qui s'est passé ?

— Vous pouvez bouger ?

— Je crois que oui.

— OK, retournez-vous.

— Ici ?

— Mettez-vous sur le dos. Ensuite on pourra vous redresser.

— Qu'est-ce qui s'est passé ?

— Je dois d'abord vous examiner. Je vais peut-être devoir appeler une ambulance. Vous avez un téléphone ?

— Pas d'ambulance, répondit le gars. Pas de médecin.

Il inspira, serra les dents, se tortilla pour se mettre sur le dos, comme un gars qui fait un cauchemar dans son lit.

Il souffla.

Reacher lui demanda :

— Où avez-vous mal ?

— Partout.

— Douleur normale, ou pire que normale ?

— Normale, je pense.

— Bien.

Reacher glissa une main sous le dos du gars, bien haut entre les omoplates, le redressa en position assise, le fit pivoter, puis le poussa jusqu'à ce qu'il se retrouve assis sur le trottoir, pieds sur la chaussée, position plus confortable selon lui.

— Ma mère m'a toujours dit de ne pas jouer dans le caniveau, plaisanta le vieux.

— La mienne aussi. Mais là, on ne joue pas.

Il lui tendit l'enveloppe. Le vieux la saisit, la pressa partout, comme pour s'assurer qu'elle était bien réelle. Reacher s'assit à côté de lui. Le vieux regarda à l'intérieur de l'enveloppe.

— Qu'est-ce qui s'est passé ? demanda-t-il à nouveau. Est-ce que ce type m'a agressé ? ajouta-t-il en pointant le voleur du doigt.

À six mètres sur leur droite, le gamin à barbichette était face contre terre, immobile.

— Il vous a suivi à la descente du car, répondit Reacher. Il avait vu l'enveloppe dans votre poche.

— Vous étiez aussi dans le car ?

Reacher acquiesça.

— Je suis sorti de la gare juste derrière vous.

Le vieux remit l'enveloppe dans sa poche.

— Merci du fond du cœur. Vous n'avez pas idée. Vraiment pas idée.

— De rien, dit Reacher.

— Vous m'avez sauvé la vie.

— Tout le plaisir est pour moi.

— J'ai l'impression de vous devoir une récompense.

— Ce n'est pas nécessaire.

— Je ne peux pas de toute façon, expliqua-t-il en tapotant sa poche. C'est un paiement que je dois faire. C'est très important. J'ai besoin de tout. Je suis désolé. Je m'excuse. Je suis confus.

— Il n'y a pas de quoi, dit Reacher.

Six mètres sur leur droite, le gamin à barbichette prit appui sur ses mains et ses genoux pour se mettre à quatre pattes.

— N'appelez pas la police, dit le vieux.

Le gamin se retourna. Sidéré et tremblant, mais à bonne distance. Allait-il détaler ?

— Pourquoi ne faut-il pas appeler la police ?

— Les flics posent des questions quand ils voient beaucoup d'argent.

— Des questions auxquelles vous ne voulez pas répondre ?

— Je ne peux pas de toute façon, dit à nouveau le vieux.

Le gamin à barbichette se leva en titubant et entreprit de s'enfuir, faible, contusionné, mou, les mouvements mal coordonnés, mais toujours très rapide. Reacher le laissa filer. Il avait assez couru pour la journée.

— Je dois y aller, reprit le vieux.

Il avait des éraflures sur la joue et le front, et du sang sur la lèvre supérieure, qui lui coulait du nez à cause de l'impact relativement violent sur le bitume.

— Vous êtes sûr que ça va ? lui demanda Reacher.

— Il vaudrait mieux. Je n'ai pas beaucoup de temps.

— Laissez-moi vous relever.

Le vieux n'y parvenait pas seul. Sa ceinture abdominale avait fondu, ou alors il avait les genoux fragiles, ou les deux. Difficile à dire. Reacher l'aida. Le vieux se tenait dans le caniveau, voûté et courbé. Il se retourna, laborieusement.

Incapable de monter sur le trottoir, il posa bien un pied au bon endroit, mais la force de propulsion nécessaire pour se hisser de quinze centimètres était trop importante et son genou ne supportait pas le poids. Il devait être contusionné et endolori. Son pantalon était déchiré, juste au niveau de la rotule.

Reacher se plaça derrière lui, glissa les mains sous ses coudes, le souleva, et le vieux se retrouva en apesanteur, tel un astronaute.

— Vous pouvez marcher ?

Le vieux essaya. Il réussit à faire de petits pas, délicats et prudents, mais en grimaçant, hoquetant et en lâchant des sons aigus chaque fois que sa jambe droite devait supporter le poids de son corps.

— Jusqu'où devez-vous aller ?

Le vieux regarda autour de lui, calcula les distances. Pour déterminer l'endroit où il se trouvait.

— Il me reste trois pâtés de maisons, conclut-il. C'est de l'autre côté de la rue.

— Ça fait beaucoup de trottoirs à monter et à descendre.

— Je vais marcher.

— Montrez-moi.

Le vieux se mit en route, vers l'est comme plus tôt, en traînant les pieds, les mains un peu écartées du corps, comme pour garder l'équilibre. Il grimaçait et hoquetait distinctement. Peut-être même que ça empirait.

— Vous avez besoin d'une canne, lui dit Reacher.

— J'ai besoin de beaucoup de choses.

Reacher se plaça à côté de lui, sur sa droite, lui prit le coude, et supporta son poids dans sa paume. D'un point de vue mécanique, il faisait office de bâton, de canne ou de béquille. Force ascendante, jusqu'à l'épaule du vieux. Physique newtonienne.

— Essayez maintenant.

— Vous ne pouvez pas m'accompagner.

— Pourquoi ça ?

— Vous en avez déjà fait assez pour moi.

— Ce n'est pas la vraie raison. Sinon vous auriez dit que vous ne pouviez vraiment pas me le demander. Quelque chose de vague et de poli. Mais vous avez été beaucoup plus catégorique. Vous avez dit que je ne pouvais pas vous accompagner. Pourquoi ? Où allez-vous ?

— Je ne peux pas vous le dire.

— Sans moi vous ne pourrez pas y aller.

Le type inspira et expira, et ses lèvres bougèrent comme s'il s'entraînait à prononcer sa phrase. Il leva la main, toucha l'égratignure sur son front, puis sa joue, puis son nez. Il ne grimaçait plus.

— Aidez-moi à trouver le bon pâté de maisons, dit-il, et aidez-moi à traverser la rue. Ensuite, faites demi-tour et rentrez chez vous. C'est le plus grand service que vous pouvez me rendre. Je suis sincère. Je vous en serai reconnaissant. Je vous en suis déjà reconnaissant. J'espère que vous comprenez.

— Je ne comprends pas.

— Je n'ai pas le droit d'amener quelqu'un.

— Qui vous en empêche ?

— Je ne peux pas vous le dire.

— Supposez que je me dirige dans cette direction de toute façon. Vous pourriez vous détacher, entrer par la porte et moi, je pourrais continuer mon chemin.

— Vous sauriez où je suis allé.

— Je le sais déjà.

— Comment ?

Reacher avait vu toutes sortes de villes, à travers tous les États-Unis, est, ouest, nord, sud, de toutes sortes de tailles et d'âge et en toutes sortes d'états. Il connaissait leurs rythmes et leurs grammaires. Il connaissait l'histoire gravée dans leurs briques. Il se trouvait dans un quartier semblable à cent mille autres à l'est du Mississippi. Arrière-boutiques de grossistes en mercerie, quelques commerces de vente au détail, petites usines, cabinets d'avocats, agences maritimes, agences immobilières et agences de voyages. Peut-être quelques logements sociaux dans les arrière-cours. Des activités qui avaient atteint leur apogée à la fin du XIXe siècle et au début du XXe. Maintenant en ruines, érodées et liquidées au fil des ans. D'où les entreprises aux rideaux baissés et les restaurants fermés. Mais certains établissements tenaient plus longtemps que d'autres. Certains établissements résistaient plus longtemps que tout. Certaines habitudes et certains désirs étaient tenaces.

— À trois pâtés de maisons à l'est d'ici, de l'autre côté de la rue, dit Reacher. Le bar. C'est là que vous allez.

Le vieux garda le silence.

— Pour faire un versement, ajouta Reacher. Dans un bar, avant l'heure du déjeuner. Donc à une sorte d'usurier local. C'est mon avis. Quinze ou vingt mille. Vous avez des problèmes. Je pense que vous avez vendu votre voiture. Vous avez obtenu le meilleur prix en liquide dans une autre ville. Peut-être que vous l'avez vendue à un collectionneur. Celle d'un gars normal comme vous, c'était peut-être une vieille voiture. Vous avez roulé jusque là-bas et ensuite vous avez pris le car pour rentrer. Après être passé par la banque de l'acheteur. Le caissier vous a mis les billets dans une enveloppe.

— Qui êtes-vous ?

— Un bar est un lieu public. J'ai soif, comme tout le monde. Il y a peut-être du café. Je vais m'asseoir à une table. Vous pouvez faire semblant de ne pas me connaître. Vous aurez besoin d'aide pour sortir. Votre genou va s'ankyloser un peu.

— Qui êtes-vous ? demanda de nouveau le vieux.

— Je m'appelle Jack Reacher. J'ai servi dans la police militaire. J'ai été formé pour détecter les choses.

— C'était une Chevy Caprice. Ancienne. D'époque. En parfait état. Très peu de kilomètres au compteur.

— Je ne connais rien aux voitures.

— Les gens aiment les vieilles Caprice aujourd'hui.

— Combien vous l'avez vendue ?

— Vingt-deux mille cinq cents.

Reacher acquiesça. C'était plus qu'il n'aurait cru. Des billets flambant neufs, en liasses compactes.

— Vous devez la totalité ?

— Avant midi. Après ça augmentera.

— Alors on ferait mieux d'y aller. Le processus pourrait être assez lent.

— Merci, dit le vieux. Je m'appelle Aaron Shevick. Je vous suis redevable à jamais.

— La gentillesse des inconnus. C'est ce qui fait tourner le monde. Un gars a écrit une pièce de théâtre là-dessus.

— Tennessee Williams. *Un tramway nommé désir.*

— On aurait bien besoin d'un tramway. Trois pâtés de maisons pour cinq *cents*, ce serait une bonne affaire.

Ils se mirent en route, Reacher à petits pas lents, Shevick en boitillant et titubant, de travers, sous l'effet de la physique newtonienne.

3

Le bar était situé au rez-de-chaussée d'un vieux bâtiment en brique quelconque au milieu du pâté de maisons. Il y avait une porte marron défoncée au centre de la façade, et des fenêtres crasseuses de chaque côté. Au-dessus, un néon vert crépitant affichait un nom irlandais, et derrière les vitres on apercevait des harpes celtiques et des trèfles au néon en fin de vie, et d'autres formes poussiéreuses, des publicités promouvant des marques de bière, dont certaines que Reacher reconnut, et d'autres qu'il ne reconnut pas. Il aida Shevick à descendre le trottoir, à traverser la rue, puis à monter sur le trottoir opposé pour atteindre la porte. Dans sa tête, l'horloge indiquait midi moins vingt.

— Je vais entrer le premier, dit-il. Ensuite, ce sera à vous. Ça fonctionnera mieux comme ça. Comme si on ne s'était jamais rencontrés. D'accord ?

— Combien de temps après ? demanda Shevick.

— Deux minutes. Reprenez votre souffle.

— D'accord.

Reacher tira la porte et entra. Le bar était sombre et il y flottait une odeur de bière renversée et de désinfectant. Salle de taille correcte. Pas immense, mais pas minuscule non plus. Deux longues rangées de tables pour quatre bordaient une allée centrale à la moquette usée menant au bar dans l'angle du fond sur la gauche. Derrière le comptoir officiait un gros type à la barbe de trois jours, torchon sur l'épaule, comme un insigne de sa fonction. Les quatre clients, chacun seul à sa table, courbé, le regard vide, paraissaient aussi usés, épuisés, lessivés et abattus que Shevick. Deux d'entre eux tenaient des bouteilles à long goulot, les deux autres des verres à moitié vides, et tous semblaient sur la défensive, comme s'ils s'attendaient à ce qu'on les leur arrache à tout moment.

Aucun n'avait une tête d'usurier. Peut-être était-ce le barman qui jouait ce rôle. Agent, ou intermédiaire. Reacher s'approcha et commanda un café. Le barman répondit qu'il n'en servait pas, ce qui le déçut, sans le surprendre. Le ton était poli, mais il eut le sentiment que le type aurait peut-être agi autrement s'il ne s'était pas adressé à un parfait inconnu aussi grand et à la mine aussi implacable. Un homme ordinaire aurait eu droit à une réponse sarcastique.

Au lieu d'un café, Reacher reçut une bouteille de bière locale, froide, glissante et humide, d'où jaillit un volcan de mousse. Il laissa un dollar en monnaie sur le zinc, puis s'approcha de la table vide la plus proche, qui se trouvait être placée dans l'angle du fond à droite ; une bonne chose, car il put s'asseoir dos au mur, et embrasser toute la salle du regard.

— Pas là, lui lança le barman.

— Pourquoi ?

— C'est réservé.

Les quatre autres clients levèrent les yeux, puis les détournèrent.

Reacher regagna le bar et récupéra son dollar. Pas de s'il vous plaît, pas de merci, pas de pourboire. Il traversa la salle en diagonale jusqu'à la table du bout de l'autre côté, sous la fenêtre crasseuse. Même géométrie, mais inverse. Il avait un angle derrière lui et pouvait voir toute la pièce. Il but une gorgée de bière, surtout composée de mousse, puis Shevick entra, en boitant. Il jeta un coup d'œil à la table vide dans l'angle du fond à droite, et s'arrêta, surpris. Il regarda autour de lui. Barman, quatre clients solitaires, Reacher, table du fond dans l'angle, toujours inoccupée.

Shevick boitilla vers elle, mais s'arrêta à mi-chemin. Changea de direction, et boita jusqu'au bar. Parla au barman. Reacher était trop loin pour entendre ce qu'il disait, mais il devina qu'il lui posait une question. Ç'aurait pu être : « Où est Untel ? » La question était certainement accompagnée d'un regard vers la table de quatre inoccupée dans l'angle du fond. Il sembla obtenir une réponse sarcastique. Ç'aurait pu être : « Je suis pas devin. » Shevick s'éloigna en grimaçant et fit un pas dans le *no man's land.* Où il pouvait réfléchir à ce qu'il allait faire ensuite.

L'horloge dans la tête de Reacher indiquait midi moins le quart.

Shevick boita jusqu'à la table vide, et resta devant un moment, indécis. Puis il s'assit, face à l'angle, comme un visiteur s'assied sur une chaise devant un bureau, plutôt que dans le fauteuil du directeur derrière. Il se percha sur le bord de la chaise, bien droit, à demi tourné, observant la porte, comme s'il était prêt à se lever poliment dès que la personne avec qui il avait rendez-vous entrerait.

Aucun homme n'entrait. Le bar restait silencieux. Quelques déglutitions de délectation, quelques respirations grasses, le torchon du barman qui couine sur un verre. Shevick fixait la porte des yeux. Le temps s'écoulait.

Reacher se leva et se dirigea vers le bar. Vers la partie la plus proche de la table de Shevick. Il s'appuya sur les coudes, l'air d'attendre quelque chose, comme un gars qui voudrait passer une nouvelle commande. Le barman lui tourna le dos et se concentra soudain sur une tâche urgente dans le coin opposé. Comme pour dire : « Pas de pourboire, pas de service. » Ce que Reacher avait prédit. Et désirait. Pour obtenir un certain degré d'intimité avec Shevick.

Il chuchota :

— Quoi ?

— Il n'est pas là, lui chuchota Shevick en retour.

— Il est là d'habitude ?

— Toujours. Il est assis à cette table toute la journée.

— Combien de fois avez-vous fait ça ?

— Trois fois.

Le barman était toujours occupé, très loin.

— Dans cinq minutes, je leur devrai vingt-trois mille cinq cents, pas vingt-deux mille cinq.

— La pénalité de retard est de mille dollars ?

— Par jour.

— Vous n'y êtes pour rien si le gars ne se montre pas.

— Ce ne sont pas des gens raisonnables.

Shevick fixa de nouveau la porte des yeux. Le barman termina sa tâche imaginaire, puis parcourut en se dandinant la diagonale du fond du bar jusqu'à l'avant, menton levé, hostile, comme s'il était prêt à daigner répondre à une commande, mais très peu susceptible de la satisfaire.

Il s'arrêta à un mètre de Reacher et attendit.

— Quoi ? lui lança celui-ci.

— Vous voulez quelque chose ?

— Plus maintenant. Je voulais vous faire marcher jusqu'ici et retourner là d'où vous venez. Vous aviez l'air d'avoir besoin de faire de l'exercice. Mais maintenant que c'est fait, je n'ai plus besoin de rien. Merci quand même.

Le type le dévisagea. Il évaluait la situation. Elle ne semblait pas à son avantage. Même s'il cachait une batte ou une arme sous le comptoir, il ne pourrait jamais les atteindre. Reacher ne se trouvait qu'à une longueur de bras. Sa réponse allait devoir être verbale. Et déclencherait une joute. Aucun doute là-dessus. Finalement, il fut sauvé par son téléphone mural, qui sonna derrière lui. Sonnerie à l'ancienne. Un long carillon sourd et lugubre, suivi d'un autre.

Le barman se détourna et décrocha. Appareil classique, avec un gros combiné en plastique à câble spirale tellement détendu qu'il traînait sur le sol. Le barman écouta, puis raccrocha. Il pointa le menton en direction de Shevick, à la table dans le coin au fond.

Il lança :

— Revenez à dix-huit heures.

— Quoi ? fit Shevick.

— Vous m'avez entendu.

Sur quoi, le barman alla s'atteler à une autre tâche imaginaire.

Reacher s'assit à la table de Shevick.

Shevick lui demanda :

— Qu'est-ce qu'il voulait dire par : revenez à dix-huit heures ?

— Je suppose que le gars que vous attendez a été retardé. Il a appelé, donc vous savez où vous en êtes.

— Mais je ne sais pas. Qu'en est-il de mon délai de douze heures ?

— Vous n'y êtes pour rien, dit encore Reacher. C'est lui qui a raté le rendez-vous, pas vous.

— Il va dire que je leur dois encore mille dollars.

— Pas s'il ne s'est pas montré. Et tout le monde sait qu'il n'est pas venu. Le barman a pris son appel. Il est témoin. Vous étiez ici et lui n'y était pas.

— Je ne peux pas trouver mille dollars de plus. Je ne les ai pas.

— Je dirais que ce délai vous offre un joker. Le sous-entendu est évident. Comme une clause implicite dans un contrat. Vous étiez là au bon endroit et au bon moment pour vous acquitter de votre dû. Ils ne se sont pas présentés pour l'accepter. C'est une sorte de principe de droit commun. Un avocat pourrait l'expliquer.

— Je ne veux pas d'avocat.

— Ils vous inquiètent eux aussi ?

— Je ne peux pas m'en payer un. Surtout si je dois trouver encore mille dollars.

— Vous n'aurez pas à le faire. Ils ne peuvent pas avoir le beurre et l'argent du beurre. Vous étiez à l'heure. Eux non.

— Ce ne sont pas des gens raisonnables.

Le barman lança un regard furieux depuis son poste.

L'horloge dans la tête de Reacher indiquait midi pile.

Il déclara :

— On ne peut pas attendre ici six heures.

— Ma femme va s'inquiéter, dit Shevick. Il faudrait que je rentre à la maison pour la voir. Et que je revienne.

— Où habitez-vous ?

— À un kilomètre.

— Je vais vous accompagner, si vous voulez.

Shevick resta un long moment silencieux.

Puis répondit :

— Non, je ne peux vraiment pas vous demander ça. Vous avez déjà assez fait pour moi.

— C'était vague, et de pure politesse, ça c'est sûr.

— Je veux dire qu'il ne faut pas que je vous dérange encore. Je suis sûr que vous avez des choses à faire.

— En général, j'évite d'avoir des choses à faire. À l'évidence en réaction à la discipline stricte que j'ai observée plus jeune. Par conséquent je n'ai pas d'endroit particulier où me rendre, et tout mon temps pour y aller. Je ferai volontiers un détour de un kilomètre.

— Non, je ne peux pas vous demander ça.

— La discipline stricte dont j'ai parlé, comme je l'ai dit, avait cours dans la police militaire, où, comme je l'ai dit aussi, nous étions formés à remarquer des choses. Pas seulement les indices matériels, mais aussi les éléments concernant la façon d'être des gens. Leur manière de se comporter et ce qu'ils pensent. La nature humaine et tout ce qui s'ensuit. La plupart du temps, c'est n'importe quoi, mais parfois c'est parlant. En ce moment même vous vous apprêtez à marcher un kilomètre dans un quartier reculé, avec plus de vingt mille dollars en poche, ce qui vous perturbe parce que vous n'êtes pas censé les avoir encore, et que si vous les perdez ce sera un désastre, et que vous vous êtes déjà fait agresser une fois aujourd'hui, donc en vérité, tout compte fait, ce trajet vous effraie, et vous savez que ma présence pourrait vous rassurer, et puis vous êtes blessé parce qu'on vous a agressé, et par conséquent vous avez du mal à vous déplacer, et vous savez que je peux vous aider pour ça aussi, donc finalement vous devriez me supplier de vous raccompagner jusque chez vous.

Shevick ne répondit pas.

— Mais vous êtes un gentleman. Vous vouliez m'offrir une récompense. Maintenant, si je vous raccompagne chez vous et que je rencontre votre femme, vous vous dites que le moins que vous puissiez faire sera de m'offrir à déjeuner. Mais il n'y a pas de déjeuner. Vous êtes embarrassé. Mais vous ne devriez pas. Je comprends. Vous avez des ennuis avec un prêteur sur gages. Vous n'avez pas déjeuné depuis deux mois. Vous semblez avoir perdu dix kilos. Vous avez la peau flasque. On prendra des sandwichs en chemin. Sur les deniers de l'Oncle Sam. Parce que c'est de lui que vient mon argent. Celui de vos impôts. On va discuter un peu, et je vous raccompagnerai ici. Vous pourrez payer votre gars, et je poursuivrai mon chemin.

— Merci, dit Shevick. Et je suis sincère.

— De rien. Et je suis sincère.

— Où allez-vous ?

— Ailleurs. Ça dépend souvent de la météo. J'aime avoir chaud. Ça évite d'acheter un manteau.

Le barman jeta de nouveau un regard noir, toujours de son poste reculé.

— Allons-y, dit Reacher. On pourrait mourir de soif, ici.

4

L'homme que devait rencontrer Aaron Shevick à la table dans l'angle du fond était un Albanais de quarante ans nommé Fisnik. L'un des deux hommes mentionnés le matin même par Gregory, le boss ukrainien. C'est pourquoi Dino l'avait appelé chez lui et lui avait demandé de passer à la scierie avant de commencer sa journée de travail au bar. Le ton de Dino n'avait rien révélé d'inquiétant. En fait, il semblait plutôt gai et enthousiaste, comme s'il y avait des éloges et de la gratitude en perspective. Peut-être davantage d'opportunités, ou une prime, ou les deux. Peut-être même une promotion, ou davantage de prestige dans l'organisation.

Mais il en fut tout autrement. Fisnik franchit la porte du personnel taillée dans le portail roulant, sentit l'odeur du pin frais, entendit le gémissement d'une scie, puis se dirigea vers les bureaux à l'arrière, assez confiant. Une minute plus tard, il était ligoté à une chaise en bois avec du ruban adhésif, et le pin sentit soudain le cercueil, et la scie la torture. On commença par lui percer les genoux avec une DeWalt sans fil pourvue d'un foret de maçonnerie. Puis on passa à autre chose. Il ne dit rien, parce qu'il n'avait rien à dire. Son silence fut interprété comme une confession stoïque. Telle était leur culture. Son courage lui valut un peu d'admiration, mais pas assez pour arrêter la foreuse. Il passa l'arme à gauche à peu près au moment où Reacher et Shevick quittaient enfin le bar.

***

La première moitié du trajet se déroula dans un quartier aux maisons abandonnées, semblable à celui du bar, puis un nouveau paysage se dessina, une zone où avaient pu s'étendre un jour cinq hectares de pâturages, jusqu'au retour des GI à la fin de la Seconde Guerre mondiale, quand les prés furent labourés pour y construire des rangées de petites maisons de plain-pied ou à un étage selon la configuration du terrain d'origine. Soixante-dix ans plus tard, les toitures avaient été refaites plusieurs fois et étaient toutes différentes. Certaines maisons avaient été agrandies ou revêtues de bardage en vinyle, d'autres avaient des pelouses parfaitement tondues, d'autres encore des jardins désordonnés, mais le fantôme de l'uniformité d'après-guerre flottait encore dans ce lotissement aux terrains exigus, aux rues étroites, aux trottoirs étriqués et aux virages serrés à angle droit, le tout à l'échelle des possibilités de pilotage des Ford, Chevrolet, Studebaker et Plymouth de 1948.

Reacher et Shevick s'arrêtèrent en chemin dans une station-service. Ils achetèrent trois sandwichs poulet-salade, trois petits paquets de chips et trois canettes de soda. Reacher porta le sac de courses de la main droite et aida Shevick de la gauche. Après quoi ils boitillèrent dans un dédale de rues. La maison de Shevick se trouvait au cœur du labyrinthe, dans une impasse où l'on accédait par un petit rond-point à peine plus large que la rue elle-même. Comme le bulbe à l'extrémité d'un thermomètre à l'ancienne. Elle se dressait sur la gauche, derrière une clôture blanche à travers laquelle poussaient des roses précoces. Pavillon de plain-pied, même ossature et même superficie que tous les autres, toit en asphalte et revêtement blanc brillant. Elle semblait bien entretenue, mais pas récemment. Les vitres étaient poussiéreuses et la pelouse n'était pas tondue.

Reacher et Shevick remontèrent en claudiquant une allée bétonnée à peine assez large pour eux deux. Shevick sortit sa clé, mais avant qu'il ait eu le temps de la glisser dans la serrure, la porte s'ouvrit. Et une femme apparut. Mme Shevick, assurément. Le lien était évident. Dans les soixante-dix ans, récente perte de poids, teint gris, dos voûté, mais la tête haute et l'œil vif. Encore pétillant. Elle observa son mari. Écorchure sur le front, éraflure sur la joue, croûte de sang sur la lèvre.

— Je suis tombé, lui expliqua Shevick. J'ai trébuché sur le trottoir. Mon genou a heurté le sol. C'est ça le plus gênant. Ce monsieur a eu la gentillesse de m'aider.

Mme Shevick dévisagea Reacher une seconde, déroutée, puis regarda de nouveau son mari.

— Il vaudrait mieux te nettoyer, lui dit-elle.

Puis elle s'écarta et Shevick s'avança vers le seuil.

Sa femme lui demanda :

— Est-ce que tu as…

Mais elle ne termina pas sa phrase, peut-être embarrassée devant un inconnu. Sans doute voulait-elle dire : « Est-ce que tu as payé le type ? » Mais certains problèmes restent privés.

Shevick répondit :

— C'est compliqué.

Il y eut un moment de silence.

Reacher montra le sac de courses.

— Nous avons apporté le déjeuner. Nous avons pensé que ce serait difficile d'aller au supermarché, vu la situation.

Mme Shevick le regarda à nouveau, toujours déroutée. Et puis un peu blessée. Gênée. Honteuse.

— Il sait, Maria, dit Shevick. Il était enquêteur dans l'armée et il m'a tout de suite cerné.

— Tu lui as dit ?

— Il a deviné. Il a reçu un entraînement poussé.

— Qu'est-ce qui est compliqué ? Que s'est-il passé ? Qui t'a frappé ? Cet homme ?

— Quel homme ?

Elle fixa Reacher des yeux.

— Cet homme, là, avec le déjeuner. Il est avec eux ?

— Non, répondit Shevick. Absolument pas. Il n'a rien à voir avec eux.

— Alors pourquoi te suit-il ? Ou t'escorte. On dirait un gardien de prison.

— Quand j'ai été…, commença Shevick.

Il s'interrompit et reprit :

— Il passait par là quand j'ai trébuché et que je suis tombé, et il m'a aidé à me relever. Puis je me suis rendu compte que je ne pouvais pas marcher, alors il m'a aidé. Il ne me suit pas. Il ne m'escorte pas non plus. Il est là parce que je suis là. Tu ne peux pas avoir l'un sans l'autre. Pas en ce moment. Parce que je me suis fait mal au genou. C'est aussi simple que ça.

— Tu as dit que c'était compliqué, pas simple.

— On devrait rentrer, dit Shevick.

Sa femme resta immobile un moment, puis elle se tourna et ouvrit le chemin. L'intérieur de la maison ressemblait à l'extérieur. Vieux, bien entretenu, mais pas récemment. Les pièces étaient petites et les couloirs étroits. Ils s'arrêtèrent dans le salon meublé d'une causeuse, de deux fauteuils, avec des prises de courant, l'électricité, mais pas de télévision.

— Qu'est-ce qui est compliqué ? demanda Mme Shevick à son mari.

— Fisnik n'est pas venu, répondit-il. Normalement, il reste dans le bar toute la journée. Mais aujourd'hui il n'était pas là. Tout ce qu'on a eu, c'est un message par téléphone pour nous demander de revenir à dix-huit heures.

— Alors où est l'argent ?

— Je l'ai toujours.

— Où ça ?

— Dans ma poche.

— Fisnik va dire qu'on leur doit mille dollars de plus.

— Ce monsieur pense qu'il ne peut pas.

Mme Shevick regarda à nouveau Reacher, puis son mari, et dit encore :

— Il vaudrait mieux te nettoyer.

Elle pointa le doigt vers la cuisine.

— S'il vous plaît, rangez le déjeuner dans le réfrigérateur.

Qui était plus ou moins vide. Reacher en ouvrit la porte et découvrit un espace bien nettoyé qui ne contenait pas grand-chose, mis à part des bouteilles vides qui auraient pu s'y trouver depuis six mois. Il rangea le sac sur l'étagère du milieu et alla attendre au salon. Murs décorés de photos de famille, regroupées et disposées comme dans un magazine. Parmi elles trois clichés en noir et blanc jaunis par les ans dans des cadres ornés. La première montrait un GI devant la maison, avec, supposa Reacher, sa jeune épouse à ses côtés. Le gars portait un uniforme kaki impeccable. Un simple soldat. Probablement trop jeune pour avoir combattu pendant la Seconde Guerre mondiale. Il avait sans doute fait un séjour de trois ans en Allemagne après la fin de la guerre. Il avait probablement été appelé à nouveau pour la Corée. La femme portait une robe à fleurs bouffante qui lui arrivait au mollet. Ils souriaient tous les deux. Derrière eux, le bardage de la maison brillait au soleil. La terre à leurs pieds était nue.

Sur la deuxième photo la pelouse avait poussé, et ils tenaient un bébé dans les bras. Mêmes sourires, même façade brillante. Le jeune père ne portait plus d'uniforme, mais un pantalon taille haute en Nylon et une chemise blanche à manches courtes. La jeune mère avait troqué sa robe à fleurs pour un pull fin et un corsaire. Le bébé était enveloppé dans un châle et on ne voyait que son visage, pâle et flou.

La troisième photo les montrait tous les trois environ huit ans plus tard. Derrière eux, des massifs de végétaux couvraient la moitié des murs. La pelouse à leurs pieds était drue et grasse. Huit ans moins svelte, l'homme bedonnait un peu et avait les épaules un rien tombantes. Les cheveux gominés, et le crâne un peu dégarni. La femme était plus jolie qu'avant, mais avait l'air fatiguée, comme peuvent l'être les femmes sur les photos des années cinquante.

La petite fille de huit ans qui se tenait debout devant eux devait être Maria Shevick. On le devinait à la forme de son visage et à son regard franc. Ensuite, elle avait grandi, ses parents avaient vieilli, étaient morts, et elle avait hérité de la maison. C'est ainsi que Reacher imaginait l'histoire. Le groupe de photos suivant lui donna raison. Des Kodak délavées cette fois, mais prises au même endroit. Mur de la même longueur. Même carré de pelouse. Une sorte de tradition. La première montrait Mme Shevick âgée d'une vingtaine d'années, à côté d'un M. Shevick plus droit et plus mince, également âgé d'une vingtaine d'années. Visages jeunes, traits anguleux à cause de l'ombre, sourires larges et heureux.

Sur la deuxième photo de la nouvelle série, ils tenaient un bébé dans les bras. Sur la rangée suivante celui-ci grandissait à pas de géant de gauche à droite, devenait un bambin, puis une fillette d'environ quatre ans, puis de six, puis de huit, tandis que près d'elle les Shevick faisaient défiler les coupes des années soixante-dix, cheveux longs et touffus, et portaient des pulls près du corps et sans manches sur des tee-shirts à manches bouffantes.

La rangée suivante montrait la fillette devenue adolescente, puis diplômée du secondaire, puis jeune femme. Elle vieillissait ensuite à mesure que les Kodak rajeunissaient. Elle devait avoir presque cinquante ans maintenant. Et appartenait à une nouvelle génération, quel qu'en soit le nom. Les premiers nés des premiers baby-boomers. Elle devait bien avoir un nom. Toutes les générations en ont un.

Derrière lui, Mme Shevick lança :

— Vous êtes là.

— J'admirais vos photos.

— Oui.

— Vous avez une fille.

— Oui.

Puis Shevick entra. Il n'avait plus de sang sur la lèvre. Ses écorchures, nettoyées avec une sorte de lotion jaune, brillaient. Ses cheveux étaient coiffés.

— Allons manger, dit-il.

La cuisine était meublée d'une petite table à bords en aluminium et plateau en Formica, terni et délavé d'avoir été essuyé pendant des décennies, mais autrefois brillant, étincelant et plastifié. S'y trouvaient aussi trois chaises en vinyle assorties. Peut-être toutes achetées à l'époque où Maria Shevick était encore une petite fille. Pour ses premiers grands dîners d'adulte. Couteau, fourchette, s'il vous plaît, merci. À présent, bien des années plus tard, elle invita Reacher et son mari à s'asseoir, déposa les sandwichs sur des assiettes en porcelaine, les chips dans des bols eux aussi en porcelaine, et versa les sodas dans des gobelets en verre dépoli. Puis elle apporta des serviettes en tissu. S'assit. Et regarda Reacher.

— Vous devez nous trouver vraiment stupides, dit-elle. De nous être mis dans cette situation.

— Pas vraiment. Très malchanceux peut-être. Ou vraiment désespérés. Je suis sûr que c'était votre dernier recours. Vous avez vendu votre télé. Et beaucoup d'autres choses, sans doute. J'imagine que vous avez hypothéqué la maison. Mais ça n'a pas suffi. Vous avez dû prendre d'autres dispositions.

— En effet.

— Je suis sûr que vous aviez de bonnes raisons.

— En effet, répéta Maria Shevick.

Et elle n'ajouta rien. Les Shevick mangèrent lentement, une petite bouchée à la fois, une chips, une gorgée de soda. Comme s'ils savouraient des mets inhabituels. Ou craignaient l'indigestion. La cuisine était calme. Sans bruit de voitures, de rue, d'agitation. La crédence était carrelée imitation carreaux de métro, et les murs étaient tapissés de papier peint à motif de fleurs, comme la robe de la mère de Mme Shevick sur la première photo, mais plus pâles et aux contours moins nets. À force d'être frotté, le sol en linoléum que des talons aiguilles avaient autrefois piqueté était devenu presque lisse. L'électroménager avait été remplacé, peut-être à l'époque de Nixon. Mais Reacher supposa les comptoirs d'origine. En stratifié jaune pâle, avec de fines lignes ondulées évoquant celles du rythme cardiaque sur une machine d'hôpital.

Mme Shevick termina son sandwich. Vida son verre de soda. Récupéra les derniers fragments de chips du bout d'un doigt humide. Pressa sa serviette sur ses lèvres. Regarda Reacher et lui dit :

— Merci.

— De rien.

— Vous pensez que Fisnik ne peut pas réclamer mille dollars de plus.

— Seulement dans le sens où il ne devrait pas. Ce qui, je suppose, n'est pas la même chose que ne pas le faire du tout.

— Je pense qu'on va devoir payer.

— Je suis tout disposé à en discuter avec lui. En votre nom. Si vous le voulez. Je pourrais avancer un certain nombre d'arguments.

— Et je suis sûre que vous seriez convaincant. Mais mon mari m'a dit que vous êtes seulement de passage. Vous ne serez pas là demain. Nous, si. C'est probablement plus sûr de payer.

— Nous ne les avons pas, dit Shevick.

Sa femme ne répliqua pas. Elle fit tourner les bagues à son doigt. Peut-être inconsciemment. Elle portait une fine alliance en or, et un solitaire symbolique à côté. Elle pensait sans doute à la boutique du prêteur sur gages. Probablement près de la gare routière, dans une rue délabrée. Mais il lui faudrait plus qu'une alliance et un petit diamant pour se procurer mille dollars. Peut-être conservait-elle encore des affaires de sa mère dans un tiroir à l'étage. Peut-être y avait-il eu des héritages fortuits de vieux oncles et tantes, des broches, des pendentifs et des montres offertes pour la retraite.

— Nous verrons le moment venu, reprit-elle. Peut-être qu'il se montrera raisonnable. Peut-être qu'il ne les réclamera pas.

— Ce ne sont pas des gens raisonnables, répliqua son mari.

— Vous avez des preuves concrètes ? demanda Reacher.

— Seulement indirectes, répondit Shevick. Fisnik m'a expliqué les différentes sanctions, dès le début. Il avait des photos sur son téléphone, et une courte vidéo. On me l'a fait regarder. En conséquence, nous n'avons jamais payé en retard. Jusqu'à maintenant.

— Vous avez pensé à aller voir la police ?

— Bien sûr que nous y avons pensé. Mais nous avons conclu le marché de notre plein gré. Nous leur avons emprunté de l'argent. Nous avons accepté leurs conditions. L'une d'entre elles consistait à ne pas impliquer la police. On m'avait montré la sanction, sur le téléphone de Fisnik. Nous avons pensé que le risque était trop grand.

— C'était sans doute sage, dit Reacher sans le penser vraiment.

Fisnik méritait un coup de poing dans la gorge plutôt qu'un respect contractuel. Peut-être suivi d'un coup de poing sur la table, tout au fond dans l'angle. Cela étant, Reacher n'était ni septuagénaire, ni voûté, ni affamé. Leur conduite était sans doute sage.

Mme Shevick déclara :

— Nous saurons où nous en sommes à dix-huit heures.

***

Ils évitèrent le sujet pendant le reste de l'après-midi, par une sorte d'accord tacite. Et ils échangèrent leurs biographies, conversation polie, normale. Mme Shevick avait en effet hérité la maison de ses parents qui, pris dans la folle ruée vers la propriété de la classe moyenne de l'après-guerre, l'avaient achetée sur plan grâce aux fonds accordés aux GI en 1944. Elle avait vu le jour un an plus tard, comme la pelouse de la photo, y avait grandi, puis ses parents étaient morts et elle avait rencontré son mari, tout ça la même année. Lui avait été élevé dans les environs et avait exercé le métier d'opérateur d'usinage, très qualifié. Profession essentielle, donc jamais appelé pour le Vietnam. Ils avaient eu une fille au bout d'un an, tout comme les parents de Maria, et elle avait grandi là, la deuxième génération. Elle avait bien réussi à l'école et trouvé un emploi. Jamais mariée, pas de petits-enfants, mais bon... Reacher remarqua que plus le récit avançait, plus leurs voix changeaient. Elles devenaient plus sombres, et étranglées, comme s'il y avait des choses qu'ils ne pouvaient pas lui raconter.

L'horloge dans la tête de Reacher sonna dix-sept heures. Il parcourait mille huit cents mètres en quinze minutes, la plupart des gens en mettaient vingt, mais au rythme où allait Shevick, cela risquait d'avoisiner les soixante.

— C'est l'heure, dit-il. Allons-y.

5

Une fois de plus, Reacher aida Shevick à descendre le trottoir en face du bar, à traverser la rue, à monter sur le trottoir devant le bar et à marcher jusqu'à la porte. Une fois de plus, il entra le premier. Toujours pour la même raison. Inconsciemment, on fait moins le lien entre une cible et un inconnu qui entre juste avant elle plutôt qu'avec un inconnu qui arrive juste après. La nature humaine. La plupart du temps c'est n'importe quoi, mais parfois c'est parlant.

Le même gars s'occupait du bar. Il y avait maintenant neuf clients. Deux paires, et cinq individus seuls à des tables séparées. Une des personnes seules était assise au même endroit six heures plus tôt. Une autre, une femme d'environ quatre-vingts ans, tenait tendrement un verre de liquide clair. Probablement pas de l'eau.

Et il y avait un gars à la table de quatre dans l'angle du fond.

C'était un grand gaillard d'une quarantaine d'années, si pâle qu'il semblait phosphorescent dans la pénombre. Yeux clairs, cils clairs, sourcils clairs. Cheveux couleur barbe de maïs, coupés si court qu'ils scintillaient. Épais poignets blancs posés sur le bord de la table, et grosses mains blanches sur un grand livre de comptes noir. Il portait un costume noir, une chemise blanche et une cravate en soie noire. Un tatouage dépassait du col de sa chemise. Des mots. Dans un alphabet étranger. Pas du russe. Une autre langue.

Reacher s'assit sans commander. Une minute plus tard, Shevick entra. Une fois de plus, il jeta un coup d'œil à la table dans l'angle du fond. Une fois de plus, il s'arrêta, surpris. Il avança, lentement, en crabe, et s'installa à une table inoccupée à côté de celle de Reacher.

— Ce n'est pas Fisnik, murmura-t-il.

— Vous en êtes sûr ?

— Fisnik a la peau foncée et les cheveux bruns.

— Vous avez déjà vu ce type ?

— Jamais. C'était toujours Fisnik.

— Peut-être qu'il est souffrant. Peut-être que c'était ça l'objet du coup de fil. Il avait besoin de trouver un remplaçant, et ce n'était pas possible avant dix-huit heures.

— Peut-être.

Reacher n'ajouta rien.

— Quoi ? chuchota Shevick.

— Vous êtes sûr de ne jamais avoir vu ce type ?

— Pourquoi ?

— Parce que si c'est le cas il ne vous a jamais vu. Tout ce qu'il a, c'est une entrée dans un livre de compte.

— Qu'entendez-vous par là ?

— Je pourrais être vous. Je pourrais aller payer ce type à votre place, et régler tous les détails.

— Vous voulez dire... s'il en demande ?

— Je pourrais essayer de le convaincre. La plupart des gens finissent par agir comme il faut. D'après mon expérience.

À présent, Shevick gardait le silence.

— J'aurais besoin d'être sûr de quelque chose, reprit Reacher. Sinon, j'aurai l'air stupide.

— Sûr de quoi ?

— C'est le dernier paiement ? Vingt-cinq mille et c'est fini ?

— C'est ce qu'on leur doit.

— Donnez-moi l'enveloppe.

— C'est fou.

— Vous avez eu une rude journée. Reposez-vous.

— Ce que Maria a dit était vrai. Vous ne serez plus là demain.

— Je ne vais pas vous laisser comme ça avec votre problème. Soit le type est d'accord, soit il ne l'est pas. S'il n'accepte pas, ça ne sera pas pire pour vous. Mais c'est à vous de décider. L'un ou l'autre choix me conviennent. Je ne cherche pas les ennuis. J'aime mener une vie tranquille. Cela dit, vous pourriez vous épargner le trajet aller-retour. Votre genou semble encore bien mal en point.

Shevick resta un long moment sans rien dire, puis il remit l'enveloppe à Reacher. Il la sortit de sa poche et la lui glissa d'un geste furtif. Reacher la prit. Huit millimètres d'épaisseur. Lourde. Il la mit dans sa poche et dit à Shevick :

— Restez assis.

Il se leva, puis se dirigea vers l'angle du fond. Il se voyait comme un homme moderne, né au XXe siècle, vivant au XXIe, mais il savait qu'il avait une sorte de portail grand ouvert dans la tête, un trou de ver menant au passé primitif de l'humanité, où pendant des millions d'années chaque être vivant était un potentiel prédateur, ou un rival, et devait donc être évalué, et jugé, instantanément et avec précision. Qui était l'animal supérieur ? Qui devait se soumettre ?

Ce qu'il voyait à la table du fond allait constituer un défi. Si on en arrivait là. Si l'échange passait du verbal au physique. Pas un défi colossal. Quelque part entre majeur et mineur. Le type serait techniquement moins compétent, presque certainement, sauf s'il avait lui aussi servi dans l'armée américaine, où on enseigne les techniques de combat les plus sales qui soient, même si elle ne l'a jamais admis publiquement. Mais côté atouts, le gars était grand, plus jeune de plusieurs années, et semblait avoir pas mal bourlingué. Il avait l'air du genre à ne pas se laisser facilement effrayer. De ceux habitués à gagner. La partie ancestrale du cerveau de Reacher assimila ces informations subliminales, le voyant orange clignota, mais cela ne l'empêcha pas d'avancer. Face à lui, le gars le jaugea lui aussi, tout le long du chemin, opérant visiblement ses propres analyses ataviques. Qui était l'animal supérieur ? Le gars avait l'air plutôt confiant. Comme s'il sentait de bonnes chances de réussite.

Reacher s'assit à la même place que Shevick six heures plus tôt. Sur la chaise visiteur. De près, le gars dans le fauteuil de directeur semblait peut-être un peu plus vieux qu'on ne l'aurait cru à première vue. La quarantaine. Peut-être un peu plus. Pas mal d'expérience. Dans la force de l'âge, sur le plan chronologique, mais l'impression était sapée par sa pâleur fantomatique. C'était elle qui sautait aux yeux. En plus de son tatouage. Du travail d'amateur, irrégulier. Tatouage de prison. Probablement pas américaine.

Le type prit son livre de comptes, l'ouvrit et le posa debout sur le bord de la table. Il baissa les yeux pour le regarder, à grand-peine, comme un gars qui joue ses cartes trop près du gilet.

Il demanda :

— Comment vous vous appelez ?

— Et vous ? demanda Reacher.

— Mon nom n'a pas d'importance.

— Où est Fisnik ?

— Fisnik a été remplacé. Toutes les affaires que vous traitiez avec lui, maintenant vous les traitez avec moi.

— J'ai besoin de plus que ça. C'est une transaction importante. Une affaire financière sérieuse. Fisnik m'a prêté de l'argent et je dois le rembourser.

— Je viens de vous le dire. Les affaires que vous traitiez avec lui, maintenant vous les traitez avec moi. Les clients de Fisnik sont mes clients. Si vous deviez de l'argent à Fisnik, maintenant vous me le devez à moi. Ce n'est pas sorcier. Comment vous vous appelez ?

Reacher répondit :

— Aaron Shevick.

Le gars jeta un coup d'œil sur son livre de comptes.

Il hocha la tête.

Et demanda :

— C'est un paiement final ?

— Je vais avoir un reçu ?

— Fisnik vous a donné des reçus ?

— Vous n'êtes pas Fisnik. Je ne connais même pas votre nom.

— Mon nom n'a pas d'importance.

— Il en a pour moi. J'ai besoin de savoir qui je rembourse.

Le gars tapota son crâne scintillant d'un index blafard.

— Votre reçu est là-dedans. C'est tout ce que vous avez besoin de savoir.

— Fisnik pourrait être à mes trousses demain.

— Je vous l'ai déjà dit deux fois. Hier vous étiez à Fisnik, aujourd'hui vous êtes à moi. Et vous le serez encore demain. Fisnik, c'est de l'histoire ancienne. Fisnik est parti. Les choses changent. Combien vous devez ?

— Je ne sais pas. Je comptais sur Fisnik pour me le dire. Il faisait un calcul spécial.

— Quel calcul ?

— Pour les frais, les pénalités et les suppléments. Arrondis à la centaine la plus proche, plus cinq cents pour les frais administratifs. C'était sa règle. Je n'ai jamais pu calculer correctement. Je ne voulais pas qu'il croie que je le roulais. Je préférais payer ce qu'il me disait. C'était plus sûr comme ça.

— Combien pensez-vous devoir ?

— Cette fois ?

— Pour le paiement final.

— Je ne voudrais pas que vous pensiez que je vous roule, non plus. Pas si vous avez hérité de l'entreprise de Fisnik. Je suppose que vous appliquez les mêmes modalités.

— Donnez-moi les deux chiffres. Le vôtre, et celui de Fisnik, selon vous. Peut-être que je vais vous faire un prix. Peut-être que nous partagerons la différence. Comme une sorte d'offre de lancement.

— Je dirais huit cents dollars. Mais Fisnik probablement mille quatre cents. Comme je vous l'ai dit. Arrondi à la centaine la plus proche plus cinq cents pour les frais.

Le type baissa les yeux sur son livre de comptes.

Il acquiesça, lentement, solennellement, pleinement d'accord.

— Mais pas de ristourne, dit-il. Finalement, j'ai décidé de ne pas en faire. Je vais prendre les mille quatre cents.

Il referma son livre et le posa à plat sur la table.

Reacher glissa la main dans sa poche, le pouce dans l'enveloppe et retira quatorze billets de la liasse de Shevick. Il les remit au type livide. Qui les recompta d'un geste rapide et exercé, les plia en deux, puis les mit dans sa poche.

— C'est bon maintenant ? demanda Reacher.

— Réglé en totalité, dit le type.

— Un reçu ?

Le type se tapota de nouveau le crâne.

— Maintenant, dégagez. Jusqu'à la prochaine fois.

— La prochaine fois que quoi ?

— Que vous aurez besoin d'un prêt.

— J'espère ne pas en avoir besoin.

— Les losers comme vous en ont toujours besoin. Vous savez où me trouver.

Reacher marqua une pause.

— Oui. Je sais. Comptez là-dessus.

Il resta assis un long moment, puis quitta son siège visiteur et marcha, lentement, en regardant droit devant lui, jusqu'à la porte, puis sur le trottoir.

Une minute plus tard, Shevick le rattrapait en boitant.

— Il faut qu'on parle, lui dit Reacher.

6

Shevick avait encore un téléphone portable. Il expliqua qu'il ne l'avait pas vendu car c'était un vieux modèle qui ne valait presque rien, et qu'il l'utilisait toujours parce que résilier son forfait aurait coûté plus cher que le conserver. Et par moments, il en avait vraiment besoin. Reacher lui dit que c'était un de ces moments et lui demanda d'appeler un taxi. Shevick répondit qu'il ne pouvait pas se permettre de prendre un taxi. Reacher lui dit que si, juste pour cette fois.

Le taxi qui arriva était une vieille Crown Vic à la peinture orange écaillée, équipée d'un gyrophare de police sur le montant du pare-brise conducteur et d'un lumineux de taxi sur le toit. Rien d'attrayant, visuellement. Mais le véhicule roulait bien. Il se traîna et geignit sur le kilomètre qui les séparait de la maison des Shevick et s'arrêta devant. Reacher aida Aaron Shevick à remonter l'étroite allée bétonnée jusqu'à sa porte. Encore une fois, celle-ci s'ouvrit avant qu'il ait introduit sa clé dans la serrure. Sa femme le dévisagea. On lisait des questions silencieuses sur son visage. Un taxi ? Pour ton genou ? Alors pourquoi le grand type est-il là lui aussi ?

Et surtout : Est-ce qu'on doit encore mille dollars ?

— C'est encore compliqué, annonça Shevick.

Ils retournèrent à la cuisine. La cuisinière était froide. Pas de dîner. Ils avaient déjà mangé une fois. Ils s'assirent tous à table. Shevick raconta sa partie de l'histoire. Pas de Fisnik. Un remplaçant. Un sinistre inconnu émacié avec un gros livre noir. Puis la proposition de Reacher de servir d'intermédiaire.

Mme Shevick regarda de nouveau Reacher.

Qui déclara :

— Je suis presque sûr qu'il était ukrainien. Il avait un tatouage de prison sur le cou. En alphabet cyrillique, certainement.

— Je ne pense pas que Fisnik soit ukrainien, dit Mme Shevick. Fisnik est un nom albanais. J'ai cherché à la bibliothèque.

— Il a dit que Fisnik avait été remplacé. Que les affaires qu'on traitait avec Fisnik, maintenant on les traitait avec lui.

Que les clients de Fisnik étaient maintenant les siens. Que si on devait de l'argent à Fisnik, maintenant on le lui devait à lui. Il a fait le même genre de remarque plusieurs fois et a conclu que ce n'était pas sorcier à comprendre.

— Il voulait mille dollars de plus ?

— Il a placé son livre ouvert si près de sa poitrine que c'en était maladroit. Au début, je n'ai pas compris pourquoi il faisait ça. J'ai supposé qu'il ne voulait pas que je voie son contenu. Il m'a demandé mon nom, et j'ai répondu Aaron Shevick. Il a regardé dans son livre et a hoché la tête. J'ai trouvé ça bizarre.

— Pourquoi ?

— Combien de chances y avait-il pour qu'il soit ouvert à la page S ? Une sur vingt-six. Possible, mais peu probable. Alors, je me suis dit qu'il cachait les pages non pas parce qu'il ne voulait pas que je voie ce qui y était écrit, mais parce qu'il ne voulait pas que je voie ce qui n'y était pas écrit. Parce qu'il n'y avait rien d'écrit. Les pages étaient vierges. C'était mon hypothèse. Qu'il a confirmée. Il m'a demandé combien je devais. Il ne le savait pas. Il n'avait pas les données de Fisnik. Ce n'était pas le registre de Fisnik. C'était un livre vierge.

— Qu'est-ce que ça veut dire ?

— Ça veut dire que ce n'était pas un remaniement de routine en interne. Ils n'ont pas mis Fisnik sur la touche et envoyé un remplaçant. C'était une prise de contrôle hostile ourdie de l'extérieur. La direction a changé de main. J'ai repensé à ce qu'il a dit. Au vocabulaire qu'il a employé. Il a été clair. Quelqu'un s'immisce dans les affaires de Fisnik.

— Attendez. J'ai entendu ça à la radio. La semaine dernière, je crois. On va avoir un nouveau commissaire de police. Il affirme qu'il y a des gangs ukrainiens et albanais rivaux en ville.

Reacher acquiesça.

— Et voilà. Les Ukrainiens prennent une partie du business des Albanais. Vous traitez avec de nouveaux interlocuteurs maintenant.

— Ils voulaient les mille dollars supplémentaires ?

— Ils regardent vers l'avenir, pas en arrière. Ils sont prêts à faire une croix sur les anciens prêts de Fisnik. Tout ou partie. Parce qu'il le faut. Ils n'ont pas le choix. Ils ne savent pas ce que chacun doit. Ils n'ont pas l'information. Et pourquoi n'y renonceraient-ils pas de toute façon ? Ce n'était pas leur argent. Ils veulent ses clients. C'est tout. Pour l'avenir. Ils veulent pourvoir à leurs besoins pour les nombreuses années à venir.

— Vous avez payé cet homme ?

— Il m'a demandé ce que je devais et j'ai pris le risque de lui dire mille quatre cents dollars. Il a baissé les yeux sur sa page blanche, il a hoché la tête solennellement et il a accepté. Je lui ai donc remis mille quatre cents dollars. Ensuite, il m'a dit que je pouvais partir et a confirmé que j'avais réglé l'intégralité de ma dette.

— Où est le reste de l'argent ?

— Là.

Reacher retira l'enveloppe de sa poche. À peine moins épaisse qu'avant. Toujours deux cent onze billets à l'intérieur. Vingt et un mille dollars. Il la posa sur la table, pile au milieu, entre lui et les Shevick, à équidistance. Les Shevick le regardèrent sans rien dire.

Reacher déclara :

— L'univers est aléatoire. Parfois, quand la lune est bleue, les choses tournent bien. Et aujourd'hui elle l'est. Quelqu'un a commencé une guerre et vous êtes le parfait contraire d'un dommage collatéral.

— Pas si Fisnik se montre la semaine prochaine en réclamant tout ça plus sept mille dollars, répliqua Shevick.

— Il ne le fera pas. Il a été remplacé. Ce qui, annoncé par un gangster ukrainien avec un tatouage de prison sur le cou, signifie presque certainement que Fisnik est mort. Ou handicapé d'une manière ou d'une autre. Il ne se montrera pas la semaine prochaine. Plus jamais, en fait. Et vous êtes en règle avec les nouveaux. Ils l'ont dit. Vous êtes tirés d'affaire.

Il y eut un long moment de silence.

Mme Shevick se tourna vers Reacher.

— Merci, dit-elle.

Puis le téléphone portable sonna et Shevick boitilla jusqu'au couloir pour répondre. Reacher entendit de légers couacs de plastique dans l'écouteur. Une voix d'homme, sans doute. Il ne parvenait pas à entendre. Un long flux d'informations. Mais il entendit parfaitement les réponses de Shevick, à trois mètres. Il consentait en marmonnant, visiblement las et résigné, mais déçu quand même. Puis il posa ce qui était indubitablement une question.

Et demanda :

— Combien ?

Un faible couac en plastique répondit.

Shevick ferma son téléphone. Resta immobile un moment, puis regagna la cuisine en boitant et s'assit de nouveau à table. Croisa les mains devant lui. Regarda l'enveloppe. Mais sans insistance ni arrière-pensée. D'une sorte de regard doux-amer. À équidistance. Également hors de portée pour tous les trois.

Et annonça :

— Il leur faut quarante mille dollars de plus.

Sa femme ferma les yeux et plaqua les mains sur son visage.

Reacher demanda :

— Qui en a besoin ?

— Pas Fisnik, répondit Shevick. Pas les Ukrainiens non plus. Aucun d'entre eux. C'est la source du problème. La raison pour laquelle nous avons dû emprunter de l'argent.

— On vous fait chanter ?

— Non, pas du tout. J'aimerais que ce soit aussi simple. Tout ce que je peux dire, c'est que nous avons des factures à payer. L'une d'elles vient d'arriver à échéance. Maintenant nous devons trouver quarante mille dollars de plus.

Il jeta un coup d'œil à l'enveloppe.

— Nous en avons déjà une partie, grâce à vous.

Il fit le calcul dans sa tête.

— En théorie, il nous faut trouver encore dix-huit mille neuf cents dollars.

— Pour quand ?

— Demain matin.

— Vous pouvez ?

— On ne pourrait pas trouver dix-huit *cents* de plus.

— Pourquoi si vite ?

— Certaines choses ne peuvent pas attendre.

— Qu'allez-vous faire ?

Shevick ne répondit pas.

Sa femme éloigna les mains de son visage.

— Nous allons les emprunter, répondit-elle. Que pouvons-nous faire d'autre ?

— Les emprunter à qui ?

— À l'homme qui a un tatouage de prison. Quel choix avons-nous ? On est au maximum de nos possibilités partout ailleurs.

— Vous pourrez le rembourser ?

— Nous verrons le moment venu.

Plus personne ne parla.

Puis Reacher déclara :

— Je suis désolé, je ne peux pas vous aider davantage.

Mme Shevick le regarda.

— Si, vous pouvez.

— Je peux ?

— En fait, vous êtes obligé.

— Vraiment ?

— L'homme au tatouage de prison pense que vous êtes Aaron Shevick. Vous devez aller chercher l'argent à notre place.

7

Ils discutèrent encore une demi-heure. Reacher et les Shevick, à bâtons rompus. Certains faits furent établis dès le début. Les incontournables. Les données rédhibitoires. Ils avaient absolument besoin de cet argent. Aucun doute là-dessus. Pas de contestation possible. Ils en avaient absolument besoin, et pour le lendemain matin. Aucune marge de manœuvre. Aucune souplesse.

Ils ne voulaient absolument pas dire pourquoi.

Ils avaient épuisé toutes leurs économies. Ils avaient perdu leur maison. Ils venaient de souscrire une hypothèque pour personnes âgées qui les autorisait à y habiter le reste de leur vie, mais le titre de propriété appartenait déjà à la banque. La somme forfaitaire qu'ils avaient obtenue était déjà dépensée. Ils ne pouvaient pas réunir plus de fonds. Leurs comptes étaient vides, et bloqués. Ils avaient emprunté sur leurs pensions de retraite. Ils avaient encaissé leur assurance vie et renoncé à leur ligne de téléphone fixe. Maintenant qu'ils avaient vendu leur voiture, ils ne possédaient plus rien de valeur. Il ne leur restait que des bibelots. En tout, en comptant leurs bijoux et leurs héritages, ils possédaient cinq bagues de mariage neuf carats, trois petites bagues serties de diamant, et une montre-bracelet plaquée or au cristal fêlé. Par un jour de bonheur suprême, le prêteur sur gages le plus généreux du monde pourrait leur en donner deux cents dollars. Pas plus. Peut-être moins de cent dans un mauvais jour. Pas même une goutte dans l'océan.

Les Shevick expliquèrent qu'ils s'étaient tournés pour la première fois vers Fisnik cinq semaines plus tôt. Ils avaient eu son nom par une voisine. Lors de commérages, pas en tant que recommandation. Une espèce de scandale. Une histoire lugubre au sujet du cousin de la femme du neveu d'un autre voisin qui avait emprunté de l'argent à un gangster dans un bar. Un nom comme Fisnik, imaginez un peu. Shevick avait réduit son rayon de recherche en se basant sur des détails et des rumeurs, et avait commencé à visiter les bars de la zone supposée, l'un après l'autre, en rougissant, l'air gêné. Dévisagé, il avait demandé à chaque barman s'il connaissait un certain Fisnik, jusqu'à ce que dans le quatrième bar, un gars à l'air narquois lui montre du doigt la table dans l'angle.

— Et ça s'est passé comment ? demanda Reacher.

— Ç'a été très facile, répondit Shevick. Je me suis approché de sa table, je suis resté devant pendant qu'il me jaugeait, il m'a fait signe de m'asseoir et je me suis assis. J'ai dû un peu tourner autour du pot au début, mais au bout d'un moment je me suis lancé et j'ai dit : « Écoutez, j'ai besoin d'emprunter de l'argent, et j'ai cru comprendre que vous en prêtiez. » Il m'a demandé de combien j'avais besoin, et je le lui ai dit. Il m'a expliqué les termes du contrat. Il m'a montré des photos. J'ai regardé une vidéo. Je lui ai donné mon numéro de compte. Vingt minutes plus tard, j'avais l'argent. Il a été viré depuis un endroit intraçable via une société du Delaware.

— J'avais imaginé un sac de billets.

— Nous devions les rembourser en espèces.

Reacher acquiesça.

— D'une pierre deux coups, dit-il. Les deux à la fois. Le prêt usuraire et le blanchiment d'argent. Ils transféraient de l'argent sale et en retour, ils recevaient des billets en circulation aux numéros aléatoires. Plus un bon taux d'intérêt. La plupart des blanchiments d'argent impliquent une perte de pourcentage, pas un gain. Visiblement, ces garçons n'étaient pas stupides.

— Pas d'après notre expérience.

— Vous pensez que ce sera mieux ou pire avec les Ukrainiens ?

— Pire, je pense. La loi de la jungle semble déjà le prouver.

— Alors comment allez-vous les rembourser ?

— C'est un problème que nous réglerons demain.

— Vous n'avez plus rien à vendre.

— Quelque chose pourrait se présenter.

— Vous rêvez.

— Non, c'est bien réel. Nous attendons quelque chose. Nous avons des raisons de croire que ça va arriver très bientôt. Nous devons tenir bon jusque-là.

Ils refusèrent de préciser ce qu'ils attendaient.

***

Vingt minutes plus tard, Reacher descendit le trottoir sans fardeau, traversa la rue en quatre enjambées rapides, monta sur le trottoir devant le bar et tira la porte. La salle était plus lumineuse qu'avant car il faisait plus sombre dehors, et un peu plus bruyante parce qu'il y avait plus de clients, dont un groupe de cinq hommes serrés à une table pour quatre et se remémorant une chose ou une autre.

Le type pâle était toujours dans l'angle du fond.

Reacher s'approcha. Le type garda les yeux rivés sur lui. Reacher ralentit un peu. Il y avait des usages à respecter.

Le prêteur et l'emprunteur. Il adopta une démarche qu'il jugeait amicale, un déplacement machinal, sans menace pour personne. Il s'assit sur la même chaise que la fois précédente.

Le type pâle lui demanda :

— Aaron Shevick, c'est ça ?

Reacher répondit :

— Oui.

— Qu'est-ce qui vous ramène si tôt ?

— J'ai besoin d'un prêt.

— Déjà ? Vous venez de me rembourser.

— J'ai eu un imprévu.

— Je vous l'avais dit. Les losers comme vous reviennent toujours.

— Je ne l'ai pas oublié.

— Combien voulez-vous ?

— Dix-huit mille neuf cents dollars.

Le type pâle hocha la tête.

— C'est impossible.

— Pourquoi ?

— Ça fait une grosse augmentation par rapport aux huit cents de la dernière fois.

— Mille quatre cents.

— Dont six cents de frais et de charges. Avec un capital de huit cents seulement.

— Ça, c'était avant. Maintenant, c'est maintenant. C'est ce dont j'ai besoin.

— Vous allez rembourser ?

— Je l'ai toujours fait. Demandez à Fisnik.

— Fisnik, c'est de l'histoire ancienne, répondit le type pâle. Rien de plus.

Reacher attendit.

— Il y a peut-être un moyen que je vous aide, reprit le type pâle. Mais vous devez bien comprendre que je prendrais un risque, ce qui devra se répercuter dans le prix. Dans ce cas de figure, ce serait bon de votre côté ?

— J'imagine, répondit Reacher.

— Et je dois vous dire que je suis plutôt du genre chiffres ronds. Je ne peux pas faire dix-neuf mille. Nous devrions dire vingt. Et je prendrais mille là-dessus pour les frais de gestion. Vous auriez le montant exact dont vous avez besoin. Vous voulez que je vous indique les taux d'intérêt ?

— J'imagine, répondit de nouveau Reacher.

— Les choses ont évolué depuis l'époque de Fisnik. Nous entrons dans une ère d'innovation. Nous pratiquons ce qu'on appelle la « tarification dynamique ». Nous augmentons ou baissons le taux en fonction de l'offre et de la demande, et ce genre de choses, mais aussi de ce que nous pensons de l'emprunteur. Sera-t-il solvable ? Pouvons-nous lui faire confiance ? Des questions de cette nature.

— Et je me situe où ? Augmentation ou baisse ?

— Je vais vous faire commencer tout en haut, en augmentant. Là où se trouvent les risques les plus élevés. En vérité, je ne vous aime pas beaucoup, Aaron Shevick. Je n'ai pas un bon pressentiment. Vous prenez vingt mille ce soir et vous m'apportez vingt-cinq, dans une semaine à compter d'aujourd'hui. Après ça, les intérêts s'élèvent à vingt-cinq pour cent par semaine ou semaine entamée, plus des frais de retard de mille dollars par jour, ou journée entamée. Après la première échéance, toutes les sommes sont payables sur demande en totalité et sans délai. Le refus ou l'incapacité de payer à la demande peut vous exposer à des désagréments de toutes sortes. Vous devez comprendre cela dès maintenant. Je dois l'entendre de votre bouche. Ce n'est pas le genre de chose qui peut être rédigé et signé. J'ai des photos que vous pouvez regarder.

— Super.

Le gars tapota son téléphone, menus, albums, diaporamas, et le lui tendit incliné, en mode paysage, pas portrait, ce qui était approprié, parce que les sujets de toutes les photos étaient allongés. La plupart du temps, scotchés à un sommier en fer, dans une pièce aux murs blanchis à la chaux et devenus gris sous l'effet du temps et de l'humidité. Certains avaient été énucléés à la cuillère, d'autres écorchés à la scie électrique, de plus en plus profondément, d'autres brûlés avec un fer à repasser, et d'autres encore perforés avec des outils électriques sans fil, laissés en place pour la photo en guise de preuve, jaunes et noirs, lourds et branlants, leur mèche aux deux tiers enfoncée dans de la chair molle.

Plutôt moche.

Mais pas le pire que Reacher ait jamais vu.

Mais peut-être le pire réuni sur un seul téléphone.

Il le rendit au gars. Qui parcourut encore ses menus, jusqu'à ce qu'il trouve ce qu'il cherchait. Là, c'était du sérieux.

— Comprenez-vous les termes du contrat ? demanda-t-il.

— Oui, répondit Reacher.

— Vous les acceptez ?

— Oui.

— Numéro de compte bancaire ?

Reacher lui donna le numéro de Shevick. Le gars tapa les chiffres, juste là sur son téléphone, puis toucha un grand rectangle vert en bas de l'écran. Le bouton « envoyer ».

— L'argent sera sur votre compte dans vingt minutes, dit-il.

Il effleura d'autres menus, leva soudain le téléphone, en mode appareil photo, et prit Reacher en photo.

— Merci, monsieur Shevick. C'est un plaisir de faire des affaires avec vous. Je vous revois dans une semaine exactement.

Puis il tapota d'un index blafard son crâne aux cheveux hérissés, le même geste qu'avant. Pour signifier qu'il se rappellerait. Une sorte d'insinuation menaçante.

Peu importe, se dit Reacher.

Il se leva, marcha jusqu'à la porte et sortit dans la rue sombre. Une voiture était garée au bord du trottoir. Une Lincoln noire, moteur au repos, et conducteur lui aussi au repos, calé dans son siège, tête sur l'appuie-tête, coudes et genoux écartés, comme tous les chauffeurs de limousine en pause.

Et il y avait un deuxième type, à l'extérieur de la voiture, appuyé sur l'aile arrière. Habillé de la même façon que le conducteur. Et que le gars du bar. Costume noir, chemise blanche, cravate en soie noire. Une sorte d'uniforme. Il avait les chevilles et les bras croisés. Il attendait simplement. Il ressemblait au type de la table de l'angle qui aurait passé un mois au soleil. Blanc, pas phosphorescent. Il avait des cheveux clairs, coupés ras, le nez cassé, et des cicatrices sur les sourcils. Pas vraiment bagarreur. Manifestement, on l'avait beaucoup frappé.

Il demanda :

— C'est toi Shevick ?

Reacher répondit :

— Qui le demande ?

— Les gens à qui tu viens d'emprunter de l'argent.

— On dirait que vous savez déjà qui je suis.

— On va te reconduire chez toi.

— Et si je ne veux pas ?

— Ça fait partie du marché.

— Quel marché ?

— On doit savoir où tu habites.

— Pourquoi ?

— Comme garantie.

— Faites des recherches sur moi.

— On l'a fait.

— Et ?

— Tu n'es pas dans l'annuaire. Tu n'es pas propriétaire.

Reacher hocha la tête. Les Shevick avaient résilié leur ligne fixe. Le titre de propriété de leur maison était déjà aux mains de la banque.

Le type ajouta :

— Donc nous devons aller chez toi.

Reacher ne dit rien.

Le type demanda :

— Y a-t-il une Mme Shevick ?

— Pourquoi ?

— On devrait peut-être lui rendre une petite visite à elle aussi, pendant qu'on regarde chez toi. On aime être proches de nos clients. On aime rencontrer la famille. On trouve ça utile. Maintenant, monte dans la voiture.

Reacher fit non de la tête.

— Tu ne comprends pas, dit le type. Tu n'as pas le choix. Ça fait partie de l'accord. Tu nous as emprunté de l'argent.

— Votre ami pâlot à l'intérieur m'a expliqué le contrat. Il en a exposé tous les termes, dans les moindres détails. Les frais de gestion, la tarification dynamique, les pénalités. À un moment, il a même utilisé un support visuel. Ensuite il m'a demandé si j'acceptais les termes du contrat et j'ai répondu que oui, donc à ce moment-là, l'affaire était conclue. Vous ne pouvez pas ajouter des trucs après coup, comme me reconduire chez moi en voiture et rencontrer ma famille. Il aurait fallu que j'accepte, à l'avance. Un contrat implique une réciprocité. Il est soumis à négociation et à accord. Il ne peut pas être conclu de manière unilatérale. C'est un principe de base.

— T'as une grande gueule, toi.

— J'espère. Parfois j'ai peur d'être juste pédant.

— Quoi ?

— Vous pouvez me proposer de me ramener, mais vous ne pouvez pas insister pour que j'accepte.

— Quoi ?
— Vous avez entendu.
— OK, je te propose de te ramener. Dernière chance. Monte dans la voiture.
— Dites « s'il te plaît ».
Le type marqua une très longue pause.
Puis il dit :
— Monte dans la voiture, s'il te plaît.
— OK. Puisque vous me le demandez si gentiment.

8

Un des moyens les plus sûrs de transporter un otage récalcitrant dans une voiture de tourisme consiste à lui laisser le volant et à le faire conduire ceinture détachée. Les gars à la Lincoln agirent autrement. Ils optèrent pour une deuxième solution conventionnelle. Ils placèrent Reacher à l'arrière, derrière le siège passager vide, sans rien à attaquer devant lui. Le gars qui avait parlé monta à côté de lui, derrière le conducteur, et s'assit de biais, vigilant.

Il demanda :
— Où on va ?
Reacher répondit :
— Faites demi-tour.
Le conducteur fit demi-tour sur la largeur de la rue, la roue avant droite rebondissant sur le trottoir opposé, avant de retomber lourdement sur la chaussée.
— Roulez tout droit sur cinq pâtés de maisons.

Le conducteur roula. C'était une version réduite du premier gars. Pas aussi pâle. Caucasien sûrement, mais pas de manière flagrante. Lui aussi avait les cheveux rasés, dorés et brillants. Une cicatrice de coupure au couteau sur le dos de la main gauche. Probablement une blessure défensive. Un tatouage délavé à motif d'araignée dépassait de sa manche droite. Ses grandes oreilles roses pointaient de chaque côté de sa tête.

Les pneus crissaient sur le bitume et les pavés. Après cinq pâtés de maisons, la voiture arriva à un feu. Celui où Shevick avait attendu pour traverser. Ils sortirent du vieux monde et entrèrent dans le nouveau. Un terrain plat et dégagé. Béton et gravier. Larges trottoirs. Tout semblait différent dans l'obscurité. La gare routière se trouvait plus loin.

— Tout droit, dit Reacher.

Le conducteur passa au feu vert. Ils dépassèrent la gare routière. Contournèrent les quartiers chics, à une distance convenable. Huit cents mètres plus loin, ils atteignirent l'endroit où le car avait quitté la rue.

— Prenez à droite, dit Reacher. Vers l'autoroute.

Il vit que la deux voies à l'intérieur de la ville s'appelait Center Street. Ensuite, elle s'élargissait pour devenir une quatre voies avec un numéro de route nationale. Ils arrivèrent à hauteur de l'hypermarché. Les ensembles de bureaux se trouvaient plus loin.

— Mais où est-ce qu'on va ? demanda le gars à l'arrière. Personne n'habite ici.

— C'est ça qui me plaît.

Le revêtement était lisse. Les pneus crissaient. Il n'y avait pas de circulation devant eux. Peut-être un peu derrière. Reacher ne savait pas. Il ne pouvait pas se risquer à jeter un coup d'œil par-dessus son épaule.

Il demanda :

— Redites-moi pourquoi vous voulez rencontrer ma femme.

Le gars à l'arrière lui répondit :

— On trouve ça utile.

— Pourquoi ?

— Tu rembourses un prêt bancaire parce que tu t'inquiètes pour ta note de solvabilité, ta réputation et ton statut dans la communauté. Mais tout ça, c'est fini pour toi. T'es dans la dèche. De quoi tu t'inquiètes maintenant ? Qu'est-ce qui va te convaincre de nous rembourser ?

Ils dépassèrent les ensembles de bureaux. Toujours pas de circulation. Le concessionnaire automobile se profilait au loin. Clôture métallique, des rangées de formes sombres, des banderoles, grises et brillantes au clair de lune.

— Ça ressemble à une menace, dit Reacher.

— Les filles, ça nous va aussi.

Toujours pas de circulation.

Reacher frappa le gars au visage. Un coup venu de nulle part. Une soudaine et violente explosion de muscle. Sans préavis. Un coup puissant sur le crâne, exploitant les possibilités de torsion et aussi rapide que possible dans l'espace restreint de l'habitacle. La tête du gars s'écrasa contre le cadre de la fenêtre derrière lui. Des gouttelettes de sang jaillirent de son nez et éclaboussèrent la vitre.

Reacher reprit son élan et frappa le conducteur. Avec une puissance équivalente. Et un résultat équivalent. Puis il se pencha au-dessus du siège, asséna un coup de poing directement sur l'oreille du gars dont la tête bascula sur le côté, rebondit sur la vitre, son oreille atterrissant de nouveau directement sur le poing de Reacher, et là encore, KO immédiat. Le gars bascula en avant sur son volant.

Reacher se mit en boule sur le plancher.

Une seconde plus tard, la Lincoln enfonçait la barrière du concessionnaire à soixante à l'heure. Reacher entendit un énorme fracas de métal froissé, un hurlement de porc qu'on égorge, puis les airbags se déclenchèrent et il s'écrasa sur le dossier du siège devant lui, qui céda et s'aplatit sur l'airbag qui se dégonflait, juste au moment où la voiture percutait le premier véhicule en vente, au bout de la longue rangée sous les drapeaux et les banderoles. La Lincoln emboutit un flanc étincelant, son pare-brise se brisa, l'arrière se souleva dans les airs, heurta violemment sol, puis le moteur cala, la voiture s'immobilisa et on n'entendit plus qu'un furieux sifflement de vapeur sous le capot.

Reacher se déplia et remonta sur la banquette. Il avait pris tous les impacts dans le dos. Il se sentait comme Shevick sur le trottoir. Secoué. Il avait mal partout. *Douleur normale, ou pire ?* Normale sans doute. Il bougea la tête, le cou, les épaules, les jambes. Pas de fracture. Pas de déchirure. Rien de terrible.

On ne pouvait pas en dire autant des deux gars. Le conducteur avait été frappé au visage par l'airbag, puis à l'arrière du crâne par l'autre gars projeté en avant comme une lance à travers le pare-brise brisé, et qui était toujours là, aplati, plié au niveau de la taille sur le capot froissé, le visage contre le métal. Ses pieds étaient la partie de son corps la plus proche. Il ne bougeait pas. Le conducteur non plus.

Reacher força pour ouvrir sa portière, fit crisser le métal déformé, rampa dehors, puis tapa dedans pour la refermer. Pas de circulation derrière eux. Rien devant non plus, excepté des lueurs de phares, peut-être un kilomètre et demi plus loin. Se dirigeant vers eux. À une minute, à cent kilomètres heure. La Lincoln avait percuté un minivan. Un Ford. Tout enfoncé sur le côté. Courbé comme une banane. Une bannière sur le pare-brise affirmait : *Aucun accident*. La Lincoln, elle, était rendue à l'état d'épave. En accordéon, jusqu'au pare-brise.

Comme une annonce pour la sécurité routière dans un journal. À la différence qu'un gars était étalé sur le capot.

Au loin, les phares se rapprochaient. Et maintenant d'autres arrivaient par-derrière, ceux de véhicules venus de la ville. La clôture du concessionnaire automobile était enfoncée comme dans un dessin de bande dessinée. Des tortillons de fil de fer enchevêtrés avaient ployé, laissant le chemin parfaitement dégagé. Comme si la Lincoln les avait soufflés en passant. L'ouverture faisait environ deux mètres et demi de large. En fait, une section entière avait disparu. Reacher se demanda si la clôture était équipée de détecteurs de mouvements. Connectés à une alarme silencieuse. Reliée au commissariat. Peut-être obligatoire pour l'assurance. Il y avait assurément beaucoup de choses à voler à l'intérieur.

Il était temps de s'en aller.

Il passa par l'ouverture dans la clôture, courbaturé et endolori, contusionné et cabossé, mais en état de marche. Il resta à l'écart de la route. Avança péniblement en parallèle, à travers les champs et les terrains vagues, quinze mètres dans la boue, hors de portée des phares sur le côté, tandis que les voitures passaient, certaines lentement, d'autres vite. Peut-être des flics. Peut-être pas. Il contourna les murs aveugles du premier parc de bureaux, et du second, puis changea d'angle pour se diriger vers le parking de l'hypermarché, le traverser, et rejoindre la rue principale où il débouchait.

***

Gregory apprit la nouvelle plus ou moins tout de suite, par un concierge qui faisait le ménage dans la salle des urgences. Un membre du réseau ukrainien. Le gars fit une pause cigarette et appela aussitôt. Deux des hommes de Gregory venaient d'arriver sur des brancards. Éclat de phares, hurlements et sirènes. Un en mauvais état, l'autre pire. Les deux allaient probablement mourir. On parlait d'un accident de voiture près du concessionnaire Ford.

Gregory rassembla ses meilleurs hommes, et dix minutes plus tard, tous étaient réunis autour d'une table dans l'arrière-salle de la compagnie de taxi. Son bras droit déclara :

— Tout ce dont on est sûrs, c'est que plus tôt dans la soirée, deux de nos gars sont allés au bar pour vérifier l'adresse d'un des anciens clients de l'opération de crédit albanaise.

— Combien de temps faut-il pour vérifier une adresse ? demanda Gregory. Ils doivent avoir fini depuis longtemps. Il doit forcément s'agir d'autre chose. C'est différent. Ça ne peut pas être à cause du contrôle d'adresse. Parce que… qui irait s'enterrer là-bas à côté du concessionnaire Ford ? Personne. Donc ils ont déposé le gars devant chez lui, ils ont noté l'adresse, peut-être pris une photo, et après ils ont roulé jusqu'au concessionnaire. Pourquoi ? Il devait y avoir une raison. Et pourquoi ont-ils eu un accident ?

— Ils étaient peut-être poursuivis. Ou on les a attirés là-bas. Et après, quelqu'un leur est rentré dedans et ils ont quitté la route. C'est plutôt désert là-bas la nuit.

— Tu penses à Dino ?

— Il faut se demander pourquoi ces deux-là en particulier. Peut-être qu'on les a suivis depuis le bar. Ce qui serait assez logique. C'est peut-être un message de Dino. On lui a piqué son business. On s'attendait à une réaction, après tout.

— Dès qu'il aurait pigé.

— Peut-être qu'il a pigé, maintenant.

— Jusqu'où va-t-il aller pour faire passer son message ?

— Peut-être qu'il va s'arrêter là, répondit le gars. Deux hommes pour deux hommes. On garde le business de prêt. Ce serait capituler dignement. Il est réaliste. Il n'a pas beaucoup d'alternatives. Il ne peut pas déclencher une guerre avec les flics qui surveillent tout.

Gregory ne dit rien. La pièce devint silencieuse. Il n'y avait plus aucun bruit, exception faite du bourdonnement indistinct de la radio du taxi à l'accueil. À travers la porte fermée. Juste un bruit de fond. Personne n'y prêtait attention. S'ils l'avaient fait, ils auraient entendu un chauffeur appeler pour signaler qu'il avait déposé une vieille dame au supermarché, et qu'il allait profiter qu'elle faisait ses courses pour se faire un peu d'argent en plus en reconduisant un type chez lui, dans le lotissement à l'est du centre-ville. Le gars était à pied, mais il avait l'air assez poli et il avait des espèces. Peut-être que sa voiture était en panne. Six kilomètres aller, six kilomètres retour. Il aurait fini avant même que la vieille soit sortie du rayon boulangerie. Ça ne mangeait pas de pain.

***

Au même moment, Dino reçut le compte-rendu d'une partie des événements, bien antérieur et incomplet. Il avait fallu une heure pour remonter la chaîne. Il n'y avait rien sur l'accident de voiture. La majeure partie de la journée avait été consacrée à l'élimination de Fisnik et de son complice désigné. La réorganisation avait été remise à bien plus tard. Elle était presque passée au second plan. Un remplaçant avait été envoyé au bar, pour reprendre le business de Fisnik. Le gars qu'on avait choisi était arrivé un peu après vingt heures. Il avait tout de suite remarqué des hommes de main ukrainiens dans la rue. En train de monter la garde. Une berline de luxe, et deux hommes. Il s'était faufilé jusqu'à la porte coupe-feu à l'arrière du bar, et avait jeté un coup d'œil à l'intérieur.

Un Ukrainien était assis à la table de Fisnik, dans l'angle du fond, et parlait à un grand gars, débraillé et visiblement fauché. Manifestement un client.

À ce moment-là, le remplaçant choisi avait rassemblé ses idées, battu en retraite et passé un coup de fil. Le gars à qui il avait parlé en avait appelé un autre. Qui en avait appelé un autre. Et ainsi de suite. Parce que les mauvaises nouvelles circulent lentement. Une heure plus tard, Dino était au courant. Et réunissait ses meilleurs gars, dans la scierie.

— Il y a deux scénarios possibles, déclara-t-il. Soit le truc à propos de la liste du commissaire de police était vrai, et ils ont profité à la déloyale de la perturbation pour s'attaquer à notre business de prêt, soit ce n'était pas vrai, et ils ont planifié tout ça depuis le début, et en fait ils nous ont piégés.

— Il faut sans doute espérer que c'est le premier scénario, dit son bras droit.

Dino resta un long moment silencieux.

Puis il lança :

— Je crains qu'on doive considérer que c'est le premier. On n'a pas le choix. On ne peut pas déclencher la guerre. Pas maintenant. On va devoir leur laisser le business de prêt. On n'a aucun moyen réaliste de le récupérer. Mais on peut capituler dignement. Ce qui veut dire deux pour deux. On ne peut pas se permettre de faire moins. On leur tue deux hommes, et on sera quittes.

Son bras droit demanda :

— Lesquels ?

— Je m'en fiche, répondit Dino.

Puis il se ravisa.

— Non, choisissez-les bien. Essayons de prendre l'avantage.

9

Reacher descendit du taxi devant chez les Shevick et emprunta l'étroite allée bétonnée. La porte s'ouvrit avant qu'il ait le temps de sonner. Shevick se tenait là, éclairé par-derrière, téléphone à la main.

— L'argent est arrivé il y a une heure, dit-il. Merci.

— Avec plaisir.

— Vous êtes en retard. Nous pensions que vous ne reviendriez pas.

— J'ai dû faire un petit détour.

— Par où ?

— Rentrons. Il faut qu'on parle.

Cette fois, ils s'installèrent au salon. Photos au mur, télévision manquant à l'appel. Les Shevick s'assirent dans les fauteuils, Reacher sur la causeuse.

— Ça s'est passé à peu près de la même façon que pour vous et Fisnik, commença-t-il. Sauf que le gars m'a pris en photo. Ce qui pourrait être une bonne chose, au final. Votre nom, mon visage. Une petite confusion ne fait jamais de mal. Mais si j'étais un vrai client, ça ne m'aurait pas plu. Pas du tout. J'aurais senti comme un doigt crochu agrippé à mon épaule. Je me serais senti vulnérable. Ensuite, je suis sorti et il y avait autre chose. Deux gars, qui voulaient me reconduire chez moi, pour voir où j'habitais, et avec qui. Ma femme, si j'en avais une. Encore un doigt crochu. Peut-être même une main entière.

— Que s'est-il passé ?

— Nous avons négocié un autre arrangement tous les trois. Sans lien avec votre nom ou votre adresse. Assez déroutant pour eux, en fait. Je voulais qu'il y ait une part de mystère. Leurs boss comprendront que c'était un message, mais ils auront un doute sur l'expéditeur. Ils penseront aux Albanais, très probablement. Certainement pas à vous.

— Qu'est-il arrivé aux hommes ?

— Ils faisaient partie du message. Une sorte de : ça se passe comme ça en Amérique. N'envoyez pas un minable arrivé septième sur la liste des qualifiés d'un club de combat clandestin dans un sous-sol à Kiev. Prenez au moins le truc au sérieux. Montrez un peu de respect.

— Ils ont vu votre visage.

— Ils ne s'en souviendront pas. Ils ont eu un accident. Ils ont été amochés. Ils n'auront aucun souvenir pendant une heure ou deux. On appelle ça l'amnésie rétrograde. C'est assez courant après un traumatisme physique. S'ils ne sont pas déjà morts, bien sûr.

— Donc, tout va bien ?

— Pas vraiment.

— Qu'y a-t-il d'autre ?

— Ce ne sont pas des gens raisonnables.

— Nous le savons.

— Comment allez-vous les rembourser ?

Les Shevick ne répondirent pas.

— Il vous faut vingt-cinq mille dollars, d'ici une semaine. Vous ne pouvez pas avoir de retard. Ils m'ont aussi montré des photos. Celles de Fisnik ne pouvaient pas être pires. Il vous faut un plan.

— Une semaine, c'est long, dit Shevick.

— Pas vraiment.

Mme Shevick glissa :

— On pourrait avoir une bonne surprise.

Rien de plus.

Reacher lui dit :

— Vous devez vraiment me dire ce que vous attendez.

***

La situation concernait leur fille, forcément. Mme Shevick parcourut du regard les photos sur le mur pendant qu'elle livrait son récit. Leur fille s'appelait Margaret, mais répondait depuis toujours au diminutif de Meg. Elle avait été une enfant brillante et heureuse, charmante et pleine d'énergie. Elle aimait les autres enfants. Elle s'était plu à la maternelle. Elle s'était plu à l'école primaire. Elle aimait lire, écrire et dessiner. Elle souriait et bavardait tout le temps. Elle pouvait persuader n'importe qui de faire n'importe quoi. Elle aurait pu vendre de la glace aux Inuits.

Elle s'était plu au collège, et au lycée tout autant. Elle était populaire. Tout le monde l'appréciait. Elle jouait dans des pièces de théâtre, chantait dans la chorale, pratiquait la course à pied et la natation. Elle avait obtenu son diplôme, mais n'était pas allée à l'université. Elle apprenait bien à l'école, mais ce n'était pas sa principale qualité. C'était une personne sociable. Elle avait besoin de sortir, de sourire, de discuter, de charmer les gens. Les plier à sa volonté, pour tout dire. Elle aimait avoir un objectif.

Elle avait obtenu un poste de junior dans le secteur de la communication, et était passée d'une agence de relations publiques à une autre en ville, à faire tout ce pour quoi les entreprises locales disposaient d'un budget. Elle avait travaillé dur, s'était fait connaître, avait été promue et, à trente ans, elle gagnait plus que son père n'avait jamais gagné comme machiniste. Dix ans plus tard, à quarante ans, elle s'en sortait toujours bien, mais elle avait l'impression que sa trajectoire professionnelle ralentissait. Que sa carrière stagnait. Elle voyait la limite arriver. Elle s'asseyait à son bureau et se disait : Alors c'est tout ?

Elle avait décidé que non. Elle voulait un dernier grand succès. Mieux que grand. Elle n'était pas au bon endroit, elle le savait. Elle allait devoir déménager. À San Francisco, probablement, dans le fief de la high-tech. Où il fallait expliquer les choses compliquées. Tôt ou tard, elle allait devoir y aller. Ou à New York. Mais elle tergiversait. Le temps passait. Puis, contre toute attente, San Francisco était venu à elle. Pour ainsi dire. Elle avait appris qu'il y avait une compétition permanente, alimentée par les agents immobiliers et les comptables du secteur technologique, dans laquelle la médaille revenait à qui devinerait où serait la prochaine Silicon Valley. Afin de s'y positionner le plus tôt possible. Pour une raison ou pour une autre sa ville natale cochait toutes les cases secrètes. Elle se régénérait. Le bon type de personnes, les bons bâtiments, les bonnes installations électriques, le bon débit de connexion Internet. Les premiers éclaireurs étaient déjà en train de tâter le terrain.

Un ami d'ami lui avait présenté un type qui connaissait un type qui avait organisé un entretien d'embauche avec le fondateur d'une toute nouvelle entreprise. Le rendez-vous avait eu lieu dans un café du centre-ville. Avec un jeune homme de vingt-cinq ans fraîchement débarqué de Californie. Une sorte de génie de l'informatique né à l'étranger, à l'origine d'une innovation en rapport avec les logiciels médicaux et les applications sur les téléphones. Mme Shevick admit qu'elle n'avait jamais vraiment compris de quoi il s'agissait, mais elle savait que c'était le genre de chose qui pouvait vous enrichir.

On avait proposé le poste à Meg. Vice-présidente de la communication et des affaires locales. L'entreprise étant une start-up qui n'avait pas encore fait ses preuves, le salaire n'était pas très élevé. Pas de beaucoup supérieur à celui qu'elle gagnait déjà. Mais il y avait tout un tas d'énormes avantages. Des stock-options, un régime de retraite faramineux, une assurance maladie en or, un coupé européen comme véhicule de fonction. Plus des trucs bizarres typiques de San Francisco comme des pizzas gratuites, des friandises et des massages. Tout ça lui plaisait. Mais les stock-options étaient de loin la plus grosse affaire. Un jour, elle pourrait être milliardaire. Réellement. C'est comme ça que ces choses arrivent.

Au début, tout s'était plutôt bien passé. Meg avait fait du bon travail de promotion, et deux ou trois fois au cours de la première année, l'entreprise avait semblé pouvoir atteindre des sommets. Mais ça n'avait pas été le cas. Pas tout à fait. La deuxième année, ç'avait été pareil. Toujours séduisante, glamour et avant-gardiste, bientôt en haut du podium, mais rien ne s'était vraiment produit. La troisième année avait été pire. Les investisseurs avaient eu peur. Ils avaient fermé les robinets. Mais les managers de l'entreprise s'étaient accrochés, avaient rationalisé. Ils avaient loué deux étages de leur immeuble. Arrêté les pizzas et les friandises. Les tables de massage avaient été repliées et mises de côté. Ils travaillaient plus dur que jamais, serrés les uns contre les autres dans des locaux exigus, toujours déterminés, toujours confiants.

Puis Meg avait eu un cancer.

Ou, plus exactement, elle avait découvert qu'elle en avait un depuis environ six mois. Mais elle était trop occupée pour aller chez le médecin. Elle pensait qu'elle perdait du poids parce qu'elle travaillait trop. Mais non. C'était un mauvais diagnostic. Le cancer était du type virulent, et à un stade assez avancé. La seule lueur d'espoir résidait en un tas de nouveaux traitements. Peu conventionnels et coûteux, mais les essais étaient prometteurs. Ils semblaient fonctionner et avaient un taux de réussite en hausse. À entendre les médecins, il n'y avait pas d'autre solution. Les plannings avaient été réorganisés, et la première séance de Meg avait été prévue pour le lendemain matin.

C'est alors que les ennuis avaient commencé.

— Il y a eu un problème avec son assurance maladie, expliqua Mme Shevick. Son numéro d'affiliée n'était pas reconnu. Elle se préparait pour la chimio, et tout un tas de gens étaient venus lui demander ses nom et prénom, sa date de naissance et son numéro de sécurité sociale. Un vrai cauchemar. Ils téléphonaient à la compagnie d'assurances, et personne ne comprenait. Ils voyaient son historique et savaient qu'elle était affiliée. Mais le code ne voulait pas marcher. Il envoyait un message d'erreur. On lui a affirmé que c'était juste un problème informatique. Rien de grave. Ce serait réglé le lendemain. Mais l'hôpital ne pouvait pas attendre. On nous a fait signer un formulaire. Il stipulait qu'on réglerait la facture si l'assurance ne passait pas. C'était juste un détail technique. Les problèmes informatiques, ça arrivait tout le temps. Tout s'arrangerait.

— J'imagine que ça n'a pas été le cas, dit Reacher.

— Le week-end est arrivé, il y a eu deux séances de plus et le lundi, on l'a découvert.

Reacher pouvait deviner, mais il posa quand même la question.

— Découvert quoi ?

Mme Shevick hocha la tête, soupira et se frappa le front, comme si elle ne pouvait pas articuler la phrase. Comme si elle avait fini de parler. Son mari se pencha en avant, les coudes sur les genoux, et poursuivit le récit.

— La troisième année, quand leurs investisseurs ont pris peur, ç'a été encore pire qu'ils ne le pensaient. Pire que ce que tout le monde pensait. Le patron cachait des choses. À tout le monde, y compris à Meg. En coulisses, tout s'écroulait. Il ne payait pas les factures. Pas un centime. Il n'a pas renouvelé la mutuelle de l'entreprise. Il n'a pas payé la prime. Il l'a tout simplement ignorée. Le numéro de Meg n'avait pas fonctionné parce que la police d'assurance avait été annulée. À son quatrième jour de traitement, nous avons découvert qu'elle n'était pas assurée.

— Elle n'y est pour rien, dit Reacher. C'est sûr. Il y a eu fraude ou rupture de contrat. Il doit y avoir un recours.

— Il y en a deux, expliqua Shevick. Un fonds gouvernemental pour les incidents sans égard à la responsabilité et un fonds professionnel d'assurance sans égard à la responsabilité, les deux mis en place pour ces cas de figure. Naturellement, nous nous sommes immédiatement dirigés vers eux. Ces organismes ont tout de suite travaillé à la façon de répartir la responsabilité entre eux, et dès que ce sera fait, ils vont rembourser tout ce que nous avons dépensé jusqu'à présent, et s'occuper de tout à l'avenir. Nous attendons une décision d'un jour à l'autre.

— Mais vous ne pouvez pas interrompre le traitement de Meg.

— Elle a besoin de tellement de choses. Deux ou trois séances par jour. Chimio, rayons, soins et alimentation, toutes sortes de scanners, toute sorte d'analyses. Elle n'a pas droit à l'aide sociale. En théorie, elle est toujours employée, en théorie elle a un salaire convenable. La presse ne s'intéresse pas à son cas. Quel serait l'intérêt de l'histoire ? Quand un enfant a besoin de quelque chose, les parents sont prêts à payer. Comment accrocher le lecteur avec ça ? Peut-être que nous n'aurions pas dû signer ce document. Peut-être que d'autres portes se seraient ouvertes. Mais nous avons signé. C'est trop tard maintenant. Bien entendu, l'hôpital veut être payé. Ce n'est pas un soin dispensé aux urgences. Ça ne peut pas être passé en pertes et profits. Leurs machines coûtent un million de dollars. Ils doivent acheter des cristaux de radioactifs. Ils veulent l'argent d'avance. C'est ce qui arrive dans des cas comme celui-ci. Paiement immédiat. Rien ne se passe avant.

On ne peut rien y faire. Tout ce qu'on peut faire, c'est s'accrocher jusqu'à ce que quelqu'un prenne le relais. Ça pourrait être demain matin. Nous avons sept chances avant la fin de la semaine.

— Il vous faut un avocat, dit Reacher.

— On ne peut pas s'en payer un.

— Il y a probablement un droit fondamental quelque part là-dedans. Vous pourriez en obtenir un gratuitement.

— Nous en avons déjà trois de ce genre, répliqua Shevick. Ils travaillent sur l'aspect intérêt public. Une bande de gamins. Ils sont plus pauvres que nous.

— Sept chances avant la fin de la semaine, répéta Reacher. On dirait un titre de chanson country.

— C'est tout ce qu'on a.

— J'imagine qu'on peut y voir un plan.

— Merci.

— Vous avez un plan B ?

— Pas vraiment.

— Vous pourriez essayer de vous faire oublier. Je serai parti depuis longtemps. La photo qu'ils ont prise ne leur servira à rien.

— Vous serez parti ?

— Je ne peux rester nulle part une semaine.

— Ils ont notre nom. Je suis sûr qu'ils peuvent nous retrouver. Il doit y avoir de vieux papiers quelque part. Au-dessous de l'annuaire téléphonique.

— Parlez-moi des avocats.

— Ils travaillent bénévolement. Ils ne doivent pas être très compétents.

— On dirait encore un air de country.

Shevick ne répondit pas. Sa femme leva les yeux vers Reacher.

— Ils sont trois, dit-elle. Trois jeunes hommes sympathiques. Ils travaillent sur un projet d'intérêt général. Ils donnent de leur personne. Ils sont bien intentionnés, j'en suis sûre. Mais la loi évolue lentement.

— Le plan B, ce pourrait être la police. Dans une semaine, si le reste ne s'est pas encore produit, vous pourriez aller au commissariat et tout raconter.

— Comment la police pourrait-elle nous protéger ? demanda Shevick.

— Pas très bien, j'imagine.

— Et pendant combien de temps ?

— Pas très longtemps.

— Ce serait scier la branche sur laquelle nous sommes assis, reprit Mme Shevick. Si le reste ne s'est pas encore produit, alors nous avons besoin de ces gens plus que jamais. À qui d'autre pourrions-nous nous adresser quand la prochaine facture arrivera ? Si nous allons voir la police nous n'aurons plus aucun recours.

— OK, dit Reacher. Pas de police. Sept chances. Je suis désolé pour Meg. Je le suis vraiment. J'espère sincèrement qu'elle va s'en sortir.

Il se leva, et se sentit immense dans la pièce exiguë.

— Vous partez ? lui demanda Shevick.

Reacher acquiesça.

— Je vais prendre un hôtel en ville. Je passerai peut-être dans la matinée. Pour dire au revoir, avant de reprendre la route. Au cas où je ne le ferais pas, je suis ravi de vous avoir rencontrés. Je vous souhaite de régler vos problèmes.

Il les laissa là, assis en silence dans la pièce à moitié vide. Il sortit, descendit l'étroite allée bétonnée jusqu'à la rue, passa devant des voitures garées et des maisons sombres et silencieuses, et quand il atteignit la rue principale, il prit vers la ville.

10

Du côté ouest de Center Street se trouvait un pâté de maisons avec deux restaurants mitoyens donnant sur la rue, un troisième côté nord, un quatrième côté sud, et un cinquième à l'arrière, donnant sur la rue parallèle. Les cinq marchaient bien. Ils étaient toujours animés. Toujours en effervescence. On en parlait tout le temps. Ils formaient le quartier gastronomique de la ville, juste là, serrés les uns contre les autres. Les transporteurs de produits frais et les entreprises de nettoyage adoraient ça. Un arrêt, cinq clients. Les livraisons étaient faciles.

Les collectes aussi. Le coin était contrôlé par les Ukrainiens, puisque situé à l'ouest de Center Street. Ils venaient recueillir les loyers de leur racket avec une régularité d'horloge. Un arrêt, cinq clients. Ils aimaient ça. Ils arrivaient tard dans la soirée, quand les caisses étaient pleines. Avant que quiconque ne soit payé. Ils entraient, toujours par deux, toujours ensemble, costumes sombres, cravates en soie noire, teint pâle et visage impassible. Le contrat était tacite. Sur le principe, il aurait été difficile d'en démontrer l'illégalité. En fait, le contrat avait été tacite dès le début, de nombreuses années plus tôt, sous la forme d'une appréciation esthétique subjective des lieux, suivie d'un commentaire murmuré avec empathie. *C'est un bel endroit que vous avez là. Ce serait dommage qu'il lui arrive quelque chose.* Conversation polie. Ensuite, un billet de cent dollars était tendu, mais accueilli par un hochement de tête négatif, jusqu'à ce qu'un deuxième soit ajouté, accueilli avec un hochement de tête positif. Après la première rencontre, l'argent était généralement laissé dans une enveloppe, généralement au guichet du maître d'hôtel. Et en général, remise sans un mot. Théoriquement, il s'agissait d'une démarche effectuée de plein gré. Rien n'avait été exigé. Aucune aide n'avait été sollicitée. Mille dollars pour une promenade dans le quartier. Presque légal. Un bon boulot si on pouvait l'obtenir. Naturellement, il y avait de la compétition. Naturellement, elle était remportée par les grosses pointures. Les lieutenants supérieurs qui aspiraient à une vie tranquille.

Ce soir-là, ils ne l'obtinrent pas.

Ils avaient garé leur voiture le long du trottoir dans Center Street, avaient commencé par les deux établissements situés juste là, dans la rue, puis ils avaient longé les bâtiments dans le sens inverse des aiguilles d'une montre, troisième arrêt côté nord, quatrième dans la rue de derrière, et cinquième côté sud. Après quoi, ils avaient continué avec l'intention de tourner au dernier angle, et de compléter ainsi le périmètre du carré avant de rejoindre leur véhicule.

Ce qu'ils firent. Sans remarquer deux ou trois choses importantes. Plus loin, une dépanneuse garée dos à eux, moteur au ralenti et feux de recul allumés. Et à peu près au même niveau, sur le trottoir d'en face, un homme en imperméable noir approchant d'un pas rapide. Qu'est-ce que ça voulait dire ? Ils ne posèrent pas la question. C'étaient des lieutenants, qui aspiraient à une vie tranquille.

Ils se séparèrent au niveau du capot de leur voiture, passager sur la gauche, conducteur sur la droite. Ils ouvrirent leurs portières, pas exactement synchrones, mais presque. Ils regardèrent alentour, toujours debout, une dernière fois, tête haute, au cas où quelqu'un se serait encore demandé qui contrôlait le quartier.

Ils ne remarquèrent pas que la dépanneuse se dirigeait, lentement, en marche arrière, droit sur eux. Ils ne remarquèrent pas davantage que l'homme à l'imperméable descendait du trottoir d'en face, de biais, droit sur eux.

Ils se glissèrent sur leurs sièges, fesses, genoux, pieds, mais avant qu'ils aient eu le temps de refermer leurs portières, une silhouette sortait de l'ombre d'un côté, l'homme à l'imperméable surgissant de l'autre, l'un et l'autre armés de petits pistolets semi-automatiques de calibre.22, l'un et l'autre munis de longs et gros silencieux, qui émirent des hoquets sourds quand ils tirèrent de multiples balles dans les têtes qui se trouvaient juste là, à la bonne hauteur. Les deux gars dans la voiture basculèrent sur le côté, celui opposé aux armes à feu. Leurs têtes fracassées se heurtèrent près de l'horloge du tableau de bord, comme s'ils se disputaient l'espace.

Puis leurs portières furent claquées. La dépanneuse fit marche arrière. La silhouette sortie de l'ombre et l'homme en imperméable coururent à sa rencontre. Le conducteur bondit hors de son véhicule. Ensemble, ils chargèrent la voiture. Puis tous les trois sautèrent dans la dépanneuse. Et ils partirent, sans se presser, tranquilles. Événement banal : un véhicule en panne, toute dignité perdue, traîné à reculons dans les rues sur ses roues avant, le derrière en l'air. On ne voyait rien par les vitres. La gravité s'en assurait. À ce moment-là, les deux cadavres s'empilaient sur le plancher. Tout flasques. La rigidité ne surviendrait pas avant quelques heures.

La dépanneuse roula directement jusqu'à l'usine de broyage. Les trois gars détachèrent la voiture et l'abandonnèrent sur un bout de terrain imbibé d'huile. Une énorme pelleteuse passa. À l'avant, au lieu d'un godet, elle avait un transpalette muni de deux fourches géantes. Elle souleva la voiture et la transporta jusqu'au broyeur. La déposa sur une plaque en acier dans un caisson à trois côtés visibles pas beaucoup plus grande que la voiture elle-même. La pelleteuse recula. Le quatrième côté de la boîte se releva. Le haut s'abaissa.

Les moteurs rugirent, les vérins hydrauliques crissèrent et les côtés de la boîte se rapprochèrent, implacablement, en grinçant, gémissant, raclant et déchirant, avec cent cinquante tonnes de puissance chacun. Puis ils s'arrêtèrent, retrouvèrent en sifflant leur position initiale, et un piston fit sortir un cube de métal écrasé d'environ un mètre de côté. Il resta posé un instant sur une lourde grille de fer. Pour que les liquides puissent s'écouler. Du carburant, de l'huile, du liquide de frein et ce qu'il y avait dans le système de climatisation. Plus d'autres liquides, par la même occasion. Puis une cousine de la première pelleteuse arriva. Au lieu de fourches de chariot élévateur, elle avait une griffe. Elle ramassa le cube, le poussa plus loin et le déposa sur une centaine d'autres cubes empilés.

C'est seulement à ce moment-là que l'homme à l'imperméable passa un coup de fil à Dino. Succès total. Deux sur deux. Honneur sauf. Ils avaient échangé le prêt d'argent contre le quartier gastronomique avec succès. Une perte à court terme, mais peut-être un gain à long terme. Un pied dans la porte. Bref, un tremplin qui pourrait être dans un premier temps défendu, puis étendu. Mais surtout la preuve que la carte pouvait être redessinée.

Dino se coucha heureux.

***

Reacher avait été ravi de trouver un taxi sur le parking du supermarché. En partie pour le temps gagné – les Shevick devaient s'inquiéter. Et en partie pour l'énergie qu'il avait économisée, surtout à ce moment-là, contusionné comme il l'était. Mais cela ne lui avait pas rendu service. Ses muscles s'étaient raidis. Le trajet à pied pour retourner en ville allait être douloureux.

Son sens de l'orientation lui indiquait que le meilleur itinéraire était celui qu'il connaissait déjà. Repasser devant le bar, la gare routière, puis continuer vers Center Street, où seraient regroupés les hôtels de chaînes, peut-être un peu plus au sud, concentrés dans un ou deux pâtés de maisons. Il connaissait les villes. Il marchait plus vite qu'il n'aurait voulu, et faisait attention à sa posture. Tête haute, épaules en arrière, bras relâchés, dos droit pour localiser toutes les courbatures et les douleurs, les combattre, les chasser, sans résultat.

Devant le bar, la rue était déserte. Aucune voiture stationnée, aucun homme de main insolent. Il recula et regarda par la fenêtre crasseuse, au-delà des harpes et des trèfles poussiéreux. Le gars livide était toujours attablé dans l'angle le plus éloigné. Toujours phosphorescent. Il était seul. Pas de client malchanceux jeté dans le caniveau.

Reacher continua de marcher, plus facilement, en se détendant. Il quitta le quartier des maisons décrépies, dépassa la gare routière et regarda le ciel devant lui pour repérer la lueur de néons. Les grands immeubles aux noms illuminés. Qui pouvaient abriter des banques, des compagnies d'assurances ou les bureaux de la télévision locale. Ou des hôtels. Ou tout ça à la fois. Il y en avait six au total. Six tours, fièrement dressées. L'ensemble de gratte-ciel du centre-ville. Une assertion courageuse.

La lueur se concentrait sur la partie de gauche, c'est-à-dire au sud-ouest. Il décida de couper au plus court et de s'y rendre directement. Il prit à gauche pour traverser Center Street, une artère qui ne valait pas mieux que la rue du bar, mais pour laquelle on avait dépensé beaucoup d'argent et qui était sur son trente-et-un. L'éclairage public fonctionnait. La brique était propre. Aucune vitrine n'était condamnée. Pour l'essentiel, des bureaux, pas nécessairement des entreprises commerciales, majoritairement dédiés à de bonnes causes. Des services municipaux. Un conseiller familial. Le siège local d'un parti politique. Un seul bâtiment n'était pas plongé dans le noir. De l'autre côté de la rue, son rez-de-chaussée était vivement éclairé. Il avait été reconstruit dans le style devanture de magasin traditionnelle. Il y avait une enseigne sur la porte vitrée. Imprimée sur le verre, en grandes lettres, dans un style démodé, comme celui des machines à écrire des marines de la jeunesse de Reacher. Elle indiquait : *Le projet de droit public.*

Ils sont trois, avait dit Mme Shevick.

Qui travaillent à un projet de droit public.

Trois jeunes hommes sympathiques.

Derrière la porte-fenêtre on apercevait un espace de travail moderne en bois blond, encombré de papiers blancs et pochettes Kraft à l'ancienne. Trois gars assis à des bureaux. Jeunes, assurément. Pas moyen de dire s'ils étaient sympathiques. Reacher n'était pas prêt à risquer une opinion. Ils portaient tous la même tenue, pantalon beige léger et chemise bleue à col boutonné.

Reacher traversa. De près, il découvrit ce qui devait être leurs noms, imprimés sur le verre. Même style machine à écrire, mais police plus petite. Ils s'appelaient Julian Harvey Wood, Gino Vettoretto et Isaac Mehay-Byford. Ce qui faisait beaucoup de noms pour seulement trois gars. Et il y avait beaucoup de lettres après leurs noms. Toutes sortes de doctorats. Un de Stanford, un de Harvard et un de Yale.

Reacher tira la porte et entra.

11

Les trois petits jeunes levèrent les yeux, surpris. Un avait la peau mate, l'autre la peau claire et le troisième quelque chose entre les deux. Ils semblaient âgés d'une vingtaine d'années. Ils avaient tous l'air fatigués. Travail harassant, journées à rallonge, pizza et café. Comme du temps de la fac de droit.

Celui à la peau mate demanda :

— On peut vous aider ?

— Lequel êtes-vous ? lui demanda Reacher. Julian, Gino, ou Isaac ?

— Gino.

— Ravi de vous rencontrer, Gino. Vous ne connaîtriez pas un couple de personnes âgées, les Shevick, par hasard ?

— Pourquoi ?

— Je viens de passer un peu de temps avec eux. J'ai pris connaissance de leurs problèmes. Ils m'ont dit qu'ils avaient trois avocats travaillant sur un projet de droit public. Je me demande si c'est vous. En fait, je le suppose. Je me demande combien de projets de droit public une ville de cette taille pourrait soutenir.

Le jeune à la peau claire répondit :

— Si ce sont nos clients, nous ne pouvons bien évidemment pas vous parler de leur dossier.

— Lequel êtes-vous ?

— Julian.

Le ni mat ni clair déclara :

— Et moi, c'est Isaac.

— Moi, c'est Reacher. Enchanté de vous rencontrer tous. Les Shevick sont vos clients ?

— Oui, répondit Gino. Donc on ne peut pas vous parler d'eux.

— Disons qu'il s'agit d'un exemple hypothétique. Dans un cas comme le leur, est-ce que l'un ou l'autre des fonds prévus sans égard à la responsabilité est susceptible de payer dans les sept prochains jours ?

Isaac répondit :

— Nous ne devrions vraiment pas en discuter.

— Juste en théorie, dit Reacher. Comme exemple abstrait.

— C'est compliqué, dit Julian.

— C'est-à-dire ?

— Eh bien, théoriquement parlant, une telle affaire serait simple au départ, mais se compliquerait énormément si des membres de la famille se portaient garants. Un acte de cette nature abaisserait le niveau d'urgence. Je veux dire au sens propre. Le dossier rétrograderait dans la liste à traiter. Les fonds sans égard à la responsabilité doivent en gérer des dizaines de milliers. Peut-être des centaines de milliers. S'ils sont sûrs qu'un patient reçoit bien des soins, ils attribuent un code différent. Comme une note inférieure. Le dossier ne passe pas exactement au bas de la pile, mais ils le relèguent au second plan. Pendant qu'ils traitent les plus urgents.

— Donc les Shevick ont fait une erreur en signant le document.

— On ne peut pas vous parler des Shevick, répéta Gino. Question de confidentialité.

— Théoriquement, reprit Reacher. Hypothétiquement. Est-ce que ce serait une erreur pour des parents hypothétiques de signer le document ?

— Bien sûr, répondit Isaac. Voyez ça du point de vue d'un bureaucrate. Le patient reçoit un traitement. Le bureaucrate ne se soucie pas de savoir comment. Tout ce qu'il sait, c'est qu'il n'y a pas d'impact négatif pour le patient. Donc il peut prendre tout son temps. Les hypothétiques parents auraient dû tenir bon et dire non. Ils auraient dû refuser de signer.

— J'imagine qu'ils n'ont pas pu se résoudre à le faire.

— Je suis d'accord, ç'aurait été difficile au vu des circonstances. Mais ç'aurait marché. Le bureaucrate aurait été obligé de sortir son chéquier. Tout de suite. Pas le choix.

— C'est une question d'éducation, dit Gino. Les gens doivent connaître leurs droits à l'avance. Ça ne peut pas être fait sur le moment. Votre enfant est allongé sur un brancard. L'émotion est trop grande.

— Va-t-il se passer quelque chose dans les sept prochains jours ?

Aucun des trois jeunes ne répondit.

Ce qui, selon Reacher, était une réponse en soi.

Finalement Julian déclara :

— Le problème, c'est que maintenant ils ont le temps d'argumenter. Le fonds gouvernemental, c'est de l'argent du contribuable. Et cette législation est impopulaire. Donc le gouvernement voudra que le fonds d'assurance paie. Le fonds d'assurance, c'est l'argent des actionnaires. Les bonus en dépendent. Donc le fonds d'assurance renverra le dossier au gouvernement, maintes et maintes fois, le temps que ça prendra.

— Le temps de quoi ?

— Que le patient meure, répondit Isaac. C'est le gros lot pour le fonds d'assurance. Parce qu'à ce moment-là on entre dans un tout autre débat. Le contrat de substitution était établi entre le fonds sans égard à la responsabilité et la personne décédée. Qu'y a-t-il à rembourser ? Le défunt n'a pas dépensé d'argent. Ses soins ont été financés par la générosité de ses proches. Ce qui arrive tout le temps. Les dons entre membres d'une même famille pour financer les frais médicaux sont si courants que le fisc les considère comme une catégorie à part entière. Mais ce n'est pas la même chose qu'acheter des actions dans une société. Vous ne bénéficiez pas d'une éventuelle hausse. La dénomination parle d'elle-même : il s'agit d'un don. D'un cadeau, donné librement. Il n'est pas remboursé. Surtout pas par et à des parties qui ne figuraient même pas dans l'accord d'origine nul et non avenu. Simple question de principe juridique. Les précédents ne sont pas clairs. Cela pourrait aller jusqu'à la Cour Suprême.

— Donc rien dans les sept prochains jours ?

— Nous aurions de la chance si le versement survenait dans les sept prochaines années.

— Ils ont des dettes jusqu'au cou.

— Les bureaucrates se fichent de savoir comment ils financent leurs paiements.

— Et vous ?

— Nos clients refusent que nous nous intéressions à leurs activités financières, répondit Julian.

Reacher acquiesça.

— Ils ne veulent pas que vous brûliez leurs dernières cartouches.

— C'est exactement l'expression qu'ils ont utilisée, dit Gino. Ils pensent que si les usuriers se faisaient arrêter, ça les laisserait sans possibilité de prêt à l'avenir, s'ils en avaient besoin, ce qui, d'après leur expérience, arrivera probablement.

— Ont-ils d'autres recours légaux ? demanda Reacher.

— Hypothétiquement, répondit Julian. La stratégie évidente serait d'attaquer l'employeur contrevenant au civil. On gagnerait à coup sûr. Sauf qu'évidemment il n'y a jamais de procès dans un cas comme celui-ci parce que le motif de l'action civile en elle-même aura déjà montré que le défendeur est un fraudeur, à présent ruiné, et ne laissera au plaignant victorieux aucun actif à récupérer.

— Ils ne peuvent rien faire d'autre ?

— Nous adressons une requête au tribunal en leur nom, dit Gino. Mais de toute façon ils arrêtent de lire dès qu'ils arrivent au passage indiquant que la patiente suit actuellement un traitement.

— OK, dit Reacher. Espérons que tout ira bien. Quelqu'un vient de me dire qu'une semaine, c'est long. Merci pour votre aide. Je vous suis reconnaissant.

Il tourna les talons, poussa la porte et sortit. Puis il s'arrêta au coin de la rue pour peaufiner son orientation. À droite, puis à gauche. Ça devait marcher.

Il entendit la porte s'ouvrir derrière lui. Il entendit des bruits de pas sur le trottoir. Il se retourna et vit Isaac avancer vers lui. Celui qui n'était ni mat ni clair. Il faisait dans les un mètre soixante-quinze, mais était bâti comme une armoire à glace. Il avait des revers à son pantalon.

— Moi, c'est Isaac, vous vous souvenez ?

— Isaac Mehay-Byford, répondit Reacher. Docteur en droit diplômé de Stanford. Une université difficile. Félicitations. Mais j'imagine que vous êtes originaire de la côte Est.

— De Boston. Mon père y était flic. Vous me faites un peu penser à lui. Lui aussi remarquait les détails.

— Je me sens vieux tout à coup.

— Vous êtes flic ?

— Je l'ai été. À une époque. Dans l'armée. Est-ce que ça compte ?

— Peut-être. Vous pourriez me donner quelques conseils.

— À quel sujet ?

— Comment avez-vous rencontré les Shevick ?

— J'ai aidé M. Shevick à sortir du pétrin ce matin. Il s'est blessé au genou. Je l'ai raccompagné chez lui. Sa femme et lui m'ont raconté leur histoire.

— Sa femme m'appelle de temps en temps. Ils n'ont pas beaucoup d'amis. Je sais ce qu'ils font pour se procurer de l'argent. Tôt ou tard, ils vont être à court.

— Je pense que c'est déjà le cas. Ou qu'ils le seront, dans sept jours.

— J'ai une théorie un peu folle.

— À propos de quoi ?

— Mais je me fais peut-être des illusions.

— À propos de quoi ?

— La dernière chose que Julian a dite. Au sujet du procès au civil, contre l'employeur. Ça ne sert à rien de le poursuivre parce que les actifs sont sans valeur. Habituellement, c'est un bon conseil. Et dans ce cas aussi, j'en suis sûr. Sauf qu'en fait, je n'en suis pas sûr.

— Pourquoi ?

— Le type était connu ici à une époque. Tout le monde parlait de lui. L'ironie est que Meg Shevick a fait du bon travail de relations publiques pour lui. Beaucoup de mythologie sur le secteur de la technologie, beaucoup de trucs sur les jeunes entrepreneurs, une image positive de l'immigration, sur la façon dont il est arrivé dans ce pays sans rien et y a si bien réussi. Mais j'ai aussi entendu des trucs négatifs. Ici et là, des bribes, des ragots, sans lien entre eux. Tous des ouï-dire non corroborés, mais venant de gens qui devaient savoir. Bizarrement, pour moi c'est devenu une obsession. Je voulais comprendre comment toutes ces pièces aléatoires s'assemblaient derrière l'image publique. Il semblait y avoir trois thèmes principaux. Il ne pensait qu'à lui, il manquait d'éthique et il semblait avoir beaucoup plus d'argent qu'il n'aurait dû. Ma théorie un peu folle, c'est qu'en assemblant les pièces du puzzle, on est logiquement forcé de conclure qu'il détournait de l'argent. Ce qui aurait été facile pour quelqu'un qui manque d'éthique. Il y avait un véritable tsunami de liquidités à l'époque. C'en était insensé. Je pense qu'on ne pouvait pas y résister. Qu'il a donc entassé sous son matelas l'argent des investisseurs, des millions de dollars.

— Ce qui expliquerait comment la société a sombré si vite. Elle n'avait pas de réserves. Elles avaient été volées. Le bilan était sens dessus dessous.

— Le fait est que l'argent pourrait encore être là. Aux trois quarts. Ou en partie. Toujours sous son matelas. Dans ce cas, le procès au civil vaudrait le coup. Contre lui. Pas contre l'entreprise.

Reacher garda le silence.

Isaac reprit :

— En tant qu'avocat je me dis qu'il y a une chance sur cent. Mais je détesterais voir sombrer les Shevick sans vérifier. Seulement voilà, je ne sais pas comment. C'est pour ça que j'ai besoin de conseils. Un vrai cabinet d'avocats engagerait un détective privé. Celui-ci localiserait le gars et fouillerait dans ses dossiers. Deux jours après, on serait fixés. Mais notre projet n'a pas le budget nécessaire. Et nous ne sommes pas assez payés pour mettre la main à la poche.

— Pourquoi auraient-ils besoin de localiser le gars ? Il a disparu ?

— Nous savons qu'il est toujours en ville. Mais il fait profil bas. Je doute de pouvoir le trouver tout seul. Il est très malin et si j'ai raison, il est aussi très riche. Ce n'est pas une bonne combinaison. Ça augmente les risques.

— Comment s'appelle-t-il ?

— Maxim Trulenko, répondit Isaac. Il est ukrainien.

12

Gregory eut vent des premières rumeurs au sujet du quartier des restaurants gastronomiques un quart d'heure après les événements. Son comptable avait appelé pour le prévenir que son rapport du soir serait retardé parce qu'il attendait deux intermédiaires qui ne s'étaient toujours pas présentés. Gregory lui demanda lesquels, et le comptable lui répondit qu'il s'agissait des gars en charge des cinq restaurants. Au début, Gregory n'y accorda aucune importance. Ils étaient adultes.

Puis son bras droit appela pour l'informer que les deux intermédiaires en question ne répondaient plus au téléphone depuis un moment, que leur voiture ne se trouvait pas là où elle aurait dû se trouver, que le message avait été transmis à la flotte de taxis, avec un descriptif de la voiture et que pour une fois on avait obtenu une réponse immédiate. Deux chauffeurs déclarèrent exactement la même chose. Un peu plus tôt, ils avaient vu un véhicule correspondant au signalement se faire embarquer par une remorqueuse. Roues arrière décollées du sol, sur une remorque de taille moyenne. Trois silhouettes dans la cabine. Au début, Gregory n'y accorda aucune importance. Les voitures tombent en panne, ça arrive.

Puis il demanda :

— Mais pourquoi ça les empêcherait de répondre au téléphone ?

Il entendit la voix de Dino dans sa tête. *On a un gars à la casse. Il nous doit aussi de l'argent.* À voix haute, il déclara :

— Il nous la joue quatre hommes pour en venger deux. Pas deux pour deux. Il est devenu fou.

Son gars lui répondit :

— Le quartier des restaurants rapporte moins que le prêt. C'est peut-être ça, le message.

— Il est expert-comptable maintenant ?

— Il ne peut pas se permettre d'avoir l'air faible.

— Moi non plus. Quatre pour deux, c'est n'importe quoi. Fais passer le mot. J'en veux deux de plus d'ici demain matin. Fais en sorte que ce soit bien voyant, cette fois.

***

Reacher prit à droite, puis à gauche, et arriva devant trois tours d'hôtels disposées en triangle, appartenant à des chaînes nationales milieu de gamme, deux à l'est de Center Street et une à l'ouest. Il choisit au hasard et perdit cinq bonnes minutes à la réception en utilisant la photo d'identité de son passeport, et sa carte bancaire, moyen de paiement favori, puis il signa deux fois, à deux endroits différents, sur deux lignes différentes, pour deux raisons différentes. Même entrer au Pentagone était plus simple, dans le temps.

Il se procura un plan de la ville dans le hall et prit l'ascenseur pour rejoindre sa chambre, une pièce banale sans rien qui mérite qu'on la recommande, mais quand même pourvue d'un lit et d'une salle de bains, à savoir tout ce dont il avait besoin. Il s'assit sur le lit pour consulter la carte. La ville était en forme de poire, quadrillée de rues et d'avenues, et rétrécissait vers le haut en direction de l'autoroute. Le concessionnaire Ford et les machines agricoles se trouvaient en haut, là où se serait trouvée la tige du fruit. Les hôtels, en plein milieu de la partie charnue. Le quartier des affaires. Avec une galerie d'art et un musée. Le lotissement des Shevick était à mi-chemin de la limite est. Sur la carte, il ressemblait à une petite empreinte de pouce.

Où un type très malin et très riche choisirait-il de faire profil bas ?

Nulle part. La ville était grande, mais pas assez. Le gars avait été célèbre. Il avait employé une vice-présidente pour les relations publiques. Tout le monde parlait de lui. Sa photo avait dû figurer tout le temps dans le journal. Un tel individu pouvait-il se transformer en ermite du jour au lendemain ? C'était impossible. Il devait manger, au moins ça. Il devait sortir faire les courses, ou se les faire livrer. De toute façon, on le verrait. Les gens le reconnaîtraient. Les gens parleraient. Au bout d'une semaine, on organiserait des visites en bus de sa maison.

Sauf si ceux qui lui apportaient à manger ne parlaient pas.

L'Ukraine compte environ quarante-cinq millions d'habitants. Certains étaient venus en Amérique. Il n'y avait aucune raison de croire qu'ils se connaissaient tous. Aucune raison de supposer qu'ils soient en relation. Mais avoir des relations était le seul moyen de se cacher dans une ville de cette taille. La seule garantie d'être caché, protégé et pris en charge par une troupe loyale et vigilante. Comme un agent secret dans une maison sécurisée. On regarde tristement par la fenêtre, tandis que des coursiers discrets vont et viennent.

Sept chances avant la fin de la semaine.

Il replia la carte et la glissa dans sa poche revolver. Prit l'ascenseur pour gagner le hall, puis sortit. Il avait faim. Il n'avait rien avalé depuis le déjeuner avec les Shevick. Un sandwich poulet-salade, un petit paquet de chips, et une canette de soda. Rien de bien substantiel, et ça commençait à dater. Il se retourna, marcha dans Center Street, et après quelques minutes, se rendit compte que côté restauration, il ne restait pas grand-chose d'ouvert. La soirée était déjà trop avancée.

Mais peu importe. La plupart des établissements ne l'intéressaient pas.

Il prit vers le nord dans Center Street, jusqu'à l'endroit où, d'après ce qu'il avait imaginé, la partie charnue de la poire commençait à s'amincir, puis il rebroussa chemin, prit vers le sud, s'assit sur un banc à un arrêt de bus et observa les va-et-vient dans la rue. Exercice au ralenti. La plupart du temps, la rue était vide. Il y avait de longs intervalles de calme entre les véhicules. Les piétons marchaient souvent par groupes de quatre ou cinq, et à en juger par leur âge et leur apparence, étaient parfois les derniers clients à quitter les restaurants pour rentrer chez eux, et parfois les premiers à entrer avec un retard savamment calculé dans les derniers établissements à la mode. Qui semblaient situés pour moitié à l'est et pour moitié à l'ouest de Center Street, à en juger par le flux des promeneurs. Qui faisaient en réalité plus que se promener. Il s'en dégageait une énergie particulière, on sentait un certain entrain.

De temps en temps, un solitaire partait dans une direction ou dans une autre. Des hommes, à chaque fois, certains fixant le trottoir, d'autres regardant droit devant eux, comme s'ils étaient gênés qu'on les voie. Tous avaient hâte d'atteindre leur destination.

Reacher quitta le banc et suivit le flot vers l'est. Devant lui, il remarqua un quatuor glamour qui entrait par une porte sur la droite. Quand il arriva à sa hauteur, il découvrit un bar aménagé pour ressembler à une prison fédérale. Les barmans portaient des combinaisons orange. Le seul membre du personnel à ne pas être déguisé était un grand type assis sur un tabouret près de la porte. Pantalon noir et chemise noire. Cheveux bruns. Albanais, presque à coup sûr. Reacher connaissait son pays. Il y avait passé du temps. Le gars semblait fraîchement débarqué. Il avait un air suffisant. Il avait du pouvoir, et il aimait ça.

Reacher avança. Emboîta le pas à un homme discret, mais déterminé, qui tourna à un coin de rue et il le vit entrer par une porte sans inscription, juste au moment où un autre sortait, tout rougeaud et ravi. Un jeu d'argent. Pas de la prostitution. Reacher connaissait la différence. Il avait passé treize ans dans la police militaire. Il se dit que le gars qui entrait pensait récupérer bientôt ce qu'il avait perdu la veille, et que celui qui sortait avait gagné juste assez de fric pour liquider ses dettes, et payer un bouquet de fleurs et un dîner pour deux. À moins que continuer sur la lancée de victoires lui assure un destin plus heureux encore. Décision difficile. Presque un dilemme moral. Que fallait-il faire ?

Reacher observa.

Le gars opta pour les fleurs et le dîner.

Reacher continua d'avancer.

***

Les collectes albanaises s'effectuaient en général plus tard dans la soirée, les établissements qu'ils traitaient se peuplant en général plus tard, ce qui signifiait que les caisses se remplissaient plus tard elles aussi. Leur méthode n'avait rien à voir avec celle de l'autre côté de Center Street. Eux n'entraient pas. Pas de présence menaçante. Pas de costumes sombres. Pas de cravates en soie noire. Ils restaient dans la voiture. On leur avait demandé de ne pas contrarier les différentes clientèles des différents établissements. On aurait pu les prendre pour des flics ou même des agents d'une autre sorte. Mauvais pour les affaires. Dans l'intérêt de personne. Au lieu de cela, un coursier sortait avec l'enveloppe, la passait par la fenêtre de la voiture, et retournait aussitôt à l'intérieur. Des milliers de dollars pour un tour du quartier. Un bon boulot quand on l'obtenait.

Deux pâtés de maisons à l'est et un pâté de maisons au nord du club de jeu, Reacher avait repéré trois commerces mitoyens, tous détenus par la même famille. D'abord un bar, puis une épicerie de nuit, et en troisième position un débit d'alcools. Les loyers étaient collectés par deux vétérans, briseurs de jambes à la retraite, tous deux très respectés. Le rythme de leur porte-à-porte, portes distantes d'environ dix mètres, était bien rodé. L'un conduisait, et l'autre s'asseyait derrière lui. Leur méthode favorite. Ils baissaient la vitre arrière de cinq centimètres. L'enveloppe était tendue dans le vide. Aucun contact. Rien de trop proche. Puis le conducteur appuyait sur la pédale et un faible à-coup dans la transmission propulsait la voiture dix mètres en avant, jusqu'à la porte suivante, devant laquelle une enveloppe était tendue dans le vide. Et ainsi de suite, si ce n'est que cette nuit-là, au troisième arrêt, devant le débit d'alcools, ce n'était pas une enveloppe. C'était un gros silencieux noir au bout d'une arme.

13

L'arme en question était une mitraillette Heckler & Koch MP5, de toute évidence réglée pour tirer par rafale de trois projectiles parce que c'est le nombre de balles qu'avait reçues le gars assis sur la banquette arrière, tirées à l'aveugle mais intelligemment, légèrement en retrait, en balayant du bas à l'horizontale, dans l'espoir d'atteindre des jambes et des bras, voire la poitrine. Pendant ce temps-là, le conducteur recevait à peu près la même chose depuis l'autre côté, mais surtout dans la tête, à travers le verre brisé, la rafale tirée avec une autre H&K et fusant depuis le trottoir d'en face.

Après quoi les portières de la voiture furent violemment ouvertes, presque symétriquement, et le gars du trottoir d'en face poussa le conducteur dans le siège vide à côté de lui pour prendre sa place, tandis que le gars du débit d'alcools se serrait à l'arrière. Ils claquèrent les portières et la voiture démarra, tous les sièges occupés, les hommes disposés en diagonale, deux se sentant plutôt bien, un autre mort et le dernier en train de mourir.

***

À ce moment-là, Reacher se trouvait à deux pâtés de maisons de l'autre côté de Center Street. Il avait localisé la ligne de démarcation entre les territoires albanais et ukrainien. Et avait trouvé exactement ce qu'il cherchait. À savoir un bar avec de petites tables de cabaret rondes et une scène au fond. Sur la scène, un trio guitare-basse-batterie, et sur les tables des menus de plats de fin de soirée en petites portions. Il y avait une machine à expresso au bout du bar. Un gars sur un tabouret à l'entrée. Costume noir, chemise blanche, cravate noire, peau blanche, cheveux clairs. Ukrainien à coup sûr.

Impeccable. Tout ce dont Reacher avait besoin, rien d'inutile.

Il choisit une table au fond de la salle, à peu près au milieu, et s'assit dos au mur. Du coin de l'œil gauche, il pouvait observer le gars sur le tabouret, du droit, le groupe. Plutôt bon. Il jouait des reprises de blues dans un style jazz des années cinquante. Sons de guitare doux et ronds, pas trop forts, sons graves boisés de basse, balai glissant subtilement sur la caisse claire. Pas de chant. La plupart des spectateurs buvaient du vin. Certains mangeaient des pizzas de la taille d'une soucoupe à thé. Reacher examina la carte. Les plats s'appelaient « portions individuelles ». Margarita ou pepperoni. Neuf dollars.

Une serveuse passa, assortie à la musique des années cinquante. Menue et garçonne, peut-être fin de la vingtaine, soignée et mince, tout en noir, cheveux bruns courts, yeux vifs et sourire timide, mais contagieux. Elle aurait pu jouer dans un vieux film en noir et blanc avec du jazz en bande-son. Un rôle de petite sœur impertinente, dangereusement avant-gardiste. Qui voulait probablement porter un pantalon pour aller au bureau.

Reacher la trouva charmante.

Elle lui demanda :

— Puis-je vous apporter quelque chose ?

Il commanda deux verres d'eau du robinet, deux doubles expressos, et deux pizzas pepperoni.

La serveuse lui demanda :

— Vous attendez quelqu'un ?

Reacher lui répondit :

— Je crains d'être sous-alimenté.

Elle sourit, s'éloigna et le groupe entama une reprise lugubre de la vieille chanson de Howlin' Wolf, « Killing Floor ». Le guitariste interpréta la mélodie dans un déferlement de notes pareilles à des perles pour expliquer comment il aurait dû la quitter, après sa deuxième fois, et partir au Mexique. À la porte, les clients continuaient d'entrer, au moins par deux, jamais seuls. Ils s'arrêtaient tous une seconde, comme Reacher l'avait fait, obéissants, pour que le portier les inspecte. Il les toisait de la tête aux pieds, les regardait dans les yeux, puis les faisait entrer d'un mouvement de tête millimétré, pour rejoindre la salle derrière son épaule et aller s'amuser. Ils passaient devant lui, il croisait les bras, puis se calait de nouveau sur son tabouret.

Deux morceaux plus tard, la serveuse apporta son repas à Reacher. Elle disposa le tout sur la table. Reacher la remercia. Elle lui répondit : « De rien » et il lui demanda :

— Est-ce que le gars à la porte empêche jamais quelqu'un d'entrer ?

— Ça dépend qui c'est.

— Qui est-ce qu'il arrête ?

— Les flics. Même si nous n'en avons pas vu ici depuis des années.

— Pourquoi eux ?

— Ce n'est jamais une bonne idée de les laisser entrer. Quoi qu'il arrive, si le vent tourne, tout à coup, c'est corruption, piège ou autre gros problème. C'est pour ça que les flics ont leurs propres bars.

— Et donc, il n'a empêché personne d'entrer depuis des années. Je me demande à quoi il sert, exactement.

— Pourquoi cette question ?

— Je suis curieux.

— Vous êtes flic ?

— Maintenant, vous allez me dire que je ressemble à votre père.

La serveuse sourit.

— Il est beaucoup plus petit.

Elle se retourna avec un dernier regard, pas un clin d'œil, mais pas loin. Puis elle s'éloigna. Le groupe continua de jouer. Reacher comprit que le portier comptait. C'était un parasite. Le montant des loyers était sans doute fixé sur la base d'un pourcentage. Le gars comptait les clients pour que les propriétaires ne puissent pas truquer les chiffres. Et il représentait, peut-être symboliquement, une présence rassurante. Pour adoucir l'accord. Pour que tout le monde se sente mieux.

La serveuse revint avant que Reacher ait terminé. Elle lui apportait l'addition dans un portefeuille en vinyle noir. Elle était sur le point de finir son service. Il arrondit, ajouta dix dollars de pourboire et paya en espèces. La serveuse s'éloigna. Reacher finit son repas, mais resta encore attablé un moment, à observer le portier. Puis il se leva et se dirigea vers lui. Seule façon de quitter le restaurant. On y entre par la porte, on en sort par la porte.

Il s'arrêta au niveau du tabouret.

— J'ai un message urgent pour Maxim Trulenko, dit-il. J'ai besoin que vous trouviez un moyen de le lui transmettre. Je serai là demain, à la même heure.

Il avança, passa la porte et se retrouva dans la rue. Six mètres sur sa droite, la serveuse sortit par la porte du personnel. Exactement au même moment. Ce qu'il n'avait pas prévu.

Elle s'arrêta sur le trottoir.

Menue, garçonne, fin de service.

Elle le salua.

— Merci encore de vous être occupé de moi, lui dit Reacher. J'espère que vous passerez une bonne fin de soirée.

Il comptait le temps dans sa tête.

La serveuse répondit :

— Vous aussi, et merci pour le très généreux pourboire.

Elle resta là, à environ deux mètres, un peu tendue, un peu sur ses gardes. Et avec tout un langage corporel.

— J'essaie de penser au genre de pourboire que j'aimerais avoir, si j'étais serveuse, lui dit Reacher.

— Voilà une image que je ne risque pas d'oublier.

Reacher comptait le temps dans sa tête parce que l'une des deux choses était sur le point de se produire : Soit rien, soit quelque chose. Peut-être rien parce que le nom de Maxim Trulenko ne signifiait rien pour eux. Ou bien quelque chose parce que le nom de Trulenko se trouvait en haut de la liste des clients VIP.

L'avenir le dirait.

La serveuse demanda :

— Alors que faites-vous si vous n'êtes pas flic ?

— Pour l'instant, je suis à la recherche d'un emploi.

Si le nom de Trulenko figurait sur une liste, le protocole voudrait probablement que le portier l'appelle ou lui envoie un SMS immédiatement, et ensuite, soit en raison d'une instruction reçue par réponse immédiate, soit parce que ça faisait partie du protocole de toute façon, il sortirait pour retenir Reacher et temporiser, de toutes les façons possibles, au moins assez longtemps pour prendre une photo de lui avec son téléphone, et avec un peu de chance assez longtemps pour qu'une équipe de surveillance mobile arrive. Ou une unité de kidnapping, elle aussi mobile. Ils avaient sûrement beaucoup de véhicules. Et pas une très grande zone à patrouiller. La moitié d'une ville en forme de poire.

— Je suis désolée, dit la serveuse. J'espère que vous trouverez quelque chose bientôt.

— Merci, répondit Reacher.

Il faudrait peut-être quarante secondes au portier pour passer le coup de fil, ou envoyer le SMS et recevoir la réponse, puis pour se préparer, prendre une profonde inspiration, et sortir. Auquel cas, il allait arriver maintenant.

Si la chose était quelque chose.

Peut-être que ce n'était rien.

La serveuse demanda :

— Quel genre de travail aimez-vous faire ?

Le gars passa la porte derrière eux.

Reacher alla jusqu'au bord du trottoir et se retourna, pour former un triangle un peu aplati, la serveuse à sa gauche, le type à sa droite et un espace vide dans son dos.

Le gars regarda Reacher, mais s'adressa à la serveuse et lui lança :

— Va-t'en, petite.

Reacher la regarda.

Elle articula quelque chose en silence. Ç'aurait pu être : *Regardez où je vais*. Puis elle s'enfuit. Pas littéralement. Elle se tourna, traversa la rue d'un pas rapide, et Reacher jeta un coup d'œil par-dessus son épaule, deux fois, brièvement, à peu de temps d'intervalle, comme deux images d'une vidéo. Sur la première elle se trouvait déjà à plusieurs dizaines de mètres, marchant vers le nord sur le trottoir d'en face, et sur la seconde elle avait disparu. Par une porte, donc.

Le gars sur la droite de Reacher lui lança :

— Il me faudrait votre nom avant de pouvoir vous mettre en contact avec Max Trulenko. Et on devrait peut-être d'abord discuter, vous et moi, de la façon dont vous l'avez connu, juste pour le rassurer.

— Quand pourrions-nous faire ça ?

— On pourrait le faire maintenant. Entrez. Je vous offre un café.

Retenir et temporiser. Jusqu'à l'arrivée de l'équipe d'intervention. Reacher regarda à gauche et à droite dans la rue. Pas de phares. Rien ne venait. Pas encore.

Il répondit :

— Merci, mais je viens de dîner. J'ai tout ce qu'il me faut. Je reviendrai demain. À peu près à la même heure.

Le type sortit son téléphone.

— Je pourrais lui envoyer votre photo par SMS. Dans un premier temps. Ce serait plus rapide.

— Non merci.

— J'ai besoin que vous me disiez d'où vous connaissez Max.

— Tout le monde connaît Max. Il a été célèbre ici pendant un moment.

— Dites-moi le message que vous avez pour lui.

— Lui seul doit l'entendre.

Le type ne répondit pas. Reacher observa la rue. Les deux bouts. Rien ne venait. Toujours pas.

Le gars déclara :

— On ne devrait pas partir du mauvais pied. Les amis de Max sont mes amis. Mais si vous le connaissez, vous devez évidemment savoir qu'on doit se renseigner sur vous. Vous êtes d'accord que c'est la moindre des choses.

Reacher contrôla la rue. Maintenant, quelque chose arrivait. Deux faisceaux de phares cahotants et bondissants depuis l'angle sud-ouest du pâté de maisons, plus vite que la suspension avant ne pouvait confortablement le supporter. Ils balayèrent la scène, plongèrent, se stabilisèrent à l'horizontale, puis s'élevèrent, tandis que l'arrière de la voiture s'affaissait sous une forte accélération.

Leur faisceau droit sur eux.

— On se reverra, dit Reacher. J'espère.

Il pivota sur les talons, puis traversa la rue en direction du nord, s'éloignant de la voiture. Il en aperçut une seconde arrivant en sens inverse. Mêmes faisceaux de phares bondissants. De l'autre côté. Forte accélération. Droit sur lui. Probablement deux gars dans chaque voiture. Un nombre convenable, pour une réaction rapide. Déjà en niveau d'alerte maximale. Donc Trulenko était important. Donc ils avaient le feu vert pour faire ce qu'ils jugeaient bon.

À ce moment-là, Reacher était bien la tranche de viande prise en sandwich dans la lumière des phares.

Regardez où je vais.

Une porte, vers le bout de la rue.

Il se retourna, se tint à l'écart de la lumière, et observa les portes qui l'une après l'autre émergeaient des ombres découpées et mouvantes. La plupart ouvraient sur des commerces de détail, obscurs et poussiéreux comme le sont les magasins fermés, d'autres étaient plus simples et solidement construites en bois, probablement destinées aux logements privés au-dessus, mais aucune n'était ouverte, pas même entrouverte, et aucun encadrement ne laissait voir de lumière. Reacher prit la même direction que la serveuse, et d'autres portes surgirent de l'ombre, une à une, mais muettes, grises et obstinément fermées, elles ressemblaient toutes aux précédentes.

Les voitures se rapprochèrent. La lumière de leurs phares devint plus vive. Reacher abandonna les portes. Il devait avoir mal entendu. Ou mal lu sur les lèvres de la serveuse. Son cerveau commença à faire défiler des scénarios impliquant deux gars venant du sud et deux du nord, sans doute tous les quatre armés, mais probablement pas de fusils à pompe si près du centre-ville, donc uniquement d'armes de poing, peut-être munies de silencieux en fonction de leur arrangement de facto avec la police locale. Ne pas effrayer les électeurs. Mais tout instinct de prudence serait contrecarré par une réticence extrême à décevoir leurs patrons.

Les voitures ralentirent, puis s'arrêtèrent.

Reacher était coincé en plein milieu.

Règle n° 1, gravée dans la pierre depuis sa plus tendre enfance quand il avait compris qu'il pouvait soit être effrayé soit être effrayant : courir vers le danger, jamais le fuir. Ce qui lui donnait le choix entre avancer ou reculer. Il choisit d'avancer. Vers le nord, la direction qu'il suivait déjà. Pas de pause dans la foulée. Pas de demi-tour. Rapide et décidé. Lumière éblouissante devant lui, lumière éblouissante derrière lui. Il continua d'avancer. Comportement instinctif, mais tactique sûre, aussi. Aussi sûre qu'elle pouvait l'être dans cette sombre situation. Au sens où il fallait tirer le maximum d'une très mauvaise main. Au moins faussait-il le schéma. Ce que les têtes pensantes de l'armée auraient appelé « modifier l'espace de combat ». Les gars de devant sentiraient donc une pression croissante à mesure qu'il se rapprochait. Ceux de derrière devraient tirer plus loin. Ces deux éléments réduiraient l'efficacité de tout le monde. Du moins de cinquante pour cent, avec un peu de chance. Parce que les gars de derrière s'inquiéteraient des tirs amis. Leurs copains se trouveraient juste à côté de la cible.

Les gars de derrière pourraient se retirer du combat volontairement.

Tirer le meilleur parti d'une très mauvaise main.

Reacher accéléra.

Il entendit des portières de voitures s'ouvrir.

Sur sa gauche, alors qu'il accélérait, il vit des portes des magasins de détail apparaître dans la lumière des phares puis disparaître dans l'ombre, une par une, toutes hostiles et bien fermées. Jusqu'à ce qu'une ne le soit plus. Parce que ce n'était pas une porte. C'était une ruelle. Sur sa droite, le trottoir ne présentait pas d'interruption, mais sur sa gauche, il y avait un espace sombre de deux mètres et demi entre les bâtiments, pavé de la même façon que le trottoir. Une sorte de rue piétonne. Publique. Qui menait où ? Il s'en fichait. Il faisait sombre. Elle allait forcément déboucher sur un endroit bien plus engageant qu'une rue déserte noyée dans la lumière de quatre phares de deux voitures face à face.

Il s'engagea rapidement dans la ruelle.

Entendit des bruits de pas derrière lui.

Accéléra encore. Un bâtiment plus loin la ruelle s'élargissait pour devenir une rue étroite. Toujours sombre. Toujours des bruits de pas derrière lui. Il resta près des bâtiments, là où l'ombre était plus épaisse.

Une porte s'ouvrit devant lui dans l'obscurité.

Une main lui attrapa le bras et le tira à l'intérieur.

14

La porte se referma doucement et trois secondes plus tard, des bruits de pas résonnèrent dehors, à un rythme lent et prudent. Puis le silence revint. La main sur le bras de Reacher l'attira plus profondément dans l'obscurité. Les doigts étaient petits, mais forts. Il entra dans un nouvel endroit. Acoustique différente. Odeur différente. Pièce différente. Quelqu'un cherchait à tâtons un interrupteur sur un mur.

La lumière s'alluma.

Il cligna des yeux.

La serveuse.

Regardez où je vais.

Une ruelle, pas une porte. Ou une ruelle menant à une porte. Une ruelle menant à un couloir dont la porte avait été laissée entrouverte.

— Vous vivez ici ? demanda Reacher.

— Oui, répondit la serveuse.

Elle portait toujours sa tenue de travail. Pantalon en jean noir, chemise noire boutonnée jusqu'en haut. Menue, garçonne, cheveux bruns courts, regard inquiet.

— Merci, dit Reacher. De m'avoir invité à entrer.

— J'ai essayé de penser au genre de pourboire que j'aimerais avoir. Si j'étais un inconnu que le portier regardait de travers.

— Vraiment ?

— Vous avez dû éveiller des soupçons.

Reacher ne répondit pas. Ils se trouvaient dans une pièce agréable aux couleurs sourdes, pleine de meubles usés et confortables, certains provenant peut-être de la boutique du prêteur sur gages, mais nettoyés et réparés, d'autres fabriqués à partir de pièces de vieux objets industriels. L'armature d'une sorte de vieille machine soutenait la table basse. Même genre de chose pour une étagère. Et ainsi de suite. La réaffectation, comme on appelle ça. Il avait lu un article sur cette pratique dans un magazine. Il aimait le style. Il aima le résultat. C'était un salon charmant. Puis il entendit une voix dans sa tête : *Ce serait dommage qu'il lui arrive quelque chose.*

— Vous travaillez pour eux, dit-il. Vous ne devriez pas m'offrir refuge.

— Je ne travaille pas pour eux. Je travaille pour le couple qui possède le bar. Le type à la porte, c'est le prix à payer pour tenir un commerce. Ce serait la même chose partout.

— Il semblait penser qu'il pouvait vous donner des ordres.

— Ils le font tous. Vous faire entrer chez moi, c'est leur rendre la monnaie de leur pièce.

— Merci.

— De rien.

— Je m'appelle Jack Reacher. Je suis très heureux de faire votre connaissance.

— Abigail Gibson. On m'appelle Abby.

— On m'appelle Reacher.

— Je suis très heureuse de faire votre connaissance, Reacher.

Ils se serrèrent la main, très formellement. Doigts petits, mais forts.

Reacher déclara :

— J'ai volontairement suscité leurs soupçons. Je voulais voir s'ils réagiraient à quelque chose, à quelle vitesse et à quel point.

— À quelle chose ?

— Au nom de Maxim Trulenko. Vous avez déjà entendu parler de lui ?

— Bien sûr. Il vient de faire faillite. Une sorte de fiasco informatique. Il a été célèbre ici pendant un moment.

— Je veux le trouver.

— Pourquoi ?

— Il doit de l'argent à des gens.

— Vous êtes agent de recouvrement ? Vous m'avez dit que vous étiez au chômage.

— J'agis à titre bénévole. C'est temporaire. Pour un couple de personnes âgées que j'ai rencontré. Pour l'instant, je me contente d'explorer. Je me renseigne.

— Peu importe qu'il doive de l'argent. Il n'en a pas. Il est en faillite.

— Une certaine théorie voudrait qu'il ait caché de l'argent sous son matelas.

— Il y a toujours une théorie comme ça.

— Je pense que dans le cas présent, elle pourrait être exacte. En se fondant sur une supposition purement logique. S'il était fauché, on l'aurait déjà retrouvé. Mais on ne l'a pas trouvé, donc il ne peut pas être fauché. Parce que la seule façon de ne pas être retrouvé, c'est de payer les Ukrainiens pour le cacher. Ce qui nécessite de l'argent. Donc il en a toujours. Et si je le trouve bientôt, il pourrait même lui en rester.

— Pour votre couple de personnes âgées.

— J'espère qu'il y en aura assez pour couvrir leurs besoins.

— La seule façon de ne pas être trouvé, c'est de ne pas être fauché. On dirait une maxime sortie d'un biscuit chinois. Mais je suppose que ce soir ils ont prouvé que c'était vrai.

Reacher acquiesça.

— Deux voitures. Quatre gars. Il en a pour son argent.

— Vous ne devriez pas vous embrouiller avec ces gens-là. Je les connais.

— Vous vous embrouillez avec eux, vous aussi. Vous m'avez ouvert votre porte.

— C'est différent. Ils ne le sauront jamais. Il y a une centaine de portes.

— Pourquoi avez-vous ouvert la vôtre ?

— Vous savez pourquoi.

— Peut-être qu'ils voulaient juste discuter tranquillement.

— Je ne crois pas, non.

— Peut-être qu'ils m'auraient juste passé un savon.

Abby ne répondit pas.

— Vous saviez qu'ils iraient plus loin que ça, poursuivit Reacher. C'est pour ça que vous avez ouvert votre porte.

— Je les connais, dit-elle à nouveau.

— Qu'est-ce qu'ils auraient fait ?

— Ils n'aiment pas qu'on se mêle de leurs affaires. Je pense qu'ils vous auraient mis dans un sale état.

— Vous avez déjà vu ce genre de chose se produire ?

Abby ne répondit pas.

— Peu importe, dit Reacher. Merci encore.

— Vous avez besoin de quelque chose ?

— Je devrais y aller. Vous avez déjà assez fait pour moi. J'ai une chambre à l'hôtel.

— Où ?

Reacher lui donna le nom de l'hôtel. Abby hocha la tête.

— C'est à l'ouest du centre. Ils ont des yeux là-bas. Des textos ont déjà été envoyés, avec votre signalement.

— Ils ont l'air de prendre ça très au sérieux.

— Je vous l'ai dit. Ils n'aiment pas qu'on se mêle de leurs affaires.

— Combien sont-ils ?

— Suffisamment. J'allais faire du café. Vous en voulez ?

— Bien sûr, répondit Reacher.

Elle le conduisit vers la cuisine, petite et dépareillée, mais propre et bien rangée. On s'y sentait chez soi. Elle retira du vieux café moulu d'un panier filtre, rinça une cafetière, et mit la machine en route. La cafetière rota, glouglouta et emplit la pièce d'un riche arôme.

— J'imagine que ça ne vous empêche pas de dormir, dit Reacher.

— Pour moi, c'est la soirée. Je me couche quand le soleil se lève. Ensuite, je dors toute la journée.

— C'est logique.

Elle ouvrit un placard dont elle sortit deux mugs en porcelaine blanche.

— Je vais prendre une douche. Servez-vous si le café est prêt avant moi.

Une minute plus tard, Reacher entendit le bruit de l'eau qui coulait, suivi du doux sifflement d'un sèche-cheveux. La cafetière dégouttait et crachotait. Abby revint juste quand le café fut prêt. Elle avait la peau rose et humide et elle sentait le savon. Elle portait une robe longueur genou qui ressemblait à une chemise d'homme, mais en plus long et plus ajusté. Et probablement pas grand-chose en dessous. Bien sûr, elle était pieds nus. Tenue d'intérieur. Une soirée agréable à la maison. Ils se versèrent le café, puis emportèrent leurs tasses au salon.

— Vous n'avez pas répondu à ma question, reprit-elle. Je suppose que vous n'avez pas eu le temps.

— Quelle question ? demanda Reacher.

— Quel genre de travail aimez-vous faire ?

En réponse, il lui livra une biographie succincte. Facile à comprendre au début, plus difficile ensuite. Fils de marine, enfance et adolescence dans cinquante endroits différents, West Point, police militaire dans une soixantaine d'endroits différents, puis réduction des effectifs qui l'avait poussé à plonger tête la première dans la vie civile. Une histoire simple. Suivie par l'errance, qui n'était pas si simple. Pas de travail, pas de maison, la bougeotte. On est sans cesse en mouvement.

On n'a que les vêtements sur son dos. Aucun endroit particulier où aller, et tout le temps du monde pour y arriver. Certains trouvent ça difficile à comprendre. Mais Abby semblait avoir compris. Elle ne posa aucune des questions stupides habituelles.

Son histoire était plus courte, car elle était plus jeune. Née dans une banlieue du Michigan, enfance et adolescence dans une banlieue de Californie, elle aimait la lecture, la philosophie, le théâtre, la musique, la danse, l'expérimentation et la performance. Elle était arrivée en ville comme étudiante de premier cycle et n'était jamais repartie. Un job temporaire de serveuse pendant un mois qui s'était transformé en dix ans. Elle en avait trente-deux. Plus âgée qu'elle n'en avait l'air. Elle disait être heureuse.

Ils firent des allers-retours à la cuisine pour se resservir du café et finirent par se retrouver installés face à face aux deux bouts du canapé, Reacher confortablement déplié, Abby assise sur ses jambes croisées, les pans de sa robe chemisier entre ses genoux nus. Reacher ne connaissait pas grand-chose à la philosophie, au théâtre, à la danse, à l'expérimentation ou à la performance, mais il lisait des livres et écoutait de la musique quand il le pouvait, alors il pouvait suivre. Deux fois, ils découvrirent qu'ils avaient une lecture en commun. Idem pour la musique. Elle appelait ça sa phase rétro. Il dit que pour lui, c'était hier. Ça les fit rire.

Tout cela les mena à deux heures du matin. Reacher pensait pouvoir louer une chambre dans un hôtel albanais. Un pâté de maisons plus à l'est. Tout aussi bien. Il pouvait se permettre d'avoir gaspillé ce qu'il avait déboursé. Il était plus ennuyé par les cinq minutes de sa vie perdues à la réception et qu'il ne récupérerait jamais.

— Vous pouvez dormir ici, si vous voulez, lui proposa Abby.

Reacher était presque certain qu'un bouton de plus était défait en haut de la robe chemisier. Il estima pouvoir se faire confiance sur ce point : il était observateur. Il avait déjà examiné de nombreuses fois l'écart d'origine. Très attrayant. Mais le nouveau était mieux.

— Je n'ai pas vu de chambre d'amis, répondit Reacher.

— Je n'en ai pas.

— Ce serait une expérimentation ?

— Plutôt que quoi ?

— Les raisons habituelles.

— Un mélange, j'imagine.

— Ça me va, dit Reacher.

15

Les deux hommes de Dino restèrent tout bonnement introuvables toute la nuit. Depuis le débit d'alcools, pas une trace. Leurs téléphones étaient coupés. Personne n'avait vu leur voiture. Ils s'étaient envolés. Ce qui était bien sûr impossible. Malgré tout, personne ne réveilla Dino. Au lieu de cela, une recherche de petite envergure fut organisée. Dans tous les quartiers envisageables. Sans aucun résultat. Les deux hommes restèrent introuvables. Jusqu'à sept heures du matin, quand, juste là sur leur territoire, un type qui empilait du bois avec un chariot élévateur dans une cour latérale fit marche arrière et les trouva, derrière le dernier tas de planches de cèdre.

À ce moment-là, on réveilla Dino.

La cour latérale était séparée de l'accès direct de l'entrepreneur par un grillage de deux mètres de haut. Les deux hommes avaient été pendus du haut de la clôture, la tête en bas. Ils avaient été éventrés. La gravité leur avait fait tomber les tripes sur la poitrine, la figure et sur le sol en dessous. Post-mortem, heureusement. Ils présentaient tous les deux des blessures par balle où le sang avait séché. L'un des deux n'avait presque plus de crâne.

Aucun signe de leur voiture. Pas de traces de pneus, rien.

Dino convoqua une réunion dans la salle de l'arrière-boutique. Juste à cinquante mètres de la macabre découverte. Comme un général sur le champ de bataille, pour examiner le terrain de près.

— Gregory doit être fou, dit-il. À l'origine, les victimes c'était nous, on a eu la plus petite part de tous les gâteaux, et maintenant il veut remuer le couteau dans la plaie en la jouant à quatre pour deux ? C'est n'importe quoi. Jusqu'où veut-il pousser le déséquilibre ? Qu'est-ce qui lui passe par la tête ?

— Mais pourquoi un truc si sale ? demanda son bras droit. Pourquoi toute cette mise en scène avec les intestins qui pendent ? L'explication est sûrement là.

— Ah bon ?

— Forcément. C'était déjà gratuit, et inutile. Comme s'ils nous en voulaient. Comme s'ils se vengeaient de quelque chose. Comme si on avait pris le dessus sur eux d'une manière ou d'une autre.

— Eh bien, ce n'est pas le cas.

— Peut-être qu'il y a quelque chose qu'on ne sait pas. Peut-être qu'on a réellement pris le dessus d'une manière ou d'une autre, mais qu'on n'a pas encore compris.

— Compris quoi ?

— On ne le sait pas encore. C'est ça le problème.

— Tout ce qu'on a, c'est le quartier des restaurants.

— Alors peut-être qu'il est spécial. Qu'il rapporte bien. Peut-être qu'on y rencontre plus de monde. Tous les gros calibres doivent manger là. Avec leurs femmes, et tutti quanti. Où iraient-ils sinon ?

Dino ne répondit pas.

Son bras droit ajouta :

— Sinon, pourquoi ils nous en voudraient autant ?

Dino garda encore le silence.

Puis il dit :

— Tu as peut-être raison. Peut-être que les restaurants rapportent plus que le prêt d'argent. Je l'espère sincèrement. On a eu de la chance et ils nous en veulent. Mais peu importe, quatre pour deux, c'est n'importe quoi. On ne peut pas laisser faire. Faites passer le mot. On égalise le score au coucher du soleil.

***

Reacher se réveilla à huit heures, bien au chaud, détendu, paisible, partiellement enlacé avec Abby, qui dormait tranquillement. Elle était minuscule à côté de lui. Elle mesurait une bonne trentaine de centimètres de moins et pesait moins de la moitié de son poids. Endormie, elle était molle et comme désossée. En mouvement elle avait été ferme, souple et forte. Et dans l'expérimentation. Sa performance avait tenu de l'art. Ça, c'était sûr. Il avait de la chance. Il respira profondément et observa le plafond inconnu. Les fissures dans le plâtre, repeint plusieurs fois, ressemblaient à un réseau de rivières ou à des blessures cicatrisées.

Il se dégagea doucement, se glissa hors du lit, rejoignit la salle de bains, nu, sans faire de bruit, puis la cuisine, où il mit le café en route. Il retourna dans la salle de bains, prit une douche, puis rassembla ses vêtements éparpillés dans le salon et s'habilla. Prit une troisième tasse en porcelaine blanche dans le placard et se versa sa première tasse de la journée. S'assit à une petite table au pied de la fenêtre. Le ciel était bleu, le soleil levé. C'était une belle matinée. De faibles bruits lui parvenaient. La circulation et des voix. Les gens qui vont et viennent, qui se rendent au travail, commencent leur journée.

Il se leva, se resservit, se rassit. Une minute plus tard, Abby entra, nue, en bâillant et en s'étirant, souriante. Elle se versa du café, traversa la cuisine, puis s'assit sur les genoux de Reacher. Nue, douce, chaude et parfumée. Comment résister ? Une minute plus tard, ils étaient de retour au lit. Encore mieux que la première fois. Expérimental tout du long. Vingt minutes entières, de l'entrée au dessert. Ensuite, ils se laissèrent retomber, haletants. Pas mal pour un vieux, songea Reacher. Abby se blottit contre sa poitrine, épuisée, le souffle court. Il sentit un relâchement en elle. Une sorte de profonde satisfaction animale. Mais quelque chose d'autre aussi. Quelque chose de plus. Elle se sentait en sécurité. En sécurité, au chaud, et protégée. Elle s'en délectait. Elle savourait ce qu'elle ressentait.

— La nuit dernière dans le bar, dit Reacher. Quand je t'ai posé des questions sur le gars à la porte, tu m'as demandé si j'étais flic.

— Tu es flic, murmura-t-elle.

— Je l'ai été.

— Pas mal pour une première impression. Je suis sûre que c'est une allure qu'on ne perd jamais.

— Tu aurais voulu que je sois flic ? Tu espérais que je le sois ?

— Pourquoi le voudrais-je ?

— À cause du type à la porte. Tu pensais peut-être que je pouvais m'occuper de lui.

— Non. L'espoir est une perte de temps. Les flics ne font rien contre ces types. Jamais. C'est trop de soucis. Trop d'argent qui change de mains. Ces gars-là ne craignent à peu près rien des flics, crois-moi.

On devinait de vieilles déceptions au ton de sa voix.

Comme pour faire tâter le terrain, Reacher demanda :

— Tu aurais aimé que je puisse m'occuper de lui ?

Elle se blottit plus près. Inconsciemment, sans doute. Ce qui, selon lui, devait vouloir dire quelque chose.

— De ce type en particulier ? demanda Abby.

— Celui qui était devant moi.

— Oui. Ça m'aurait plu.

— Qu'est-ce que tu aurais voulu que je lui fasse ?

Il la sentit se crisper.

— Je crois que j'aurais aimé que tu l'amoches.

— Que je l'amoche sérieusement ?

— Très sérieusement.

— Qu'est-ce que tu lui reproches ?

Elle refusa de répondre.

Une minute plus tard, Reacher ajouta :

— Tu as mentionné autre chose la nuit dernière. Tu as dit que des textos auraient été envoyés, avec mon signalement.

— Dès qu'ils auraient compris qu'ils t'avaient perdu.

— Ils l'auraient dit aux types des hôtels, entre autres.

— À tout le monde. C'est comme ça qu'ils font, maintenant. Ils ont des systèmes automatisés. Ils sont très forts en technologie. Ils sont au top en informatique. Ils essaient toujours de nouvelles arnaques. Envoyer un avis de recherche automatique, c'est facile en comparaison.

— Et tout le monde reçoit la même alerte ?

— À qui penses-tu en particulier ?

— Potentiellement, à un type d'une autre division. De la section prêt à usure.

— Ça poserait un problème ?

— Il a une photo de moi. Un gros plan de mon visage. Il reconnaîtra le signalement et enverra la photo en réponse.

Abby se blottit davantage contre lui. À nouveau détendue.

— Ça n'a pas vraiment d'importance. Ils sont tous à ta recherche de toute façon. Ton signalement est amplement suffisant. Une photo de ton visage n'apporte pas grand-chose. Pas à distance.

— Ce n'est pas ça le problème.

— C'est quoi ?

— Le prêteur pense que je m'appelle Aaron Shevick.

— Pourquoi ?

— Les Shevick, c'est mon couple de vieux. J'ai fait quelques affaires en leur nom. Ça semblait être une bonne idée sur le moment. Mais maintenant, c'est le mauvais nom qui circule. Ils pourraient chercher une adresse. Je ne voudrais pas qu'ils débarquent chez les Shevick pour me trouver. Ça pourrait entraîner toutes sortes de désagréments. Les Shevick ont déjà beaucoup à faire.

— Où habitent-ils ?

— À mi-chemin de la limite est de la ville, dans un vieux lotissement d'après-guerre.

— C'est en territoire albanais. Ce ne serait pas une mince affaire pour les Ukrainiens d'y aller.

— Ils ont déjà pris le contrôle de leur bar à prêt. C'était à l'est du centre. Les lignes de bataille semblent relativement élastiques en ce moment.

Encore engourdie de sommeil, Abby hocha la tête contre sa poitrine.

— Je sais, dit-elle. Ils sont tous d'accord pour dire qu'il ne peut pas y avoir de guerre à cause du nouveau commissaire de police, mais on dirait qu'il se passe beaucoup de choses.

Elle prit une profonde inspiration, retint sa respiration, se redressa, finit de se réveiller, puis déclara :

— On devrait y aller tout de suite.

— Où ? demanda Reacher.

— On devrait aller s'assurer que ton couple de vieux va bien.

***

Abby possédait une voiture, garée dans un garage pas loin de chez elle. Une petite berline Toyota blanche à transmission manuelle et sans enjoliveurs. Avec un pare-boue maintenu par un collier de serrage. Et une fissure dans le pare-brise donnant l'impression que la vue à l'avant était composée de deux plans qui se chevauchent. Mais le moteur démarra, les roues tournèrent et les freins fonctionnèrent. Les vitres étaient ordinaires, non teintées, et Reacher sentit son visage effleurer celle de sa portière, clairement visible de dehors, à l'étroit comme il l'était dans un habitacle exigu. Il guettait les Town Cars semblables à celles qu'il avait percutées chez le concessionnaire Ford et qu'il avait vues la nuit précédente, mais il n'en vit aucune, ni non plus aucun homme pâle en costume sombre rôdant au coin d'une rue, aux aguets.

Ils firent en voiture le trajet que Reacher avait fait à pied, dépassèrent la gare routière, traversèrent au feu, empruntèrent les rues plus étroites, passèrent devant le bar, et se retrouvèrent dans la zone dégagée. La station-service avec la petite épicerie se trouvait un peu plus loin.

— Gare-toi là, dit Reacher. On devrait leur apporter à manger.

— Ils sont d'accord ?

— Peu importe. Il faut qu'ils se nourrissent.

Abby s'arrêta. Le menu était le même. Sandwich au poulet ou sandwich au thon. Il en prit deux de chaque, plus des chips et un soda. Plus une boîte de café. Arrêter de manger était une chose. Le café, c'était une autre histoire.

Ils entrèrent dans le lotissement, prirent péniblement les virages serrés à angle droit jusqu'à l'impasse près du rond-point et se garèrent le long de la palissade aux boutons de rose.

— C'est ici ? demanda Abby.

— La maison appartient à la banque, désormais.

— À cause de Max Trulenko ?

— Et de quelques erreurs pleines de bonnes intentions.

— Ils pourront la récupérer ?

— Je ne m'y connais pas bien dans ce genre de choses. Mais je ne vois pas pourquoi ils ne pourraient pas. C'est de l'argent et des actifs qui changent de main. Des achats et des ventes. Je ne vois pas pourquoi une banque voudrait bloquer ce genre de transaction. Je suis sûr que d'une manière ou d'une autre, l'affaire peut lui rapporter.

Ils remontèrent l'étroite allée bétonnée. La porte s'ouvrit avant qu'ils ne l'atteignent. Aaron Shevick se tenait devant eux. Le regard inquiet.

— Maria a disparu. Je ne la trouve nulle part.

16

Aaron Shevick avait peut-être été un machiniste de haut vol dans un passé lointain, mais pour l'heure il n'était d'aucune utilité en tant que témoin. Il affirmait n'avoir entendu aucun bruit de véhicule. N'avoir aperçu aucune voiture dans la rue. Sa femme et lui s'étaient levés à sept heures et avaient pris leur petit déjeuner à huit. Puis il s'était rendu à la supérette pour acheter un litre de lait, pour leurs futurs petits déjeuners. Et quand il était rentré chez lui, Maria avait disparu.

— Combien de temps êtes-vous parti ? lui demanda Reacher.

— Vingt minutes. Peut-être plus. Je marche encore lentement.

— Et vous avez regardé dans toute la maison ?

— J'ai pensé qu'elle était peut-être tombée, mais non. Et elle n'était pas dans la cour non plus. Alors elle est allée quelque part. Ou quelqu'un l'a enlevée.

— Disons d'abord qu'elle est sortie. A-t-elle pris son manteau ?

— Elle n'en avait pas besoin, dit Abby. Il fait assez chaud. Il vaudrait mieux demander : A-t-elle pris son sac à main ?

Shevick regarda dans ce qu'il appela tous les endroits habituels. Il y en avait quatre. Un emplacement précis sur le comptoir de la cuisine, un emplacement précis sur un banc dans l'entrée en face de la porte, une patère précise dans le placard où ils accrochaient leurs manteaux et leurs parapluies, et enfin, un endroit par terre dans le salon à côté de son fauteuil.

Pas de sac à main.

— OK, dit Reacher. C'est un bon indice. Très convaincant. Ça signifie qu'elle est probablement sortie de son plein gré, par ses propres moyens, sans précipitation, sans paniquer, et pas sous une quelconque contrainte.

— Elle a pu laisser son sac à main ailleurs, rétorqua Shevick.

Il jeta un coup d'œil autour de lui, impuissant. La maison était petite, mais comportait une centaine de cachettes.

— Voyons le bon côté des choses, reprit Reacher. Elle a pris son sac à main, l'a mis à son coude et a descendu l'allée.

— Ou ils l'ont jetée dans une voiture. Peut-être qu'ils l'ont forcée à prendre son sac à main. Peut-être qu'ils savaient ce qu'on en conclurait. Ils essaient de nous mettre sur une fausse piste.

— Je pense qu'elle est allée chez le prêteur sur gages, avança Reacher.

Shevick resta silencieux un long moment. Puis il leva un doigt comme pour dire « je reviens » et boitilla le long du couloir jusqu'à la chambre. Une minute plus tard, il revint avec dans les bras une vieille boîte à chaussures à rayures rose pastel et blanches délavées, assortie d'une étiquette noire et blanche décolorée indiquant le nom du fabricant, avec un dessin représentant une chaussure à lacets pour femme et précisant une taille, à savoir un trente-sept, et un prix, à savoir un peu moins de quatre dollars. Peut-être les chaussures que Maria Shevick portait pour son mariage.

— Les bijoux de la famille, annonça Shevick.

Il ôta le couvercle. La boîte était vide. Pas d'alliance de neuf carats, pas de bagues de fiançailles en diamant, pas de montre en or au verre fêlé.

— On devrait partir à sa recherche, suggéra Abby. Sinon nous allons tourner en rond dans la maison.

***

Par tradition, les activités de base du crime organisé sont le prêt usurier, les stupéfiants, la prostitution, les jeux d'argent et le racket pour les loyers. Dans leur moitié de la ville, les Ukrainiens les dirigeaient avec beaucoup d'habileté et d'assurance. Les narcotiques se portaient mieux que jamais. L'herbe avait largement disparu à cause de sa légalisation graduelle, mais l'explosion de la demande de méthamphétamine et d'oxycodone avait plus que comblé le manque à gagner. Les profits étaient très élevés. Et encore augmentés par un pourcentage des bénéfices pour chaque gramme de l'héroïne mexicaine vendue dans la ville elle-même, de la limite ouest jusqu'à Center Street. Le plus grand succès de Gregory. Il avait tout négocié lui-même. Les gangs mexicains étaient des barbares notoires, et il en fallait beaucoup pour les impressionner. Mais Gregory s'était obstiné. Deux de leurs dealers de rue, pendus la tête en bas, les tripes à l'air, avaient finalement conclu l'affaire. Avant de mourir, malheureusement. À ce moment-là, les Mexicains avaient commencé à craindre pour leurs futurs recrutements. Les dealers de rue ne gagnent pas beaucoup. Suffisamment pour risquer de se faire tirer dessus, peut-être, mais pas assez pour risquer de se faire pendre la tête en bas et découper de la gorge à l'aine. Vivants. D'où le pourcentage. Ça satisfaisait tout le monde.

La prostitution se portait bien aussi, surtout grâce à ce que Gregory considérait comme un avantage : la beauté des filles ukrainiennes. Beaucoup étaient grandes, minces et très blondes. Aucune n'avait la moindre perspective d'avenir au pays si ce n'était une vie entière dans la boue et un dur labeur. Pas de beaux vêtements, pas d'appartement dans un gratte-ciel, pas de Mercedes. Elles le savaient. Et étaient donc heureuses de venir en Amérique. Elles avaient conscience des complexités administratives et du prix élevé des procédures. Elles savaient qu'elles devraient rembourser ceux qui les avaient aidées pour la mise de fonds initiale, et aussi vite qu'elles le pourraient. Et incontestablement, avant de passer à autre chose, à ce qui viendrait ensuite et qui, avec un peu de chance, impliquerait de beaux vêtements, des gratte-ciel et des Mercedes. On leur disait que tout cela allait vite arriver. Mais avant, il y aurait une brève période de travail. Et après seulement, elles auraient accès à toutes ces possibilités somptueuses, mais il n'y avait pas à s'inquiéter. Le système était déjà en place. Et bien organisé. Le travail était agréable, et permettait de rencontrer du monde. La plupart du temps, on parlait avec des gens. Comme dans les relations publiques. Elles apprécieraient. Ça pourrait même les aider à faire des rencontres utiles.

Elles étaient notées à l'arrivée. Non pas qu'il y en eût de laides. Gregory avait un large choix. Il y en avait toujours cent mille prêtes à sauter dans un avion. Elles étaient toutes fraîches, sans imperfections et parfumées. Étonnamment, les plus prisées n'étaient pas les plus jeunes. Pas dans le haut de gamme. Bien entendu, beaucoup d'hommes étaient prêts à payer pour se faire sucer par des gamines plus jeunes que leurs petites-filles, mais l'expérience avait montré que les types vraiment friqués trouvaient ce genre d'extrême un peu effrayant. Qu'ils préféraient une femme légèrement plus âgée, peut-être même de vingt-sept ou vingt-huit ans, qu'on pouvait trouver presque sophistiquée, qui semblait avoir du vécu, presque mature, avec peut-être une petite ride du sourire, pour ne pas avoir l'impression d'être un prédateur. Pour avoir l'impression d'accueillir une jeune collègue dans sa chambre, peut-être une cadre en quête de conseils, d'une augmentation ou d'une promotion qu'elle pourrait obtenir si elle jouait bien ses cartes.

Ces femmes-là tenaient généralement ce rôle environ cinq ans. Elles ne réussissaient jamais à accéder aux beaux vêtements, aux gratte-ciel et aux Mercedes. Elles ne remboursaient jamais vraiment leur dette. Aucune n'avait pensé aux taux d'intérêt. Parfois elles restaient cinq ans de plus, si elles présentaient bien, sur la page femme mature du site web, et dans le cas contraire, leur tarif à l'heure descendait à deux cents dollars, et elles persévéraient tant bien que mal, aussi longtemps qu'elles le pouvaient. Ensuite, on les retirait du site web et on les envoyait dans l'un des nombreux salons de massage clandestins, où le rendez-vous le plus court durait vingt minutes, où elles portaient une version très courte de tenue d'infirmière, avec des gants en caoutchouc, et où on les mettait au travail seize heures par jour.

Chacun de ces établissements était dirigé par un chef de salon, assisté d'un chef de salon adjoint. Comme les femmes travaillant sous leurs ordres, ils ne sortaient généralement pas du haut du panier. Mais côté positif, leur travail ne présentait aucune difficulté. Ils n'avaient que trois tâches à accomplir : livrer un montant de dollars précis chaque semaine, maintenir l'enthousiasme de l'équipe et l'ordre parmi leurs clients. Rien d'autre. Un tel cahier des charges attirait un type particulier de candidats. Assez méchants pour récolter l'argent, assez coriaces pour maîtriser les clients, assez souples pour apprécier le personnel.

Dans un de ces salons situé à deux rues à l'ouest de Centre Street, ils s'appelaient Bohdan et Artem, Bohdan étant le patron et Artem l'adjoint. Jusqu'à présent, leur journée se passait bien. Ils avaient reçu un texto à propos d'un gars à surveiller. Accompagné d'un bref signalement par téléphone et portant principalement sur sa taille et son poids, qui semblaient tous deux impressionnants. Ils avaient minutieusement observé leur flot de clients. Non, il n'y avait personne de ce genre. Mais il y en avait beaucoup d'autres. Qui jusqu'ici se tenaient bien. Tous satisfaits. Pas de problèmes avec le personnel non plus, à part un petit incident le matin, car l'une des plus âgées des masseuses était arrivée en retard, et ne s'en était pas suffisamment excusée. On lui avait proposé de choisir entre différentes sanctions. Elle avait choisi la pagaie en cuir quand elle aurait terminé son service, Bohdan administrant la punition et Artem la filmant. Elle figurerait sur leurs sites pornos une heure plus tard. Elle pourrait avoir rapporté quelques dollars au matin. Du gagnant-gagnant. Impeccable. Jusqu'à présent, leur journée se passait bien.

Puis deux clients arrivèrent qui avaient l'air différents. Plutôt bruns, plutôt mats, lunettes de soleil. Imperméables courts et sombres. Jeans noirs. Presque comme un uniforme. Et c'était souvent le cas. Principalement à cause de l'université. Il y avait toutes sortes de gens en ville. La plupart du temps on les distinguait à leurs vêtements. D'où ces deux-là. Peut-être des universitaires en visite de l'étranger. Prêts à goûter aux charmes illicites de leur nation d'accueil, à des fins de recherche. Simplement pour mieux appréhender les différences.

Ou pas.

Ils sortirent des armes assorties de sous leurs manteaux assortis. Deux mitraillettes H&K MP5, avec silencieux intégrés. Pure coïncidence, de la même marque et du même modèle que les Ukrainiens avaient utilisé la nuit précédente devant le débit d'alcools. Le monde est petit. Les deux gars firent signe à Bohdan et Artem de se placer côte à côte, épaule contre épaule. Puis ils tirèrent chacun une balle dans le sol, pour montrer que leurs armes étaient silencieuses. Deux détonations. Bruyantes, mais pas assez pour qu'on accoure.

Dans un mauvais ukrainien et avec un fort accent albanais, ils expliquèrent qu'ils leur offraient le choix. Il y avait une voiture dehors, où Bohdan et Artem pouvaient monter, ou bien ils pouvaient se faire tuer sur place, tout de suite, avec les armes qui s'étaient avérées assez silencieuses pour que personne n'arrive en courant. Ils pourraient alors se vider de leur sang sur le sol, vingt minutes d'agonie, et être ensuite traînés par les talons, et mis dans la voiture de toute façon.

À eux de choisir.

Bohdan ne répondit pas. Pas immédiatement. Artem non plus. Ils hésitaient, vraiment. Ils avaient entendu parler des supplices albanais. Peut-être valait-il mieux se faire tirer dessus. Ils ne dirent rien. Le bâtiment devint silencieux. On n'entendait plus un bruit. Les cabines de massage étaient alignées dans un long couloir, de l'autre côté d'une porte fermée. L'avant du bâtiment aurait pu être la salle d'attente d'un avocat. Une sorte de compromis tacite avec la ville. Loin des yeux, loin du cœur. Ne pas effrayer les électeurs. Gregory avait passé l'accord.

Puis le silence fut rompu. Par un bruit. Un léger cliquetis de talons dans le couloir. Talons aiguilles de douze centimètres, comme les masseuses devaient toutes en porter. En plastique transparent, parfois. Chaussures « stripteaseuses ». Les Américains avaient un mot pour tout. L'une de ces masseuses était en train de se déplacer, peut-être des toilettes à sa cabine. Ou d'une cabine à une autre. D'un client à l'autre. Certaines avaient du succès. Certaines étaient demandées.

Le bruit des talons approchait. Peut-être la masseuse se dirigeait-elle vers une cabine tout à l'avant.

La porte s'ouvrit. Une femme entra. Bohdan constata que c'était l'une des plus âgées. En fait, celle qui devait recevoir les coups de pagaie une fois son service terminé. Comme les autres, elle était à demi vêtue d'une version très courte de tenue d'infirmière, en latex blanc brillant, et coiffée d'une petite casquette blanche. L'ourlet de sa jupe arrivait quinze centimètres plus haut que ses bas. Elle leva la main, un doigt légèrement avant les autres, comme on fait pour tout à la fois s'excuser d'interrompre ce qui est en cours et introduire une question.

Elle n'en eut pas l'occasion. Le problème banal dont elle voulait parler resta tu à jamais. Manque de serviettes, de lotion, de gants en caoutchouc. Peu importe de quoi il s'agissait. La porte qui s'ouvrit se trouvait dans le coin gauche de l'œil du gars de gauche, qui lui tira aussitôt trois balles bien nettes dans l'abdomen. Sans raison. Pris par une sorte d'exaltation.

Une sorte de poussée de fièvre. Une secousse du museau, une secousse de la détente. Il n'y eut pas d'écho. Juste un long bruit sourd de latex et de peau déchirés quand la masseuse tomba.

Bohdan s'écria :

— Bon sang !

Ça changeait la donne. L'alternative de l'exécution quittait le domaine du théorique. Un support visuel avait été introduit. L'instinct humain ancestral prit le dessus. Rester en vie une minute de plus. Voir ce qui se passe ensuite. Bohdan et Artem montèrent dans la voiture de leur plein gré. Par coïncidence, ils traversèrent Center Street et entrèrent en territoire albanais au moment même où la femme en costume d'infirmière rendait l'âme. Elle était seule sur le sol du salon, à moitié dans le couloir, à moitié dans la salle. Tous les clients avaient fui. Ils l'avaient enjambée et avaient couru. De même que ses collègues de travail. Elles avaient toutes fait la même chose. Tout le monde était parti. La masseuse mourut seule, dans la douleur, sans réconfort. Elle s'appelait Anna Ulyana Dorozhkin. Elle avait quarante et un ans. Elle était arrivée en ville quinze ans plus tôt, à l'âge de vingt-six ans, enthousiasmée à l'idée de faire carrière dans les relations publiques.

17

Aaron Shevick ne savait pas exactement où se trouvaient les prêteurs sur gages de la ville. Reacher supposait qu'ils étaient quelque part près de la gare routière. À une distance discrète des quartiers chics. Il connaissait les villes. Il y aurait des pas-de-porte loués à bas prix, tassés dans des quartiers en périphérie. Des commerces spécialisés en teinture de fenêtres, des laveries automatiques, de vieilles quincailleries familiales poussiéreuses et des revendeurs de pièces détachées automobiles démarquées. Et des prêteurs sur gages. Le problème était d'établir un itinéraire. Ils voulaient pouvoir récupérer Mme Shevick si elle avait déjà fait ce qu'elle voulait et avait pris le chemin du retour. Ne pas connaître sa destination compliquait la tâche. Ils décrivirent donc de grandes boucles, trouvèrent un prêteur sur gages, regardèrent par la vitrine, ne la virent pas, reprirent le chemin de la maison jusqu'à être sûrs qu'elle ne pouvait pas les avoir devancés, puis repartirent et recommencèrent, jusqu'au prêteur sur gages suivant devant lequel ils passèrent.

Finalement, ils la trouvèrent tout à l'ouest de Center Street, dans une rue étroite, sortant d'un local crasseux en face d'une compagnie de taxi et d'une agence de cautionnement. Mme Shevick, juste là, en chair et en os, tête haute, sac à main au coude. Abby s'arrêta à côté d'elle, tandis qu'Aaron baissait sa vitre et l'appelait. Elle fut très surprise de le voir, mais s'en remit vite, et monta aussitôt dans la voiture. Moins de dix secondes en tout. Comme si l'opération avait été organisée à l'avance.

Elle fut gênée au début, devant Abby. Une inconnue. *Vous devez nous trouver vraiment stupides.* Aaron lui demanda combien elle avait obtenu pour les bagues et la montre, elle hocha la tête sans répondre.

Puis elle finit par dire :

— Quatre-vingts dollars.

Personne ne parla. Ils repartirent vers l'est, passèrent devant la gare routière, et continuèrent après le feu rouge.

***

À ce moment-là, dans son bureau, Gregory recevait les nouvelles concernant son salon de massage. Par hasard, un autre de ses gars passait par là pour régler une affaire sans aucun rapport. Il avait senti quelque chose d'anormal. C'était trop calme. Il était entré. L'endroit était complètement désert. Il n'y avait qu'une vieille prostituée, tuée par balle et gisant sur le sol dans une grande mare de sang. Personne d'autre. Pas de clients. Apparemment, toutes ses collègues s'étaient enfuies. Il n'y avait aucune trace de Bohdan ou d'Artem. Le téléphone d'Artem était posé sur son bureau, et la veste de Bohdan toujours pendue au dos de sa chaise. Mauvais signe. Ils n'avaient donc pas quitté les lieux volontairement. Ils étaient partis sous la contrainte.

Gregory réunit ses meilleurs hommes, leur exposa les faits et leur demanda de se creuser les méninges pendant soixante secondes, de fournir d'abord une analyse de tout ce bazar, puis de trouver ce qu'on pouvait bien faire.

Son bras droit prit la parole le premier.

— C'est du Dino. Je pense qu'on le sait tous. Il a une mission. On lui a pris deux de ses gars, avec l'histoire de l'espion dans le commissariat, alors il nous en a pris deux, chez le concessionnaire Ford, ce qui était légitime, on ne peut pas dire le contraire. On récolte ce que l'on sème. Sauf qu'évidemment, il n'a pas apprécié de perdre le business de prêt, et donc il a décidé de nous punir en nous prenant deux autres gars, dans le quartier des restaurants. Nous lui en avons pris deux autres, devant le débit d'alcools la nuit dernière. Ce qui a fait quatre pour quatre. Échange équitable, point barre. Sauf qu'apparemment Dino ne voit pas les choses de cette manière. Apparemment, il a le sentiment d'avoir quelque chose à prouver. C'est peut-être une question d'ego. Il veut avoir tout le temps deux gars d'avance. Peut-être qu'il se sent mieux comme ça. Alors maintenant, il en est à six pour quatre.

— Que devons-nous faire ? demanda Gregory.

Son gars observa un long moment le silence.

Puis déclara :

— Nous n'en sommes pas arrivés là où nous en sommes avec des tactiques stupides. Si nous faisons six pour six, il fera huit pour six. Et ainsi de suite, indéfiniment. Ce sera une guerre au ralenti. On ne peut pas entrer en guerre maintenant.

— Alors qu'est-ce qu'on doit faire ?

— On arrête là. On a perdu deux gars et les restaurants, mais on a eu le business de prêt. Dans l'ensemble, on en sort gagnants.

— On va avoir l'air faible, lui fit remarquer Gregory.

— Non. On va avoir l'air d'adultes avec une vision à long terme, et qui se focalisent sur l'objectif.

— Mais on a deux hommes en moins et c'est humiliant.

— Il y a une semaine, si Dino avait proposé d'échanger tout son business de prêt contre deux de nos hommes et le quartier des restaurants, on aurait accepté sans hésiter. Nous sommes sortis vainqueurs. C'est Dino qui est humilié, pas nous.

— Ça fait bizarre de laisser tomber comme ça.

— Non. C'est intelligent. On joue aux échecs, là. Et pour l'instant, on gagne.

— Qu'est-ce qu'ils vont faire à nos gars ?

— Rien d'agréable, j'en suis sûr.

Tout le monde garda le silence pendant une minute.

Puis Gregory lança :

— Il faut retrouver les putes. On ne peut pas les laisser s'enfuir. C'est mauvais pour la discipline.

— On s'en occupe, dit quelqu'un.

Le silence se fit à nouveau.

Puis le téléphone de Gregory sonna. Il décrocha, écouta, raccrocha.

Fixa son bras droit du regard.

Et sourit.

— Tu as peut-être raison. Peut-être que contrôler le prêt nous place en tête.

— Comment ça ? demanda son homme.

— Maintenant, on a un nom. Et une photo. Le gars qui a posé des questions sur Max Trulenko la nuit dernière s'appelle Aaron Shevick. C'est un client. Il nous doit vingt-cinq mille dollars. On s'occupe d'obtenir son adresse. Apparemment, c'est un sacré enfoiré.

***

Abby se gara sur le trottoir près de la clôture, puis ils descendirent tous de la voiture et remontèrent l'étroite allée bétonnée. Maria Shevick prit ses clés dans son sac à main et ouvrit la porte. Ils entrèrent. Maria aperçut la boîte de café sur le comptoir de la cuisine.

— Merci, dit-elle.

— Pur intérêt personnel, répondit Reacher.

— Vous en voulez ?

— Je pensais que vous ne demanderiez jamais.

Maria ouvrit la boîte, mit la machine en marche, puis rejoignit Abby dans le salon. Elle regardait les photographies accrochées au mur.

D'une voix douce, elle demanda :

— Quelles sont les dernières nouvelles de Meg ?

— Le traitement est brutal, lui répondit Maria. Elle est dans un service spécial d'isolement soit parce que les analgésiques la rendent folle, soit profondément endormie parce qu'on la met sous sédatifs. Nous ne pouvons pas lui rendre visite. On ne peut même pas lui téléphoner.

— C'est affreux.

— Mais les médecins sont optimistes. Pour l'instant, en tout cas. Nous en saurons plus bientôt. Ils vont faire un autre scanner d'ici peu.

— Si nous payons d'abord, ajouta son mari.

Six chances avant la fin de la semaine, pensa Reacher.

— Nous pensons que l'ancien patron de Meg est toujours en ville, dit-il. Et qu'il a encore de l'argent. Et vos avocats considèrent que la meilleure stratégie est de le poursuivre directement. Selon eux, c'est infaillible.

— Où est-il ? demanda Shevick.

— On ne sait pas encore.

— Vous pouvez le trouver ?

— Probablement. Ce genre de chose faisait partie de mon travail.

— La loi progresse lentement, dit Maria.

Ils mangèrent le déjeuner de la station-service. Dans le salon parce qu'il n'y avait que trois chaises dans la cuisine. Abby s'assit par terre, jambes croisées, à l'endroit où s'était autrefois trouvée la télévision, et mangea sur ses genoux. Maria Shevick lui demanda ce qu'elle faisait dans la vie, Abby le lui raconta. Aaron parla du bon vieux temps, avant que les ordinateurs ne contrôlent les machines-outils. Quand tout était découpé à l'œil et au toucher, au millième de centimètre. Les ouvriers pouvaient tout fabriquer. Les ouvriers américains. Autrefois la plus grande ressource naturelle du monde. Et maintenant regardez ce qui s'est passé. C'est vraiment malheureux.

Reacher entendit une voiture dans la rue. Le léger sifflement d'une grosse berline. Il se leva, prit le couloir et regarda par la fenêtre. Une Lincoln Town noire. Deux gars à l'intérieur. Teint pâle, cheveux blonds, cous blancs. Ils tentaient de faire demi-tour. Ils manœuvraient, avançaient, reculaient dans la rue étroite. Ils voulaient se garer en marche avant.

Pour fuir rapidement, qui sait ? La Toyota d'Abby n'aidait pas. Elle bouchait le passage.

Reacher retourna au salon.

— Ils ont trouvé l'adresse d'Aaron Shevick, annonça-t-il.

Abby se leva.

Maria demanda :

— Ils sont là ?

— Parce que quelqu'un les a envoyés, répondit Reacher. C'est ce qu'on doit garder à l'esprit. Nous avons environ trente secondes pour comprendre ce qu'il se passe. Celui qui les a envoyés sait où ils sont. Si quelque chose leur arrive, cette maison devient l'épicentre de la vengeance. Nous devons éviter ça, si possible. Si nous étions ailleurs, pas de problème. Mais pas ici.

Shevick demanda :

— Alors que faisons-nous ?

— Débarrassez-vous d'eux.

— Moi ?

— N'importe lequel d'entre vous. Mais pas moi. Ils pensent que je suis Aaron Shevick.

On frappa à la porte.

18

On frappa une seconde fois. Personne ne bougea. Puis Abby fit un pas, mais Maria lui posa une main sur le bras et Aaron alla répondre à sa place. Reacher fila dans la cuisine, s'assit et tendit l'oreille. Il entendit la porte s'ouvrir, puis il y eut un temps d'arrêt, juste un silence, comme si les deux gars étaient momentanément découragés parce que l'homme qui leur avait ouvert n'était pas celui qu'ils cherchaient.

L'un des deux déclara :

— Nous devons parler à M. Aaron Shevick.

Aaron Shevick répondit :

— Qui ?

— Aaron Shevick.

— Je crois que c'était le précédent locataire.

— Vous êtes locataire ?

— Je suis à la retraite. Acheter reviendrait trop cher.

— Qui est votre propriétaire ?

— Une banque.

— Comment vous appelez-vous ?

— Je ne suis pas sûr de vouloir vous le dire, tant que vous ne m'avez pas expliqué la raison de votre présence.

— C'est une affaire privée, nous traitons uniquement avec M. Shevick. Il s'agit d'un sujet très sensible.

— Attendez une minute. Vous travaillez pour le gouvernement ?

Pas de réponse.

— Pour la caisse d'assurance ?

Un des deux types répondit :

— Comment tu t'appelles, le vieux ?

Le ton était menaçant.

Shevick répondit :

— Jack Reacher.

— Comment on peut savoir que tu n'es pas le père d'Aaron Shevick ?

— On aurait le même nom.

— Son beau-père, alors. Comment on peut savoir qu'il n'est pas dans la maison ? Tu as peut-être repris le bail et il squatte une chambre. Nous savons qu'il ne roule pas vraiment sur l'or en ce moment.

Shevick garda le silence.

Le même homme ajouta :

— On va jeter un coup d'œil.

Reacher entendit qu'on poussait Shevick pour passer, puis il entendit des bruits de pas dans le couloir. Il se leva, se posta derrière la porte de la cuisine. Ouvrit un tiroir, puis un autre, et encore un autre, jusqu'à ce qu'il trouve un couteau d'office. C'était mieux que rien. Il entendit Abby et Maria sortir du salon pour gagner le couloir.

Les bruits de pas continuaient.

Abby demanda :

— Qui êtes-vous ?

— Nous cherchons M. Aaron Shevick, lui répondit un des gars.

— Qui ?

— Comment vous appelez-vous ?

— Abigail.

— Abigail comment ?

— Reacher. Ce sont mes grands-parents, Jack et Joanna.

— Où est Shevick ?

— C'était le dernier locataire. Il a déménagé.

— Où est-il allé ?

— Il n'a pas laissé d'adresse pour se faire réexpédier son courrier. Il semblait avoir de sérieux problèmes financiers. Je pense qu'il a dû filer à l'anglaise. Il s'est enfui.

— Vous en êtes sûre ?

— Je sais qui habite ici, monsieur. Il y a deux chambres dans la maison. Celle de mes grands-parents, et la mienne, quand je viens ici. Et pour les invités, quand je ne suis pas là. Il n'y a pas de squatters. Je pense que je l'aurais remarqué.

— Vous l'avez déjà rencontré ?

— Qui ?
— M. Aaron Shevick.
— Non.
— Je l'ai rencontré, dit Maria Shevick. Quand on a visité la maison.
— À quoi ressemblait-il ?
— Je me souviens qu'il était grand et charpenté.
— C'est bien lui. Depuis combien de temps est-il parti ?
— Environ un an.
Pas de réaction. Les bruits de pas reprirent, jusqu'à la porte du salon.
Le même homme demanda :
— Vous êtes ici depuis un an et vous n'avez pas encore de télé ?
— Nous sommes à la retraite, dit Maria. Ces choses-là sont chères.
— Hum..., fit le gars, dubitatif.
Reacher entendit un léger clic, un grattement. Puis les bruits de pas s'éloignèrent. Retour au couloir. À la porte d'entrée. À la première marche. Jusqu'à l'étroite allée bétonnée. Reacher entendit la voiture démarrer, partir. Le léger sifflement d'une grosse berline.
Le silence revint.
Il rangea le couteau à sa place dans le tiroir, puis quitta la cuisine.
— Beau travail, tout le monde.
Aaron tremblait. Maria était pâle.
— Ils ont pris une photo, dit Abby. Comme une salve d'honneur.
Reacher acquiesça. Le léger clic, le grattement. Un téléphone portable, imitant le bruit d'un appareil photo.
— Une photo de quoi ?

— De nous trois. Pour leur rapport. Et aussi pour leur base de données juste au cas où. Mais surtout pour nous intimider. C'est comme ça qu'ils font. Les gens se sentent vulnérables.

Reacher acquiesça de nouveau. Il se rappela le gars phosphorescent dans le bar. En train de lever son téléphone. Un petit bruit sournois. *Si j'étais un vrai client, ça ne m'aurait pas plu.*

Les Shevick retournèrent dans la cuisine pour refaire du café. Reacher et Abby retournèrent au salon, en attendant.

— Ils n'ont pas pris cette photo juste pour nous intimider, dit Abby.

— Qu'est-ce qu'il y a d'autre ?

— Ils vont se la faire passer par SMS. C'est comme ça qu'ils font. Au cas où quelqu'un pourrait ajouter une pièce au puzzle. Tôt ou tard, tout le monde recevra le message. Le gars à l'entrée du club où je travaille l'aura. Il sait que je ne m'appelle pas Abigail Reacher. Il sait que je suis Abby Gibson. Comme beaucoup d'autres gars à beaucoup d'autres portes, parce que j'ai travaillé dans beaucoup d'autres endroits. Ils vont commencer à poser des questions. Et comme ils ne me portent déjà pas dans leurs cœurs…

— Ils savent où tu habites ?

— Je suis sûre qu'ils peuvent le demander à mon patron.

— Quand vont-ils envoyer le message ?

— Je suis sûre qu'ils l'ont déjà fait.

— Y a-t-il un autre endroit où tu pourrais aller ?

Elle acquiesça.

— Chez un ami. À l'est de Center Street. En territoire albanais, heureusement.

— Tu peux travailler là-bas ?

— J'y ai déjà travaillé.

— Je m'excuse sincèrement pour le dérangement.

— C'est une expérience. Une fois une amie m'a dit qu'une femme devait faire tous les jours quelque chose qui lui fait peur.

— Elle pourrait s'engager dans l'armée.

— Il faut que tu restes à l'est de Center Street de toute façon. On pourra rester ensemble. Au moins ce soir.

— Ton ami sera d'accord ?

— J'espère. Les Shevick seront-ils en sécurité ce soir ?

Reacher acquiesça.

— Les gens croient ce qu'ils voient. Dans le cas présent, ils ont vu avec les yeux du gars phosphorescent du bar. Il m'a rencontré. Il a pris ma photo avec son téléphone. Je suis Aaron Shevick. C'est gravé dans la pierre. Pour eux, Shevick est un grand type plus jeune d'une génération. On peut le deviner à ce qu'ils ont dit. Ils l'ont soupçonné d'être le père de Shevick, ou son beau-père, mais ils ne l'ont jamais soupçonné d'être Shevick lui-même. Donc tout ira bien pour eux. Pour ces gars-là, ils sont juste les Reacher, un vieux couple.

Puis Maria les appela et les informa que le café était prêt.

***

Le gérant de la sinistre boutique de prêteur sur gages de l'autre côté de la rue étroite où se trouvaient la compagnie de taxi et l'agence de cautionnement sortit, évita un camion, puis pénétra discrètement dans la compagnie de taxi. Il ignora le gars fatigué à la radio et se dirigea vers l'arrière. Vers le bureau extérieur de Gregory. Son bras droit leva les yeux et lui demanda ce qu'il voulait. Le gérant lui répondit qu'il s'était passé quelque chose. Et que ça allait plus vite de traverser la rue que d'expliquer ça par texto.

— Expliquer quoi ? demanda le bras droit.

— Ce matin, j'ai reçu une alerte et la photo d'un dénommé Shevick. Un gros enfoiré.

— Tu l'as vu ?

— Shevick, c'est courant comme nom en Amérique ?

— Pourquoi ?

— J'ai eu un client qui s'appelait Shevick ce matin. Mais c'était une petite vieille.

— Elle est peut-être de la famille. C'est peut-être une vieille tante ou une cousine.

Le type hocha la tête.

— C'est ce que j'ai cru. Mais, j'ai reçu une autre alerte, et une autre photo. Avec la même vieille dessus. Mais avec un nom différent. Dans la nouvelle alerte, ils l'appellent Joanna Reacher. Mais ce matin, elle a signé Maria Shevick.

19

Reacher et Abby laissèrent les Shevick dans leur cuisine et regagnèrent la Toyota. Reacher était déjà prêt, brosse à dents rangée dans la poche. Mais Abby voulait passer chez elle prendre quelques affaires. Raisonnable. Reacher, lui, décida qu'il voulait passer voir les juristes du projet de droit public pour leur poser une question. Les deux destinations se trouvaient en territoire ukrainien, mais le danger était limité. En principe. L'inconvénient était qu'il existait des photographies d'eux, et potentiellement la description de la Toyota et son numéro d'immatriculation. D'un autre côté, on était en plein jour, et ils n'en avaient pas pour longtemps.

Danger limité. En principe.

Ils roulèrent dans les rues en mauvais état, puis atteignirent les locaux des juristes, près des hôtels, juste à l'ouest de Center Street, au bout de sa rue embourgeoisée. Complètement différente de jour et de nuit. Tous les autres bureaux étaient ouverts. Les gens allaient et venaient. Des voitures étaient garées au bord du trottoir des deux côtés. Mais ni Lincoln ni homme pâle en costume.

Danger limité. En principe.

Abby fit marche arrière pour se garer. Reacher et elle descendirent de la voiture et marchèrent jusqu'à la porte. Seuls deux jeunes hommes étaient à leur bureau. Aucun signe d'Isaac Mehay-Byford. Juste Julian Harvey Wood et Gino Vettoretto. Harvard et Yale. C'était suffisant. Ils saluèrent Reacher, serrèrent la main d'Abby et lui dirent qu'ils étaient heureux de la rencontrer.

Reacher demanda :

— Et si Max Trulenko cachait de l'argent quelque part ?

— C'est la théorie d'Isaac, lui répondit Gino.

— Ce genre de rumeur court toujours, fit remarquer Julian.

— Je pense que cette fois, c'est vrai, dit Reacher. La nuit dernière, j'ai lâché le nom de Trulenko au portier du club où Abby travaille. Environ trois minutes plus tard, quatre gars sont apparus, dans deux voitures. Une réaction assez impressionnante. Le niveau platine de la protection. Ces types n'agissent que quand il est question d'argent. Donc Trulenko paie. Le prix fort pour mobiliser deux voitures et quatre gars en trois minutes. Donc, il a toujours de l'argent.

— Qu'est-ce qui s'est passé avec ces quatre types ? demanda Gino.

— Ils ont perdu ma trace. Mais en cours de route, je pense qu'ils ont confirmé la théorie d'Isaac.

— Vous savez où se trouve Trulenko ? demanda Julian.

— Pas précisément.

— Nous aurions besoin d'une adresse pour lui remettre les documents. Et pour que ses comptes bancaires soient gelés. De quelle somme pensez-vous qu'il dispose ?

— Je n'en ai aucune idée. Plus que moi, probablement. Plus que les Shevick, c'est une certitude.

— J'imagine qu'on pourrait le poursuivre pour cent millions de dollars, et qu'on s'arrangerait avec ce qui lui reste. Avec un peu de chance, ce sera suffisant.

Reacher acquiesça. Puis il posa la question qu'il était venu poser.

— Combien de temps ça prendrait ?

— Ils ne passeront jamais devant les tribunaux, répondit Gino. Ils ne pourraient pas se le permettre. Ils savent qu'ils perdraient. Ils proposeront un accord à l'amiable avant le procès. Ils nous supplieront d'accepter. Il y aura un chassé-croisé d'avocat à avocat, principalement par e-mail. Le seul problème à résoudre sera celui de laisser quelques dollars à Trulenko, pour qu'il n'ait pas à vivre sous les ponts le restant de ses jours.

— Combien de temps ça prendrait ? demanda de nouveau Reacher.

— Six mois, répondit Julian. Certainement pas davantage.

La loi évolue lentement, Maria Shevick l'avait répété plus d'une fois.

— Il n'y a pas moyen d'accélérer les choses ?

— Cette procédure les accélère déjà.

— OK, dit Reacher. Saluez Isaac pour moi.

Il se dépêcha de retourner à la Toyota avec Abby. La voiture était toujours là. Passée inaperçue, pas surveillée, pas encerclée, sans contravention sur le pare-brise. Ils y montèrent.

— C'est comme si un film passait au ralenti et que l'autre passait en accéléré, dit Abby.

Reacher garda le silence.

L'appartement d'Abby était proche à vol d'oiseau, mais pas en voiture. Ils arrivèrent par le nord.

Il y avait un véhicule devant chez elle.

Garé le long du trottoir. Une Lincoln noire, l'avant orienté sud. Pare-brise arrière teinté. De loin, il était impossible de savoir qui se trouvait à l'intérieur.

— Range-toi, dit Reacher à Abby.

Elle s'arrêta à trente mètres de la Lincoln.

— Dans le pire des cas, ils sont deux et je parie que leurs portières sont verrouillées, déclara Reacher.

— Qu'est-ce qu'on te dirait de faire dans l'armée ?

— De tirer des balles perforantes en quantité suffisante pour vaincre la résistance. Et après, de tirer des balles traçantes sur le réservoir d'essence en quantité suffisante pour détruire les preuves.

— Mais on ne peut pas.

— Malheureusement. Mais il vaudrait mieux agir. C'est chez toi. Ils fourrent leur nez là où ils ne devraient pas.

— C'est sans doute plus sûr de faire comme s'ils n'étaient pas là.

— Seulement à court terme. Ils ne peuvent pas tout se permettre. Il faut faire passer un message. Ils dépassent les bornes. Ils ont soutiré ton adresse à tes patrons, un couple innocent qui a assez de goût pour t'engager toi et ces musiciens. Il faut leur montrer qu'ils ne peuvent pas tout se permettre. Et qu'ils s'en prennent aux mauvaises personnes. Il faut les effrayer un peu.

Abby resta silencieuse un moment, puis elle dit :

— Tu es fou. Tu es seul. Tu ne peux pas les attaquer.

— Quelqu'un doit s'en charger. J'ai l'habitude. J'ai été flic dans l'armée. On m'a confié toutes les missions minables.

— Ce qui t'inquiète, c'est que leurs portières soient fermées. Parce que si elles le sont, tu ne peux pas les atteindre.

— Exact.

— Je pourrais faire le tour du pâté de maisons et passer par la porte de derrière. Je pourrais allumer toutes les lumières à l'intérieur. Ça pourrait les faire sortir de la voiture.

— Non.

— OK, je pourrais laisser la lumière éteinte et au moins prendre mes affaires.

— Non. Pour la même raison. Ils attendent peut-être à l'intérieur. Peut-être que la voiture est vide. Ou peut-être que l'un est à l'intérieur et l'autre dans la voiture.

— C'est effrayant.

— Je te l'ai dit. Ils ne peuvent pas tout se permettre.

— Je pourrais vivre sans mes affaires. Je veux dire, tu le fais bien. Visiblement, c'est possible. Ça pourrait faire partie de l'expérience.

— Non. Nous vivons dans un pays libre. Si tu veux tes affaires, tu as le droit de les avoir. Et s'il leur faut un message, ils doivent en recevoir un.

— OK, ça marche pour moi. Mais comment tu vois la suite ?

— Ça dépend du degré d'expérience que tu veux.

— Que veux-tu que je fasse ?

— Je suis sûr que ça va bien se passer.

— Quoi donc ?

— Mais tu t'inquiéteras sans doute à l'avance.

— Vas-y, dis-moi.

— Dans l'idéal, je voudrais que tu avances jusqu'à l'arrière de la Lincoln et que tu lui rentres dedans en roulant au pas.

— Pourquoi ?

— Les portières vont se déverrouiller. Pour faciliter les premiers secours. La voiture va croire qu'elle a un accident bénin. Il y a un petit gadget là-dedans quelque part. Un mécanisme de sécurité.

— Et là, tu pourrais ouvrir les portières de l'extérieur.

— Ce serait le premier objectif tactique. Tout le reste suivrait.

— Ils pourraient avoir des armes.

— Seulement pour un court laps de temps. Ensuite, c'est moi qui les aurais.

— Et s'ils sont chez moi ?

— J'imagine qu'on pourrait mettre le feu à la voiture. Ça enverrait un message.

— C'est complètement dingue.

— Faisons les choses l'une après l'autre.

— Ma voiture sera abîmée ?

— Tes pare-chocs sont aux normes. Ça devrait aller si tu roules à moins de dix kilomètres heure. Mais tu auras peut-être besoin d'un autre collier de serrage.

— OK.

— N'oublie pas de garder le pied sur la pédale d'embrayage. Il ne faut pas que tu cales. Tu dois être prête à faire marche arrière.

— Et après ?

— Tu te gares et tu vas chercher tes affaires pendant que j'explique aux gars ce qu'ils doivent faire.

— À savoir ?

— Suivre ta voiture pendant que tu ouvriras la marche jusqu'à un endroit isolé à l'est de Center. Après ça, ce sera à eux de décider.

Abby resta de nouveau silencieuse un long moment.

Puis elle acquiesça. D'un hochement de tête. Une petite lueur dans les yeux. Un sourire aux lèvres, mi-grimaçant, mi-euphorique.

— OK. Allons-y.

***

Au même moment, le bras droit de Gregory livrait le peu d'informations dont il disposait. Il se trouvait dans le bureau de son patron, face à lui. Un endroit intimidant. Le bureau était massif, richement sculpté dans du bois couleur caramel. Le fauteuil en cuir vert était énorme et tufté. Derrière le fauteuil se dressait une bibliothèque haute et massive, assortie au bureau. Carrément imposante. On était loin de se sentir à l'aise dans cette pièce, surtout quand on fournissait un récit confus.

— À dix-huit heures hier, Aaron Shevick était un immense type laid en train de rembourser un emprunt. À vingt heures, c'était un immense type laid en train de faire un nouvel emprunt. Et à vingt-deux heures, il avait encore changé. C'était un citadin, qui écoutait un concert, flirtait avec la serveuse, mangeait des pizzas avalées en une bouchée et buvait des cafés à six dollars. Et après, en sortant du bar, il avait encore changé. C'était un dur à cuire qui parlait de Max Trulenko. Il est donc comme trois personnes en une. On ne sait pas du tout qui il est vraiment.

— Qui est-il, d'après toi ? lui demanda Gregory.

Son gars ne répondit pas à la question. Au lieu de cela, il poursuivit :

— Pendant ce temps, nous avons trouvé sa dernière adresse connue. Mais il n'y était pas. Il a déménagé il y a un an. Les nouveaux locataires sont un vieux couple de retraités nommés Jack et Joanna Reacher. Leur petite-fille était en visite. Elle s'appelle Abigail Reacher. Sauf que ce n'est pas vrai. Elle s'appelle Abigail Gibson. C'est la serveuse avec qui Shevick flirtait la nuit dernière. Nous savons tout sur elle. C'est une fauteuse de troubles.

— Comment ça ?

— Il y a un an environ, elle a raconté à la police ce qu'elle avait vu. On a arrangé ça. On lui a montré qu'elle avait eu tort. Elle a promis de rester tranquille et on l'a laissée garder son boulot.

Gregory pencha la tête vers la gauche, la main sur la nuque, puis vers la droite. Comme s'il souffrait.

— Mais maintenant, elle flirte avec Shevick et se présente à sa dernière adresse connue sous un faux nom.

— Il y a pire encore, reprit son gars. Mamie Reacher est allée chez notre prêteur sur gages ce matin, mais elle a signé Shevick.

— Vraiment ?

— Maria Shevick.

— Et elle a refait surface à la dernière adresse connue d'Aaron Shevick.

— On ne sait donc pas du tout qui sont vraiment ces gens.

— Qui sont-ils, d'après toi ? demanda Gregory.

— On n'est pas arrivés où en est en étant stupides. Il faut envisager toutes les possibilités. D'abord, Abigail Gibson. On a un nouveau commissaire de police. Peut-être qu'il a avancé dans la lecture des fichiers. Son nom y figure. Peut-être qu'il a fait appel à des gens de l'extérieur. Peut-être qu'il a mis le grand gars sur le terrain pour travailler avec elle.

— Il n'est pas encore commissaire.

— Raison de plus. Nous pensons être toujours en sécurité.

— Tu penses que Shevick est flic ? demanda Gregory.

— Non. Les flics, on les connaît. On en aurait entendu parler. Quelqu'un nous l'aurait dit.

— Alors qui est-ce ?

— Peut-être un agent du FBI. Peut-être que la police a demandé une aide extérieure.

— Non. Un nouveau commissaire ne ferait pas ça. Il voudrait que le boulot soit fait par ses hommes. Il voudrait être le seul à en recueillir les lauriers.

— Alors peut-être que c'est un ex-flic ou un ancien agent du FBI et que Dino l'a engagé pour s'en prendre à nous.

— Non, dit encore Gregory. Même chose que pour le nouveau commissaire. Dino ne veut jamais recruter à l'extérieur. Il ne fait pas assez confiance aux gens. Comme nous.

— Alors qui c'est ?

— Un type qui a emprunté de l'argent et qui a posé des questions sur Max. Ce qui, j'en conviens, est une drôle de combinaison.

— Et qu'est-ce que vous voulez faire en ce qui le concerne ?

— Surveillez la maison que vous avez trouvée, répondit Gregory. S'il habite là, il finira par se montrer, tôt ou tard.

***

Abby garda sa ceinture de sécurité. Reacher détacha la sienne, appuya sa main contre le tableau de bord et Abby passa la première.

— Prêt ? demanda-t-elle.

— Vitesse piéton. Ça va te sembler terriblement rapide sur le moment. Mais ne ralentis pas. Il vaut peut-être mieux fermer les yeux pour la dernière partie.

Abby démarra et s'engagea sur la chaussée.

20

On estime généralement que l'être humain marche à cinq kilomètres huit cents à l'heure, soit environ quatre-vingt-trois mètres par minute. Il fallut donc vingt angoissantes secondes à la Toyota cabossée pour combler l'intervalle qui la séparait de la Lincoln blanche. Abby s'aligna, inspira nerveusement, retint sa respiration, puis ferma les yeux. La Toyota percuta le pare-chocs arrière de la Lincoln. Vitesse piéton, mais gros impact bien bruyant quand même. Abby fut projetée en avant, mais retenue par sa ceinture. Reacher se servit de ses mains pour se retenir au tableau de bord. La Lincoln fit un bond de trente centimètres en avant. La Toyota rebondit en arrière de trente centimètres. Reacher sortit péniblement, puis avança d'un pas, deux, trois, tout droit jusqu'à la portière arrière droite de la Lincoln. Et en saisit la poignée.

Le mécanisme de sécurité avait accompli sa mission.

La portière s'ouvrit. Il y avait deux gars dans la voiture. Côte à côte à l'avant, ceintures détachées, penchés vers l'arrière, bien installés quelques instants plus tôt, à présent un peu secoués. Leurs têtes s'étaient immobilisées sur le dossier de leur siège et arrivaient à hauteur de taille quand Reacher se glissa derrière eux, ce qui les rendit faciles à saisir, une dans chaque paume, et à faire claquer l'une contre l'autre tel le cymbalier à l'arrière de l'orchestre. Et une deuxième fois, après quelques rebonds, et puis tout droit en avant, le type de gauche sur le volant, celui de droite sur le tableau de bord au-dessus de la boîte à gants.

Reacher glissa ensuite les mains dans leurs vestes, se pencha par-dessus leurs épaules depuis la banquette arrière, fouilla, trouva des lanières de cuir, des étuis d'épaule et des pistolets, dont il s'empara. Il ne découvrit rien d'autre à leurs ceintures ni, en se penchant complètement en avant, rien d'autre attaché à leurs chevilles.

Il se rassit. Les pistolets étaient des H&K P7. De la police allemande. Magnifiquement conçus. Presque délicats. Mais en acier et au profil dur et anguleux. Donc virils.

— Réveillez-vous, les gars, lança-t-il aux deux passagers.

Il attendit. Par la vitre, il vit Abby franchir la porte de son immeuble.

— Réveillez-vous, les gars, lança à nouveau Reacher.

Et ils le firent, assez vite. Ils émergèrent, sonnés, clignèrent des yeux, regardèrent autour d'eux, essayèrent de reconstituer la scène.

— Voici le marché, leur dit Reacher. Et de quoi vous motiver, par la même occasion. Vous allez me conduire vers l'est. En chemin, je vais vous poser des questions. Si vous me mentez, je vous donnerai à manger aux Albanais quand on arrivera. Si vous me dites la vérité, je descendrai de voiture, je m'éloignerai et je vous laisserai faire demi-tour et rentrer à la maison indemnes. C'est ça le marché. C'est à prendre ou à laisser. C'est clair ?

Il vit Abby sortir de chez elle avec un sac bien rempli, le porter jusqu'à sa voiture, le jeter sur la banquette arrière et monter à l'avant.

Dans la Lincoln, le type au volant se prit la tête entre les mains et répondit :

— Vous êtes fou ? Je n'y vois même pas clair. Je ne peux pas vous conduire quelque part.

— Rien n'est impossible. Mon conseil, c'est de faire de gros efforts.

Il baissa sa vitre, sortit son bras et fit signe à Abby de passer à l'action, en ouvrant la marche. Il observa sa manœuvre hésitante. Le pare-chocs avant de la Toyota n'était plus à l'horizontale. Il pendait en diagonale, bien plus bas que la normale. À deux centimètres près, l'angle du côté passager raclait le bitume. Peut-être que deux colliers de serrage seraient nécessaires. Peut-être trois.

— Suis cette voiture, lança Reacher au conducteur.

Le gars au volant de la Lincoln démarra aussi maladroitement qu'un débutant. À côté de lui, son partenaire tourna la tête autant que son torticolis le lui permettait et du coin de l'œil, il fixa Reacher.

Qui resta silencieux. Devant lui, la Toyota blanche cabossée avançait bien. Vers l'est, en prenant les rues transversales. La Lincoln suivait. Le gars au volant s'améliorait. Sa conduite était beaucoup plus souple.

Reacher lui demanda :

— Où est Max Trulenko ?

Au début aucun ne pipa mot. Puis le gars au torticolis répondit :

— Vous êtes un sale tricheur.

— Comment ça ?

— Ce que nous feraient les gars de chez nous si on vous disait où se trouve Trulenko, c'est pire que tout ce que les Albanais pourraient nous faire. Donc, ce n'est pas un vrai choix. Ce n'est pas un marché. En plus, nous, on s'assied dans des voitures pour surveiller des portes. Vous pensez qu'on dirait où se trouve Trulenko à des types comme nous ? Donc la réponse honnête, c'est qu'on ne sait pas où il est. Et vous allez dire qu'on ment. Donc là encore, ce n'est pas un vrai choix, il n'y a aucune récompense pour nous. Alors faites ce que vous avez à faire. Mais épargnez-nous vos trucs hypocrites.

— Mais vous savez qui est Trulenko.

— Bien sûr qu'on sait.

— Et vous savez que quelqu'un le cache quelque part.

— Sans commentaire.

— Mais vous ne savez pas où.

— Sans commentaire.

— Si votre vie en dépendait, où chercheriez-vous ?

Le gars au torticolis ne répondit pas. Le téléphone portable du conducteur sonna. Dans sa poche. Un petit air gai de marimba, métallique, qui passait en boucle, étouffé. Reacher pensa aux avertissements codés, aux alertes SOS secrètes. Il dit :

— On ne répond pas.

— Ils vont venir nous chercher, répliqua le conducteur.

— Qui ça ?

— Ils vont envoyer deux gars.

— Comme vous deux ? J'ai vraiment peur.

Pas de réaction. La sonnerie s'arrêta.

— Comment s'appelle votre patron ? demanda Reacher.

— Notre patron ?

— Pas le patron de ceux qui restent assis dans les voitures à surveiller les portes. Le grand patron. Le *capo di tutti capi.*

— Ça veut dire quoi ?

— C'est de l'italien. Le patron de tous les patrons.

Pas de réponse. Pas immédiate. Ils se regardèrent, comme s'ils essayaient de prendre une décision sans se parler. Jusqu'où pouvaient-ils aller ? D'un côté, omerta. Ça aussi, c'était de l'italien. Un code de silence absolu. Selon lequel vivre et pour lequel mourir. D'un autre côté, ils faisaient face à un gros problème. Personnellement et individuellement. Dans le monde réel, dans l'ici et maintenant. Mourir pour un code, c'est bien beau en théorie. En pratique, c'est différent. Là, en haut de leur liste de choses à faire, il n'y avait pas « sacrifice honorable ou glorieux », mais « vivre assez longtemps pour rentrer à la maison ce soir ».

Le gars au torticolis répondit :

— Gregory.

— C'est son nom ?

— En anglais.

Les gars se regardèrent à nouveau. Regards différents. Comme pour entamer une nouvelle discussion.

— Depuis combien de temps vivez-vous ici ? reprit Reacher.

Parce qu'il voulait revenir au sujet qui l'intéressait. Parce qu'on finit par s'habituer à répondre aux questions. Commencer par les faciles et poursuivre jusqu'aux plus difficiles. Technique d'interrogatoire de base. À nouveau, les deux gars se regardèrent, cherchèrent l'aval de l'autre.

— Ça fait huit ans qu'on est ici, dit le chauffeur.

— Votre anglais est plutôt bon.

— Merci.

Puis le téléphone de l'autre type sonna. Le gars au torticolis. Là aussi dans sa poche. Sonnerie étouffée, mais différente. La reproduction numérique d'une sonnerie électrique à l'ancienne, comme dans le bar à prêt sur gages, sur le mur derrière le gros, un long coup de carillon sourd et triste après l'autre.

— On ne répond pas, répéta Reacher.

— Ils peuvent nous localiser, dit le gars.

— Aucune importance. Ils ne peuvent pas réagir assez vite. Je pense que dans deux minutes, tout sera terminé. Quoi qu'il arrive, vous serez sur le chemin de la maison.

Une troisième sonnerie sourde, puis une quatrième.

— Ou pas. Peut-être que dans deux minutes les Albanais vous auront. Dans tous les cas, ça sera rapide.

Devant eux, la Toyota ralentit, puis se gara le long du trottoir. La Lincoln s'arrêta derrière. Dans un quartier aux vieilles constructions en brique, aux vieux trottoirs en brique et aux vieilles briques perçant sous un bitume criblé de trous. Les deux tiers des bâtiments étaient fermés et condamnés, et dans le tiers restant on ne semblait pas mener des affaires respectables. *Un endroit isolé à l'est de Center.* Abby avait bien choisi.

Le téléphone cessa de sonner.

Reacher se pencha, coupa le moteur, retira la clé. Et se rassit. Les deux gars se retournèrent pour le regarder. Un P7 dans la main gauche, la clé de la voiture dans la droite.

— Si votre vie en dépendait, où chercheriez-vous Max Trulenko ? demanda-t-il.

Pas de réponse. Encore des regards. De deux sortes. D'abord l'appréhension et l'embarras, comme s'ils étaient coincés entre le marteau et l'enclume, comme plus tôt, et puis autre chose. Le nouveau problème.

Le type au torticolis répondit :

— Ils vont se méfier de nous. Ils voudront savoir comment on a pu nous amener jusqu'ici et nous laisser repartir après.

— Je suis d'accord, ça dépend de leur perspicacité.

— C'est ça le problème. Ils vont se dire qu'on a fait un deal.

— Dites-leur la vérité.

— Ce serait du suicide.

— Ou une version de la vérité. En sélectionnant soigneusement ce que vous direz. En censurant certaines parties. Mais une version absolument vraie en soi. Dites-leur qu'une femme est sortie par la porte que vous surveilliez avec un sac rempli d'affaires, qu'elle est montée dans une voiture et que vous l'avez suivie jusqu'ici. Donnez-leur n'importe quelle adresse dans le quartier. Dites-leur que, puisque Gregory considérait que la maison valait la peine d'être surveillée, il voudrait certainement savoir où se cache l'habitant qui vient de la quitter. Ayez l'air un peu embarrassé. Vous recevrez une tape sur la tête et un bon point pour l'initiative.

— Et on ne parle pas du tout de vous ? s'enquit le conducteur.

— Ça vaut mieux.

Encore un échange de regard. Pour chercher les blancs dans la version alibi. En vain. Puis ils se retournèrent et regardèrent à nouveau Reacher. Qui tenait l'arme fermement dans sa main gauche, et la clé de voiture, minuscule dans sa main droite.

— Où un type sensé commencerait-il la recherche ? reprit Reacher.

Les deux gars semblèrent gagner en audace, encore un peu, et encore un peu, comme s'ils s'étaient convaincus. Après tout, on ne leur demandait pas de livrer des faits. On ne leur en avait pas confié. Pas à des sous-fifres comme eux. On leur demandait leur avis. Rien de plus. Où un homme sensé chercherait-il ? Pure hypothèse. Un commentaire d'intermédiaire. Simple conversation polie. Et bien sûr, pour l'humble, il est flatteur qu'on lui demande son opinion.

Reacher observa le processus. Vit croître l'audace. Les traits se durcir, les respirations revenir à la normale, les poumons se remplir. Ils étaient prêts à parler, au sens propre comme au figuré. Mais prêts pour quelque chose d'autre aussi. Quelque chose qui ne sentait pas bon. Le nouveau problème. Une idée insensée. Elle se dégageait d'eux comme une odeur. La faute lui en revenait entièrement, à cause de ce choix qui n'en était pas un. Le gars avait raison. Et à cause de la question sur le patron. Sans doute une figure effrayante, capable de terribles représailles. Et à cause de l'heureuse conclusion avec ce récit alibi. La tape sur la tête et le bon point. Mauvais calcul de suggérer ça à des gens frustrés et ambitieux. Ça les faisait réfléchir. Les tapes sur la tête et les bons points, c'était bien, mais la promotion et le statut, c'était encore mieux, et après huit longues années, mieux encore de ne plus avoir à rester assis dans des voitures à regarder des portes. Ils voulaient gravir les échelons. Et ils savaient qu'il faudrait plus que suivre une fille pour donner une adresse. Il leur fallait un succès plus éclatant.

Capturer Aaron Shevick suffirait. Et ils pensaient que c'était lui, évidemment. Ils avaient reçu des SMS, comme tout le monde. Le signalement et la photo. Ils ne lui avaient pas demandé son nom. La plupart des gens l'auraient fait. Ils auraient dit : « Mais qui êtes-vous ? Qu'est-ce que vous voulez ? » Eux n'avaient manifesté aucune curiosité. Parce qu'ils le savaient déjà. Ils avaient reçu des textos à son sujet, donc il était important. D'où la récompense. D'où les idées folles.

C'était sa faute.

Ne faites pas ça, pensa-t-il.

À voix haute, il lança :

— Ne faites pas ça.

— Quoi ? demanda le conducteur.

— Un truc stupide.

Ils marquèrent une pause. Reacher devina qu'ils allaient commencer par lui dire quelque chose de vrai. Trop difficile de fabriquer un mensonge juste en se regardant. Ce serait une sorte de *teaser*. Qui demanderait deux secondes de réflexion, et aboutirait à une question prudemment formulée. Tout ça pour détourner son attention momentanément. Pour leur donner le temps de lui sauter dessus. Le gars au torticolis se contorsionnerait pour plaquer sa poitrine sur le bras gauche de Reacher, et ses hanches sur son bras droit, après quoi le conducteur arriverait par le haut et lui donnerait un coup sur la tête. Avec son téléphone portable, s'il avait un peu de bon sens et aucun scrupule à détruire un objet électronique de précision. Ce que la plupart des gens sont prêts à faire, d'après son expérience, quand leur vie en dépend.

Ne faites pas ça.

— Où chercheriez-vous Max Trulenko ?

Le conducteur répondit :

— Sur son lieu de travail, bien sûr.

Reacher prit un air ahuri, mais il ne pensait à rien et ne préparait aucune question. Il se contentait d'attendre. Le temps s'écoulait en quart de seconde, comme un cœur qui s'emballe, d'abord rien, puis toujours rien, puis le gars au torticolis s'élança, violemment, maladroitement, bras en avant, en poussant sur ses pieds, dos arqué, pour lancer l'essentiel de sa masse au-delà du point de non-retour, de sorte que même s'il atterrissait sur la banquette, la gravité se chargerait du reste et le jetterait sur les genoux de Reacher, ce qui manquerait de noblesse, mais serait tout aussi efficace.

Il n'atteignit pas le point de non-retour.

Reacher plaça la bouche du pistolet contre le dossier du siège et tira sur le gars à travers. Puis du coude il repoussa le corps qui tombait. Comme un double coup. Coup de feu, coup de coude. Le bruit fut fort, mais pas trop. L'épais rembourrage du dossier de la Lincoln avait fait office d'énorme silencieux. Laine et crin de cheval. Toutes sortes de coton ouaté. Absorption naturelle. Restait un seul petit problème. Une partie du dossier avait pris feu. De plus, le conducteur se penchait, tâtant sous le tableau de bord près de ses tibias. Et se redressa, se retourna. Dans sa main il tenait un petit pistolet de poche. Peut-être russe. Fixé par de la bande adhésive pour rester invisible. Reacher tira sur le conducteur à travers son dossier. Qui prit feu lui aussi. Balle de neuf millimètres. Bouche du canon écrasée contre le rembourrage, énorme explosion de gaz en surchauffe. Paramètre peut-être jamais pris en compte lors de la conception de la Lincoln. Reacher ouvrit la portière et se glissa sur le trottoir. Mit les armes dans sa poche. L'air frais soufflant dans l'habitacle raviva les petits foyers. Le feu ne couvait plus. Il y avait de vraies flammes. Petites, comme un ongle de femme, dansant dans le rembourrage.

— Qu'est-ce qui s'est passé ? lui demanda Abby.

Elle se tenait près de sa voiture, immobile sur le trottoir, et regardait à travers le pare-brise de la Lincoln.

— Ils ont montré une extraordinaire loyauté envers une organisation qui ne semble pas les traiter bien.

— Tu leur as tiré dessus ?

— Je me suis défendu.

— Comment ?

— Ils ont cligné des yeux avant moi.

— Ils sont morts ?

— Laissons-leur une minute. Ça dépend de la vitesse à laquelle ils saignent.

— Je n'ai jamais vécu un truc pareil.

— Je suis désolé que tu aies dû.

— Tu as tué deux personnes.

— Je les avais prévenus. Je leur avais dit de ne pas le faire. Toutes mes cartes étaient sur la table. C'était plutôt un genre de suicide assisté. Vois-le comme ça.

— Tu l'as fait pour moi ? Je t'avais seulement dit de les amocher.

— Je ne voulais pas le faire du tout. Je voulais les renvoyer chez eux, sains et saufs. Ils ont fait de leur mieux. Je pense qu'ils ont fait ce que j'aurais fait. Mais j'espère que j'aurais mieux réussi.

— Qu'est-ce qu'on fait, maintenant ?

Les flammes s'élevaient. Le vinyle des dossiers faisait des bulles, se fendait et se décollait, comme de la peau.

— On devrait monter dans ta voiture et partir.

— C'est tout ?

— Pour moi, les rôles sont simplement inversés. Que feraient-ils de moi ? C'est ça qui fixe l'enjeu.

Abby resta silencieuse un moment.

Puis elle dit :

— OK, monte dans la voiture.

Elle conduisit. Reacher s'était installé sur le siège passager. De ce côté, son poids écrasa la suspension juste assez pour que le pare-boue ballant de la vieille Toyota, qui venait de se détacher, claque contre le bitume par à-coups imprévisibles, comme un message en Morse déjanté tapé sur une grosse caisse, tout le long du parcours.

21

Personne n'aurait même songé à appeler les flics pour une histoire de voiture en feu dans un quartier aux deux-tiers abandonné du côté est de la ville. Ce genre d'accident, c'étaient les problèmes de quelqu'un d'autre et il valait mieux que cela reste ainsi. Mais beaucoup rêvaient d'appeler les gars de Dino. Toujours. Pour fournir n'importe quelle information utile. En particulier pour transmettre des nouvelles comme celle-ci. Qui pourraient les faire progresser. Leur permettre de se faire un nom. Certains s'approchèrent tout près pour observer, reculant devant la chaleur. Ils virent des corps en feu à l'intérieur. Relevèrent la plaque d'immatriculation, avant que les flammes ne la dévorent.

Ils appelèrent les gars de Dino et leur dirent qu'une voiture ukrainienne était en feu. Le genre de Lincoln utilisée à l'ouest de Center Street. Apparemment, les deux corps qui se trouvaient à l'intérieur portaient des costumes-cravates.

Pratique courante là-bas. Visiblement, on leur avait tiré dans le dos. Pratique courante partout. Affaire classée. C'étaient des ennemis.

À ce moment-là, Dino prit le relais en personne et déclara :

— Laissez-la brûler.

Et pendant que ça brûlait, il réunit son conseil restreint, au fond de la scierie. Ce qui ne plut pas à tout le monde parce que le bois est un combustible, et que quelque chose quelque part était actuellement en feu. Et jetait peut-être des étincelles. Mais ils vinrent tous. Son bras droit, et ses autres meilleurs éléments. Pas le choix.

— C'est nous qui avons fait ça ? leur demanda Dino.

— Non, répondit son bras droit. Ce n'est pas nous.

— Vous êtes sûrs ?

— Tout le monde est au courant pour le salon de massage. Tout le monde sait qu'on en est à quatre pour quatre, l'honneur est sauf pour tout le monde, fin de l'histoire. Il n'y a pas de corrompus, pas de francs-tireurs, pas d'entrepreneurs autonomes. Je le garantis. J'en aurais entendu parler.

— Alors expliquez-moi.

Personne n'en fut capable.

— Au moins les détails pratiques, insista Dino. À défaut d'explication.

Un de ses gars répondit :

— Ils avaient peut-être rendez-vous. Leur contact attendait sur le trottoir. Il est monté à l'arrière pour discuter. Mais à la place il les a abattus. Peut-être qu'il a jeté un torchon enflammé.

— Quel contact attendait sur le trottoir ?

— Je ne sais pas.

— Quelqu'un du coin ?

— Probablement.

— Un de nos gars ?

— C'est possible.

— Une sorte de balance anonyme ?

— C'est possible.

— Tellement anonyme qu'on ne l'a jamais remarqué avant ? Si discret qu'il aurait échappé à notre attention pendant des années ? Je ne pense pas. Je pense qu'un expert de l'espionnage comme lui aurait attendu dans un café de Center Street. Il aurait parlé à un jeune en sweat à capuche. Il n'aurait pas laissé deux hommes en costume dans une Town Car s'approcher de lui. Pas à moins d'un million de kilomètres. Surtout dans cette partie de la ville. Autant publier ses aveux dans le journal. Donc ce n'était pas un rendez-vous.

— OK.

— Et pourquoi les aurait-il abattus ?

— Je ne sais pas.

Un autre type suggéra :

— Alors le tireur devait être sur la banquette arrière depuis le début. Ils sont venus à trois.

— Donc le tireur est l'un d'entre eux.

— Forcément. On ne laisse pas un homme armé monter à l'arrière à moins de le connaître.

— Où est-il maintenant ?

— Il s'est barré et peut-être qu'une seconde voiture est venue le chercher. Un modèle banal. Pas une autre Town Car. Quelqu'un l'aurait vue partir.

— Et ils auraient été combien dans la seconde voiture ?

— Deux, j'en suis sûr. Ils travaillent toujours par deux.

— Donc, en définitive, ce n'est pas une petite opération, conclut Dino. Elle a dû demander un minimum de ressources, être relativement planifiée et coordonnée. Et exiger de la discrétion. Cinq gars sont venus jusqu'ici. Je suppose que deux d'entre eux ne savaient pas ce qui allait se passer.

— Probablement.

— Mais pourquoi faire ça ? Quel était leur objectif ?

— Je ne sais pas.

— Pourquoi a-t-il mis le feu à la voiture ?

— Je ne sais pas.

Dino regarda ses hommes.

— On est bien tous d'accord pour dire que le tireur se trouvait à l'arrière depuis le début, et que c'était l'un d'entre eux ?

Tous les hommes acquiescèrent, gravement pour la plupart, comme s'ils arrivaient à une lourde conclusion rendue évidente par de nombreuses heures de réflexion.

— Et nous savons qu'après avoir tiré sur les gars assis à l'avant, il a mis le feu à la voiture.

Encore des hochements de tête, cette fois plus rapides et plus vifs parce que certaines choses ne font aucun doute.

— Mais pourquoi aller jusque-là ? demanda Dino.

Personne ne répondit.

Personne ne pouvait.

— On dirait un mythe ou une légende, poursuivit Dino. Ça semble extrêmement symbolique. Comme les Vikings qui brûlaient leurs guerriers dans leurs bateaux. Comme un bûcher funéraire cérémoniel. Comme un sacrifice rituel. On a l'impression que Gregory nous fait une offrande.

— De deux de ses hommes ? demanda son bras droit.

— Le nombre est important.

— C'est-à-dire ?

— On va avoir un nouveau commissaire de police. Gregory ne peut pas se permettre de faire la guerre. Il sait qu'il est allé trop loin. Alors, il s'excuse. Il fait la paix. Il sait qu'il avait tort. Il essaie d'arranger les choses. Six pour quatre, à notre avantage. Il fait un geste. Pour qu'on n'ait pas à exécuter ses hommes nous-mêmes. Il nous montre qu'il est d'accord avec nous. D'accord pour que nous l'emportions dans le décompte.

Personne ne réagit.

Personne ne pouvait.

Dino se leva et sortit. Les autres entendirent le bruit de ses pas à l'extérieur du bureau, puis dans le grand hangar en tôle ondulée. Ils entendirent son chauffeur faire démarrer sa voiture. Ils l'entendirent partir. La cour redevint silencieuse.

Puis quelqu'un lança :

— Une offrande ?

— Tu vois les choses autrement ? demanda le bras droit.

— Nous, on ne ferait jamais un truc pareil. Et donc, Gregory non plus. Qu'est-ce qu'il y gagnerait ?

— Tu penses que Dino se trompe ?

Question lourde de sens, et risquée.

Le type balaya la pièce du regard.

— Je pense que Dino perd les pédales. Un bûcher funéraire viking ? C'est complètement dingue.

— Tu vas loin.

— Tu n'es pas d'accord ?

Silence à nouveau.

Puis le bras droit hocha la tête.

— Si. Je suis d'accord. Je pense que ce n'était ni un sacrifice ni une offrande.

— Alors c'était quoi ?

— Selon moi, c'est quelqu'un d'autre qui a fait brûler ces gars.

— Mais qui ?

— Quelqu'un qui les a tués pour que Gregory puisse nous mettre ça sur le dos. Il va nous attaquer, et on va contre-attaquer. On va finir par se détruire les uns les autres. Au bénéfice d'une tierce personne. Pour que quelqu'un d'autre puisse s'installer sur nos deux territoires. C'est peut-être ça, l'idée.

— Mais qui ? redemanda le gars.

— Je ne sais pas. Mais on va le découvrir. Et après, on va les éliminer tous. Ils ont dépassé les bornes.

— Dino n'approuvera pas. Il pense que c'est une offrande. Il pense que tout va pour le mieux dans le meilleur des mondes.

— On ne peut pas attendre.

— On ne va pas le lui dire ?

Le bras droit garda le silence un moment, puis répondit :

— Non, pas encore. Il nous ralentirait. Cette affaire est trop importante.

— Parce que t'es le nouveau boss, maintenant ?

— Peut-être. Si Dino a vraiment perdu les pédales. Et tu l'as dit le premier, d'ailleurs. Tout le monde t'a entendu.

— Je ne voulais pas vous manquer de respect. Mais c'est un très grand pas. Faut être sûrs de savoir ce qu'on fait. Sinon, c'est une trahison. La pire. Il nous tuera tous.

— L'heure est venue de choisir son camp, dit le bras droit. L'heure est venue de faire un pari. Soit ce sont des rituels vikings, soit c'est une espèce d'OPA, le coup d'un inconnu. Qui nous descendra tous plus vite que Dino le ferait de toute façon.

— Qu'est-ce qu'on doit faire en premier ?

— Éteindre le feu. Transporter l'épave au broyeur. Et ensuite commencer à se renseigner. Deux voitures sont venues. Dont une grosse Lincoln rutilante. Quelqu'un se souviendra de l'autre. On va la trouver, on trouvera le gars qui était dedans et on lui fera avouer pour qui il travaille.

***

À ce moment-là, Reacher se trouvait quatre rues plus loin, dans le salon d'une maison délabrée accolée à ses voisines, propriété d'un musicien nommé Frank Barton. L'ami d'Abby dans l'est de la ville. Dans la pièce, il y avait également un homme du nom de Joe Hogan, un ancien marine américain à présent aussi musicien. Batteur, plus exactement. Sa batterie occupait la moitié du salon. Barton, lui, jouait de la basse. Son matériel occupait l'autre moitié. Quatre instruments sur des supports, des amplis, des enceintes géantes. Ici et là, au milieu du désordre, de petits fauteuils au rembourrage minimaliste et au tissu taché et usé.

Reacher était assis sur l'un d'eux, Abby sur un autre, et Barton sur le troisième, et dernier. Hogan avait pris place sur le tabouret de sa batterie. La Toyota blanche était garée devant la fenêtre.

— C'est fou, dit Barton. Je connais ces types. Je joue dans leurs clubs. Ils n'oublient jamais. Abby ne peut pas y retourner, plus jamais.

— À moins que je trouve Trulenko, objecta Reacher.

— En quoi ça va aider ?

— Je pense qu'une défaite de cette ampleur changerait un peu la donne.

— Comment ?

Reacher ne répondit pas.

Hogan s'en chargea.

— Il veut dire que pour atteindre une cible de grande envergure comme Trulenko il faudra remonter directement aux niveaux supérieurs de l'organisation. Par conséquent, les survivants ne vaudront pas mieux que des poulets décapités. Les Albanais n'en feront qu'une bouchée. La ville entière leur appartiendra. Ce qui inquiétait les Ukrainiens n'aura plus aucune importance. Parce que les Ukrainiens seront tous morts.

Ancien marine américain. Bonne appréhension de la stratégie.

— C'est fou, dit encore Barton.

Six chances avant la fin de la semaine.

22

Le bras droit de Gregory frappa à la porte du bureau de son patron, entra, puis s'assit en face de l'énorme bureau. Il raconta ce qu'il savait. Deux gars avaient été postés devant la maison d'Abigail Gibson. Ils avaient disparu. Ils ne répondaient pas au téléphone et leur voiture n'était plus à sa place.

Gregory demanda :

— C'est Dino ?

— Peut-être pas.

— Pourquoi ?

— Peut-être que ça n'a jamais été Dino. Pas au début, en tout cas. On a fait certaines hypothèses. Maintenant, on doit jeter un nouveau regard sur les faits. Pensez aux deux premiers qui ont eu l'accident chez le concessionnaire Ford. Qui était leur dernier contact connu ?

— Ils vérifiaient une adresse.

— Celle d'Aaron Shevick. Qui a été vu en train de flirter avec la serveuse, celle dont les deux autres types surveillaient l'entrée et qui viennent de disparaître ?

— Aaron Shevick.

— Il n'y a pas de coïncidences.

— Qui est ce type ?

— Quelqu'un le paie. Pour que Dino et vous vous preniez à la gorge. Pour qu'on se détruise mutuellement. Pour que ce quelqu'un puisse prendre les rênes.

— Qui ?

— Shevick nous le dira. Quand on le trouvera.

***

Les Albanais transportèrent l'épave fumante à la casse, puis commencèrent à poser des questions. Le conseil restreint. Les meilleurs gars. Peu habitués au travail de terrain. Leur question était assez simple : « Avez-vous vu deux véhicules roulant l'un derrière l'autre, dont une Lincoln Town ? » Personne ne leur mentit. Ils en étaient quasiment sûrs. Les gens savaient ce qui arrivait à ceux qui leur mentaient. Au contraire, tout le monde se creusa les méninges. Mais les résultats furent décevants. En partie parce que le concept de deux véhicules roulant l'un derrière l'autre était parfois difficile à saisir. Aux heures de pointe, par exemple, il n'y avait pas deux voitures roulant l'une derrière l'autre. Il y avait cent fois deux voitures. N'importe où en ville, aux meilleurs moments, peut-être vingt fois deux. Qui savait lesquelles correspondaient ? Les gens ne voulaient pas donner la mauvaise réponse. Pas quand c'étaient des caïds qui posaient la question.

Alors on trouva un autre moyen de la poser. On convint rapidement que quelques Lincoln noires avaient dû se trouver dans la circulation. Probablement six au total. Trois d'entre elles du gros modèle que les Ukrainiens conduisaient. Les caïds encouragèrent les descriptions détaillées des véhicules qui les avaient précédées et de ceux qui les avaient suivies. Les deux voitures se trouvaient quelque part là-dedans.

Trois témoins différents se souvinrent d'une petite berline blanche avec un pare-boue avant qui pendait. Dans chaque récit, elle roulait devant une Lincoln qui semblait l'imiter quand elle changeait de voie ou autre, comme si elle la suivait. Et elle était sortie de l'ouest de la ville, vers l'est.

Les deux voitures recherchées.

La petite berline blanche pouvait être une Honda. Ou l'autre H. Une Hyundai. Ou peut-être une Kia. Y avait-il une nouvelle marque ? Mais peut-être ne s'agissait-il pas du tout d'une nouvelle marque parce que c'était une voiture assez vieille. Ç'aurait pu être une Toyota. Oui, c'était ça. Une Toyota Corolla. Performances minimales. C'était ça, la conclusion. Les trois témoins furent d'accord.

Personne ne l'avait vue partir.

Les caïds firent passer le mot. Ouvrez bien les yeux. Une vieille Toyota Corolla blanche, avec un pare-boue avant décroché.

***

C'était la fin de l'après-midi, moment convenable pour commencer sa journée quand on est musicien. Hogan s'échauffa avec un rythme régulier en quatre temps, charley en action, cymbale ride cliquetant. Barton brancha une vieille Fender et alluma son ampli grésillant. Il posa une ligne de basse, une boucle reptilienne bien calée sur la grosse caisse, la reprit aux deuxième et quatrième temps de la mesure et se lança de nouveau sur le premier de la mesure suivante. Reacher et Abby écoutèrent un moment, puis se mirent en quête de la chambre d'amis.

Elle se trouvait à l'étage, une petite pièce au-dessus de la porte d'entrée, avec une fenêtre ronde aux vitres en verre soufflé qui aurait pu avoir une centaine d'années. La Toyota était garée juste en dessous. Le lit était un queen size. La table de chevet faite avec un vieil amplificateur de guitare posé à l'envers. Il n'y avait pas de placard, mais une rangée de crochets en laiton vissés au mur. Le son de la batterie et de la basse montait à travers le plancher.

— Ce n'est pas aussi bien que chez toi, dit Reacher. Je suis désolé.

Abby ne répondit pas.

— J'ai demandé aux gars de la Lincoln où se trouvait Trulenko. Ils ne savaient pas. Alors je leur ai demandé où ils pensaient qu'il faudrait chercher en premier. Ils m'ont dit sur son lieu de travail.

— Il travaille ?

— Je dois admettre que je n'avais pas pensé à ça.

— Peut-être en échange d'une planque. Peut-être qu'il n'a plus d'argent, après tout. Peut-être que c'est un remboursement.

— Ce serait une corvée.

— Pourquoi travaillerait-il sinon ?

— Peut-être qu'il s'ennuyait.

— Possible.

— Quel genre de travail ferait-il ?

— Rien de physique. Il avait l'air plutôt petit. Sa photo était tout le temps dans le journal. Il était jeune, mais il perdait ses cheveux et portait des lunettes. Il n'irait pas casser des pierres dans une carrière. Il serait dans un bureau quelque part. À gérer des systèmes de base de données ou quelque chose comme ça. C'était son domaine. Son nouveau produit, c'était une application pour téléphone qui transmettait les constantes vitales directement au médecin de l'utilisateur. En temps réel, juste au cas où. Ou quelque chose de ce genre. Ou alors la montre se connectait au téléphone, qui transmettait au médecin. Personne n'a vraiment compris. Mais quoi qu'il en soit, Trulenko est du genre à bosser dans un bureau. Un cérébral.

— Donc il est dans un bureau quelque part à l'ouest de la ville. Avec de quoi se loger, soit à proximité, soit sur place. Un endroit sécurisé. Peut-être un bunker souterrain. Avec un seul accès en entonnoir, et bien gardé. Personne n'entre ni ne sort sauf les individus connus et de confiance.

— Donc on ne peut pas s'approcher de lui.

— Je suis d'accord, il y aura une part de défi.

— Je dirais plutôt que c'est impossible.

— Rien n'est impossible.

— Quelle taille aurait un tel local ?

— Je ne sais pas. Il pourrait accueillir deux dizaines de personnes, peut-être. Ou plus. Ou moins. Ce serait une sorte de centre névralgique. Où ils envoient tous les textos. Tu as dit qu'ils s'y connaissaient en technologie.

— Il ne doit pas y avoir beaucoup d'endroits adéquats.

— Tu vois ? On progresse déjà.

— Ça ne sert à rien s'il n'a plus d'argent.

— Ses employeurs en auront. Je n'ai jamais rencontré de gangster pauvre.

— Les Shevick ne peuvent pas poursuivre les nouveaux employeurs de Trulenko. Ils n'ont rien à voir avec ça. Ce n'est pas leur faute.

— À ce stade, l'esprit de la loi pourrait sembler plus important que la lettre.

— Tu le volerais ?

Reacher s'approcha de la fenêtre et regarda en bas.

— Le *capo* là-bas est un certain Gregory. Je lui demanderais de voir ça comme un don. Pour une histoire poignante dont j'ai entendu parler. Je pourrais déployer un certain nombre d'arguments. Je suis sûr qu'il serait d'accord. Et s'il tire profit du travail de Trulenko d'une manière ou d'une autre, alors de toute façon ça revient presque au même que de prendre l'argent de Trulenko.

Abby, le regard perdu dans le vague, posa une main sur sa joue, comme par automatisme.

— J'ai entendu parler de Gregory, dit-elle. Mais je ne l'ai jamais rencontré. Et même jamais vu.

— Comment as-tu entendu parler de lui ?

Elle ne répondit pas. Elle se contenta de hocher la tête.

— Qu'est-ce qui t'est arrivé ? lui demanda Reacher.

— Qui dit que quelque chose est arrivé ?

— Tu viens de voir deux cadavres. Maintenant, je te parle de menacer des gens et de les voler. Je suis ce genre de type. On est debout près d'un lit double. La plupart des femmes se rapprocheraient discrètement de la porte. Pas toi. Tu n'aimes vraiment, vraiment pas ces gens. Il doit y avoir une raison.

— Peut-être que je t'apprécie beaucoup.

— Je vis d'espoir. Mais je suis réaliste.

— Je te le dirai plus tard. Peut-être.

— OK.

— Et qu'est-ce qu'on fait, à présent ?

— On devrait aller chercher ton sac. Et déplacer ta voiture. Je ne veux pas qu'elle soit garée là devant. Ils l'ont déjà vue chez les Shevick. Quelqu'un d'autre a pu la voir quand tu étais au volant aujourd'hui. On devrait aller la garer quelque part, au hasard. C'est plus prudent.

— Combien de temps va-t-on devoir vivre comme ça ?

— Je vis comme ça tout le temps. Je mangerais les pissenlits par la racine depuis longtemps si je ne l'avais pas fait.

— Frank a dit que je ne pourrai plus jamais rentrer chez moi.

— Et Hogan a compris comment tu pourrais.

— Si tu attrapes Trulenko.

— Six chances avant la fin de la semaine.

Ils redescendirent, retrouvèrent le groove grave des basses, puis rejoignirent la voiture. Abby prit son sac et le traîna jusqu'au couloir. Ils refermèrent la porte derrière elle, montèrent dans la Toyota. La voiture démarra au deuxième essai et traîna son pare-boue dans le demi-tour serré pour quitter son stationnement. Ils prirent un itinéraire en zigzag, au hasard, dans différents quartiers voisins, certains résidentiels et miteux, d'autres commerciaux, dont deux pâtés de maisons entiers dédiés au secteur du bâtiment, notamment un magasin d'outillage électrique, un autre de plomberie, et une scierie.

Ensuite vinrent des endroits de plus en plus délabrés, comme celui où la Lincoln avait brûlé.

— Ici ? demanda Abby.

Reacher regarda autour d'eux. Partout la désolation. Pas de propriétaires, pas d'occupants, pas de résidents. Pas de portes d'innocents à enfoncer si la voiture était repérée à proximité. Aucun risque de dommage collatéral.

— C'est bon pour moi, dit Reacher.

Abby se gara. Ils descendirent de voiture. Abby verrouilla les portières. Ils se mirent en route. Repartirent en empruntant plus ou moins le chemin par lequel ils étaient venus, en coupant pour éviter certains des plus grands zigzags de leur trajet aléatoire précédent, mais sans le perdre de vue. L'environnement devint plus propre et mieux entretenu. Ils atteignirent les pâtés de maisons dédiés au bâtiment. En premier dans le sens inverse, la scierie. Avec un gars debout dans l'intervalle entre le trottoir et le portail. Un peu comme une sentinelle. Peut-être pour contrôler les chargements entrants et sortants. Il devait y avoir des arnaques et des vols dans le secteur du bois de construction, comme partout ailleurs.

Ils passèrent devant le gars, puis marchèrent jusqu'au détaillant de plomberie, au magasin d'outillage électrique, et plus loin traversèrent un enchevêtrement de rues. Ils entendirent la basse et la batterie à cent mètres.

***

Les rapports arrivèrent rapidement, mais pas assez vite. L'un après l'autre, les membres du conseil restreint reçurent des appels pressés sur leurs téléphones portables. Une vieille Toyota Corolla blanche avec un pare-boue avant qui pendait avait été vue en train de rouler dans un quartier, puis un autre, puis encore un autre. Sans direction logique. Sans destination apparente. Globalement, elle semblait se diriger vers les quartiers délabrés où même les sans-abri ne vivaient pas.

Et un appel s'avéra payant. Un gars fiable avait vu à une centaine de mètres la voiture ralentir, s'arrêter et se garer. Deux individus en étaient descendus : la conductrice, une petite brune aux cheveux courts, dans les vingt ou trente ans, habillée tout en noir, et le passager, un type immense, d'environ deux fois son gabarit. Plus âgé, facilement un mètre quatre-vingt-quinze et cent dix kilos, bâti comme une armoire à glace, et habillé comme un réfugié. Ils avaient verrouillé les portières, s'étaient éloignés, puis on les avait perdus de vue très rapidement, après le premier virage.

Toutes ces informations furent immédiatement partagées, avec des appels, des messages vocaux et des textos. Rapidement, mais pas assez vite. Le message arriva au gars à la porte de la scierie environ quatre-vingt-dix secondes après qu'une petite brune et un immense type laid étaient passés devant lui. Quasiment à portée de main. D'autres minutes encore furent dépensées à rassembler des voitures qui partirent ensuite dans la direction que le couple avait prise à pied.

Sans résultat. La petite brune et le géant avaient filé depuis longtemps. Ils avaient disparu quelque part dans un quartier résidentiel surpeuplé, peut-être de dix pâtés sur dix de maisons mitoyennes miteuses et serrées les unes contre les autres. Dans les quatre cents adresses différentes. Sans compter les appartements en sous-sol et les sous-locations. Tout ça plein de bons à rien et de cinglés, qui allaient et venaient à toute heure, ou ne sortaient jamais. C'était sans espoir.

Les caïds lancèrent une nouvelle alerte. Vigilance générale. Une petite brune, jeune, et un immense type laid, plus vieux. Envoyez des rapports immédiatement.

23

N'ayant pas de concert ce jour-là, Barton et Hogan arrêtèrent leur bœuf quand Reacher et Abby rentrèrent, et proposèrent une soirée tranquille du genre se faire livrer du chinois, boire une bouteille de vin, fumer un peu d'herbe, discuter, partager des anecdotes et se raconter des nouvelles récentes. Peut-être passer quelques disques. Tout allait bien jusqu'à ce que la sonnerie du portable d'Abby retentisse.

C'était Maria Shevick, qui appelait depuis le téléphone de son mari. Abby et elle avaient échangé leurs numéros, juste au cas où, et la situation semblait exiger un coup de fil. Maria affirma qu'une Lincoln Town noire était garée devant sa maison. Avec deux gars dedans, qui observaient. Ils y avaient passé toute l'après-midi. Et ne semblaient pas près de partir.

Abby passa son téléphone à Reacher.

— Ils me cherchent, dit-il. Parce que j'ai mentionné Trulenko. Ils se sont inquiétés. Ignorez-les.

— Et s'ils frappent à la porte ? demanda Maria.

Soixante-dix ans, voûtée, et affamée.

— Laissez-les fouiller la maison. Montrez-leur ce qu'ils veulent voir. Ils se rendront compte que je ne suis pas là, retourneront à leur voiture, et ensuite, tout ce qu'ils auront à faire, ce sera de surveiller le trottoir. Ça ne devrait pas poser de problème.

— Très bien.

— Des nouvelles de Meg ?

— Des bonnes et des mauvaises.

— Commençons par les bonnes.

— Je pense que pour la première fois, les médecins croient vraiment que son état s'améliore. Je l'entends à leurs voix. Pas à ce qu'ils disent, mais à la façon dont ils le disent. Ils tiennent toujours un discours circonspect, mais maintenant ils sont tout excités. Ils pensent être en train de gagner. Je le sens.

— Et la mauvaise nouvelle ?

— Ils vont vouloir le confirmer avec des examens et des scans. Que nous devrons payer d'abord.

— Combien ?

— On ne sait pas encore. Beaucoup, j'en suis sûre. Ils ont des machines incroyables. Il y a eu des avancées spectaculaires dans l'analyse des tissus mous. C'est très cher.

— Quand en auront-ils besoin ?

— Évidemment, d'un côté je veux que ce soit le plus tôt possible. Et évidemment, d'un autre non.

— Vous devriez faire ce qui convient du point de vue médical. Pour le reste, on verra au fur et à mesure.

— Nous ne pouvons pas emprunter. Il faudrait que vous le fassiez pour nous parce qu'ils pensent que vous êtes Aaron Shevick. Mais maintenant, pour vous ce serait un piège. Parce que vous avez posé des questions sur Trulenko.

— Aaron pourrait emprunter sous mon nom. Ou n'importe lequel. Ils n'ont encore jamais joué à ce jeu-là. Ils n'ont pas de système pour vérifier. Pas encore, en tout cas. C'est une option. Si vous en avez besoin rapidement.

— Vous avez dit que vous pouviez trouver Trulenko. Que ça faisait partie de votre travail.

— La question, c'est quand. Je me suis dit que j'avais six chances d'y arriver avant la fin de la semaine. Maintenant, peut-être pas autant. J'ai besoin de réfléchir à un plan plus rapide.

— Désolée de vous avoir parlé ainsi.

— Pas de problème.

— Tout ceci est très stressant.

— Je ne peux que l'imaginer.

Ils raccrochèrent et Reacher rendit son téléphone à Abby.

— C'est fou, dit Barton. Et je vais continuer à le dire parce que ça va continuer à être vrai. Je connais ces gens. Je joue dans leurs bars. J'ai vu ce qu'ils font. Une fois, il y avait un pianiste qu'ils n'aimaient pas. Ils lui ont écrasé les doigts avec un marteau. Le gars n'a plus jamais joué. Vous ne pouvez pas vous mesurer à eux.

Reacher regarda Hogan et lui demanda :

— Vous jouez dans leurs bars ?

— Je suis batteur, répondit Hogan. Je joue partout où on me paie.

— Vous avez vu ce qu'ils font ?

— Je suis d'accord avec Frank. Ces types n'ont rien d'engageant.

— Que feraient les marines contre des types comme ça ?

— Rien. Les têtes pensantes les refileraient aux SEAL. Beaucoup plus chic. Les marines ne seraient même pas mis au parfum.

— Que feraient les SEAL ?

— Beaucoup de planification, d'abord. Avec des cartes et des plans, comme pour un bunker blindé, ils chercheraient les sorties de secours, les baies de chargement ou les possibilités d'incursion par les puits de ventilation, les conduites d'eau ou les égouts, et les endroits où ils pourraient accéder en démolissant les murs entre des structures adjacentes. Puis ils planifieraient des assauts simultanés depuis toutes les positions possibles, au moins trois ou quatre, avec des équipes de trois ou quatre hommes à chaque fois. Ce qui ferait probablement l'affaire, si ce n'est que laisser en vie ne serait-ce qu'une seule personne intéressante pourrait s'avérer difficile. Il y aurait beaucoup de tirs croisés. Ça dépendrait des dimensions et de la visibilité.

— Vous étiez dans quelle unité des marines ?

— L'infanterie, répondit Hogan. Juste un bon vieux marine.

— Vous n'étiez pas musicien ?

— Ç'aurait été trop logique pour les marines.

— Vous avez toujours été batteur ?

— Je l'étais quand j'étais petit. Après, j'ai arrêté. Et j'ai repris en Irak. Dans toutes les grandes bases, il y avait une batterie qui traînait quelque part. On m'a informé qu'il me serait profitable de créer des arrangements de mon cru. On m'a dit que je trouverais ça utile dans la mesure où je savais déjà un peu jouer de toute façon. On m'a aussi dit que ça me débarrasserait de mon agressivité.

— Qui vous a donné ce conseil ?

— Un vieux chirurgien. Ça m'a fait rire au début. Mais après je me suis rendu compte que ça me plaisait vraiment à nouveau. Je me suis aussi rendu compte que j'aurais dû faire ça toute ma vie. Depuis, je joue pour rattraper mon retard.

— Vous m'avez l'air plutôt bon.

— Là, vous racontez n'importe quoi. Et vous essayez de changer de sujet. Vous êtes seul. Vous n'avez rien d'une unité des SEAL.

— Je vais me débrouiller. Par définition, il doit y avoir une dizaine de plans meilleurs que ceux que les marines pourraient concevoir. Tout ce que j'ai à faire, c'est de trouver le gars.

— Il ne doit pas y avoir beaucoup d'endroits appropriés, fit remarquer Abby.

Reacher acquiesça, puis se tut. Autour de lui, la conversation rebondit. Les trois autres semblaient être bons amis. Ils avaient travaillé ensemble de temps en temps, dans l'univers mouvant des bars, de la musique, de la danse et des hommes en costume à la porte. Ils avaient tous des histoires à raconter, certaines drôles, d'autres non. Ils semblaient ne pas faire de distinction entre les Ukrainiens et les Albanais. Ils semblaient penser que leur métier, qu'ils l'exercent à l'est ou à l'ouest, comportait des avantages et des inconvénients.

Un gamin en voiture livra le repas chinois. Reacher partagea une soupe aigre-piquante avec Abby et un poulet aigre-doux avec Barton. Les trois amis burent du vin. Reacher du café.

— Je vais faire une promenade, annonça celui-ci quand il l'eut avalé.

— Tout seul ? lui demanda Abby.

— N'y vois rien de personnel.

— Où ?

— À l'ouest de Center. Il faut que je me dépêche. Les Shevick vont encore devoir sous peu payer une grosse facture. Ils ne peuvent pas attendre.

— Il est fou, ce mec, déclara Barton.

Hogan garda le silence.

Reacher se leva et sortit.

24

Reacher marcha vers l'ouest, vers la lueur nocturne des grands immeubles du centre-ville. Ceux des banques, des compagnies d'assurances et de la télévision locale. Et des chaînes d'hôtels. Tous rassemblés de part et d'autre de Center Street, tous noyautés par une faction ou une autre, à l'insu de leur direction, à moins que leurs directeurs ne soient aussi des taupes. En chemin, il passa devant des bars, des boîtes de nuit et des restaurants. Ici et là, il aperçut des hommes en costume sur les pas-de-porte. Il les ignora. Cette faction-là ne l'intéressait pas. Il se trouvait toujours à l'est de Center Street. Il continua de marcher.

S'il avait eu des yeux derrière la tête, il aurait vu l'un de ces hommes en costume réfléchir une seconde, puis envoyer un SMS.

Il continua de marcher. Il traversa Center Street, entra dans un quartier similaire, avec des bars, des boîtes de nuit et des restaurants, dont certains étaient gardés par des hommes en costume, les mêmes, sinon que les costumes étaient différents et les cravates en soie et les visages plus pâles. Cette fois, il les observa tous attentivement, tapi dans l'ombre, à la recherche du genre de gars qui l'intéressait. Alerte, mais pas trop, costaud, mais pas trop non plus. Il trouva plusieurs candidats. Trois en particulier semblaient convenir. Deux dans des bars à vin, et un dans une sorte de bar chic. Peut-être un café-théâtre.

Reacher choisit celui placé le plus près de la porte donnant sur la rue. Avantage tactique. C'était le bar chic. Le gars s'était posté juste derrière la vitre. Reacher avança vers lui, aux trois quarts dans son champ de vision. Le gars remarqua que quelque chose bougeait et tourna la tête. Reacher s'arrêta. Le portier le fixa. Reacher continua d'avancer. Droit vers lui. Le gars se souvint : textos, signalements, photos, noms. Aaron Shevick. Être à l'affût.

Reacher s'arrêta de nouveau.

Le portier sortit son téléphone et le tourna vers lui.

Reacher dégaina son arme et la pointa sur lui. Un des deux H&K P7 extorqués aux types dans la Lincoln avant qu'elle ne brûle. Un pistolet de la police allemande. Magnifiquement conçu. Acier au profil dur et anguleux. Le portier se figea.

Reacher se tenait à trois pas. Juste assez de temps. Tentant. Le portier rangea son téléphone et glissa la main sous son aisselle pour saisir son pistolet.

Timing trop serré.

Le gars était juste derrière la porte. Juste derrière la vitre. Reacher arriva sur lui avant qu'il ait pu sortir son arme, pressa la bouche du H&K contre son œil droit, assez fort pour que le gars ne puisse pas se dégager, assez pour attirer son attention, ce qui se produisit immédiatement parce qu'il se tint aussitôt tranquille. De la main gauche, Reacher lui prit son téléphone, puis son arme, à savoir un H&K P7 identique aux deux qu'il avait déjà. Un modèle standard à l'ouest de Center Street ? Une commande en gros passée à un flic allemand corrompu et obtenue à bon prix ?

De la main gauche encore, il glissa le téléphone dans une poche, le pistolet dans l'autre. De la droite, il appuya son H&K plus fort sur l'œil du gars et lui lança :

— On va faire un tour.

Le portier se leva de son tabouret, maladroitement, penché en arrière à cause de la pression, pivota vers la porte, vers le trottoir, où Reacher le fit tourner à droite, reculer de six pas, puis tourner encore à droite, à reculons, dans une ruelle aux relents d'ordures et de cuisine.

Où Reacher le plaqua contre un mur.

— Combien de gens ont vu ? demanda-t-il.

— Vu quoi ?

— Toi avec un flingue sur la tête.

— Quelques-uns, j'imagine.

— Combien sont venus t'aider ?

Le type garda le silence.

— C'est ça. Personne n'est venu, dit Reacher. Personne ne t'aime. Personne ne pisserait sur toi si tu prenais feu. Et maintenant on est juste tous les deux. Personne ne va venir à ta rescousse. C'est bien clair ?

— Qu'est-ce que vous voulez ?

— Où est Max Trulenko ?

— Personne ne le sait.

— Quelqu'un doit bien le savoir.

— Pas moi. Je vous le promets. Je le jure sur la tête de ma sœur.

— Où est ta sœur en ce moment ?

— À Kiev.

— Ce qui rend ta promesse un peu théorique, tu ne crois pas ? Essaye encore.

— Sur ma vie, dit le portier.

— Là, ce n'est pas si théorique.

Il appuya le H&K plus fort. À travers l'acier, il sentit l'œil du type s'écraser.

— Je vous jure que je ne sais pas où est Trulenko, haleta le gars.

— Mais tu as entendu parler de lui.

— Bien sûr.

— Il travaille pour Gregory maintenant ?

— C'est ce que j'ai entendu dire.

— Où ça ?

— Personne ne sait. C'est un grand secret.

— Tu es sûr ?

— Sur la tombe de ma mère.

— Qui se trouve où ?

— Vous devez me croire. Peut-être que six personnes savent où est Trulenko. Je n'en fais pas partie. S'il vous plaît, monsieur. Je suis juste un portier.

Reacher éloigna l'arme. Recula d'un pas. Le gars cligna des yeux, se frotta l'œil et regarda dans l'obscurité. Reacher lui donna un coup de pied dans l'aine, et le laissa là, plié en deux, en train de vomir bruyamment.

***

Reacher retourna à Center Street sans difficulté. Ses ennuis commencèrent tout de suite après. Quand il changea de territoire, ce qu'il ne comprit pas du tout. Mauvaise faction, sûrement, mais il sentit immédiatement qu'on l'observait. Que des gens l'épiaient. Aucune bienveillance dans le regard. Il le savait parfaitement et en eut un frisson dans le cou. Une sorte d'instinct ancestral. Un sixième sens. Un mécanisme de survie, bien ancré dans son cerveau par l'évolution. Comment ne pas se faire manger. Des millions d'années d'entraînement. Son arrière-arrière-arrière-grand-mère au cent-millième degré, se raidissant, changeant de cap, cherchant les arbres et les ombres. Vivre pour affronter le lendemain. Pour avoir un enfant, qui une centaine de milliers de générations plus tard aurait un descendant qui lui aussi cherchait les ombres, non pas dans la savane verdoyante, mais de nuit dans des rues sombres tandis qu'il passait furtivement devant des boîtes de nuit illuminées, des bars et des restaurants.

Ceux qui l'observaient étaient des hommes en costume. Organisés. Ceux qui s'étaient fait un nom ou s'en feraient un bientôt. Pour quelle raison ? Il l'ignorait. Avait-il contrarié les Albanais aussi ? Il ne voyait pas comment. Il leur avait surtout accordé une faveur, assurément, selon leur analyse simpliste. Ils auraient dû plutôt défiler pour lui rendre hommage.

Il avança.

Entendit des pas loin derrière lui.

Continua d'avancer. L'éclat de Center Street avait disparu depuis longtemps, au sens propre comme au sens figuré. Les rues étaient étroites et sombres, plus miteuses à chaque pas.

Il y avait des voitures stationnées, des allées et des porches. Deux lampadaires sur trois étaient cassés. Pas de passants.

Le genre d'endroit qu'il affectionnait.

Il s'arrêta.

Il existe plus d'une façon de ne pas se faire manger. L'instinct de grand-père fonctionnait sur le moment. Cent mille générations plus tard, celui de son descendant fonctionnait aussi le lendemain. Et pour toujours. Plus efficace. La sélection naturelle ni plus ni moins. Reacher resta une minute dans la pénombre, puis il recula dans l'obscurité et tendit l'oreille.

Il perçut le raclement d'une semelle en cuir sur le trottoir. Douze mètres derrière lui, environ. Une sorte de surveillance organisée à la hâte. Un gars à qui on avait soudain ordonné de descendre de son tabouret et de sortir dans la nuit pour le suivre. Mais pour combien de temps ? Question cruciale. Jusque chez lui ? Ou jusqu'à une embuscade organisée à la hâte ?

Reacher attendit. Entendit encore la semelle en cuir. Ou son opposée sur l'autre pied, le pas était prudent. Reacher s'enfonça plus profondément dans l'ombre, sous un porche. S'appuya de côté contre un mur en pierre sculptée. Une entrée fantaisiste. Réalisée par une entreprise oubliée. Création gratifiante sans doute le temps qu'elle avait duré.

Il entendit à nouveau le frottement de la semelle, à environ six mètres de lui, à présent. Le bruit progressait. Il n'entendit rien dans l'autre direction. Perçut juste le silence de la ville, l'air saturé, et une légère odeur de suie et de briques.

Puis il entendit à nouveau le bruit, à trois mètres. L'autre progressait toujours. Reacher attendit. Le gars était déjà à proximité. Mais deux pas de plus rendraient la chose plus confortable. Reacher se représenta les positions sur le terrain.

Glissa la main dans sa poche et sortit le H&K dont il s'était servi plus tôt. Il fonctionnait. C'est toujours un avantage.

Un autre pas. Le gars se trouvait peut-être à deux mètres. Plutôt grand. Chaque pas produisait un long craquement, discret, mais puissant. Un grand type avançait lentement, furtivement.

Un mètre.

Ça commençait.

Reacher sortit de l'ombre et fit face au gars. Le H&K brillait dans l'obscurité. Il le lui pointa sur le visage. Le type loucha en essayant de regarder l'arme malgré la luminosité réduite.

Reacher lui lança :

— Ne fais pas de bruit.

Le type ne fit pas de bruit. Reacher tendit l'oreille. Y avait-il des renforts derrière lui ? Apparemment non. Aucun bruit. Même chose devant. Ville calme, et atmosphère saturée.

— On a un problème ? demanda Reacher.

Le type faisait environ un mètre quatre-vingt, la quarantaine, maigre et robuste, tout en os et en muscles, yeux sombres et regard méfiant. Lèvres serrées, sourire crispé, rictus aussi bien inquiet que narquois ou méprisant.

— On a un problème ? lui demanda à nouveau Reacher.

— Tu es un homme mort, répondit le gars.

— Pas pour l'instant. En fait, en ce moment même, tu en es plus proche que moi. Tu ne penses pas ?

— Si tu te moques de moi, tu te moques de beaucoup de gens.

— Je me moque de toi ? Ou c'est toi qui te moques de moi ?

— On veut savoir qui tu es.

— Pourquoi ? Qu'est-ce que je vous ai fait ?

— Ce n'est pas de mon ressort. Mon boulot, c'est de t'emmener.

— Eh bien, bonne chance.

— Facile à dire, avec un flingue dans la figure.

Reacher acquiesça dans la pénombre.

— Facile à dire n'importe quand.

Il recula d'un pas, et remit l'arme dans sa poche. Et resta là, immobile, les mains vides, paumes vers l'extérieur, bras écartés du buste.

— Voilà, dit-il. Maintenant tu peux m'emmener.

Le type ne bougea pas. Il mesurait treize centimètres de moins, pesait peut-être treize kilos de moins, se trouvait à environ trente centimètres de moins en allonge. De toute évidence, il n'avait pas d'arme parce qu'il l'aurait sortie et la tiendrait déjà. Manifestement déstabilisé, ça aussi, par le regard de Reacher, fixe, serein, légèrement amusé, mais indéniablement menaçant, et même un peu fou.

Mauvaise posture pour le gars.

Reacher lui lança :

— Peut-être qu'on pourrait atteindre l'objectif d'une autre manière.

— Comment ?

— Donne-moi ton téléphone. Dis à ton patron de m'appeler. Je lui dirai qui je suis. C'est toujours mieux de mettre une touche personnelle.

— Je ne peux pas te donner mon téléphone.

— Je vais te le prendre de toute façon. Tu choisis juste quand.

Le regard fixe, serein, amusé, menaçant, fou.

— OK, répondit le gars.

— Sors-le et pose-le sur le trottoir.

Le gars s'exécuta.

— Maintenant, tourne-toi.

Le gars s'exécuta.

— Maintenant cours aussi loin et aussi vite que tu peux.

Et c'est ce qu'il fit. Il déguerpit en courant à toutes jambes et fut immédiatement englouti par l'obscurité de la ville. Ses pas résonnèrent longtemps après qu'il eut disparu. Cette fois, il n'essaya pas d'être discret. Reacher écouta le claquement rapide de ses semelles jusqu'à ce qu'il s'affaiblisse, puis disparaisse. Alors il ramassa le téléphone et se remit à marcher.

***

À trois pâtés de maisons de celle de Barton, Reacher enleva sa veste, la plia en un carré qu'il roula en tube, puis la jeta dans la boîte aux lettres rouillée d'un bureau situé au premier étage d'un bâtiment aux fenêtres condamnées et au revêtement abîmé par le feu. Il parcourut le reste du chemin seulement vêtu de son tee-shirt. L'air de la nuit était frais. C'était toujours le printemps. Le plein été ne plombait pas encore l'atmosphère.

Chez Barton, Hogan l'attendait dans le couloir. Le batteur. Autrefois marine. Profitant à présent d'arrangements de son cru.

— Ça va ? demanda-t-il à Reacher.

— Tu t'inquiètes pour moi ?

— Curiosité professionnelle.

— Je n'étais pas en train de jouer avec les Rolling Stones.

— De ma profession précédente.

— Objectif atteint.

— C'était quoi exactement ?

— Je voulais un téléphone ukrainien. Apparemment ils s'envoient beaucoup de textos. Je me suis dit que je pourrais remonter dans les messages et voir où ils en sont. Ils mentionnent peut-être Trulenko. Peut-être que je pourrais les faire paniquer, et bouger. Nous profiterions alors de meilleures occasions.

Abby descendit l'escalier, toujours habillée.

— Salut, dit-elle.

— Salut à toi aussi, dit Reacher.

— J'ai entendu. C'est un bon plan. Mais est-ce qu'ils ne vont pas éteindre le téléphone à distance ? Tu n'auras pas de nouvelles d'eux, et ils n'auront pas de nouvelles de toi.

— J'ai choisi assez soigneusement le gars à qui je l'ai pris. Il était relativement compétent. Donc relativement digne de confiance. Peut-être même relativement expérimenté. Et donc relativement réticent à avouer que je lui ai volé l'argent de son déjeuner. Je l'ai laissé un peu embarrassé. Il ne va pas se dépêcher de tout raconter. Question de fierté. Je pense avoir quelques heures, au moins.

— OK, c'est un bon plan, rien à redire.

— Rien, sauf que je ne suis pas doué avec les téléphones. Il y a peut-être des menus. Toutes sortes de touches à taper. Je pourrais effacer quelque chose par erreur.

— OK, montre-moi.

— Et même si je ne les efface pas par erreur, les textos sont probablement en ukrainien. Que je ne peux pas déchiffrer sans Internet. Et je ne suis vraiment pas doué avec les ordinateurs.

— Ce sera la deuxième étape. On devrait commencer par le téléphone. Montre-moi.

— Je ne l'ai pas apporté. Le gars de la Lincoln a dit qu'ils pouvaient être tracés. Je ne veux pas que quelqu'un frappe à la porte dans cinq minutes.

— Où est-il alors ?

— Je l'ai caché à trois pâtés de maisons d'ici. Je me suis dit que c'était assez sûr. Pi fois le rayon au carré. Il leur faudrait chercher dans un cercle qui couvrirait presque trente pâtés de maisons. Ils n'essaieraient même pas.

— OK, allons jeter un coup d'œil.

— J'ai aussi un téléphone albanais. Un peu par accident. Mais au final, c'est le même genre de plan. Je veux lire les messages. Peut-être que je comprendrai pourquoi ils sont en colère contre moi.

— Ils sont en colère contre toi ?

— Ils m'ont suivi. Ils veulent savoir qui je suis.

— C'est peut-être normal. Tu es nouveau en ville. Ils aiment se tenir au courant.

— Peut-être.

— Il y a un type à qui tu devrais parler, dit Hogan.

— Quel type ? demanda Reacher.

— Des fois, il vient aux concerts. Un fantassin, comme toi.

— Il était dans l'armée ?

— Oui, mais l'armée, c'est pas vraiment les marines.

— Parce qu'avec les marines, on demande du muscle, et l'intelligence, on ne s'y attend pas.

— Le gars dont je parle connaît un tas de vieilles langues communistes. Il était commandant de compagnie à la fin de la guerre froide. Il sait aussi ce qui se passe ici en ville. Il pourrait nous aider. Ou du moins nous être utile. Surtout pour les langues. On ne peut pas compter sur une traduction par ordinateur. Pas pour ce genre de chose. Je pourrais l'appeler, si tu veux.

— Tu le connais bien ?

— Il est fiable. Et il a bon goût en musique.

— Tu lui fais confiance ?

— Autant que je fais confiance à un soldat qui ne joue pas de la batterie.

— OK, dit Reacher. Appelle-le. Ça ne peut pas faire de mal.

Abby et lui sortirent dans le silence de la nuit tandis que Hogan, resté dans le couloir sombre, composait un numéro sur son téléphone.

25

Reacher et Abby parcourent les trois pâtés de maisons en empruntant un chemin détourné. Évidemment, si les téléphones étaient vraiment traçables, ils auraient déjà pu être découverts dans une cachette certainement provisoire, auquel cas une surveillance aurait pu être mise en place pour éviter qu'ils soient récupérés. Mieux valait jouer la sécurité. Ou le plus de sécurité possible, ce qui ne faisait pas beaucoup. Il y avait des ombres, des ruelles, des porches profonds et deux lampadaires sur trois étaient cassés. Vaste habitat pour des observateurs embusqués dans la nuit.

Reacher aperçut la boîte aux lettres rouillée devant lui.

— Imaginons qu'on soit en grande conversation et qu'en arrivant au niveau de la boîte aux lettres, on s'arrête pour faire une remarque particulièrement importante.

— OK, dit Abby. Et après ?

— Après, on ne prête pas attention à la boîte aux lettres et on repart. Mais là, en silence. Tranquillement.

— On aurait une vraie fausse conversation ? Ou on bougerait juste les lèvres comme dans un film muet ?

— Peut-être qu'on pourrait chuchoter. Comme si on discutait d'informations secrètes.

— On commencerait quand ?

— Maintenant. Continue d'avancer. Ne ralentis pas.

— De quoi veux-tu parler à voix basse ?

— De tout ce qui te passe par la tête.

— Tu es sérieux ? Ça pourrait être dangereux. C'est ça que j'ai en tête.

— Tu as dit que tu voulais faire chaque jour une chose qui te faisait peur.

— J'ai déjà dépassé mon quota.

— Et tu as survécu à chaque fois.

— On pourrait se retrouver sous une pluie de coups de feu.

— Ils ne vont pas me tirer dessus. Ils veulent me poser des questions.

— Tu en es absolument sûr ?

— Question de dynamique psychologique. Comme au théâtre. Ce n'est pas forcément le genre de questions auxquelles on répond par oui ou par non.

Ils se rapprochaient de la boîte aux lettres.

— Prépare-toi à t'arrêter, chuchota Reacher.

— Pour qu'ils aient une cible immobile ?

— Seulement le temps de faire une remarque importante imaginaire. Après, on repart. Mais très tranquillement, OK ?

Reacher s'arrêta.

Abby l'imita.

— Quel genre de grande remarque imaginaire ? demanda-t-elle.

— Tout ce qui te passe par la tête.

Elle garda un moment le silence.

Puis elle répondit :

— Non. Ce que j'ai en tête, c'est que je ne veux pas faire de remarque sur ce que j'ai en tête. Pas encore. C'est ça ma remarque.

— Vas-y.

Ils avancèrent. En faisant le moins de bruit possible. Trois pas. Quatre.

— OK, dit Reacher.

— OK quoi ?

— Il n'y a personne.

— Et comment on le sait ?

— À toi de me le dire.

— On ne faisait pas de bruit parce qu'on se concentrait sur les bruits.

— Et qu'avons-nous entendu ?

— Rien.

— Exactement. On s'est arrêtés juste à côté de la cible, et on n'a entendu personne se préparer à l'action, et après on a avancé, et on n'a entendu personne faire un pas en arrière, se relâcher, ou piétiner, en attendant des nouvelles du plan B. Donc il n'y a personne.

— C'est super.

— Jusqu'à présent. Mais qui sait combien de temps prend ce genre de chose ? Je ne suis pas expert dans ce domaine. Ils pourraient arriver d'une minute à l'autre.

— Alors qu'est-ce qu'on doit faire ?

— Je pense qu'on devrait prendre les téléphones et les emporter ailleurs. On devrait les obliger à recommencer les recherches.

Plus loin au sud, ils aperçurent des faisceaux de phares sortant d'une rue transversale. Comme une première alerte lointaine. Quelques secondes plus tard, une voiture tourna à gauche et se dirigea vers eux. Lentement. Peut-être à leur recherche. Ou bien c'était quelqu'un qui roulait la nuit et avait peur de prendre une contravention pour excès de vitesse ou conduite en état d'ivresse. Difficile à dire. Les phares étaient bas et espacés. Une grosse berline. Elle s'approchait.

— Tiens-toi prête, dit Reacher.

Mais rien. La voiture passa, à la même allure régulière, dans la même direction déterminée. Une vieille Cadillac. La conductrice ne regarda ni à gauche ni à droite. C'était une vieille dame, les yeux à peine au-dessus du tableau de bord.

— Peu importe, on ferait mieux de se dépêcher, dit Abby. Parce que comme tu me l'as fait remarquer, on ne sait pas combien de temps prennent ces trucs.

Ils revinrent sur leurs pas, quatre foulées rapides, puis Reacher retira sa veste roulée de la boîte aux lettres rouillée.

***

Abby se chargea des téléphones. Elle insista. Ils empruntèrent un autre chemin détourné et trouvèrent une bodega qui fermait tard. Pas d'homme en costume à la porte. Aucun costume nulle part, en fait. L'employé à la caisse portait un tee-shirt blanc. Et ils étaient les seuls clients. Dans la salle éclairée au néon on entendait seulement le bourdonnement des armoires frigorifiques. Et il y avait une table pour deux au fond.

Reacher prit deux tasses de café en carton qu'il posa sur la table. Abby avait disposé les téléphones l'un à côté de l'autre. Elle les regardait, partagée, comme si elle était à la fois impatiente de les utiliser, et inquiète, comme s'ils émettaient des signaux SOS invisibles. *Trouvez-moi, trouvez-moi.*

Et c'était le cas.

— Tu te souviens lequel était lequel ? demanda-t-elle à Reacher.

— Non. Pour moi, ils se ressemblent tous.

Elle en activa un. Pas besoin de mot de passe. Rapidité, arrogance, et consultation facile du contenu. Elle fit glisser son doigt sur l'écran et Reacher vit défiler une série verticale de bulles de messages vertes. Des textos. Des mots dans une langue étrangère indéchiffrable, mais écrits avec des lettres normales, comme en anglais. Certaines doublées. D'autres avec des accents ou des signes bizarres en dessous. Mulots et cédilles.

— De l'albanais, conclut Reacher.

Une voiture passa dans la rue. Lentement. Le mince faisceau de lumière bleue de ses phares parcourut la salle, tout le long du mur du fond, tout le long du mur du côté, puis elle disparut. Abby alluma le deuxième téléphone. Pas de mot de passe. Elle trouva là aussi une longue liste de textos envoyés et reçus. Une succession de bulles vertes. Tout en alphabet cyrillique, d'après saint Cyrille, qui travaillait sur les alphabets au IXe siècle.

— De l'ukrainien, dit Reacher.

— Il y a des centaines de textos, fit remarquer Abby. Vraiment, des centaines. Peut-être des milliers.

Une autre voiture passa, plus vite.

Reacher demanda :

— Tu peux voir les dates ?

Abby fit défiler les bulles.

— Il y en a au moins cinquante depuis hier. Ta photo apparaît dans certains d'entre eux.

Une autre voiture passa. Lentement cette fois-ci. Phares allumés. Le conducteur cherchait quelque chose, ou craignait de prendre une contravention. Ils l'aperçurent. Homme en vêtements sombres, visage sinistre dans la lueur de son tableau de bord.

— Il y a au moins cinquante textos albanais aussi, dit Abby. Peut-être plus.

— Alors comment on fait ? On ne peut pas emporter les téléphones à la maison. On ne peut pas recopier tous ces trucs sur des serviettes en papier. On ferait des erreurs. Et ça prendrait une éternité. On n'a pas le temps.

— Regarde, dit Abby.

Elle sortit son téléphone. Plaça le téléphone ukrainien sur la table. Et fit planer le sien au-dessus, parallèlement à l'autre, s'en approchant, s'en éloignant, jusqu'à ce qu'elle soit satisfaite.

— Tu prends une photo ? demanda Reacher.

— Je fais une vidéo, répondit Abby.

Elle prit son téléphone dans la main gauche et de l'index droit, elle fit défiler une longue chaîne complexe de textos en ukrainien sur le téléphone ukrainien, pas trop vite, toujours à la même vitesse, pendant cinq secondes, dix secondes, quinze, vingt. Puis elle arriva à la fin de la chaîne et arrêta l'enregistrement.

— On pourra le passer et le mettre en pause autant qu'on voudra. On pourra l'arrêter n'importe où. C'est aussi bien que d'avoir les téléphones avec nous.

Elle répéta l'opération avec le téléphone albanais. Cinq secondes, dix, quinze, vingt.

— Beau travail, la complimenta Reacher. Maintenant on devrait encore les déplacer. On ne peut pas les laisser ici. Cet endroit ne mérite pas la visite de gorilles mercenaires.

— Où les met-on ?

— Je propose la boîte aux lettres.

— Mais c'est le point de départ de leurs recherches. S'ils ont un train de retard, ils pourraient arriver en ce moment même.

— En fait, j'espère que s'ils sont dans une petite boîte en métal, ça coupera le signal. Ils ne pourront pas les chercher du tout.

— Dans ce cas, ils n'ont jamais pu.

— Probablement pas.

— Alors il n'y a jamais eu de danger.

— Jusqu'à ce qu'on les sorte de la boîte aux lettres.

— Combien de temps ça leur prendrait pour faire ce genre de truc ?

— On est déjà arrivés à la conclusion qu'on ne le sait ni l'un ni l'autre.

— Il faut absolument les remettre dans la même boîte aux lettres ? Pourquoi pas dans la plus proche ?

— Pour éviter les dommages collatéraux. Juste au cas où.

— Tu ne sais pas vraiment, n'est-ce pas ?

— Ce n'est pas forcément le genre de questions auxquelles on peut répondre par oui ou par non.

— Le signal sera coupé ou pas ?

— J'imagine que c'est probable. Je ne suis pas expert dans ce domaine. Mais j'écoute les gens. Ils n'arrêtent pas de râler, de se plaindre que leurs appels sont coupés. Pour toutes sortes de raisons, qui ont toutes l'air bien moins préoccupantes que celle d'être enfermé dans une petite boîte en métal.

— Mais là, les téléphones sont sur la table, donc il y a actuellement un certain danger.

Reacher acquiesça.

— Et il augmente à chaque minute.

***

Cette fois, Reacher se chargea des téléphones. Il y avait beaucoup de voitures dans le coin. Beaucoup de faisceaux de phares aveuglants et cahotants. Toutes sortes de marques et de modèles. Mais pas de Lincoln Town. Ni de changements soudains de vitesse ou de direction. Apparemment on ne s'intéressait pas à eux.

Ils replacèrent les téléphones dans la boîte aux lettres qui grinça quand ils la refermèrent. Reacher garda sa veste. Pas seulement pour avoir chaud. Aussi pour garder les pistolets dans les poches. Ils se mirent en marche pour retourner chez

Barton. Et ne parcoururent même pas un pâté de maisons et demi.

26

Cela n'eut rien à voir avec les triangulations complexes des signaux des téléphones portables, ou des relevés GPS précis à cinquante centimètres près. Bien plus tard, Reacher comprit que ça s'était passé à l'ancienne. Un type quelconque dans une voiture quelconque s'était souvenu de son briefing de l'avant-veille. Rien de plus. Se tenir à l'affût. Guetter un homme et une femme.

Reacher et Abby avaient pris à droite, avec l'intention de tourner à la prochaine à gauche, ce qui supposait de marcher sur un étroit trottoir le long d'un pâté de maisons pavé délimité à droite par une séquence ininterrompue de quais de livraisons en fer à l'arrière de bâtiments, et sur la gauche par des voitures stationnées au bord du trottoir. Toutes les places n'étaient pas occupées. Seulement la moitié, peut-être. Une des voitures était garée dans le mauvais sens. De face. Pas de rosée nocturne sur la carrosserie. Dans la fraction de seconde qu'il fallut à l'arrière du cerveau de Reacher pour activer l'avant, la portière de la voiture s'ouvrit, le pistolet du conducteur sortit, suivi de sa main, puis du conducteur lui-même, accroupi dans une posture athlétique, caché derrière la portière ouverte et visant par la vitre ouverte.

Reacher, d'abord. Puis Abby. Puis de nouveau Reacher. Et encore Abby. Passant de l'un à l'autre. Comme dans une série télé. Le gars faisait bien comprendre qu'il les tenait en joue tous les deux à la fois. Il portait un costume bleu. Et une cravate rouge, bien serrée.

Ils ne vont pas me tirer dessus. Ils veulent me poser des questions.

Question de dynamique psychologique. Comme au théâtre.

Ce n'est pas forcément le genre de questions auxquelles on répond par oui ou par non.

Le pistolet était un Glock 17, un peu rayé et usé. Le gars le tenait à deux mains, les deux poignets posés sur le joint de vitre en caoutchouc. Le doigt sur la détente. L'arme était stable, sa visée contrôlée et parfaitement horizontale. Technique de pro, sauf que la position accroupie était intrinsèquement instable, et inutile aussi, parce qu'une portière n'offre pas de protection significative contre une balle. C'est mieux qu'une feuille d'aluminium, mais pas beaucoup. Un gars intelligent se serait tenu debout et aurait posé les poignets sur le dessus de la portière. Plus impressionnant. Mieux adapté pour opérer la transition avec la suite, à savoir marcher, courir ou combattre.

Le gars armé cria :

— Gardez vos mains où je peux les voir !

— On a un problème ? répliqua Reacher.

— Je n'ai pas de problème.

— OK. C'est bon à savoir.

Reacher se tourna vers Abby et lui dit plus bas :

— Tu peux retourner dans l'angle, si tu veux. Je pourrais te rejoindre dans une minute. Ce type veut me poser des questions, c'est tout.

Mais le type cria :

— Non, elle reste ici. Vous restez tous les deux !

Un homme et une femme.

Reacher se retourna pour faire face au type et profita de la manœuvre pour avancer discrètement d'un demi-pas.

— On reste pour quoi ?
— Des questions.
— Allez-y, posez-les.
— C'est mon patron qui va les poser.
— Où est-il ?
— Il arrive.
— Qu'est-ce qu'il a en tête ?
— Beaucoup de choses, j'en suis sûr.
— OK. Rangez votre arme et sortez de là. On attendra tous ensemble. Ici, sur le trottoir. Jusqu'à ce qu'il arrive.

Le type resta accroupi derrière sa portière.

Le pistolet ne bougea pas.

— Vous ne pouvez pas vous en servir de toute façon, dit Reacher. Votre patron n'aimerait pas nous trouver morts, blessés, en état de choc ou dans le coma. Ou tremblants à cause du stress traumatique. Il veut nous poser des questions. Il veut des réponses cohérentes. En plus, les flics ne le supporteraient pas. Je me fiche de savoir quel genre d'arrangement vous pensez avoir avec eux. Un coup de feu dans une rue en ville la nuit va provoquer une réaction.
— Tu te crois malin ?
— Non, mais j'espère que vous l'êtes.

Le pistolet ne bougea pas.

Une bonne chose. La détente était la partie importante. Et plus précisément le doigt. Connecté au système nerveux central. Qui pouvait se paralyser, même juste temporairement, pétri de doutes, assailli de pensées, perdu dans les suppositions.

Ou au moins ralentir un peu.

Reacher fit un autre pas. Leva un peu la main gauche, paume en avant, tapota dans le vide en un geste de conciliation, mais aussi d'urgence, comme s'il y avait un problème immédiat à résoudre. Le regard du gars suivit la main en mouvement, et manqua visiblement l'autre, qui bougeait elle aussi, mais plus lentement et plus bas. Et se glissa discrètement dans la poche droite de Reacher, où se trouvait le H&K en parfait état de marche.

— On attend dans la voiture. Pas sur le trottoir, dit le type.

— OK, dit Reacher.

— Portières fermées.

— Bien sûr.

— Vous à l'arrière, moi à l'avant.

— Jusqu'à ce que votre patron arrive. Comme ça il pourra s'asseoir à l'avant avec vous, et poser ses questions. C'est ça le plan ?

— Jusque-là, vous vous tenez tranquilles.

— Bien sûr. Vous gagnez. C'est vous qui avez l'arme, après tout. On va monter dans la voiture.

Le gars acquiesça, satisfait.

Après quoi, ce fut facile. Le gars oublia sa prise à deux mains et posa fermement les doigts sur le caoutchouc du joint de vitre, tendu, comme un pianiste jouant une note accentuée, ce qui aurait pu être le signe indiquant qu'un accord avait été atteint, mais qui dans le cas présent relevait de la simple physique, le gars se préparant à s'élancer, reprendre l'équilibre et donner une petite impulsion pour se mettre debout. Mais il était resté accroupi un long moment, position générant son lot d'engourdissement et de picotement. D'une manière ou d'une autre, l'arme était sous contrôle réduit, et la crosse bascula vers l'arrière et le barillet vers le haut, ce qui encore une fois aurait pu être interprété comme un geste indiquant l'abandon formel de la menace immédiate, en faveur d'une toute nouvelle coopération, mais fut plus probablement une question de poids, d'équilibre et de rotation naturelle en arrière autour du pontet.

Reacher laissa donc le H&K dans sa poche.

Il fit un grand pas en avant et donna un coup de pied dans la portière de la voiture. Elle se referma violemment, claqua sur les genoux du gars, et le fit tomber en arrière, très lentement, mais fatalement, jusqu'à ce qu'il se retrouve sur le dos, impuissant, comme une tortue. Il agita les mains pour amortir la chute, et le Glock qu'il serrait heurta le trottoir avec un bruit de plastique, et rebondit plus loin. Mais le gars fit un mouvement latéral, roula et se releva, passant presque instantanément de l'horizontale à la verticale, et sans effort apparent. Athlétique comme quelques minutes auparavant, quand il était sorti de la voiture. Reacher était donc arrivé un demi-pas trop tard.

Le gars exécuta un pas de côté pour s'écarter de la portière conducteur qui battait, toujours ouverte, puis il changea instantanément d'axe, se pencha pour ajuster un direct-massue du droit en plein visage, que Reacher vit venir, esquiva d'une rotation du torse, et qui l'atteignit en haut de l'épaule. Même saillantes, des phalanges ne constituent pas vraiment un coup de poing, cela étant, bien qu'amorti, le coup avait ouvert une fraction de brèche entre eux pendant la fraction de seconde entre l'action et la réaction, ce qui, étant donné la vitesse du gars signifiait qu'il pouvait faire un nouveau chassé tout en jetant un coup d'œil par terre pour récupérer son arme en raclant le sol avec le pied.

Reacher aurait pu être qualifié d'athlétique, mais d'athlétique dans le style poids lourd, avec une sorte de sauvagerie d'haltérophile, mais pas d'agilité. Il était rapide, mais pas très. Incapable d'inverser instantanément son élan, il passa une demi-seconde bloqué dans une position neutre, ni à l'arrêt ni en mouvement, un laps de temps qui permit au type de lui balancer un autre coup de poing, que Reacher esquiva encore, et encore une fois le gars s'éloigna pour se mettre en sécurité et chercher son arme dans l'obscurité. Reacher continua sa progression, un demi-pas à la fois, en esquivant, lent par comparaison, mais également difficile à arrêter, surtout avec les coups, légers, portés contre lui jusque-là, sans compter que le gars se fatiguait à force de sauter d'un pied sur l'autre en haletant.

Le type s'écarta encore.

Reacher, lui, progressa.

Mais le type trouva son arme.

Il la fit glisser quelques centimètres plus loin d'un coup de pied, dans un bref raclement de plastique caractéristique. Puis il se figea une fraction de seconde, juste un battement de cils, réfléchit aussi vite que l'exigeait l'urgence de la situation, et plongea, se contorsionna, décrivit un grand arc de cercle de la main droite pour attraper l'arme, la saisir et la mettre en sécurité. Calcul instinctif basé sur l'espace, le temps et la vitesse, les quatre dimensions, et prenant sans aucun doute en compte avec précision ses confortables capacités et celles de son adversaire, celles-ci sans aucun doute prudemment estimées en fonction de la moyenne des pires cas envisageables, plus une marge de sécurité, pour les besoins de l'arithmétique, ce qui, compte tenu de sa rapidité, lui laissait encore beaucoup de temps. Le calcul instinctif de Reacher aboutit au même résultat. Il était d'accord. Aucune chance d'arriver le premier.

Sauf que certains de ses désavantages offraient une compensation. Ses membres étaient lents parce qu'ils étaient lourds, et lourds parce qu'en plus d'être massifs, ils étaient longs. Et dans le cas de ses jambes, très longues. Il prit appui sur le pied gauche et donna un coup du pied, jambe tendue, avec une énorme et féroce allonge visant n'importe quelle partie du corps de son adversaire, dans n'importe quelle partie de sa trajectoire, tout ce qui se présentait.

Et ce qui se présenta, c'était la tête du gars. Résultat insolite. Erreur de calcul du gars. Sa légère hésitation, le coup primitif de Reacher déclenché par son agressivité, imprégné du principe ancestral du tout ou rien. Le gars choisit de garder la tête droite et le bras tendu, pour mieux ramasser l'arme et s'enfuir, mais Reacher arrivait déjà, tel le batteur de base-ball en avance pour renvoyer une balle rapide, une fausse balle à coup sûr, et le gars percuta le pied, la tempe en plein sur la semelle de la chaussure de Reacher, pas parfaitement, mais presque. Son cou se brisa, il tomba en arrière, et s'écrasa, la joue écorchée, sur le trottoir.

Reacher le regarda.

Et demanda à Abby :

— Tu vois son arme quelque part ?

Le gars ne bougeait pas.

Abby répondit :

— Oui, je la vois.

— Prends-la. Avec le pouce et l'index, crosse ou canon.

— Je sais comment faire.

— Je vérifie juste. C'est toujours plus sûr comme ça.

Elle fonça, s'agenouilla, saisit le Glock, et se releva aussi sec.

Le type ne bougeait toujours pas.

— Et on fait quoi de lui ? demanda Abby.

— On devrait le laisser là où il est.

— Et après ?

— On devrait lui voler sa voiture.

— Pourquoi ?

— Parce que son patron va arriver. Et qu'il faut lui laisser le bon message.

— Tu ne peux pas leur déclarer la guerre.

— Ils l'ont déjà fait. À mes dépens. Sans raison apparente. Alors maintenant, je leur offre une réponse ferme. Je leur dis qu'ils devraient reconsidérer leur politique. C'est une ouverture diplomatique standard. Comme dans une partie d'échecs. Ça leur donne une chance de parlementer, sans rancune. J'espère qu'ils comprendront.

— C'est de la mafia albanaise qu'on parle, là. Et tu es seul. Frank a raison. C'est fou.

— Mais le processus est enclenché. On ne peut pas revenir en arrière. On ne peut pas faire comme si ça ne s'était pas passé. Il faut juste gérer du mieux qu'on peut. Donc on ne peut pas laisser la voiture ici. C'est trop simple et trop gentil. Comme si on disait : oups, désolé. Comme si on ne le pensait pas vraiment. Il faut leur mettre les points sur les *i*. Leur dire : ne vous frottez pas à nous, ou vous finirez avec un coup de pied dans la tête et une voiture volée. Comme ça, ils nous prendront au sérieux. Ils agiront avec un certain degré de prudence. Et ils rassembleront des forces plus importantes.

— Ce qui n'est pas bon.

— Seulement s'ils nous trouvent. Et s'ils ne nous trouvent pas, tout ce qu'ils feront en se regroupant, ce sera de laisser de plus larges brèches ailleurs, à travers lesquelles on pourra passer.

— Pour aller où ?

— J'imagine que le but ultime serait de rencontrer le grand patron. L'équivalent de Gregory.

— Dino. C'est de la folie.

— Ce serait un homme, seul. Comme moi. Nous pourrions échanger nos points de vue. Je suis sûr que c'est juste un malentendu.

— J'ai besoin de travailler dans cette ville, moi. D'un côté de Centre Street ou de l'autre.

— Je m'excuse.

— Tu devrais.

— Mais c'est pour ça qu'on doit faire les choses bien. Il faut jouer pour gagner.

— OK, on va voler la voiture.

— Ou alors, on pourrait y mettre le feu.

— La voler, c'est mieux. Je veux partir d'ici le plus vite possible.

***

Ils roulèrent sur quatre pâtés de maisons dans un dédale de rues vides, puis ils abandonnèrent la voiture à un croisement, clés sur le contact, portières, capot et coffre ouverts. Du symbolique, en quelque sorte. Ensuite, ils retournèrent à pied chez Barton, par un long chemin détourné, et contrôlèrent les quatre côtés de son quartier avant de gagner la porte d'entrée. Il était levé, et les attendait, avec Hogan.

Plus un troisième gars, que Reacher n'avait jamais vu.

27

Le troisième type avait le genre de cheveux et de peau qui font paraître quelqu'un dix ans plus jeune que son âge, alors qu'en réalité il appartenait à la génération de Reacher. Mais en plus petit et plus soigné. Il avait un regard vif et attentif, les yeux profondément enfoncés dans les orbites, et un grand nez fin. Une longue mèche indisciplinée lui tombait sur le front. Il était vêtu sobrement, chaussures confortables, pantalon en velours côtelé, chemise et veste.

— C'est lui dont je vous parlais, lança Hogan. Le fantassin qui connaît toutes les langues des anciens cocos. Il s'appelle Guy Vantresca.

— Enchanté de faire votre connaissance, lui dit Reacher en lui tendant la main.

— De même, répondit Vantresca.

Et il serra la main de Reacher, puis fit de même avec Abby.

— Vous avez fait vite, dit Reacher.

— Je ne dormais pas encore. J'habite à deux pas d'ici.

— Merci de nous aider.

— En fait, ce n'est pas pour ça que je suis là. Je suis venu vous prévenir. Vous ne pouvez pas vous frotter à ces gens. Ils sont trop nombreux, trop redoutables, et trop protégés.

— Vous étiez dans le renseignement militaire ?

Vantresca acquiesça.

— Infanterie.

Commandant de compagnie à la fin de la guerre froide, avait précisé Hogan.

— Des chars ? demanda Reacher.

— Quatorze. Tous à moi. Tous orientés vers l'est. C'était le bon vieux temps.

— Pourquoi avez-vous appris des langues du bloc communiste ?

— Je pensais que nous allions gagner. Je pensais pouvoir diriger une circonscription civile. Ou au moins commander une bouteille de vin dans un restaurant. Ou rencontrer des filles. C'était il y a longtemps. Et l'Oncle Sam a payé pour ça. À l'époque, l'armée aimait l'instruction. Tout le monde obtenait des diplômes de troisième cycle.

— Trop nombreux et trop redoutables, c'est un jugement subjectif. On pourra parler de ça plus tard. Mais trop protégés, c'est différent. Qu'est-ce que vous savez ?

— Je fais un peu de conseil aux entreprises. Principalement sur la sécurité des bâtiments. Mais j'entends certaines choses, et on m'en demande d'autres. L'année dernière, le gouvernement a lancé une série d'analyses statistiques sur l'intégration des populations étrangères dans tout le pays, et il s'est avéré que parmi celles-ci, les plus respectueuses de la loi aux États-Unis sont les communautés ukrainienne et albanaise, ici. Ils ne prennent même pas de contraventions. Cela sous-entend qu'ils entretiennent des rapports très étroits, et à tous les niveaux, avec la police.

— Mais il doit y avoir des limites. J'ai suggéré à l'un d'entre eux que des coups de feu dans les rues de la ville la nuit provoqueraient une réaction, et le gars n'a pas discuté. En fait, je pense même qu'il était d'accord avec moi, parce qu'il n'a pas appuyé sur la détente.

— Un nouveau commissaire de police vient de nous être affecté. Et ça les rend nerveux. Mais il se passe toujours beaucoup de choses invisibles et ennuyeuses de leur côté. En général, ça ne concerne pas les tirs dans la rue. Plutôt du type conversation amicale avec un témoin potentiel, à l'abri des regards et des oreilles, probablement au domicile du témoin, probablement dans un endroit propice à la persuasion, la chambre d'une petite fille par exemple, sur le fait que la mémoire est étrange, qu'elle va et vient, s'estompe et disparaît, qu'elle joue des tours, et qu'il n'y a pas de honte à dire : « Écoute, mec, je ne me souviens pas. » Les gens que je connais affirment qu'il est très difficile d'enquêter sur ce genre d'affaire, mais qu'elles sont très faciles à enterrer.

— Il y en a combien ?

— Trop. Comme je l'ai dit, ils sont trop nombreux, trop redoutables, et trop protégés. Vous devriez oublier.

— Où se situait votre compagnie dans l'ordre de bataille ?

— Plutôt proche de la ligne de front.

— En d'autres termes, désespérante d'infériorité numérique depuis le début et probablement pour toujours.

— Je vois où vous voulez en venir. Mais j'avais quatorze chars Abrams. C'étaient les meilleurs véhicules de combat du monde. Ils auraient pu sortir d'un livre de science-fiction. Je ne traversais pas la trouée de Fulda en veste et pantalon.

— Vous, les unités de blindés, vous idolâtrez la machine. Vous pensiez que, grâce à elle, vous étiez plus redoutables malgré votre infériorité numérique. Alors que vos ennemis étaient certainement protégés, et par une nation géante tout entière. Un sur trois en votre faveur. Deux sur trois contre vous. Mais même comme ça, vous auriez démarré vos moteurs, si on vous l'avait demandé.

— J'ai compris.

— Et vous vous attendiez à gagner. C'est pour ça que vous avez appris des langues du bloc de l'Est. C'est tout ce dont j'ai besoin en ce moment. Je prends les choses étape par étape. D'abord j'ai besoin de comprendre ce qu'ils disent dans leurs textos, et ensuite, je me sers de ce que j'ai découvert pour établir un plan d'action. Pas question à ce stade de préparation au combat. Vos avertissements ne sont pas nécessaires.

— Et si vous appreniez que c'est sans espoir ?

— Cette conclusion n'est pas acceptable. Un échec ne peut qu'être dû à un mauvais plan. On vous a sûrement appris ça en Allemagne.

— OK, d'accord, dit Vantresca. Une chose à la fois.

***

Ils travaillèrent dans la cuisine et commencèrent par l'ukrainien. Vantresca admira la vidéo d'Abby. Intelligente, pertinente et efficace. Il tapota l'écran doucement, enchaînant lecture et pause, et lut à haute voix à partir de l'image, d'abord lentement, avec des interruptions, puis parfois en s'arrêtant complètement.

Parce que sur le plan linguistique, il était en difficulté dès le départ. Il s'agissait de textos, bourrés d'expressions argotiques qu'il ne connaissait pas, d'abréviations avec initiales, d'acronymes, et truffés de mots certainement mal orthographiés, à moins qu'il ne se soit agi de simplifications délibérées, le fameux langage SMS. Personne ne le savait. Vantresca annonça que la tâche pourrait lui prendre un certain temps. Que ce serait comme de traduire une langue étrangère complexe tout en brisant un code d'espionnage. Voire peut-être deux étant donné les allusions et les élisions comme on peut s'y attendre de la part de tout gangster qui se respecte.

Abby prit son ordinateur portable et travailla à côté de lui. Elle s'attaqua à des mots, aidée de dictionnaires en ligne, rechercha les abréviations par initiale et les acronymes sur les blogs de vocabulaire étranger et sur des sites de mordus de lexicologie. Elle prit des notes sur des bouts de papier, des choses se mirent en place, mais malgré tout le travail restait lent. Jamais elle n'avait obtenu autant de résultats à partir de si peu d'informations. Elle avait filmé le plus vite possible, au risque de perdre en lisibilité, cinq, dix, vingt secondes, faisant défiler les bulles très vite, tapotant et glissant sur l'écran sans s'arrêter. Maintenant, ce texte animé confus laissait apparaître des milliers et des milliers de mots, chacun constituant un défi et une énigme, la plupart avec deux ou trois solutions plausibles.

Reacher les laissa travailler. Il traîna dans le salon avec Barton et Hogan dans les espaces vides entre la batterie et les enceintes. Dont une, grise, de la taille d'un réfrigérateur. Et sur sa grille on voyait huit cercles poussiéreux. Reacher s'assit par terre, s'appuya dessus et resta immobile. Barton posa sa vieille Fender sur ses genoux et joua en acoustique, à peine audible, avec des riffs montants ou descendants de notes douces et vibrantes.

— Vous croyez qu'on aurait gagné ? demanda Hogan. Que Vantresca aurait fini par utiliser des langues du bloc de l'Est ?

— Tout bien considéré, je pense que nous l'aurions emporté, dit Reacher. D'un point de vue objectif, je pense qu'on les aurait fait taire avant qu'ils nous arrêtent. Difficile d'appeler ça une victoire, étant donné le désordre que ç'aurait occasionné. Mais peu importe, la ligne de front aurait été pulvérisée depuis longtemps. J'ai peur que votre ami ait perdu son temps à l'école.

Barton joua un arpège descendant, une sorte d'accord mineur diminué, et termina en tapant à vide sur la corde grave. Branché, il aurait démoli la maison. En acoustique, la corde cliqueta en claquant contre les frettes et n'émit aucune fondamentale. Barton regarda Reacher.

— Maintenant vous êtes en première ligne.

— Je ne cherche pas à déclencher une guerre. Tout ce que je veux, c'est l'argent des Shevick. Si je peux l'obtenir facilement, je le ferai, croyez-moi. Je ne ressens pas le besoin de rencontrer un de ces types sur le champ de bataille. En fait, je préférerais ne pas avoir à le faire.

— Vous n'aurez pas le choix. Ils doivent avoir mis Trulenko bien à l'abri. Multiplié la sécurité. Je les ai vus faire, quand une personnalité débarque dans un de leurs clubs. Ils ont un homme au coin de la rue, un autre à la porte, et un troisième à la porte d'à côté, plus deux ou trois supplémentaires qui font des rondes.

— Que vous rappelez-vous de Trulenko ?

— C'était un geek, comme tous ces gars. Je me rappelle avoir pensé que ç'aurait dû se passer autrement. J'étais cool au lycée. Maintenant, les geeks sont milliardaires et moi, je gagne à peine ma vie. J'imagine que j'aurais dû apprendre l'informatique, pas la musique.

— S'il travaillait, qu'est-ce qu'il ferait ?

— Il travaille ?

— Quelqu'un a utilisé ce mot.

— Alors il bosse dans l'informatique, j'en suis sûr. C'est là qu'il était bon. C'était l'un des meilleurs. Son application avait quelque chose à voir avec les médecins, mais en gros, tous ces trucs sont des logiciels, non ?

Abby passa la tête par l'entrebâillement de la porte.

— On a trouvé, annonça-t-elle. On peut commencer par l'ukrainien. Ils mentionnent Trulenko deux fois.

28

Vantresca réenclencha la vidéo pour la passer depuis le début, mais avant de la lancer, il précisa :

— Dans l'ensemble, il se passe des trucs bizarres. Et ils font un raffut du diable parce qu'ils perdent des gens. Deux gars ont eu un accident chez le concessionnaire Ford. Puis deux collecteurs de fonds ont été enlevés dans le quartier gastronomique. Deux autres gars ont été enlevés dans un salon de massage. Et deux autres ont disparu devant la maison d'Abby. Un total de huit jusqu'à présent.

— C'est un carnage, ironisa Reacher.

— Ce qui est intéressant, c'est qu'ils ont accusé les Albanais pour les six premiers. Mais leur discours a changé pour les deux derniers. Maintenant, c'est vous qu'ils accusent.

Ils pensent que vous êtes à la solde d'une organisation clandestine de New York ou de Chicago avec pour mission secrète de semer la pagaille ici. Il y a une alerte à toutes les patrouilles vous concernant. Sous le nom de Shevick. Ce qui pourrait finir par poser un plus gros problème.

Vantresca cliqua sur le téléphone d'Abby et lança la vidéo. Au début il la laissa défiler à la vitesse où celle-ci l'avait enregistrée. À l'écran on voyait l'ombre du bout de son doigt remonter inlassablement sur la droite de l'image. Puis Vantresca mit sur pause, redémarra, mit de nouveau sur pause jusqu'à ce qu'il trouve la bulle qu'il cherchait. Il y avait une photographie au-dessus du texte. Les Shevick et Abigail Gibson, dans le couloir des Shevick, l'air surpris et un peu mal à l'aise. Reacher se souvint du bruit qu'il avait entendu derrière la porte de la cuisine. Un léger clic un peu grésillant. Le téléphone portable imitant un appareil photo.

— Le texte sous l'image précise que les personnes sur la photo sont Jack, Joanna, et Abigail Reacher.

Vantresca relança la vidéo, mit en pause, quatre fois, sur quatre autres bulles. Et s'arrêta sur une cinquième.

— Juste ici, dit-il, ils ont déjà compris qu'il s'agit d'Abby Gibson, pas d'Abigail Reacher. Le message indique qu'ils envoient un gars sur son lieu de travail pour obtenir l'adresse de son domicile.

Il fit avancer la vidéo.

— Et là, ils ont trouvé l'adresse de son domicile, et maintenant ils envoient une voiture chez elle avec ordre de la ramener s'ils la trouvent.

— Tout est bien qui finit bien, conclut Reacher.

— Il y a pire, ajouta Vantresca.

Il relança la vidéo et s'arrêta sur une grosse bulle verte datée de plus tard dans la journée, avec la même photo au-dessus d'un bloc dense d'écriture cyrillique. Il lut à haute voix.

— On nous a signalé que la vieille femme nommée Joanna Reacher sur la photo ci-dessus est venue dans notre magasin de prêt sur gages où elle a signé Maria Shevick.

— Bon sang ! s'exclama Reacher. C'était leur magasin ?

— Elle aurait dû s'y attendre. Presque tout est à eux du côté ouest. Le problème, c'est qu'elle leur a donné son vrai nom. Ce qui signifie qu'elle leur a probablement aussi donné sa véritable adresse et son vrai numéro de sécurité sociale. Ce qui signifie qu'ils sont à deux doigts de découvrir qu'elle est l'épouse d'Aaron Shevick. À partir de là, ça ne va pas être sorcier de découvrir les identités de tout le monde. Après quoi, ils pourront agir aussi vite qu'ils veulent. Ils sont déjà en planque devant chez les Shevick.

— Alors ils seront plongés dans un dilemme existentiel. Veulent-ils Aaron Shevick le nom, ou Aaron Shevick l'individu qui leur a emprunté de l'argent et qui, incognito, sème la pagaille chez eux ? Quelle est, après tout, la nature de l'identité ? C'est une question à laquelle ils devront s'atteler.

— Vous avez fait West Point ?

— Comment le savez-vous ?

— Parce que vous dites n'importe quoi. Ça pourrait devenir très sérieux. Évidemment qu'ils veulent le bon individu et peu importe comment ils s'y prendront pour l'avoir, vous devez bien imaginer qu'il va y avoir des dégâts en cours de route. À commencer par leur domicile.

Reacher acquiesça.

— Je sais, dit-il. Croyez-moi. C'est déjà très sérieux. Ils ont soixante-dix ans. Mais je ne vois pas ce que je peux faire pour leur sécurité. Pas vingt-quatre heures sur vingt-quatre. La seule solution rationnelle serait de les évacuer dans un endroit sûr. Mais où ? Je n'ai pas les moyens nécessaires.

Il marqua une pause, puis ajouta :

— Normalement dans ce genre de situation, je leur dirais : « Allez rejoindre votre fille. » Je suis sûr qu'ils seraient ravis de le faire.

Vantresca fit avancer la vidéo jusqu'à un long message envoyé tard la nuit précédente.

— C'est là que vous donnez le nom Trulenko au portier du bar où Abby travaillait. Dès lors, la conversation s'oriente dans deux directions différentes. D'abord, elle porte sur vous. Ils ne comprennent pas pourquoi un pauvre demandeur de crédit poserait cette question. Il y a là deux mondes différents. Alors ils développent la théorie selon laquelle vous êtes un provocateur payé par une organisation extérieure.

— Et l'autre sujet de discussion concerne Trulenko lui-même, dit Abby. Il y a deux mentions distinctes. D'abord un point sur la situation et une évaluation de la menace. Qui se révèle nulle. Pas de danger. Mais une heure plus tard, ils commencent à s'inquiéter.

— Parce que je me suis échappé. Quand tu m'as attrapé pour me faire entrer chez toi. Ils savaient donc que j'étais toujours dans la nature.

Vantresca intervint.

— Ils ont demandé à quatre équipes d'interrompre leurs missions habituelles et de se présenter pour une surveillance supplémentaire. Ils ont ordonné aux hommes déjà présents sur place de se replier et de former une garde rapprochée autour de Trulenko. Ils appellent ça le Dispositif B, ce qui nous semble être une sorte de niveau d'alerte. C'est clairement planifié à l'avance, probablement répété, peut-être même utilisé auparavant.

— OK, dit Reacher. Une équipe, ça représente quoi ? Deux gars dans une voiture ?

— Vous devez le savoir.

— Donc huit gars au total. En renfort de combien ? Combien déploient-ils de types sur une base quotidienne de menace zéro ? Pas plus de quatre, probablement, s'ils peuvent aussi transformer sans problème ce détachement en garde rapprochée. Donc quatre se replient et huit prennent la relève sur le périmètre.

— Alors c'est vous contre douze gars.

— Pas si je choisis le bon endroit dans le périmètre. Je pourrais me glisser dans une brèche.

— Dans le meilleur des cas, quatre gars.

— C'est discutable, sauf si les huit gars reçoivent un message qui leur dit exactement où se présenter pour leur surveillance supplémentaire. Une adresse serait utile.

Vantresca ne répondit pas.

Reacher regarda Abby.

— Le message indique avec précision la localisation, dit-elle.

— Mais ?

— C'est un mot extrêmement difficile. Je l'ai cherché partout. À l'origine, il semblerait signifier soit ruche, soit nid, soit terrier. Ou les trois. Ou quelque chose entre les trois. Pour décrire quelque chose qui pourrait bourdonner ou s'agiter dans tous les sens. Comme beaucoup de mots anciens, il n'est pas à prendre au sens littéral. Aujourd'hui, il a l'air d'être utilisé exclusivement de manière métaphorique. Comme dans les films, quand on voit le savant fou dans son laboratoire plein de machines lumineuses et de grésillements électriques. C'est comme ça que le mot est utilisé maintenant.

— Pour « centre névralgique » en quelque sorte.

— Exactement.

— Donc tout ce que dit le message, c'est « rendez-vous au centre névralgique ».

— Apparemment, ils savent où il se trouve.

— Les gars à qui j'ai parlé ne le savaient pas. Je le leur ai demandé, et je les ai crus. C'est une information confidentielle. Ce qui signifie que les équipes qu'ils viennent de retirer de leurs missions habituelles étaient des gars de confiance. Au courant.

— C'est logique, dit Vantresca. Le haut du panier. Seulement les meilleurs pour les Situations B.

— Je l'avais dit, confirma Hogan. Le seul moyen, c'est de remonter aux niveaux supérieurs.

— C'est fou, conclut Barton.

***

Vantresca et Abby commencèrent à travailler sur les messages albanais, en utilisant toujours le même système, côte à côte à la table de la cuisine. Vantresca maîtrisait moins bien la langue, mais les textos étaient rédigés dans un style plus soutenu et grammaticalement plus correct que celui employé par leurs homologues ukrainiens : d'où, dans l'ensemble, une tâche plus rapide. Et il y avait beaucoup moins à faire. Toutes les informations pertinentes étaient arrivées au cours des dernières heures. Certaines leur étaient familières. Reacher était pris là aussi pour un provocateur payé par des forces extérieures, D'autres étaient nouvelles pour eux. La Toyota blanche avait été aperçue sur la route et on avait vu Reacher et Abby en sortir ensemble, après l'avoir garée dans un terrain vague. Une petite brune mince aux cheveux courts, et un immense type laid aux cheveux clairs coupés court. Soyez à l'affût.

— En fait, pour moi, ça signifie « des traits banals », dit Abby. Ou « une beauté un peu rude ». Pas laid en tant que tel.

— Les chiens aboient, la caravane passe, plaisanta Reacher.

— Là, elle pourrait rester coincée, répliqua Vantresca.

Il arrivait à la fin de la vidéo. Le dernier texto albanais.

— Ils vous recherchent activement. Ils donnent une estimation de votre position actuelle. Ils supposent que vous êtes quelque part dans une zone couvrant douze pâtés de maisons précis.

— Et c'est le cas ?

— Du point de vue géographique, nous sommes pratiquement au centre de ce périmètre.

— Ça ne sent pas bon. Ils semblent détenir beaucoup d'informations.

— Ils connaissent bien les environs. Ils se mêlent de tout, ils ont des yeux partout et beaucoup de voitures dans beaucoup de rues.

— On dirait que vous vous êtes bien renseigné sur eux.

— Comme je l'ai mentionné, j'entends des choses. Tout le monde a son histoire. Parce que tout le monde se heurte à eux, tôt ou tard. Quoi que vous fassiez, c'est le prix à payer, à l'est de Center Street. Les gens s'y habituent et finissent par le trouver raisonnable. Dix pour cent, comme l'église autrefois. Comme les impôts. Et on n'y peut rien. Mais ce secteur s'est un peu civilisé. Tant qu'on paye… Ce que tout le monde fait, d'ailleurs, ces gens-là font peur.

— Ça sent le vécu.

— Il y a deux mois, j'ai aidé une journaliste de Washington en visite ici à organiser son séjour. J'ai un permis de garde du corps. Mon numéro figure dans tous les annuaires nationaux. Je ne sais pas de quoi allait parler son reportage. Elle n'a pas voulu me le dire. Du crime organisé, j'imagine, parce que c'est ce qui semblait l'intéresser. Les Albanais et les Ukrainiens. Les Ukrainiens davantage, à vrai dire. C'est l'impression que j'ai eue. Mais d'une manière ou d'une autre, elle a dit quelque chose qu'il ne fallait pas et a d'abord rencontré les Albanais. Ils ont eu une discussion en tête à tête. Quelques-uns d'entre eux, juste avec elle, toute seule, dans l'arrière-salle d'un restaurant. Quand elle est sortie, elle m'a demandé de la reconduire directement à l'aéroport. Sans même passer par son hôtel. Elle ne voulait pas aller récupérer ses affaires. Elle était terrifiée. Absolument terrorisée. Elle se comportait comme un automate. Elle a pris le premier vol et n'est jamais revenue. S'ils ont pu faire ça juste en lui parlant, imaginez ce qu'ils peuvent faire pour que tout un tas de gens ferment les yeux s'il est question de deux inconnus. C'est de l'intimidation pure et simple. C'est comme ça qu'ils obtiennent leurs informations.

— Ça ne sent pas bon non plus, soupira Reacher. Je ne veux pas porter malheur à cette famille.

Ni Barton ni Hogan ne firent de commentaires.

— Nous ne pouvons pas aller à l'hôtel, dit Abby.

— Peut-être que si, répliqua Reacher. Peut-être qu'on devrait. Ça pourrait être un moyen d'accélérer le processus.

— Vous n'êtes pas prêts, dit Hogan.

— Passez la nuit ici, proposa Barton. Vous êtes déjà là. Les yeux des voisins n'émettent pas de rayons X. On a un concert demain midi. Si vous devez partir, vous pourrez monter dans le van. Personne ne le remarquera.

— Où jouez-vous ?

— Dans un bar à l'ouest de Center. Plus proche de chez Trulenko que vous ne l'êtes en ce moment.

— Il y a un type à la porte du bar ?

— Toujours. C'est sûrement mieux de descendre au coin de la rue.

— Ou pas, si on veut accélérer le processus.

— On doit bosser là-bas, nous. C'est un bon boulot. Rendez-nous service. Allez accélérer le processus ailleurs, si vous en avez vraiment besoin. Et j'espère que vous n'en aurez pas besoin. Parce que c'est fou.

— Marché conclu, dit Reacher. Nous viendrons avec vous demain. Merci beaucoup. Et merci pour votre hospitalité ce soir aussi.

Vantresca partit dix minutes plus tard. Barton ferma les portes à clé. Hogan mit ses écouteurs et alluma un joint de la taille du pouce de Reacher. Reacher et Abby montèrent à l'étage, dans la chambre avec l'amplificateur de guitare en guise de table de chevet. Trois rues plus loin, un tout nouveau texto n'atteignit pas le téléphone albanais dans la boîte aux lettres métallique abandonnée. Une minute plus tard, la même chose se produisit avec le téléphone ukrainien.

29

Le bras droit de Dino se prénommait Shkumbin, du nom d'une belle rivière au cœur de son beau pays natal. Mais ce n'était pas facile à prononcer en anglais. Au début, la plupart des gens disaient Scumbin, « poubelle à racaille », certains d'un ton moqueur, mais ceux-là ne le faisaient qu'une fois. Lorsqu'ils pouvaient à nouveau parler, après des mois de soins dentaires, ils semblaient extrêmement disposés à faire de gros efforts pour prononcer correctement la première syllabe de son nom. Même si le résultat des interventions de dentisterie réparatrice était loin d'être parfait. Finalement Shkumbin en eut assez de s'abîmer les poings et prit le nom de son frère décédé, en partie par commodité, en partie pour lui rendre hommage. Pas le nom de son frère aîné décédé, à savoir Fatbardh, qui signifiait « qu'il soit le plus chanceux », autre très beau prénom, mais encore une fois difficile à prononcer en anglais. Au lieu de cela, Shkumbin utilisait maintenant le prénom de son frère cadet décédé, à savoir Jetmir, « celui qui vivra une bonne vie », un autre bon sentiment, et cette fois-ci facile à prononcer en anglais, et à mémoriser, assez clinquant et futuriste, même s'il relevait d'une bénédiction traditionnelle. Et qui sonnait un peu communiste, comme celui d'un pilote d'essai de l'Armée rouge dans une bande dessinée soviétique, ou d'un héros cosmonaute sur un panneau publicitaire de propagande. Quand bien même les Américains semblaient ne plus s'intéresser à cela. C'était de l'histoire ancienne.

Jetmir arriva dans la salle du conseil au fond de la scierie et trouva le reste du conseil restreint déjà réuni. Mais sans Dino, bien sûr. On ne l'avait pas informé. Pas encore. C'était la deuxième réunion sans lui. Un grand pas avait été franchi. Une réunion pouvait se justifier. En expliquer deux serait plus difficile.

En expliquer trois serait impossible.

Jetmir déclara :

— Le téléphone qui avait disparu s'est reconnecté pendant presque vingt minutes. Il n'a rien envoyé et rien reçu. Puis il s'est de nouveau déconnecté. Comme s'ils se cachaient dans un sous-sol ou un truc du genre, ou une cave, mais seraient sortis dans la rue, pas très longtemps, peut-être le temps d'aller à l'épicerie du coin et de revenir.

— On a une localisation ? demanda quelqu'un.

— On a une assez bonne triangulation, mais la zone est très densément peuplée. Il y a une épicerie à chaque coin de rue. Mais c'est exactement là où nous pensions qu'ils seraient. Près du centre du périmètre qu'on a délimité.

— Près, c'est-à-dire ?

— On peut réduire la zone à quatre pâtés de maisons. Peut-être à six pour être bien sûrs.

— Dans un sous-sol ?

— Ou quelque part où il n'y a pas de réseau.

— Ils ont peut-être enlevé la batterie. Et l'ont remise en place ensuite.

— Pour faire quoi ? Je vous l'ai dit : ils n'ont ni passé ni reçu d'appel.

— OK, une cave, donc.

— Ou un bâtiment avec une épaisse charpente métallique. Un endroit dans ce genre. Gardez l'esprit ouvert. Dites à tout le monde de se presser. Investissez vraiment la zone. Cherchez de la lumière derrière les rideaux. Observez les voitures et les piétons. Frappez aux portes et posez des questions si nécessaire.

***

Au même moment, l'homologue de Jetmir de l'autre côté de Center Street était également en réunion, lui aussi avec un conseil restreint, mais dans la pièce au fond de la compagnie de taxi, en face du prêteur sur gages, à côté de l'agence de cautionnement. Et dans son cas, son patron était présent. Comme toujours, Gregory, assis en bout de table, présidait. Il avait lui-même convoqué le conseil, juste après avoir été informé qu'un de ses gars du centre-ville s'était fait coincer par Aaron Shevick.

Il déclara :

— Ce dernier incident me paraît complètement différent. Il n'a pas essayé de nous tromper. Il n'espérait pas que nous mettions ça sur le dos des Albanais. C'était à visage découvert, en face à face. Apparemment, il a reçu l'ordre d'abandonner ses précédentes tactiques. Pour passer à une nouvelle phase. Selon moi, c'est une erreur. Ils nous en ont appris plus sur eux qu'ils n'en découvriront sur nous.

— Avec le téléphone, commenta son bras droit.

— Précisément. On pouvait s'attendre à ce qu'il prenne l'arme. N'importe qui le ferait. Mais pourquoi a-t-il reçu l'ordre de prendre le téléphone ?

— C'est un objet nécessaire pour leur nouvelle stratégie. Ils vont essayer de nous infliger des dommages électroniques. Pour nous affaiblir encore plus. Ils vont essayer de pénétrer notre système d'exploitation avec nos téléphones.

— Mais qui pourrait bien avoir les compétences, l'expérience, la confiance en soi absolue et l'arrogance illusoire pour ne serait-ce qu'espérer réussir ça ? demanda Gregory.

— Seulement les Russes, répondit son bras droit.

— Précisément. Leur nouvelle tactique a révélé leur identité. Maintenant nous savons. Les Russes se rapprochent.

— Ça ne sent pas bon.

— Je me demande s'ils ont aussi volé un téléphone albanais.

— Probablement. Les Russes n'aiment pas partager le territoire. Je suis sûr qu'ils prévoient de prendre notre place, aux uns comme aux autres. Ça va être très dur. Ils sont nombreux.

Il y eut un long silence.

Puis Gregory demanda :

— Est-ce qu'on peut les battre ?

Son bras droit répondit :

— Ils ne pourront pas pénétrer notre système d'exploitation.

— Ce n'est pas ce que j'ai demandé.

— Eh bien, quelles que soient les forces que nous engagerons dans le combat, ils auront deux fois plus d'hommes, deux fois plus d'argent, et deux fois plus de matériel.

— L'heure est grave, soupira Gregory.

— Vraiment.

— Elle appelle à prendre de graves décisions.

— Comme quoi ?

— Si les Russes investissent deux fois plus que nous, nous devons rééquilibrer la balance. C'est aussi simple que ça. Juste temporairement. Juste pour le moment. Jusqu'à ce que la crise soit passée.

— Et comment ?

— Nous devons organiser une alliance défensive à court terme.

— Avec qui ?

— Nos amis à l'est de Center.

— Avec les Albanais ?

— Ils sont dans le même bateau que nous.

— Ils le feraient ?

— Contre les Russes, ils vont en avoir besoin autant que nous. Si nous unissons nos forces, nous pourrions les égaler. Si nous ne le faisons pas, nous perdrons. L'union fait la force, la discorde conduit à la défaite.

Silence à nouveau.

— Ce serait un virage dangereux, objecta quelqu'un.

— Je suis d'accord, répondit Gregory. C'est même fou et bizarre. Mais nécessaire.

Tout le monde se tut.

— OK, dit Gregory. Je vais reparler à Dino, demain à la première heure.

***

Reacher se réveilla dans la pénombre grise de la nuit, l'horloge dans sa tête indiquant quatre heures moins dix. Il avait entendu un bruit. Une voiture dans la rue, sous la fenêtre ronde. Le crissement des freins, la compression des ressorts de suspension, la contrainte exercée sur les pneus. Une voiture qui s'arrête.

Il attendit. Abby dormait à côté de lui, chaude, douce, et détendue. Il entendit les craquements du bois et le tic-tac des horloges de la vieille maison. La lumière filtrait sous la porte donnant sur le couloir. L'ampoule qui éclairait l'escalier était toujours allumée. Et peut-être un autre luminaire aussi, dans une pièce du rez-de-chaussée. La cuisine ou le salon. Peut-être que Barton ou Hogan était encore debout. Ou les deux, en train de parler de tout et de rien. Quatre heures moins dix du matin. Des horaires de musiciens.

Dans la rue, le moteur de la voiture tournait au ralenti. Le faible grincement des courroies, le ronronnement d'un ventilateur, le hoquet des pistons qui montent et descendent, inutilement. Puis un léger bruit sourd provenant de sous le capot, l'impression qu'une voiture venait de se garer.

La boîte de vitesses était en première, en position de stationnement.

Le moteur s'arrêta.

Silence à nouveau.

Une portière s'ouvrit.

Une semelle de cuir claqua sur le trottoir. Un ressort de siège, soulagé d'un poids, émit un bruit sec. Une deuxième semelle rejoignit la première. Quelqu'un se redressait, soufflait légèrement sous l'effort.

La portière se referma.

Reacher se glissa hors du lit. Mit son pantalon. Sa chemise. Ses chaussettes. Laça ses chaussures. Enfila sa veste. Un poids rassurant dans les poches.

Au rez-de-chaussée, on frappa à la porte. Bruit de bois qui résonne. Quatre heures moins dix du matin. Reacher tendit l'oreille. N'entendit rien. En fait même, moins que rien. Moins qu'avant, assurément. Comme un vide sonore dans l'air. Le son en négatif de deux gars en train de passer un bon moment, et qui maintenant, stupéfaits, tournaient la tête en se demandant ce qui se passait. Barton et Hogan, toujours debout. Horaire de musiciens.

Reacher attendit. *Occupez-vous-en. Ne m'obligez pas à descendre.* Il entendit un des deux musiciens se lever. Se déplacer d'un pas traînant. Pour observer par la fenêtre, probablement par un interstice entre les rideaux, de côté, de biais.

Reacher distingua une voix grave.

— C'est les Albanais.

La voix de Hogan.

En retour, Barton murmura :

— Ils sont combien ?

— Il n'y en a qu'un.

— Qu'est-ce qu'il veut ?

— J'étais malade le jour du cours de voyance.

— Qu'est-ce qu'il faut faire ?

Le coup retentit à nouveau, sourd sur le bois.

Reacher attendit. Derrière lui, Abby bougea et demanda :

— Qu'est-ce qui se passe ?

— Il y a un sbire albanais devant la porte. Sans doute à notre recherche.

— Quelle heure est-il ?

— Quatre heures moins huit.

— Qu'est-ce qu'on va faire ?

— Barton et Hogan sont en bas. Ils ne sont pas encore allés se coucher. J'espère qu'ils pourront s'en occuper.

— Je devrais m'habiller.

— Malheureusement.

Elle s'habilla comme il l'avait fait, rapidement, pantalon, chemise, chaussures. Puis ils attendirent. L'Albanais frappa une troisième fois. Le genre de coup qu'on n'ignore pas. Reacher et Abby entendirent Hogan proposer d'aller ouvrir. Et Barton accepter. Ils entendirent les pas de Hogan dans le couloir, lourds, décidés, sûrs. Marine américain. Batteur. Reacher ne savait pas trop ce qui comptait le plus.

La porte s'ouvrit.

Hogan dit : « Quoi ? »

Puis une autre voix se greffa. Moins sonore, parce qu'elle venait de dehors et pas de l'intérieur, mais aussi parce que le ton était à la fois familier et moqueur. Amical, mais pas vraiment.

L'Albanais demanda :

— Tout va bien ici ?

— Pourquoi ça n'irait pas ? répondit Hogan.

— J'ai vu de la lumière. Je m'inquiétais qu'un malheur ou un désastre vous ait réveillé.

L'homme parlait bas, mais d'une grosse voix suggérant force physique, torse et cou épais, autorité, arrogance et outrecuidance. Il avait l'habitude d'obtenir ce qu'il voulait. Le genre à ne jamais dire s'il vous plaît et à qui on n'a jamais dit non.

Occupe-t'en. Ne m'oblige pas à descendre.

— Tout va bien, dit Hogan. Il n'y a pas de raison de s'inquiéter. Aucun malheur. Aucun désastre.

— Vous êtes sûr ? Vous savez que nous aimons aider les gens quand nous le pouvons.

— Nous n'avons pas besoin d'aide. La lumière était allumée parce que tout le monde ne dort pas en même temps. Ce n'est pas très difficile à comprendre.

— Je sais tout ça. Je suis là, à travailler toute la nuit pour assurer la sécurité du quartier. En fait, vous pouvez m'aider, si vous voulez.

Hogan ne répondit pas.

— Vous ne voulez pas m'aider ? insista le type.

Toujours pas de réponse.

— On récolte ce que l'on sème, dit l'Albanais. C'est de ça qu'il est question. Si vous nous aidez maintenant, nous vous aiderons plus tard. Ça pourrait être important. Ça pourrait même être ce dont vous avez besoin. Résoudre un gros problème. D'un autre côté, si vous vous mettez en travers de notre chemin maintenant, nous pourrions vous rendre les choses difficiles plus tard. À l'avenir, je veux dire. De toutes sortes de façons différentes. Par exemple, qu'est-ce que vous faites dans la vie ?

— Quel genre d'aide ? demanda Hogan.

— Nous recherchons un homme et une femme. Il est plus âgé, elle est plus jeune. Elle est petite et brune, il est grand et laid.

Occupe-t'en. Ne m'oblige pas à descendre.

— Pourquoi les cherchez-vous ? demanda Hogan.

— Nous pensons qu'ils courent un grand danger. Nous devons les avertir. Pour leur bien. Nous essayons de rendre service. C'est notre boulot.

— On ne les a pas vus.

— Vous en êtes sûrs ?

— À cent pour cent.

— Il y a encore une chose que vous pourriez faire.

— Quoi ?

— Appelez-nous si vous les voyez. Vous feriez ça pour nous ?

Pas de réponse de Hogan.

— Ce n'est pas trop demander, insista l'Albanais. Soit vous avez envie de nous aider en passant un coup de fil de dix secondes, ou pas, j'imagine. L'un ou l'autre, ça va. On est dans un pays libre. Nous allons prendre note et partir.

— OK, dit Hogan. On appellera.

— Merci. Quand vous voulez, de jour comme de nuit. N'attendez pas.

— OK, dit encore Hogan.

— Une dernière chose.

— Quoi ?

— Vous pourriez m'aider autrement.

— Comment ?

— Je vais évidemment signaler que cette adresse est ce que nous appelons dans notre métier un lieu « non préoccupant ». Les cibles ne sont manifestement pas là, il y a juste des gens normaux vaquant à leurs occupations, etc.

— Bien, dit Hogan.

— Mais dans notre métier, nous prenons les procédures très au sérieux. Nous aimons les chiffres. À un moment donné, on me demandera sûrement quel degré exact de confiance on peut attribuer à mon évaluation.

— Cent pour cent, dit encore Hogan.

— Je vous entends, mais en fin de compte, c'est juste un rapport verbal par une partie intéressée.

— C'est tout ce que vous avez.

— C'est exactement ce que je veux dire. Ça m'aiderait vraiment si je pouvais faire un tour dans votre propriété et voir par moi-même. Nous pourrions nous baser sur des preuves solides pour continuer. Affaire classée. Nous n'aurions pas besoin de vous déranger à nouveau. Peut-être que vous recevriez une invitation au pique-nique du 4 juillet. Vous seriez de la famille. Le gars fiable qui donne un coup de main.

— Je ne suis pas le propriétaire. Je loue une chambre. Je ne pense pas avoir l'autorisation.

— Peut-être l'autre gentleman dans le salon alors.

— Vous devez nous croire sur parole, et vous devez partir, maintenant.

— Ne vous inquiétez pas pour l'herbe. C'est pour ça ? Je la sentais depuis la rue. Je me fiche de l'herbe. Je ne suis pas flic. Je ne suis pas là pour vous arrêter. Je suis un représentant de l'association d'entraide locale. Nous travaillons dur dans la communauté. Nous obtenons des résultats impressionnants.

— Croyez-nous sur parole.
— Qui y a-t-il d'autre dans la maison ?
— Personne.
— Vous êtes restés seuls toute la nuit ?
— On a reçu des gens dans la soirée.
— Quels gens ?
— Des amis. On a mangé chinois et bu un peu de vin.
— Ils sont restés ?
— Non.
— Combien d'amis ?
— Deux.
— Ce ne serait pas un homme et une femme, par hasard ?
— Pas l'homme et la femme que vous cherchez.
— Comment vous le savez ?
— Parce que ça ne peut pas être eux. Ce sont des gens normaux. Comme vous l'avez dit.
— Vous êtes sûr qu'ils ne sont pas restés ?
— Je les ai vus partir.
— OK. Alors vous n'avez pas à vous inquiéter. Je vais juste jeter un rapide coup d'œil. Je le saurai tout de suite de toute façon. J'ai une certaine expérience dans ce domaine. J'étais inspecteur de police à Tirana. Par habitude, je sais que des gens ne peuvent pas passer dans une maison sans laisser d'indices visibles quelque part, y compris sur leur identité et la raison de leur présence.

Hogan ne répondit pas.

Reacher et Abby entendirent des pas dans le couloir juste en dessous d'eux. Le type était entré.

Abby murmura :
— Je n'arrive pas à croire qu'Hogan l'ait laissé entrer. Manifestement ce type va regarder partout. Il ne va pas jeter un coup d'œil rapide. Hogan est tombé dans le panneau.

— Hogan s'en sort très bien, dit Reacher. C'est un marine. Il maîtrise bien la stratégie. Il nous a laissé beaucoup de temps pour nous habiller, faire le lit et ouvrir la fenêtre pour que maintenant que le gars est entré, on sorte, et qu'on se cache sur le toit ou dans la cour, et qu'il ne nous trouve pas, et qu'il s'en aille satisfait, le tout sans le moindre conflit. Les meilleurs combats sont ceux qu'on ne livre pas. Même les marines comprennent ça.

— Mais on n'est pas sortis par la fenêtre. On est juste là debout. On ne suit pas le plan.

— Il pourrait y avoir une approche alternative.

— Comme quoi ?

— Peut-être quelque chose de plus militaire que chez les marines.

— Comme quoi ? répéta Abby.

— Attendons de voir ce qui se passe.

À l'étage du dessous, le type entra dans le salon en traînant les pieds.

Et demanda :

— Vous êtes musiciens ?

— Oui.

— Vous jouez dans nos clubs ?

— Oui.

— Plus maintenant, à moins que vous ne changiez d'attitude.

Pas de réponse. Une seconde de silence. Et, depuis l'étage, Reacher et Abby entendirent le type retourner dans le couloir et gagner la cuisine.

— Des plats chinois. Beaucoup de boîtes. Vous n'avez pas menti.

— Et du vin, ajouta Hogan. Comme je vous l'ai dit.

Reacher et Abby entendirent un cliquetis. Deux bouteilles vides, qu'on ramasse ou qui s'entrechoquent ou examinées d'une manière ou d'une autre, inspectées ou déplacées.

Puis le silence.

Et le type demanda :

— Qu'est-ce que c'est ?

Ils entendirent le souffle d'un courant d'air s'échapper de la pièce.

Plus aucun bruit.

Puis le type répondit lui-même à sa question.

— C'est un bout de papier sur lequel est écrit « laid » en albanais.

30

Reacher et Abby sortirent par la porte de la chambre pour gagner le couloir de l'étage. Aucun bruit ne leur parvenait de la cuisine. Juste une sorte de tension silencieuse, des grincements et des craquements au-dessus du carrelage. Reacher se représenta des regards inquiets passant de Barton à Hogan, et de Hogan à Barton.

— On devrait aller les aider, chuchota Abby.

— On ne peut pas, répliqua Reacher. Si ce gars nous voit ici, on ne pourra pas le laisser partir.

— Pourquoi ?

— Il ferait un rapport. Cette adresse serait rendue définitivement publique et Barton pourrait avoir toutes sortes de problèmes à l'avenir. Ils l'empêcheraient de jouer dans leurs clubs, c'est sûr. Et Hogan aussi. Ils sont dans le même bateau. Ils doivent manger.

Reacher s'interrompit.

— Comment ça, on ne pourra pas le laisser partir ? demanda Abby.

— Il y a un certain nombre d'options.

— Tu veux dire… le retenir prisonnier ?

— Il y a peut-être une cave dans la maison.

— Quelles sont les autres options ?

— Il y en a plusieurs. Je suis plutôt du genre à envisager tout ce qui peut être efficace.

— Je suppose que c'est ma faute. Je n'aurais pas dû laisser le papier.

— Tu me défendais. C'était gentil de ta part.

— C'est quand même une erreur.

— Ce qui est fait est fait. Passe à autre chose. Ne gaspille pas ton énergie mentale.

Au rez-de-chaussée, la conversation reprit.

Ils entendirent l'Albanais demander :

— Vous apprenez une nouvelle langue ?

Pas de réponse.

— Il vaut probablement mieux ne pas commencer par l'albanais. Et probablement mieux de ne pas commencer par ce mot en particulier. Il est assez subtil. Il a plusieurs sens. On l'utilise à la campagne. À l'origine il devait être employé par les vieux, il y a longtemps. Il est assez rare maintenant. On ne s'en sert pas souvent.

Pas de réaction.

— Pourquoi l'avez-vous écrit sur un bout de papier ?

Pas de réponse.

— En fait, je ne pense pas que vous l'ayez écrit. Je pense que c'est l'écriture d'une femme. Je vous l'ai dit, j'ai de l'expérience dans ce domaine. J'étais inspecteur de police à Tirana. J'aime me tenir au courant des données pertinentes. Surtout en ce qui concerne mon pays d'adoption. La femme qui a noté ce mot est trop jeune pour avoir appris à écrire en cursives à l'école. Elle a moins de quarante ans.

Pas de réponse.

— C'est peut-être une amie, qui est venue dîner. Parce que le papier est resté sur la table avec les emballages de repas. Dans ce qu'on appellerait la même couche archéologique. Ce qui signifie qu'ils ont été déposés au même moment.

Hogan garda le silence.

L'Albanais demanda :

— Est-ce que l'amie qui est venue dîner a moins de quarante ans ?

— Elle a la trentaine, je crois, répondit Hogan.

— Et elle est venue manger chinois et boire un peu de vin.

Pas de réaction.

— Et peut-être fumer un peu d'herbe, et échanger quelques ragots sur des connaissances en commun avant de passer à une conversation sérieuse, sur vos vies, et l'état du monde.

— J'imagine, dit Hogan.

— Et au milieu de la soirée, tout à coup, elle s'est levée et a pris un bout de papier pour écrire un seul mot, rare et au sens subtil, dans une langue étrangère totalement inconnue de la plupart des Américains. Vous pouvez m'expliquer ça ?

— Elle est intelligente. Peut-être qu'elle parlait de quelque chose. Peut-être que c'était exactement le bon mot, s'il est si rare et subtil. Les gens intelligents font ça. Ils utilisent des mots étrangers. Peut-être qu'elle l'a noté pour moi. Pour que je puisse le vérifier plus tard.

— Possible. Dans une autre situation, j'aurais pu hausser les épaules et laisser tomber. On a vu plus étrange. Sauf que je n'aime pas les coïncidences. Surtout pas quatre en même temps. La première coïncidence, c'est qu'elle n'était pas seule ici. Elle s'était fait un ami. La deuxième, c'est que j'ai souvent vu ce mot rare ces douze dernières heures. Dans des textos, sur mon téléphone. Dans des descriptions de nos fugitifs. Comme je vous l'ai déjà dit, un homme et une femme. J'ai précisé qu'elle est petite et brune, et qu'il est grand et laid.

Dans le couloir à l'étage, Abby chuchota :

— Ça va mal tourner.

Comme une serveuse qui sent une bagarre imminente dans le bar.

— Probablement, répondit Reacher.

— La troisième coïncidence, c'est qu'un téléphone contenant les mêmes messages a été volé la nuit dernière. Et qu'à un moment donné, il est resté allumé pendant vingt minutes. Aucun appel n'a été passé ou reçu. Mais vingt minutes, c'est assez long pour lire beaucoup de textos. Assez long pour noter les mots difficiles et les chercher plus tard.

— Détendez-vous. Personne n'avait de téléphone volé.

— La quatrième coïncidence, c'est que le téléphone a été volé par le grand type laid du signalement. On en est sûrs. Nous avons un rapport complet. Il agissait seul à ce moment-là, mais on sait qu'il opère avec une petite brune. Qui est sans aucun doute venue dîner parce qu'elle a écrit le mot sur le papier. Elle l'a certainement copié depuis le téléphone volé. Comment elle aurait pu le connaître sinon ? Et pourquoi elle s'intéresserait justement à ce mot maintenant ?

— Je ne sais pas. Peut-être qu'on ne parle pas des mêmes personnes.

— Il est sorti, il a volé le téléphone et il le lui a rapporté. Est-ce qu'elle lui avait demandé de le faire ? C'est sa patronne ? Elle lui a confié une mission ?

— Je ne vois pas du tout de quoi vous parlez.

— Alors vous feriez mieux de réfléchir. On sait que vous avez abrité des ennemis de la communauté. Ça ne renvoie pas une bonne image de vous.

— Ouais, si vous voulez.

— Vous voulez quitter l'État ?

— Je préférerais que ce soit vous qui le quittiez.

Long moment de silence.

Et le type reprit la parole. Une nouvelle menace dans la voix. Une nouvelle idée.

— Ils étaient à pied ou en voiture ?

— Qui ça ?

— L'homme et la femme que vous abritez.

— On abritait rien du tout. On a invité des amis à dîner.

— Ils étaient à pied ou en voiture ?

— Quand ?

— Quand ils sont partis à la fin de la soirée. Quand ils ne sont pas restés dormir.

— Ils sont partis à pied.

— Ils habitent près d'ici ?

— Pas très, répondit prudemment Hogan.

— Donc ils ont marché un certain temps. On surveille ces pâtés de maisons très attentivement. On n'a pas vu un homme et une femme rentrer chez eux à pied.

— Ils avaient peut-être une voiture garée dans le coin.

— On n'a pas vu non plus un homme et une femme rentrer en voiture.

— Vous les avez peut-être manqués.

— Je ne pense pas qu'on les aurait manqués.

— Alors je ne peux pas vous aider.

— Je sais qu'ils étaient là. J'ai vu ce qu'ils ont mangé. J'ai la note qu'ils ont transcrite à partir du téléphone volé. Ce soir, ce quartier est le plus surveillé de la ville. On ne les a pas vus partir. Donc ils sont toujours là. Je pense qu'ils sont à l'étage en ce moment même.

Encore un long moment de silence.

Puis Hogan lança :

— Vous commencez à me gonfler. Allez-y, allez jeter un coup d'œil. Il y a trois pièces, toutes vides. Et après, vous sortez d'ici et vous ne revenez pas. Et vous n'envoyez pas d'invitation au pique-nique.

Dans le couloir à l'étage, Abby murmura :

— On peut encore passer par la fenêtre.

— On n'a pas fait le lit, chuchota Reacher. Et j'ai décidé qu'on a besoin de la voiture de ce type. On ne peut pas le laisser partir de toute façon.

— Pourquoi on a besoin de sa voiture ?

— Parce que je viens de me rendre compte qu'on a quelque chose à faire.

Au rez-de-chaussée, ils entendirent l'Albanais longer le couloir. En direction de l'escalier. Un pas lourd. Le vieux plancher craquait sous son poids. Reacher laissa son arme dans sa poche. Il ne voulait pas l'utiliser. *Un coup de feu dans une rue en ville la nuit va provoquer une réaction.* Trop de complications. Apparemment, l'Albanais partageait le même avis. Sa main droite entra dans le champ de vision de Reacher, et il saisit la rampe de l'escalier. Pas d'arme. La main gauche suivit. Pas d'arme. Mais de grandes mains. Lisses et dures, larges et pâles, avec des doigts épais en piteux état, comme s'il avait fait une manucure avec un maillet de boucher.

L'Albanais monta la première marche. Grosses chaussures. Grande pointure. Larges. Jambes épaisses et lourdes. Large d'épaules, costume trop serré. À peine moins d'un mètre quatre-vingt-dix, dans les cent kilos. Pas un petit bagarreur de l'Adriatique. Un gros morceau de viande. Ancien inspecteur de police à Tirana. Peut-être qu'il y avait une taille minimum requise. Peut-être que ça donnait de meilleurs résultats.

Il continuait son ascension. Reacher recula pour s'écarter de son champ de vision. Il se dit qu'il allait s'avancer pour dire bonjour juste au moment où le gars arriverait sur le palier. D'où la chute serait la plus longue. Toute la hauteur de l'escalier jusqu'à la première marche. Distance maximale. Beaucoup mieux que de s'étaler sur le sol. Plus efficace. Les bruits de pas s'approchaient. Chaque latte grinçait. Reacher attendit.

Le gars arriva en haut.

Reacher sortit de l'ombre.

Le gars le fixa du regard.

Reacher lui lança :

— Dis-m'en plus sur le mot rare et subtil.

Dans le couloir au rez-de-chaussée, il entendit Hogan lancer :

— Oh, merde.

L'Albanais en haut de l'escalier ne répondit pas.

— Parle-moi de toutes ses définitions possibles. Désagréable à regarder, sans doute, d'apparence déplaisante, hideux, repoussant, disgracieux, infâme, ravagé, abominable, répugnant. Tous ces bons mots modernes. Mais si à l'origine c'est un vieux mot populaire d'autrefois, alors il exprime surtout la peur. Dans la plupart des langues, les mots ont une racine commune. Les choses qu'on craint, on dit qu'elles sont laides. La créature qui vit dans la forêt n'est jamais belle.

L'Albanais ne répondit pas.

— Tu as peur de moi ? demanda Reacher.

Pas de réponse.

— Prends ton téléphone et pose-le à tes pieds.

— Non.

— Et tes clés de voiture.

— Non.

— Je vais quand même les prendre. À toi de voir quand et comment.

Même regard. Fixe, serein, amusé, menaçant, fou.

À ce stade, le gars avait deux possibilités. Il pouvait penser à quelque chose d'intelligent à répondre, ou oublier le débat et passer directement à l'action. Reacher ne savait pas vraiment pas ce qu'il allait choisir. Au rez-de-chaussée, il avait donné l'impression d'aimer s'écouter parler. C'était sûr, il avait été inspecteur de police et aimait avoir son petit auditoire. Révéler comment le crime avait été résolu. D'un autre côté, une petite causerie ne suffirait pas pour gagner et il le savait. Tôt ou tard, il faudrait ajouter quelque chose de substantiel à tout ça. Pourquoi ne pas commencer par la fin ?

L'Albanais s'élança depuis le palier, jambes puissantes, épaules relevées, tête baissée, se préparant à emboutir de l'épaule la poitrine de Reacher, pour le faire basculer en arrière et le déséquilibrer. Mais Reacher était prêt et s'avança vers l'Albanais, lui envoya un vicieux uppercut du droit, mais pas à la verticale, plutôt à un angle de quarante-cinq degrés, de sorte que le visage du gars qui chargeait arriva exactement à l'équerre, ses cent kilos percutant les cent quinze de Reacher venus d'en face dans une colossale explosion d'énergie cinétique, face contre poing, assez pour soulever l'Albanais sur ses talons, et le faire tomber sur les fesses, sauf que le sol n'étant pas au rendez-vous, il partit en arrière, jusqu'au bas de l'escalier, rotation complète, large et haute, et s'écrasa contre le mur du bas, bras et jambes projetés dans toutes les directions.

Comme dans un accident de train.

Mais il se releva. Plus ou moins immédiatement. Il cligna des yeux deux fois, tituba une fois, puis se redressa. Comme dans un vieux film. Comme un monstre qui prend un obus d'artillerie dans la poitrine et qui, d'une patte abîmée, balaie distraitement un bout de fourrure brûlée tout en regardant droit devant lui, implacable.

Reacher entama sa descente de l'escalier. Le couloir en bas était étroit. Barton et Hogan reculaient vers le salon. Par la porte ouverte. L'Albanais se tenait debout, immobile. Grand, fier et solide comme un roc. Apparemment plein de ressentiment en raison de son récent traitement. Son nez saignait. Difficile de dire s'il était cassé. Difficile de dire s'il restait quelque chose à casser. Ce n'était pas un jeune homme. Il avait eu une vie difficile. Inspecteur de police à Tirana.

Il avança d'un pas.

Reacher l'imita. Ils savaient, tous les deux. Tôt ou tard, tout ce qu'on peut faire, c'est se taper dessus. Le gars feinta à gauche et envoya un coup du droit, bas, visant le centre de gravité de Reacher, trajectoire la plus directe vers la cible, mais Reacher le vit venir, se détourna et le poing atteignit une plaque de muscle en haut du flanc, ce qui lui fit mal, mais pas autant que si le coup avait atteint son objectif initial. La torsion est une action purement réflexe, une réponse de panique du système nerveux, une décharge soudaine d'adrénaline, sans aucune finesse, aucune précision, juste le couple maximum disponible, utilisé instantanément. Ce qui signifiait qu'il restait beaucoup d'énergie en réserve, juste là, suspendue dans l'air pendant une fraction de seconde, comme un ressort géant prêt à se dérouler dans la direction opposée, avec la même vitesse et la même violence, réaction parfaitement égale et symétrique, mais cette fois-ci calculée, bien dirigée. Un retour du coude décrivant un arc de cercle, comme un missile téléguidé, qui profita de la rotation, ajouta sa propre vitesse relative, puis s'abattit sur le côté de la tête du gars, au-dessus de l'oreille, un coup colossal, comme si on le frappait avec une batte de baseball ou une barre de fer. Ç'aurait brisé la plupart des crânes. Tué la plupart des gars. Mais l'Albanais rebondit simplement contre le cadre de la porte du salon et tomba sur les genoux.

Et se releva immédiatement. Jambes bien tendues, mains écartées du buste et en mouvement, comme s'il cherchait un effet de levier, ou l'équilibre, comme s'il nageait dans un liquide épais et visqueux. Reacher avança et le frappa à nouveau, du même coude, mais dans l'autre sens, un direct et pas un revers, à l'arcade sourcilière gauche, os contre os, secoua le gars qui bascula en arrière, le regard vide, mais se reprit, inévitablement, cligna des yeux et fit une fois de plus un pas en avant, cette fois sans s'arrêter, en balançant directement un violent crochet du droit visant la pommette gauche de Reacher, sans l'atteindre parce que Reacher avait voûté le dos et le laissa passer par-dessus son épaule. Et cette fois, Reacher ne s'arrêta pas non plus. Il se redressa et d'un élan inattendu du coude gauche, comme un mouvement de faux, il atteignit l'Albanais au visage, en dessous de l'œil, sur l'arête du nez, là où se trouvent les racines des incisives.

L'Albanais tituba en arrière, s'agrippa au cadre de la porte du salon, et tomba dans la pièce en tournoyant en arrière, sans défense. Reacher le regarda tomber. Et rebondir sur l'immense baffle à huit haut-parleurs, avant de s'écraser par terre sur le dos.

Et de glisser une main sous sa veste.

Reacher s'immobilisa.

Ne fais pas ça. Réaction. Complications. *Je me fiche de savoir quel genre d'arrangement vous pensez avoir.* La loi évolue lentement, comme le savait Mme Shevick. Ce n'était pas le moment de traîner.

À voix, haute, Reacher lança :

— Ne fais pas ça.

Le type l'ignora.

31

La grosse main calleuse glissa plus haut sous la veste, paume ouverte, à plat, cherchant la crosse de l'arme du bout des doigts. Probablement un Glock, comme l'autre gars. Viser et tirer. Ou pas, de préférence. Reacher évalua le temps, l'espace et la distance relative. La main du gars avait encore des centimètres à parcourir, et il devait encore s'organiser pour saisir le pistolet, le sortir, et viser, tout cela allongé sur le dos et peut-être sonné après les coups qu'il avait reçus à la tête. En d'autres termes lentement, mais toujours plus vite que Reacher dans ces circonstances parce que quoi qu'il arrive, la main du gars était déjà bien haut sous la veste, aussi lente qu'elle soit, alors que les deux mains de Reacher étaient toujours en dessous de sa taille, éloignées du buste, poignets repliés en arrière, comme pour dire : « Calme-toi, ne fais pas ça. »

Loin de ses poches.

Non pas qu'il voulût utiliser son arme.

Ni qu'il en eût besoin.

Il trouva une meilleure alternative. Quelque peu improvisée. Loin d'être parfaite. Mais qui ferait l'affaire, aucun doute là-dessus. Action extrêmement rapide, vitesse et efficacité. C'était la bonne nouvelle. L'inconvénient, c'était assurément une flagrante violation de l'étiquette. Offensant, assurément, sur le plan professionnel. Et sans doute aussi sur le plan personnel. Comme les gars de l'Ouest avec leurs Stetsons : il y a des choses auxquelles on ne touche pas.

Et d'autres qu'on doit toucher.

Reacher arracha la Fender de Barton de son support, la tint à la verticale par le manche et la planta directement dans le cou de l'Albanais. Comme une pelle qu'on enfonce dans de la terre bien tassée. Même type de geste, même type d'objectif, même type de force violente appliquée vers le bas.

L'Albanais ne bougea plus.

Reacher replaça la guitare sur son support.

— Je m'excuse, dit-il. J'espère que je ne l'ai pas abîmée.

— Il n'y a pas de souci à se faire, répondit Barton. C'est une Fender Precision. Une planche de bois de quatre kilos cinq. Je l'ai achetée trente-quatre dollars à un prêteur sur gages à Memphis. Je suis sûr qu'elle a connu bien pire.

L'horloge dans la tête de Reacher indiquait quatre heures dix. L'Albanais respirait toujours. Mais d'une respiration superficielle, désespérée, comme un faible sifflement de plastique, il inspirait et expirait aussi vite qu'il pouvait. Comme s'il haletait. Mais sans résultat. Probablement à cause du bouton de fixation de la sangle au bas de la guitare qui s'était planté à un centimètre de sa jugulaire. Et avait perforé un élément vital. Le larynx, le pharynx, ou un autre organe essentiel composé de cartilages et épelé avec des lettres de la fin de l'alphabet. Le gars avait les yeux révulsés et grattait mollement le sol, comme s'il essayait de s'agripper ou de s'accrocher à quelque chose. Reacher s'accroupit, lui fouilla les poches, lui prit son arme, son téléphone, son portefeuille, et ses clés de voiture. Le pistolet était encore un Glock 17, pas récent, usé, mais bien entretenu. Le téléphone était un truc plat noir avec un écran en verre, le même que tous les autres. Le portefeuille, lui, un article en cuir noir moulé par le temps en forme de pomme de terre contenant des centaines de dollars en espèces, un tas de cartes, et un permis de conduire local avec la photo du gars au nom de Gezim Hoxha. Il avait quarante-sept ans. Et conduisait une Chrysler, à se fier au logo sur ses clés de voiture.

— Qu'est-ce qu'on va faire de lui ? s'enquit Hogan.

— On ne peut pas le laisser partir, répondit Abby.

— On ne peut pas le garder ici, dit Hogan.

— Il a besoin de soins médicaux, dit Barton.

— Non, rétorqua Reacher. Il a renoncé à ce droit quand il a frappé à la porte.

— Tu es dur, là.

— Il m'emmènerait à l'hôpital, lui ? Il vous y emmènerait ? Les rôles sont inversés. C'est la règle du jeu. De toute façon, c'est impossible. On pose trop de questions dans les hôpitaux.

— On peut répondre. On était dans notre droit. Il est entré sans demander. Il violait notre domicile.

— Essayez de dire ça à un flic qui gagne mille dollars par semaine en dessous-de-table. Ça marche dans les deux sens. Ça pourrait prendre des années et on n'a pas le temps.

— Il pourrait mourir.

— Tu dis ça comme si c'était mal.

— Ça ne l'est pas ?

— Je l'échangerais contre la fille des Shevick, si vous me demandiez de donner une valeur aux choses. De toute façon, pour l'instant il n'est pas mort. Peut-être pas au mieux de sa forme, mais il s'accroche.

— Alors qu'est-ce qu'on va faire de lui ?

— On va le cacher quelque part. Juste temporairement. Loin des yeux, loin de l'esprit. Loin de tout danger. Jusqu'à ce que nous soyons sûrs, d'une façon ou d'une autre.

— Sûrs de quoi ?

— De ce que sera son destin à long terme.

Silence pendant un moment.

Puis Barton demanda :

— Où pourrait-on le cacher ?

— Dans le coffre de sa voiture, répondit Reacher. Il sera en sécurité. Peut-être pas très bien installé, mais le torticolis est le cadet de ses soucis en ce moment.

— Il pourrait sortir, fit remarquer Hogan. Les voitures ont un dispositif de sécurité maintenant. Une poignée en plastique qui brille dans le noir et ouvre le coffre de l'intérieur.

— Pas dans celle d'un gangster. Je suis sûr qu'ils l'ont enlevée.

Reacher passa ses bras sous les aisselles de l'Albanais, Hogan le souleva par les pieds et ils le portèrent dans le couloir, où Abby les précéda pour ouvrir la porte d'entrée. Elle se pencha dans le noir et jeta un coup d'œil à gauche et à droite. Fit signe que tout allait bien, et Reacher et Hogan se précipitèrent dehors avec le gars, sur le trottoir. La voiture était une berline noire, basse, à portières hautes, donnant l'impression que les vitres étaient étroites comme des fentes. Elles rappelèrent à Reacher les hublots sur les côtés des véhicules blindés. Abby mit la main dans la poche de Reacher, en sortit la clé du type, appuya sur le bouton d'ouverture à distance et le coffre s'ouvrit. Reacher déposa les épaules du gars en premier, puis Hogan se déplaça et lui replia les jambes. Reacher inspecta tout autour de la serrure. Pas de poignée phosphorescente. Supprimée.

Hogan s'éloigna. Reacher regarda le gars. Gezim Hoxha. Quarante-sept ans. Ancien inspecteur de police à Tirana. Il referma le coffre sur lui, puis alla rejoindre les autres. Ancien inspecteur de police dans l'armée américaine.

Hogan déclara :

— On ne peut pas laisser la voiture ici. Pas juste devant la maison. Surtout pas avec leur gars dans le coffre. Tôt ou tard ils passeront par-là, la repéreront et l'inspecteront.

Reacher acquiesça.

— Abby et moi en avons besoin. On ira la garer ailleurs quand on aura fini.

— Vous allez rouler avec lui dans le coffre ?

— Toujours garder ses ennemis à portée de main.

— Où est-ce qu'on va ? demanda Abby.

— Quand le gars dans le coffre a parlé d'interdire à certaines personnes de jouer dans leurs clubs, j'ai pensé que c'était un problème parce qu'il faut que ces personnes mangent. Puis je me suis rappelé t'avoir dit la même chose quand on s'est arrêtés au snack de la station-service en allant voir les Shevick. Leurs placards sont toujours vides, surtout maintenant. Je parie qu'ils n'ont pas quitté la maison depuis que les Ukrainiens stationnent devant. Je sais comment sont les gens. Ils seraient intimidés, gênés et effrayés de passer devant la voiture, et certainement aucun des deux ne laisserait l'autre le faire seul. Et ils ne le feraient pas ensemble non plus parce que la maison resterait vide et qu'ils auraient peur que les Ukrainiens s'introduisent chez eux et fouillent dans leurs tiroirs à sous-vêtements. Je parie qu'ils n'ont rien mangé hier, et qu'ils ne mangeront rien aujourd'hui. Nous devons leur apporter de quoi se nourrir.

— Et la voiture qui est devant chez eux ?

— On passera par-derrière. Par le jardin d'un voisin. On fera la dernière partie à pied.

***

Ils se rendirent d'abord à l'hypermarché situé à la sortie de la ville. Comme la plupart de ces endroits, il était ouvert toute la nuit, froid, désert, vaste et inondé d'une lumière crue. Ils poussèrent un chariot de la taille d'une baignoire dans les allées, et le remplirent avec quatre rations de tout ce qui leur venait à l'esprit. Reacher paya en espèces, tous les billets provenant du portefeuille en forme de patate de Gezim Hoxha. Ça semblait être le moins que le gars pouvait faire, vu les circonstances. Ils rangèrent les provisions avec soin, dans six sacs de poids égal. Faire la dernière partie à pied signifiait les porter, peut-être sur une bonne distance, et peut-être aussi les faire passer par-dessus des portails et des clôtures.

Ils ouvrirent la Chrysler et alignèrent les sacs à l'arrière. Aucun bruit provenant du coffre. Pas d'agitation. Rien du tout. Abby voulait vérifier que le gars allait bien.

— Et s'il est en mauvais état ? demanda Reacher. Qu'est-ce que tu vas faire ?

— Rien, je pense.

— Pas la peine de vérifier, alors.

— Combien de temps on va le laisser là-dedans ?

— Aussi longtemps qu'il le faudra. Il aurait dû penser à tout ça avant. Je ne vois pas pourquoi sa santé relèverait tout à coup de ma responsabilité juste parce qu'il a choisi de s'attaquer à la mienne en premier. Ça ne marche pas comme ça. C'est eux qui ont commencé. Ils ne peuvent donc pas s'attendre à ce que je fournisse une assurance santé.

— Nous devrions être magnanimes dans la victoire. Quelqu'un a dit ça.

— Transparence absolue. Je te l'ai déjà dit. Je suis de ces personnes-là. L'Albanais respire-t-il encore ?

— Je ne sais pas.

— Mais c'est possible.

— Oui, c'est possible.

— C'est moi qui suis magnanime dans la victoire. Normalement je les tue, je tue leur famille et je pisse sur la tombe de leurs ancêtres.

— Je ne sais jamais quand tu te moques de moi.

— J'imagine que tu as raison.

— Tu veux dire que là, tu ne te moques pas de moi ?

— Je dis qu'en ce qui me concerne, la magnanimité est une denrée rare.

— Tu apportes pourtant à manger à un couple de vieux au beau milieu de la nuit.

— Ce n'est pas être magnanime.

— C'est quand même un beau geste.

— Parce qu'un jour je serai peut-être comme eux. Mais je ne serai jamais le gars dans le coffre.

— Alors c'est un comportement purement tribal. Que ce soit ton genre ou non.

— Mon genre, ou le mauvais.

— Qui fait partie de ta tribu ?

— Presque personne. Je vis en solitaire.

Ils retournèrent en ville à bord de la Chrysler, prirent à gauche, ce qui les menait à l'arrière-pays côté est, et passèrent par les pâtés de maisons historiques pour gagner le quartier où habitaient les Shevick. Le lotissement d'après-guerre s'étendait devant eux. À ce stade, Reacher le connaissait assez bien. Ils pouvaient atteindre une rue parallèle sans que les Ukrainiens les voient passer, même de loin. Ils pouvaient se faufiler jusque devant chez le voisin des Shevick, derrière leur maison. La Chrysler serait garée parallèlement à la Lincoln, mais à une distance d'environ soixante mètres. La profondeur de deux petits terrains résidentiels. Deux bâtiments entre les véhicules.

Ils éteignirent les phares et roulèrent au ralenti dans les rues étroites, dans l'obscurité. Ils prirent à droite avant leur virage habituel, à gauche, puis s'arrêtèrent quand ils furent certains de se trouver au bon endroit. Devant la maison du voisin de derrière des Shevick. Un pavillon de plain-pied au bardage clair et au toit en asphalte. Presque identique. La façade donnait sur un jardin ouvert sur la rue. La partie arrière était incluse dans un grand rectangle de pelouse entouré d'une clôture haute. Pour pouvoir passer de l'avant à l'arrière avec une tondeuse, on pouvait replier un pan de clôture faisant office de portail.

Cinq fenêtres donnaient sur la rue. Dont une aux rideaux bien tirés. Probablement une chambre à coucher. Les habitants dormaient.

— Et s'ils nous voient ? s'inquiéta Abby.

— Ils sont endormis, répondit Reacher.

— Et s'ils se réveillent ?

— Peu importe.

— Ils appelleront les flics.

— Probablement pas. Ils regarderont par la fenêtre et verront une voiture de gangster. Ils fermeront les yeux en espérant qu'elle reparte. Demain matin, si quelqu'un leur pose des questions, ils auront décidé que le plus sage sera d'avoir tout oublié. Ils diront : « Quelle voiture ? »

Reacher coupa le moteur.

— Le plus gros problème serait qu'il y ait un chien. Il pourrait se mettre à aboyer. Et il pourrait y en avoir d'autres dans le lotissement. Ça risquerait de faire du vacarme. Les Ukrainiens pourraient sortir pour voir. Par pur ennui, au moins.

— On a acheté des steaks, dit Abby. Il y a de la viande crue dans ces sacs.

— L'odorat du chien est-il meilleur que son ouïe, ou est-ce le contraire ?

— Les deux sont plutôt bons.

— Environ un tiers des ménages américains possèdent un chien. Un peu plus de trente-six pour cent, pour être précis. Ce qui nous laisse un peu moins de deux chances sur trois que tout se passe bien. Et puis ce chien n'aboiera peut-être pas. Peut-être que les chiens du quartier sont calmes. Et que les Ukrainiens sont paresseux. Ils sont trop bien installés, au chaud. Peut-être qu'ils sont endormis. Je pense que le risque est faible.

— Quelle heure est-il ?

— Cinq heures vingt et des poussières.

— Je repensais à ce que je t'ai dit à propos de faire chaque jour quelque chose qui fait peur. Mais il n'est que cinq heures vingt du matin et j'en suis déjà à deux.

— Celle-ci ne compte pas. Ce sera un jeu d'enfant. Peut-être même au sens propre. Peut-être qu'il y a une balançoire dans le jardin.

— Mais il est cinq heures vingt et les Shevick ne seront sûrement pas encore debout.

— Ils pourraient l'être. Je pense qu'ils ne dorment pas bien en ce moment. Si j'ai tort et qu'ils dorment bien, tu pourras les réveiller. Tu pourras les appeler avec ton téléphone quand on sera là-bas. Leur dire qu'on est juste devant la fenêtre de leur cuisine. Et de ne pas allumer la lumière à l'avant de la maison. Une visite tranquille, c'est ça qu'on veut.

Ils sortirent de la voiture et restèrent une seconde dans la rue silencieuse. Il faisait sombre, et humide à cause de la brume. Toujours aucun bruit dans le coffre. Pas de coups de pied, pas de coups de poing, pas de cris. Rien. Ils prirent les sacs d'épicerie sur la banquette arrière et se les répartirent. Deux de chaque côté pour Reacher, un de chaque côté pour Abby. Ni l'un ni l'autre surchargé ou mal équilibré. Ils étaient prêts à y aller.

Ils entrèrent dans le jardin devant la maison du voisin.

32

Il faisait trop sombre pour savoir si le jardin était bien tenu, mais à en croire l'odeur, l'impression générale et leurs contacts involontaires avec la végétation, il était conventionnel, avec le genre de choses normales plantées à des endroits normaux. Au début, ils sentirent sous leurs pieds un gazon dru et souple, peut-être une nouvelle variété hybride, glissant et froid à cause de l'humidité de la nuit. Puis vint une zone qui craquait sous les pieds, une sorte d'ardoise ou de schiste concassé, peut-être une allée, ou un paillis, et au-delà une bordure de petits épineux ou de conifères au pied de la façade, qui égratignaient avec de bruyants crissements les sacs d'épicerie quand ils les frôlaient.

Vint ensuite la partie de clôture qui faisait office de portail et, à en juger par l'état de la pelouse, dont on se servait au moins une fois tous les quinze jours, tout au long de la saison. Malgré cela, la charnière était grippée et bruyante. À un moment donné, quand ils l'ouvrirent, elle émit une sorte de grincement à mi-chemin entre le glapissement et l'aboiement, le hurlement et le gémissement. Bref, mais sonore.

Ils attendirent.

Pas de réaction.

Pas de chien.

Ils se faufilèrent dans l'entrebâillement, en crabe, sacs de provisions devant, sacs de provisions derrière. Ils traversèrent le jardin. Devant eux dans la pénombre se profilait le bout de la clôture. Qui était aussi celle des Shevick. À l'envers. Une image miroir. Théoriquement. S'ils se trouvaient au bon endroit.

— On y est, chuchota Abby. C'est ici. C'est sûr. On ne peut pas se tromper. C'est comme compter les cases d'un échiquier.

Reacher se dressa sur la pointe des pieds et regarda pardessus la barrière. Il eut un aperçu nocturne de l'arrière d'un pavillon de plain-pied au bardage clair et au toit en asphalte. Presque identique à celui des Shevick. Et au bon endroit. Il le reconnut à la façon dont une partie de la pelouse rejoignait le mur arrière de la maison. L'endroit où les photos de famille avaient été prises. Le GI et la fille en jupe bouffante, de la terre nue à leurs pieds, le même couple avec un bébé sur du gazon qui avait poussé, et huit ans plus tard avec la petite Maria Shevick âgée de huit ans, sur une pelouse luxuriante et grasse. Même parcelle de pelouse. Même longueur de mur.

La lumière de la cuisine était allumée.

— Ils sont debout, dit Reacher.

Escalader la clôture ne fut pas simple car elle était en mauvais état. L'approche rationnelle aurait été de la défoncer ou de la faire tomber. Ils l'exclurent pour des raisons éthiques et préférèrent grimper par-dessus, gardant tant bien que mal l'équilibre. Ils se balancèrent d'avant en arrière comme dans un numéro de cirque, sentirent le point au-delà duquel la structure s'effondrerait comme un long rideau ondulé tout élimé, peut-être sur la largeur entière de la cour. Abby escalada la première, et réussit, puis Reacher lui passa les six sacs d'épicerie, un par un, laborieusement, en les hissant au-dessus de la clôture et les laissant pendre aussi bas que possible tandis que le haut de la planche de cèdre s'enfonçait dans le creux de son coude, jusqu'à ce qu'ils soient assez bas pour qu'Abby puisse les attraper en toute sécurité.

Puis vint son tour de grimper. Il était deux fois plus lourd et trois fois plus maladroit. La clôture oscillait d'un mètre dans un sens, d'un mètre de l'autre. Mais il la stabilisa et la maintint en place, puis il fit une sorte de roulade, cette manœuvre inélégante l'expédiant sur le dos dans un parterre de fleurs, mais la clôture resta debout.

Ils portèrent ensuite les provisions jusqu'à la porte de la cuisine et toquèrent au carreau. Crise cardiaque, potentiellement, pour les Shevick, mais ils survécurent. Un peu haletants, ils s'éventèrent avec les mains, un peu embarrassés d'être en peignoir, mais se remirent assez vite. Ils fixèrent du regard les sacs d'épicerie, toute une palette d'émotions sur le visage. Honte, fierté perdue et estomac vide. Reacher leur demanda de préparer du café. Abby remplit le réfrigérateur et les placards.

— Nous sommes debout parce que nous avons reçu un coup de fil de l'hôpital, expliqua Maria Shevick. Le traitement se déroule vingt-quatre heures sur vingt-quatre évidemment. Ils savent qu'ils peuvent appeler n'importe quand, de jour comme de nuit. Ça figure dans notre dossier, j'imagine. Ils appelaient pour dire qu'ils veulent faire un autre scan demain à la première heure. Ils sont encore tout excités.

— Si nous payons, ajouta son mari.

— Combien cette fois ? demanda Reacher.

— Onze mille.

— Quand ?

— On en a besoin avant la fermeture des bureaux aujourd'hui.

— Je suppose que vous avez déjà regardé sous les coussins du canapé.

— J'ai trouvé un bouton. D'un de mes pantalons. Il avait disparu depuis huit ans. Maria l'a recousu.

— Il est encore tôt, dit Reacher. Il reste encore beaucoup d'heures avant la fermeture des bureaux.

— Nous avions l'intention de refuser l'examen cette fois-ci, dit Aaron. Après tout, qu'est-ce qu'il nous apprendrait ? Si c'étaient de bonnes nouvelles, nous serions heureux, bien sûr, mais alors on aurait accepté pour se faire plaisir, pas pour le traitement. Si c'est une mauvaise nouvelle, nous ne voulons pas savoir de toute façon. Nous ne sommes donc pas sûrs de ce que nous obtiendrions avec nos onze mille dollars. Mais les médecins ont aussi dit qu'ils avaient besoin de connaître l'étendue des progrès. Et qu'ils devront revoir le dosage en fonction des résultats. Soit à la hausse, soit à la baisse. Au moment approprié et avec une certaine précision. Ils ont dit qu'autrement ce serait dangereux.

— Comment les payez-vous d'habitude ?

— Par virement bancaire.

— Ils acceptent les espèces ?

— Pourquoi ?

— C'est le plus rapide à trouver en général, quand le temps presse.

— À trouver où ?

— Chaque jour présente des occasions différentes. Dans le pire des cas, on a une voiture à vendre. Peut-être chez le concessionnaire Ford. J'ai entendu dire qu'ils manquaient de stock d'occasions.

— Oui, ils acceptent les espèces. Comme au casino. Il y a des guichets alignés derrière une vitre blindée.

— OK, dit Reacher. C'est bon à savoir.

Il passa par le couloir sombre et se plaça en retrait en face d'une fenêtre donnant sur la rue. Et observa. La Lincoln était toujours là. La même. Grande et noire, maintenant couverte de rosée et immobile. Deux silhouettes indistinctes à l'intérieur. Des têtes et des épaules, affalées dans la pénombre. Des armes sous le bras, sans doute. Des portefeuilles dans les poches, presque certainement. Probablement pleins de billets, s'ils étaient comme leur homologue de Tirana. Des centaines de dollars. Mais probablement pas onze mille.

Il retourna à la cuisine. Maria Shevick lui tendit une tasse de café. Son premier de la journée. Elle lui demanda, ainsi qu'à Abby, de rester pour le petit déjeuner. Elle allait le préparer. Ils pourraient manger tous ensemble, faire comme une petite fête. Reacher voulait refuser. Ces courses étaient destinées aux Shevick, pas à des invités débarqués à l'improviste. De plus, il voulait quitter la maison avant le lever du jour. À la faveur de la nuit. La journée serait sans doute chargée. Il y avait beaucoup à faire. Mais l'invitation pour le petit déjeuner semblait importante aux yeux des Shevick, et comme Abby était d'accord, il accepta. Bien plus tard, il se demanda à quel point la journée aurait été différente s'il avait refusé. Mais il ne s'attarda pas sur la question. Les regrets ne servent à rien. C'est de l'énergie gaspillée. Mieux vaut passer à autre chose.

***

Maria Shevick prépara du bacon grillé, des œufs au plat, des toasts et une deuxième tournée de café. Aaron arriva en titubant avec le tabouret de la coiffeuse de leur chambre pour équiper la pièce d'un quatrième siège. Maria avait raison. En fin de compte, le repas se changea en fête. Comme un secret partagé dans l'obscurité. Abby raconta une blague sur un type atteint d'un cancer qui aurait pu être mal perçue. Mais elle avait un vrai talent d'interprète. Et après une seconde de silence, Aaron et Maria furent secoués par un long fou rire, comme si une tension refoulée s'exprimait, comme une sorte de catharsis. Maria tapa sur la table si fort que son café se renversa et Aaron tapa du pied si fort qu'il se blessa de nouveau le genou.

Reacher regarda le soleil se lever. Le ciel devint gris, puis doré. Derrière la fenêtre, les contours du jardin se dessinèrent. Des formes floues émergèrent de l'obscurité. La clôture. La bosse lointaine du toit en asphalte du voisin.

— Qui habite là ? demanda Reacher. Dans quel jardin sommes-nous passés ?

— Eh bien c'est celui de la femme qui nous a parlé de Fisnik, répondit Aaron. Elle nous a raconté l'histoire du cousin du neveu de la femme de l'autre voisin qui a emprunté de l'argent à un gangster dans un bar. J'ai l'impression qu'elle est allée le voir un peu plus tard. Et tout d'un coup, elle a fait réparer sa voiture. Je ne vois pas comment elle aurait eu les moyens autrement.

Maria prépara une troisième cafetière. Reacher songea : *Pourquoi pas ?* Le soleil était déjà au-dessus de l'horizon. Il resta assis et but sa tasse. À un moment donné, l'argent revint dans la conversation et soudain, tout le monde sembla entendre le tic-tac de l'horloge. La fermeture des bureaux se rapprochait.

— Mais le dépôt d'argent est possible toute la nuit, dit Reacher. N'est-ce pas ? La fermeture des bureaux concerne uniquement les virements bancaires. Tant qu'ils ont un guichet ouvert, on peut tenir jusqu'au moment où ils installeront votre fille sur le brancard.

— D'où sortirions-nous cette somme ? demanda Aaron. Onze mille dollars, ça fait beaucoup de coussins de canapé à retourner.

— Gardons espoir, lui dit Reacher.

Il repartit avec Abby par où ils étaient venus, les mains vides cette fois, dans la lumière de l'aube. Exercice plus rapide, mais pas beaucoup plus simple. Escalader la clôture restait difficile. La charnière du portail était toujours grippée et bruyante.

Et leur voiture avait disparu.

33

La Chrysler noire basse aux vitres étroites et au coffre fermé, disparue. Au bord du trottoir, l'emplacement était vide.

— Le type est sorti, dit Abby.

— Je ne vois pas comment il aurait pu, répliqua Reacher.

— Alors qu'est-ce qui s'est passé ?

— C'est ma faute. Je me suis trompé dans les grandes largeurs. Au sujet de la réaction du voisinage. La voisine a regardé par la fenêtre, a vu une voiture de gangster et n'a pas pris peur. Elle a appelé leur QG. Peut-être qu'elle y est obligée. Peut-être que ça faisait partie de son accord avec Fisnik quand elle a fait réparer sa voiture. Ils prétendent avoir des yeux partout. Peut-être que c'est comme ça que c'est arrivé. Elle les a appelés, ils sont venus et ils ont vérifié.

— Ils ont ouvert le coffre ?

— On doit supposer que oui. De même doit-on supposer que le gars est toujours en état de marche. Ce qui menace la sécurité de Barton et d'Hogan, en ce moment même. Ils dorment sans doute à poings fermés. Tu ferais mieux de les appeler.

— S'ils dorment, leurs téléphones seront éteints.

— Essaie quand même.

Elle essaya.

Leurs téléphones étaient éteints.

— Le spécialiste des langues, dit Reacher. Le tankiste. Tu as pris son numéro ?

— Vantresca ?

— Oui.

— Non.

— OK. On y va à pied. Pas le choix. La petite menue et le grand laid. En plein jour. Des yeux partout. Ce n'est plus une promenade de santé. Probablement ton deuxième défi de la journée.

— Quoi ? De retourner chez Frank Barton ?

— Il faut les prévenir d'une manière ou d'une autre.

— Je vais continuer de les appeler. Mais ils vont dormir jusqu'à dix heures. Tu sais comment c'est. Leur concert commence à minuit.

— Attends. Tu peux retrouver Vantresca avec ton portable. Il a dit qu'il avait un permis de garde du corps, et que son numéro figurait dans les annuaires nationaux.

Abby chercha. Tapota, glissa, tapa et fit défiler.

— Je l'ai, annonça-t-elle.

Et elle précisa :

— On dirait que c'est juste une ligne fixe de bureau. Il ne sera pas encore arrivé.

— Essaie quand même.

Elle essaya. Elle mit le téléphone sur haut-parleur et le tint dans la main. Ils entendirent une série de clics, comme si l'appel était renvoyé d'un endroit à un autre.

— Peut-être qu'en dehors des heures d'ouverture, l'appel est transféré chez lui.

Et en effet. Vantresca répondit. Il semblait tout à fait au point. Vif, alerte, et joyeux. Et professionnel. Il récita :

— Vantresca Security, que puis-je faire pour vous ?

— Salut, c'est Reacher. Le marine. Abby et moi avons trouvé votre numéro dans un annuaire. Grâce à ce truc dont tout le monde parle.

— Internet ?

— C'est ça. Mais ça n'a rien d'officiel, d'accord ? Ce n'est pas pour un compte-rendu de mission.

— OK.

— On a une demande qui ne suppose pas de réflexion. Vous le faites tout de suite, et vous poserez les questions plus tard.

— Que je fasse quoi tout de suite ?

— Vérifier que votre pote Joe Hogan va bien. Et Frank Barton aussi.

— Pourquoi ça n'irait pas ?

— J'ai dit les questions, c'est pour plus tard.

— Mais celle-là, c'est maintenant.

— Les Albanais sont peut-être sur le point de confirmer notre position de la nuit dernière. Ils l'ont peut-être déjà fait. Hogan et Barton ne répondent pas au téléphone. On espère que c'est parce qu'ils dorment.

— OK, j'y vais tout de suite.

— Sortez-les de là, même s'ils vont bien. Ça peut se gâter à tout moment.

— Où iront-ils ?

— Ils peuvent venir chez moi, répondit Abby. Personne ne surveille mon appartement.

— Combien de temps doivent-ils s'absenter ?

— Une journée. C'est la tournure que semblent prendre les événements. Pas besoin de faire une grosse valise.

Vantresca raccrocha. Abby rangea son téléphone. Reacher répartit différemment le contenu de ses poches, pour équilibrer la charge. Abby boutonna son manteau. Et ils se mirent en route. Une petite et un grand. En plein jour. Des yeux partout.

***

Gregory avait dit qu'il irait s'entretenir à nouveau avec Dino, à la première heure, et ce que Gregory disait, Gregory le faisait. Il se leva tôt, et s'habilla de la même manière que pour sa précédente visite. Pantalon ajusté, chemise ajustée. Rien à cacher. Pas de pistolet, pas de couteau, pas de mouchard, pas de bombe. Le nécessaire, mais mal adapté. L'air matinal était trop froid avec une seule couche de vêtements. Il attendit qu'il fasse un peu plus chaud et que la lumière du jour dessine les ombres. Il voulait que le soleil soit levé. Question d'apparence. C'était un homme énergique et vigoureux, frais comme un gardon, qui prenait les choses en main, qui agissait de bon matin. Pas un noctambule aux horaires décalés sortant de l'obscurité.

Cette fois aussi, il se rendit en voiture au garage de Center Street. Et continua à pied. Cette fois aussi, il fut suivi tout le long du chemin. Là encore, des coups de fil avaient été passés au préalable. Quand il arriva à destination, il trouva six hommes, toujours postés en demi-cercle entre le trottoir et le portail de la scierie. Comme des pièces d'échiquier. Même formation défensive.

Là encore, l'un des six s'avança. Jetmir. Et là encore, en partie pour lui bloquer l'accès, en partie pour l'écouter.

Gregory lui dit :

— Je dois parler à Dino.

Jetmir demanda :

— Pourquoi ?

— J'ai une proposition à lui faire.

— Quel genre de proposition ?

— Pour l'instant, je ne veux parler qu'à lui.

— De quoi ?

— D'un sujet urgent et d'intérêt mutuel.

— Mutuel. Le concept est peu répandu ces derniers temps.

Propos impertinent, étant donné leur différence de grade. Un barreau de l'échelle, mais le plus haut de tous.

Mais Gregory ne régit pas à l'insolence.

— Je crois que nous avons tous les deux étés trompés, dit-il.

Jetmir garda un instant le silence, puis demanda :

— De quelle manière ?

— On a accusé le renard, mais c'est le chien qui a fait le coup. Il y a sans doute aussi un conte populaire dans votre culture. Ou un dicton équivalent.

— Qui est le chien ? demanda Jetmir.

Gregory ne répondit pas.

Au contraire, il insista.

— Je ne veux parler qu'à Dino.

— Non, répliqua Jetmir. Compte tenu des événements de ces derniers jours, vous comprendrez que Dino n'aura pas envie de vous rencontrer. Pas sans une présentation détaillée du sujet qui vous préoccupe, et sans un mot en votre faveur, les deux venant de moi. Je suis sûr que vous opéreriez de la même manière, dans ces circonstances. Ce n'est pas pour rien que vous avez une équipe. Dino aussi.

— Dites-lui qu'on n'a pas tué vos hommes en premier, et que je ne crois pas que vous ayez tué les nôtres. Demandez-lui s'il pourrait être d'accord avec cette théorie.

— Et s'il le peut ?

— Demandez-lui ce que ça veut dire.

— Qu'est-ce que ça veut dire ?

— C'est assez pour un aperçu. Maintenant je lui demande d'avoir l'obligeance de me recevoir.

— Alors qui a tué nos gars ? Et les vôtres ? Vous dites que quelqu'un a lancé une opération sous fausse bannière contre nos deux équipes en même temps ?

Gregory garda le silence.

— Répondez par oui ou par non, insista Jetmir. Croyez-vous qu'il y ait eu ingérence extérieure ?

— Oui.

— Alors nous devrions parler. Dino m'a délégué l'affaire.

— Vous n'êtes pas payé pour ça. Avec tout le respect que je vous dois. Ce n'est pas pour rien que les employés ont des patrons.

— Dino n'est pas là.

— Quand va-t-il arriver ?

— Il est arrivé tôt. Il est déjà reparti.

— Je suis sérieux. C'est très urgent.

— Alors, parlez-moi. Dino vous dira de le faire de toute façon. Pour l'instant, vous nous faites perdre notre temps.

— Est-ce qu'ils vous ont volé des téléphones ?

Jetmir resta un moment silencieux.

— Vous posez la question parce que visiblement ils vous en ont volé, ce qui indiquerait une attaque informatique imminente, ce qui réduit le champ de potentiels rivaux.

— Nous pensons que ça réduit le champ à un seul individu.

— Dino dira que vous les Ukrainiens, vous êtes obsédés par les Russes. C'est bien connu. Vous les accusez de n'importe quoi.

— Et si cette fois c'était vrai ?

— Aucun de nous ne peut battre les Russes.

— Pas séparément.

— C'est votre proposition ? Je m'assurerai de la transmettre à Dino.

— Je suis sérieux, dit encore Gregory. C'est très urgent.

— Mais je la prends au sérieux. Dino vous recontactera dès que possible. Peut-être qu'il viendra vous voir en personne. Au bureau des taxis.

— Où il sera reçu avec autant de courtoisie que je le suis ici.

— Peut-être qu'on prendra l'habitude de se faire confiance.

— Seul le temps nous le dira.

— Peut-être que nous deviendrons amis.

Gregory n'avait pas de réponse à cela. Il repartit. Regagna le trottoir, direction ouest, vers Centre Street. Jetmir le regarda partir sans bouger. Puis il tourna les talons et passa la porte pour retourner dans le hangar bas en tôle ondulée où régnaient l'odeur de pin et le bruit strident des scies.

Son téléphone portable sonna. De mauvaises nouvelles. Un homme de la garde de nuit du nom de Gezim Hoxha avait été retrouvé à moitié mort dans le coffre de sa voiture abandonnée à la lisière d'un vieux lotissement. Le tuyau avait été transmis par une de leurs anciennes clientes qui espérait obtenir une réduction du taux d'intérêt de son prochain emprunt. À ce moment-là, aucun suspect n'avait encore été identifié. Mais une fouille minutieuse de la zone était déjà en cours. On avait envoyé des voitures supplémentaires sur le site. Il y avait beaucoup d'yeux grands ouverts.

***

Reacher et Abby se frayèrent un chemin hors du lotissement des Shevick en suivant leur itinéraire en sens inverse et en restant bien loin de la voiture ukrainienne en stationnement, dans des rues secondaires partout où c'était possible, jusqu'au tout dernier moment, quand il fallut rejoindre la rue principale, qui passait devant la station-service où on pouvait acheter à manger, en direction du centre-ville. Jusque-là, ils s'étaient sentis plutôt à l'abri. Mais à présent, ils étaient à découvert, impitoyablement. Le soleil brillait. Le ciel était dégagé. Aucun moyen de se cacher. Paysage urbain standard. Sur la gauche, un immeuble de deux étages à la façade en briques, aux fenêtres poussiéreuses et aux portes vétustes. Puis un trottoir en briques, à bordure en pierre, une chaussée en bitume, et un trottoir en briques à bordure en pierre. Sur la droite, un immeuble de deux étages à la façade en briques, aux fenêtres poussiéreuses et aux portes vétustes. Rien de plus haut qu'une borne à incendie, de plus large qu'un lampadaire pour se cacher.

Ce n'était qu'une question de temps.

Le téléphone d'Abby sonna. Elle répondit. C'était Vantresca. Elle mit sur haut-parleur. Et avança en tenant son téléphone à bout de bras, à plat sur la paume de sa main. Elle ressemblait à une sculpture dans un vieux tombeau égyptien.

Vantresca annonça :

— Je suis avec Barton et Hogan. Ils vont bien. Ils sont dans la voiture avec moi. Ils m'ont raconté ce qui s'est passé cette nuit. Ils n'ont pas reçu de visite.

Reacher demanda :

— Où êtes-vous maintenant ?

— On va chez Abby, comme elle l'a proposé. Barton sait où c'est.

— Non, venez nous chercher d'abord.

— Ils m'ont dit que vous aviez une voiture.

— Malheureusement les propriétaires en ont repris possession. Avec le gars toujours dans le coffre. C'est pour ça que je m'inquiétais au sujet de l'adresse de Barton.

— Ils n'ont pas reçu de visite, dit de nouveau Vantresca. Pas pour l'instant. Manifestement le gars ne parle pas encore. Peut-être qu'il ne peut pas. Barton m'a raconté pour la basse Precision.

— Un instrument contondant. Mais le fait est que maintenant on est à pied. En ce moment, on est visibles comme le nez au milieu de la figure. On a besoin d'un point de rendez-vous pour une évacuation d'urgence.

— Où êtes-vous exactement ?

Question difficile. Aucune plaque de rue n'était lisible. Elles étaient soit décolorées, soit rouillées, soit tout simplement absentes. Peut-être percutées par un tramway, l'année du naufrage du *Titanic*. L'année où Fenway Park avait ouvert ses portes. Abby tripota son téléphone. Elle garda Vantresca en ligne et fit apparaître une carte. Il y avait des pointeurs, des flèches et des sphères bleues clignotantes. Elle lut le nom de la rue et de la rue transversale.

— Dans cinq minutes, dit Vantresca. Peut-être dix. C'est bientôt l'heure de pointe du matin. Où dois-je venir vous chercher exactement ?

Autre bonne question. Ils ne pouvaient pas rester au coin de la rue comme s'ils hélaient un taxi. Pas si leur principale préoccupation était de rester à couvert. Reacher jeta un coup d'œil alentour. Peu prometteur. De petites entreprises commerciales, pas encore ouvertes. Toutes un peu miteuses. Le genre d'endroits où des individus au visage blafard se faufilent vers dix heures, après un dernier regard furtif derrière eux. Reacher connaissait les villes. Dans le pâté de maisons suivant il aperçut un panneau en ardoise à double face à hauteur de taille, dressé sur le trottoir et indiquant la présence probable d'un café, ouvert à cette heure, mais peut-être inhospitalier. Pas d'homme posté devant la porte dans ce genre d'endroit dans ce genre de rue, mais peut-être un sympathisant derrière le comptoir, et espérant une ristourne sur le taux d'intérêt de son emprunt.

— Là, dit-il en désignant un bâtiment étroit de l'autre côté de la rue, une dizaine de mètres plus loin.

La façade était étayée avec des poteaux en bois très inclinés. Comme s'il risquait de s'écrouler. Ces supports étaient recouverts par un filet noir résistant. Peut-être une réglementation locale. Peut-être la municipalité s'inquiétait-elle que sous la pression des éclats de brique soient projetés aléatoirement du mur branlant, menaçant les passants, ou quiconque s'attarderait en dessous. Cela étant, quelle que soit la raison de sa présence, le filet pouvait faire office de semi-cachette improvisée, parce qu'on pouvait se faufiler derrière, et rester là, à moitié dissimulé.

Peut-être camouflé à soixante pour cent. Le filet était épais.

Peut-être seulement à quarante car la matinée était ensoleillée.

Mieux que rien.

Abby transmit l'information.

— Cinq minutes, dit encore Vantresca. Peut-être dix.

— Vous avez quel genre de voiture ? s'enquit Reacher. On ne veut pas s'exposer de nouveau en se trompant de personne.

— C'est une S-type R de 2005 gris anthracite.

— Vous vous souvenez de ce que j'ai dit sur les unités de blindés ?

— On glorifie la machine.

— Voilà. Je n'ai rien compris à ce que vous avez dit.

— Eh bien, c'est une Jaguar moyennement vieille. La version sportive de la première réédition du modèle rétro conçu à la fin des années quatre-vingt-dix. Avec arbre à came et alésage optimisés. Et le compresseur aussi, évidemment.

— Ça n'aide pas.

Vantresca traduisit encore :

— C'est une berline grise.

Il raccrocha. Abby rangea son téléphone. Ils entreprirent de traverser la rue, légèrement de biais, en direction du bâtiment étayé.

Une voiture arriva au coin de la rue.

Rapide.

Une berline noire.

Trop tôt. Cinq secondes, pas cinq minutes.

Et pas une vieille Jaguar.

Une Chrysler neuve. Basse, portières hautes et vitres étroites. Comme des fentes horizontales. Comme les hublots sur le flanc d'un véhicule blindé.

34

La Chrysler noire s'approcha d'eux, roula au pas, puis réaccéléra. Comme si elle avait trébuché. Comme quelqu'un qui marquerait un temps d'arrêt, mais version automobile. Comme si la voiture elle-même n'en croyait pas ses yeux. Une petite menue et un grand laid. Tout à coup, là, dans la rue. Juste devant, au milieu dans le pare-brise. En chair et en os. Vigilance générale.

La voiture s'arrêta brusquement et les portières avant s'ouvrirent. Les deux. À six mètres de là. Deux gars. Deux armes. Des Glock 17. Des droitiers. Plus petits que Gezim Hoxha, mais plus grands que la moyenne. Pas des petits bagarreurs de l'Adriatique, ça c'était sûr. Pantalons noirs, chemises noires, cravates noires. Et lunettes de soleil. Mal rasés. Sans doute tirés du lit et envoyés patrouiller dès que la voiture de Hoxha avait été repérée.

Ils firent un pas en avant. Reacher jeta un coup d'œil à gauche, à droite. Rien de plus haut qu'une borne à incendie ou de plus large qu'un lampadaire pour se mettre à l'abri. Il glissa la main dans sa poche. Le H&K, dont il était sûr qu'il fonctionnait. Et qu'il était sûr de ne pas vouloir utiliser. Un coup de feu dans une rue la ville la nuit aurait provoqué une réaction. Mais ce serait dix fois pire sous le soleil innocent du matin. Il y aurait plus de flics en patrouille le jour que la nuit. Ils seraient tous déployés. Des dizaines de voitures, gyrophares allumés, sirènes en action. Des hélicoptères des médias et des vidéos de téléphones portables. Il y aurait de la paperasse. Des centaines d'heures dans une pièce avec un flic et une table vissée au sol. Le journal d'appels d'Abby impliquerait Barton, Hogan et Vantresca. Une pagaille générale se propagerait tous azimuts. Il faudrait peut-être des semaines pour résoudre l'affaire. Ce que Reacher ne voulait pas, en plus du temps que les Shevick n'avaient pas.

Les gars aux Glocks avancèrent encore d'un pas. Ils approchaient, à quelque distance l'un de l'autre, contournant leurs portières ouvertes, armes braquées, prise rigide à deux mains, lentement, en plissant les yeux, regard droit devant.

Un autre pas. Et encore un autre. Puis le gars à la droite de Reacher, le conducteur, continua d'avancer, mais l'autre s'arrêta. Le passager. Stratégie du contournement. Comme des chiens de berger. Ils voulaient qu'un des deux se tienne sur le côté en retrait, pour pousser Reacher et Abby vers l'autre, vers le trottoir le plus éloigné, vers l'immeuble à deux étages, où ils se retrouveraient acculés. Tactique évidente, instinctive.

Qui dépendait du fait que Reacher et Abby restent où ils étaient, piétinent docilement, puis reculent en vacillant.

Ce qui ne se produirait pas.

— Abby, recule d'un pas, lui dit Reacher. Avec moi.

Il recula d'un pas. Elle l'imita. La configuration d'attaque du conducteur était changée. Les limites de son champ d'action se trouvaient repoussées. Maintenant, il devait avancer davantage.

— Encore, dit Reacher.

Il recula d'un pas. Elle l'imita.

— Ne bougez pas, lança le conducteur. Ou je tire.

Reacher pensa : *Tu vas tirer ?* Une des grandes questions de l'existence. Le gars avait les mêmes inhibitions que Reacher. Des dizaines de voitures de police, gyrophares allumés, sirènes en action. Les hélicoptères des médias et les vidéos des téléphones portables. La paperasse. Les heures passées dans la pièce avec le flic. Résultat incertain. Forcément. Ça marchait dans les deux sens. Il n'y avait aucune garantie. *Ne pas effrayer les électeurs.* Un nouveau commissaire de police allait arriver.

De plus, le conducteur avait des obligations professionnelles à prendre en compte. Des questions auxquelles il fallait répondre. Ils pensaient que Reacher était un perturbateur venu de l'extérieur. *Nous voulons savoir qui vous êtes.* Ils recevraient des bonus s'ils le capturaient et qu'il était toujours en état de parler. Et des sanctions s'ils le livraient mort, comateux ou gravement blessé. Parce que les morts et les comateux ne peuvent pas parler, et les blessés graves ne vivent pas assez longtemps pour le faire quand on sort les cuillères, les scies électriques, les fers à repasser, les outils électriques sans fil, ou tout autre objet privilégié à l'est de Centre Street pour faire parler quelqu'un. Alors, le gars allait-il tirer ? Peu probable. Sans doute que non. Mais toujours possible. Reacher parierait-il sa tête là-dessus ? Probablement que oui. Il l'avait déjà fait. Il avait parié et il avait gagné. Dix milliers de générations plus tard, l'instinct fonctionnait toujours. Il s'en était sorti, et avait survécu pour raconter l'histoire. Dans tous les cas, ça ne lui faisait ni chaud ni froid. Personne ne vit pour toujours.

Mais était-il prêt à parier la tête d'Abby ?

— Montrez-moi vos mains, lança le conducteur.

Ce qui sifflerait la fin de la partie. Le point de non-retour, qui se rapprochait de toute façon. La configuration prévue avait échoué. Les positions de Reacher, du conducteur et du passager formaient un angle d'environ soixante degrés. La suite probable des événements était facile à prédire. Reacher allait tirer à travers sa poche et toucherait le conducteur. Un mort. Pas de problème. Mais ensuite le virage à soixante degrés vers le passager serait lent et maladroit parce que sa main serait toujours coincée dans sa poche, ce qui laisserait au passager le temps de tirer, peut-être deux ou trois balles, qui toucheraient soit Abby, soit lui, soit les deux, ou manqueraient complètement leur cible. La dernière hypothèse était la plus probable, dans le monde réel. Le gars était déjà nerveux. À ce moment-là, il serait surpris et paniquerait. La plupart des balles de pistolet manquent leur cible même dans les meilleures conditions.

Mais parier la tête d'Abby là-dessus ?

— Montrez-moi vos mains, répéta le conducteur.

Abby dit timidement :

— Reacher ?

Dix mille générations lui conseillaient de rester en vie et de voir ce qui se passerait dans la minute suivante.

Reacher sortit les mains de ses poches.

— Enlève ta veste, lança le conducteur. Je vois d'ici les armes dans tes poches.

Reacher enleva sa veste. La laissa tomber sur le bitume. Les pistolets dans les poches s'entrechoquèrent en cliquetant. Les H&K ukrainiens, les Glocks albanais. Tout son arsenal.

Ou presque.

Le conducteur lança :

— Montez dans la voiture.

Le passager recula jusqu'à la Chrysler. Reacher pensait qu'il allait leur ouvrir la portière arrière, comme un portier devant un hôtel de luxe. Mais il ne le fit pas. Au lieu de cela, il ouvrit le coffre.

— C'était assez bien pour Gezim Hoxha, dit le conducteur.

Abby chuchota :

— Reacher ?

— On va s'en sortir.

— Comment ?

Il ne répondit pas. Il monta en premier, de biais, se coucha sur le flanc, en formant un U, puis Abby se serra dans l'espace qu'il avait laissé devant lui, recroquevillée en position fœtale, comme s'ils étaient en cuillères dans le lit. Sauf qu'ils ne l'étaient pas. Le hayon se referma avec un pauvre bruit métallique. Tout devint noir. Pas de poignée lumineuse. Supprimée.

***

À ce moment-là, Dino était au téléphone avec Jetmir. Une convocation, pour une réunion dans le bureau de Dino, tout de suite, immédiatement. De toute évidence, Dino avait quelque chose en tête. Trois minutes plus tard, Jetmir arriva et s'assit en face de lui. Dino regardait son téléphone. La longue liste de textos au sujet de Gezim Hoxha, retrouvé à moitié mort dans le dans le coffre de sa voiture, près d'un vieux lotissement.

— Hoxha et moi, ça remonte à loin, dit Dino. Je l'ai connu à l'époque où il était flic à Tirana. Il m'a arrêté une fois. C'était le plus horrible salaud d'Albanie. Je l'aimais bien. Il était fiable. C'est pour ça que je lui ai donné du boulot ici.

— C'est un chic type, approuva Jetmir.

— Il ne peut pas parler. Il ne pourra peut-être plus jamais. Il est gravement blessé à la gorge.

— Croisons les doigts.

— Qui a fait ça ?

— On ne sait pas.

— Où ça s'est passé ?

— On ne sait pas.

— C'est arrivé quand exactement ?

— On l'a trouvé à l'aube. De toute évidence, l'attaque a eu lieu avant, une heure ou deux plus tôt, peut-être.

— Voilà ce que je ne comprends pas. Gezim Hoxha est un homme d'expérience, il a été flic à Tirana, et ce n'est pas n'importe qui dans notre organisation. Je lui ai confié son poste moi-même, il est avec nous depuis très longtemps et il nous a été très utile, et donc dans l'ensemble il est considéré comme un personnage très important ici. Est-ce que je me trompe ?

— Non.

— Alors que faisait-il dehors en pleine nuit ?

Jetmir garda le silence.

— Je lui ai demandé de faire quelque chose ? demanda Dino. Que j'aurais oublié ?

— Non, répondit Jetmir. Je ne crois pas.

— Et toi, tu lui as demandé de faire quelque chose ?

Cherchez la lumière derrière les rideaux. Frappez aux portes et posez des questions si nécessaire.

— Non, répondit Jetmir.

— Je ne comprends pas. Je ne cours pas partout en pleine nuit. J'ai des gars pour ça. Hoxha aurait dû être bien au chaud dans son lit. Pourquoi ne l'était-il pas ?

— Je ne sais pas.

— Qui d'autre courait partout en pleine nuit ?

— Je ne sais pas.

— Tu devrais le savoir. Tu es mon chef de cabinet.

— Je pourrais me renseigner.

— Je l'ai déjà fait.

Dino poursuivit sur un autre ton.

— Il s'avère que beaucoup de nos gars couraient en pleine nuit. Clairement liés à quelque chose d'assez sérieux pour laisser un terrible salaud comme Hoxha avec la gorge enfoncée. Étant donné les enjeux et les chiffres à la clé, ça me semble être une grosse affaire. Quelque chose dans quoi j'aurais dû être impliqué. Au moins au stade de la discussion. Ça ressemble à quelque chose que j'aurais dû approuver personnellement. C'est comme ça que ça marche, ici.

Jetmir ne répondit pas.

Dino resta silencieux un long moment.

Et finit par ajouter :

— J'ai aussi entendu dire que Gregory est passé ce matin. Il nous a rendu une autre visite officielle. Naturellement, je me demande pourquoi je n'en ai pas été informé.

Jetmir ne prononça pas un mot. Au lieu de cela, l'inévitable suite de l'échange se déroula dans sa tête, rapidement, abrégée, comme une partie d'échecs rapides. Un va-et-vient. Dino s'acharnerait sur lui implacablement, sans remords, jusqu'à ce que la trahison soit entièrement révélée, dans tous ses accablants détails. Peut-être qu'il était déjà au courant. *Je pourrais demander autour de moi. Je l'ai déjà fait.* Il savait certaines choses, forcément. Jetmir frissonna. Soudain, il se dit qu'il était peut-être trop tard. Puis il se reprit et se dit que non, peut-être pas. Il ne savait tout simplement pas. Dans ce cas, mieux valait prévenir que guérir. Instinct atavique. Dix mille générations d'ancêtres lui firent un, glisser la main sous son manteau, deux, sortir son arme, et trois, tirer une balle sur Dino en plein visage. À un mètre de distance, de l'autre côté du bureau. La tête de Dino recula d'un centimètre et le sang, la bouillie de cervelle et les fragments d'os giclèrent sur le mur derrière lui. Le tir du neuf millimètres résonna dans la petite pièce lambrissée. Monstrueusement fort. Comme une bombe. Le bruit fut suivi par une longue seconde de silence assourdissant, puis des gens firent irruption dans la pièce. Toutes sortes de gens. Initiés des bureaux voisins, gars du conseil restreint, ouvriers de la scierie couverts de poussière, portiers, intermédiaires, hommes de main, tous criant, courant, armes au poing, comme dans un film quand le président est à terre. Confusion, folie, chaos, panique.

À ce moment-là, la Chrysler noire s'arrêta devant la porte de la scierie, Reacher et Abby dans le coffre.

35

Le conducteur s'arrêta, pied sur le frein. Le portail était ouvert, mais personne ne le surveillait. Inhabituel. Mais le gars était impatient d'exhiber sa prise et ne réfléchit pas trop. Il entra, fit demi-tour, puis marche arrière vers la porte roulante. Le passager sortit et tapa avec la paume sur un bouton-poussoir vert. Le rideau se leva lentement, avec son cliquetis de chaînes et son grincement de lattes métalliques. Le conducteur entra en marche arrière. Coupa le moteur, puis rejoignit le passager à l'arrière de la voiture. Ils sortirent leurs armes et se tinrent à distance.

Le conducteur pressa la clé électronique.

Le hayon se leva, lentement, en douceur, majestueux.

Ils attendirent.

Rien.

L'odeur de pin, mais aucun crissement de scie. L'entrepôt bas de plafond en tôle ondulée était silencieux. Et désert. Puis ils entendirent des voix, quelque part au fond, atténuées par les murs et les portes, mais retentissantes, paniquées et confuses. Et des pas aussi, précipités, agités, mais qui n'allaient dans aucune direction. Ça grouillait sur place. Comme si quelque chose de bizarre était en train de se produire dans l'un des bureaux.

Ils tendirent l'oreille.

Ça semblait venir du bureau de Dino en personne.

***

Les huit premiers types qui entrèrent dans la pièce virent exactement la même chose. Dino, à son bureau, effondré dans son fauteuil, tout flasque, la tête explosée. Et Jetmir, assis sur une chaise en face de lui, un Glock à la main. L'arme du crime, encore fumante. Ils virent le nuage de fumée et sentirent l'odeur de la poudre brûlée. Trois d'entre eux, des membres du conseil, avaient au moins une petite idée de ce qui avait pu se passer. Les cinq autres étaient des subalternes. Ils n'en avaient pas la moindre. Ça tournait en boucle dans leur tête sans faire aucun sens. Ça ne collait pas. Jetmir était le deuxième homme le plus important du monde. Sa parole avait force de loi. Il était irréprochable. On lui obéissait, on l'admirait, on le vénérait. On racontait des histoires. Il était le meilleur. C'était une légende. Mais il avait tué Dino. Et Dino était le patron. L'homme le plus important du monde. Le seul à qui on devait totale loyauté et totale allégeance. Tel était le code. Comme un serment de sang dans un royaume médiéval. Un devoir absolu.

L'un des cinq qui n'y comprenaient rien était un briseur de jambes venu d'une ville appelée Pogradec, sur les rives du lac d'Ohrid, dont la sœur avait été agressée par un officiel du parti. Dino avait restauré l'honneur de la famille. Le briseur de jambes était un homme simple. Aussi fidèle qu'un chien. Il aimait Dino comme un père. Il aimait l'aimer. Il aimait l'organisation, la hiérarchie, les règles, les codes, et les certitudes indestructibles que tout cela apportait à son existence. Il aimait tout ça, et tout ça régissait sa vie. Il sortit son arme et tira sur Jetmir en pleine poitrine, trois fois, un trio de détonations assourdissantes dans la pièce bondée, et fut aussitôt abattu par deux autres types, simultanément, un intermédiaire qui semblait agir en pilote automatique, défendant le nouveau patron, bien que le nouveau eût tiré sur l'ancien, et un membre du conseil restreint, qui avait une vague idée de ce qui était en train de se passer, et un certain espoir de sauver quelque chose du naufrage. Mais un espoir vain, parce que la deuxième balle qu'il tira fut traversante et tua un intermédiaire placé derrière le briseur de jambes, et le portier qui se pressait derrière l'intermédiaire riposta dans la panique, par pur réflexe, et toucha le gars du conseil restreint à la tête, si bien qu'un deuxième gars du conseil restreint tira sur le portier en représailles, et un contremaître en conflit avec le conseil tira sur lui en retour, le manqua, mais atteignit le troisième conseiller par ricochet, par pur accident, à l'épaule, lequel conseiller hurla et riposta, tirant à de multiples reprises, le canon de son Glock agité de soubresauts incontrôlés, ses balles filant dans tous les sens, dans la masse des autres gars qui se précipitaient dans la pièce, tombaient, dérapaient en glissant sur le sol inondé de sang et s'écroulaient, jusqu'à ce que le chargeur du Glock du conseiller soit vide, et qu'une version sifflante et rugissante du silence revienne, vibrant dans l'air. Mais pas un silence total, parce qu'à ce moment-là, il fut percé par des détonations au loin.

À savoir, des coups de feu. Juste deux balles. Délibérément tirées, à un intervalle minutieux. Avec un 9 millimètres. Bruit étouffé à cause de la distance. Peut-être à l'autre bout du hangar, près de la porte.

***

Le conducteur et le passager se tenaient loin du coffre de la Chrysler, leurs armes toujours pointées sur elle, dans la même posture qu'auparavant, prise ferme à deux mains, jambes écartées, mais cou tordu, de façon comique, presque au maximum. Ils regardaient derrière leur épaule gauche, vers le coin au fond du hangar, au loin, où un couloir menait aux quartiers administratifs. D'où provenait le vacarme.

Et la fusillade commença, là-bas. Au loin, des bruits étouffés, sourds, circonscrits. D'abord trois tirs isolés, un triplé rapide, puis un feu nourri et enfin des balles tirées sans but, de rage, jusqu'à ce que le chargeur soit vide.

Suivis d'une seconde de silence.

Le conducteur et le passager se retournèrent vers la Chrysler.

Toujours rien. Le coffre, relevé. Aucun signe des occupants.

Ils se tournèrent vers le coin au fond.

Encore une seconde de silence.

Ils se retournèrent vers la Chrysler. Toujours rien. Pas de têtes levées, pas de coups d'œil vers l'extérieur. Aucun signe de vie. Le conducteur et le passager se regardèrent, soudain inquiets. Peut-être y avait-il des gaz d'échappement dans le coffre ? Peut-être y avait-il une fuite ? Un tuyau percé. Peut-être que les deux avaient été asphyxiés.

Le conducteur et le passager avancèrent prudemment d'un pas.

Puis d'un autre.

Toujours aucun mouvement.

Ils regardèrent à nouveau le coin du fond. Toujours le silence. Ils firent un autre pas, jusqu'à l'endroit où ils pouvaient apercevoir le contenu du coffre. Ils jetèrent un coup d'œil à l'intérieur, nerveux. L'agencement était complètement différent. L'homme et la femme avaient changé de place. Au départ, lui s'était mis au fond, et elle recroquevillée dans l'espace qu'il avait laissé devant lui. Maintenant, il était devant, et elle derrière. Protégée par le corps du type. Au départ, il était entré avec la tête à gauche, et maintenant il l'avait sur la droite. Il était donc couché sur son épaule gauche. Son bras droit pouvait bouger librement. Et il bougea. Très vite. Dans la main, il tenait un petit automatique en acier. Qui s'immobilisa et visa la tête du conducteur.

***

Reacher lui tira au milieu du front, puis tira dans l'œil gauche du passager. Avec le H&K ukrainien qu'il avait caché dans sa botte quand il avait équilibré la charge dans ses poches, avant de quitter le lotissement des Shevick. Deux à gauche, deux à droite, et un dans la chaussette. Toujours une bonne idée.

Il se redressa de trois centimètres et jeta un coup d'œil prudent dehors. Il aperçut un long hangar bas de plafond en tôle ondulée baignant dans une odeur de bois tendre, mais désert. Il n'y avait pas âme qui vive. Un QG quelconque sans doute. Peut-être la scierie qu'ils avaient déjà vue. Une fois en passant en voiture, une fois à pied. Activité de couverture. Le métal terne semblait être le même. Comme celui de l'entrepôt de fournitures de matériel électrique et celui de plomberie.

Il s'assit pour mieux y voir. Toujours personne. Il se glissa hors du coffre, se releva. Aida Abby à sortir. Elle regarda les gars morts étalés par terre. Pas joli. L'un n'avait qu'un œil, et l'autre en avait trois.

Elle balaya du regard l'entrepôt désert.

— Où sommes-nous ? demanda-t-elle.

Mais Reacher n'eut pas l'occasion de lui répondre, car juste à ce moment-là, deux nouveaux événements se produisirent. Une bande de types sortis d'on ne sait où déferla vers le fond du hangar, où une sorte de porche voûté semblait mener à d'autres pièces. Au même instant une autre bande déboula dans l'autre sens et passa sous le porche conduisant aux autres pièces pour regagner le hangar. Tous avaient l'air halluciné. Armes à feu dégainées, livides, tout agités et tremblants, comme sous l'effet d'une furieuse décharge d'adrénaline. Les deux groupes se percutèrent. Il y eut des hurlements, des questions vociférées et des réponses incohérentes, le tout dans une langue étrangère, sans doute de l'albanais. Puis un gars poussa celui qui se trouvait face à lui, celui-ci le repoussa, quelqu'un tira, le premier gars tomba, et un autre colla la bouche de son pistolet sur la tempe du tireur, appuya sur la détente, à bout touchant, comme une punition, une exécution, et la tête du tireur explosa, après quoi la situation sembla tourner rapidement au chaos, sauf que quelqu'un hurla et pointa le doigt avec insistance vers l'autre bout du hangar, à l'extrémité de la longue diagonale, et tous les autres se turent et se retournèrent pour regarder.

Une femme petite et mince et un homme grand et laid.

Un jour, Reacher avait trouvé dans un car un livre de poche qui parlait de la tendance à douter de soi pendant des heures, voire des jours, alors qu'en réalité on peut connaître la vérité en un clin d'œil. Il avait aimé ce livre parce qu'il était d'accord. Il avait appris à se fier à ses réactions instinctives. Du coup, il sut qu'à ce moment-là, la partie était terminée. On ne poserait aucune question. *Nous voulons savoir qui vous êtes.* Plus maintenant. Maintenant ils étaient pris dans une espèce de tourbillon de folie et de soif de sang. Il n'y aurait plus de bonus pour avoir ramené une cible encore en état de parler. L'offre avait largement dépassé sa date limite.

Et avant même que le cri du gars qui pointait le doigt ne soit réduit à un écho, Reacher tira trois balles dans le tas. Trois morts à coup sûr. Inratables. Les autres se dispersèrent comme des cafards. Reacher se baissa, attrapa Abby par le coude et la tira derrière la voiture. Puis il jeta un coup d'œil de côté, par la porte roulante. Il reconnut le portail, le trottoir enfoncé, et la rue. Il savait où il était.

Le portail était ouvert.

Il murmura :

— Glisse-toi jusqu'à la portière passager et monte dans la voiture. Ensuite, glisse-toi au volant et conduis-nous loin d'ici. C'est tout droit. Appuie sur la pédale et avance sans regarder. Reste bien calée dans ton siège.

— Encore une expérience ? demanda-t-elle.

— Peu importe. Des gens paient pour ce genre de loisir.

— Mais ils en sortent éclaboussés de peinture, pas criblés de balles.

— Ça, c'est plus réaliste. Ils paieraient plus cher.

Abby longea le flanc de la voiture, accroupie, saisit la poignée en glissant les doigts en dessous et ouvrit la portière, juste assez pour entrer dans le véhicule en se contorsionnant, toujours au plus bas, le ventre collé au siège.

— La clé n'est pas sur le contact, chuchota-t-elle.

L'un des gars éloignés tira une balle, qui passa un mètre au-dessus du coffre, soixante centimètres au-dessus de la tête de Reacher. Le bruit de la détonation s'amplifia quand le toit métallique vibra comme une peau de tambour géante.

Abby chuchota :

— Ils ont pris la clé. Réfléchis. Ils ont dû ouvrir le coffre à distance.

— Génial, dit Reacher. Il va sans doute falloir que j'aille la chercher.

Il posa la joue sur le béton et observa le sol du hangar depuis le dessous de la voiture. Cinq gars à terre. Deux à la suite du conflit interne initial, et trois après ses trois premiers tirs. Deux étaient immobiles, un bougeait. Mais juste un peu. Sans grande vigueur ni enthousiasme. Il ne servirait pas à grand-chose pendant un jour ou deux. Neuf gars se tenaient toujours à la verticale, tapis derrière le premier abri qu'ils avaient trouvé – une pyramide de bidons de produits chimiques. Pour protéger le bois, peut-être. Et de petites piles de bois de charpente, mais pas beaucoup. L'inventaire était maigre. Activité de couverture. L'endroit n'était pas destiné à des affaires sérieuses.

Reacher roula sur le dos, retira le chargeur du H&K., compta les balles restantes. Deux, plus une dans la chambre, trois au total. Pas très favorable. Il replaça le chargeur dans le pistolet, puis se contorsionna pour revenir au niveau du coffre. Le conducteur et le passager étendus à environ un mètre cinquante de là. Un œil et trois yeux. La tête dans des mares de sang. Le conducteur était plus proche, une bonne chose, parce qu'il semblait être le leader. Le supérieur. Il devait avoir la clé. Dans la poche de son costume, probablement. La gauche, parce qu'il était droitier. Il tiendrait son pistolet de la main droite et le porte-clés de la gauche.

Une autre balle fusa, percuta le mur du fond, à trente centimètres du sol. Détonation, vibration du toit, écho métallique, retour au silence. Puis des bruits de pas. Raclant le sol, précipités, hésitants. Quelqu'un arrivait. Se rapprochait. Reacher observa à nouveau, par-dessous la voiture. Les neuf gars encore vivants gesticulaient, se faisaient des signes de la main, pointaient le doigt. Communiquaient par geste. Ils coordonnaient une avancée. Ils avaient l'intention de se déplacer à grandes enjambées, un par un, deux par deux, d'un endroit à l'autre. En tête, il y avait une armoire à glace qui ressemblait un peu à Gezim Hoxha. Sensiblement le même âge, même type de carrure. Il se tenait prêt à se débarrasser des bidons de produits chimiques pour atteindre une pile de planches enveloppées dans du plastique, à environ cinq mètres de là. Les autres se rangeraient derrière lui. Leur vitesse de progression serait rapide. Ils ne rencontreraient pas d'obstacles matériels.

Il était temps de les ralentir.

Et il n'y avait qu'un moyen sûr de le faire.

Reacher tendit le bras et visa très soigneusement. Comme un tir à une main classique, mais avec une rotation de quatre-vingt-dix degrés parce qu'il était couché sur le flanc, par terre. Il attendit que le gars soit prêt à s'élancer, puis il tira, et le gars marcha droit dans la balle. Qui le toucha en pleine poitrine, du côté gauche. Une bonne chose. La zone est pleine de trucs vitaux. Des artères, des nerfs, des veines. Le gars tomba et l'avancée stoppa net. Les huit autres se recroquevillèrent comme des tortues. Le seul moyen sûr : faire un exemple de l'homme de pointe, juste sous leurs yeux.

Il restait deux balles. Pas très favorable.

Reacher s'allongea sur le ventre et recula en s'aidant des coudes et des pieds pour que sa tête se retrouve au niveau du pare-chocs arrière. La partie la plus proche du conducteur étant son pied droit. Reacher s'allongea et tendit le bras. Il lui manquait environ un mètre. Mais son plan était arrêté. Mieux valait commencer par traîner le gars derrière la voiture avant de lui faire les poches. C'était plus sûr. Reacher prit une inspiration, se glissa rapidement en avant, attrapa la cheville du conducteur et l'entraîna vers lui. Et regagna son abri en une seconde. La tête du conducteur laissa une traînée de sang sur le béton. La brève apparition de Reacher déclencha une furieuse salve de quatre balles rapides tirées par les gars en position accroupie, mais trop tard. Elles manquèrent toutes leur cible.

Reacher s'accroupit et traîna le conducteur sur un autre mètre. Le fit basculer sur le flanc. Reacher se mit à chercher la clé de la voiture, les huit Albanais encore vivants se mirent à réfléchir au sens et à la raison de son geste. Et bien entendu, ils n'étaient pas idiots. Ils comprirent assez vite. À peu près au moment où Reacher plongeait la main dans la poche gauche du conducteur, les Albanais tirèrent sur la voiture. Large cible. Cinq mètres de long, un mètre cinquante de haut. Ils la pulvérisèrent. Les vitres côté conducteur volèrent en éclats, puis les balles criblèrent la tôle avec des crépitements métalliques, et enfin tout le véhicule s'effondra sur l'aile gauche, les pneus éclatant sous les balles, et un liquide vert et huileux coulant en dessous.

Reacher rampa jusqu'à Abby, à moitié couchée sur le siège passager, les jambes hors de la voiture. Il la traîna dehors, referma la portière et poussa Abby jusqu'à la roue avant, derrière le bloc-moteur, l'endroit le plus sûr. Relativement parlant, dans ces circonstances. Le bruit était assourdissant. Les balles passèrent par le pare-brise arrière qui ne parait plus rien et brisèrent le pare-brise avant. Les éclats de verre pleuvaient. Les douilles cliquetaient et s'écrasaient sur la carrosserie. De plus en plus près. Ils progressaient à nouveau.

Plus que deux balles.

Pas très favorable.

Reacher jeta un coup d'œil par la porte roulante. Soleil matinal radieux. Le portail, ouvert. La rue, déserte. Trente mètres pour atteindre le trottoir, soixante-dix de plus jusqu'au premier virage. Dix secondes pour un athlète. Au moins vingt pour lui. Peut-être davantage. Avec huit gars à ses trousses. Pas bon. Mais peut-être moins de vingt secondes pour Abby. Elle pourrait être plus rapide, petite cible qui s'éloigne devant une cible beaucoup plus lente et plus grande. Elle pourrait s'en sortir. Si elle acceptait de courir devant. Ce qu'il savait qu'elle ne ferait pas. Ils allaient discuter. Ils rateraient une chance, sans doute la seule. C'était inévitable. Dans la nature humaine. La plupart du temps, c'est n'importe quoi, mais parfois c'est parlant.

La porte était ouverte.

La nature humaine. Le conducteur était entré au moment même où retentissait un véritable vacarme. Et pourtant, il avait foncé et avait ouvert le coffre. Impatient. Il ne pouvait pas attendre. Il voulait les louanges et les applaudissements. Il voulait être l'homme du jour. En d'autres termes, il avait sacrifié la prudence tactique pour son ego. Précipitation et négligence. Reacher se rappela avoir enlevé sa veste. Se rappela l'avoir fait tomber dans la rue. Se rappela les pistolets dans les poches s'entrechoquant sur le bitume. Les deux H&K ukrainiens, et les deux Glocks albanais, tous chargés. Probablement plus de quarante balles au total.

Que ferait un type pressé et négligent d'une veste tombée dans la rue ?

Reacher rampa jusqu'à la portière passager arrière et l'ouvrit de la même façon qu'Abby avait ouvert la portière passager avant, en approchant sa main de la poignée, en glissant les doigts dessous. Des éclats de verre tombèrent en cascade. Des touffes de tissu s'envolèrent.

Ils avaient jeté sa veste sur la banquette arrière.

Il la tira à lui. Elle pesait son poids. En partie à cause des débris de verre, qui l'alourdissaient, mais surtout à cause du métal dans les poches. Tout était encore là. Les deux H&K, les deux Glocks. Reacher s'adossa à la roue arrière et les inspecta. Une balle dans la chambre du H&K dont il était sûr qu'il fonctionnait, six autres dans le chargeur. Une balle dans la chambre et un chargeur plein pour l'autre H&K. Même chose pour les deux Glocks. Cinquante-deux cartouches au total, toutes de bons petits 9 millimètres Parabellum qui brillaient dans l'espace enfumé. Contre huit adversaires bientôt à court de munitions, après avoir mis la Chrysler hors d'action avec autant d'enthousiasme et d'insouciance.

Plus favorable.

Il passa un doigt dans chacun des quatre pontets et rampa jusqu'à Abby.

36

Abby était assise, adossée au pneu avant, les genoux serrés contre la poitrine, la tête baissée aussi bas que possible. Derrière elle, le gros bloc-moteur V-8 pesait des centaines de kilos, mesurait près d'un mètre de long et environ cinquante centimètres de haut. Sans aucun doute un tankiste comme Vantresca aurait trouvé ridicule qu'on s'en serve comme bouclier défensif, mais dans ces circonstances, c'était la meilleure option disponible. Contre des balles d'armes de poing, il ferait l'affaire.

Reacher se plaça deux mètres et demi derrière. Les fesses sur le béton. La jambe gauche repliée, la droite aussi mais avec le mollet à plat sur le sol, comme un triangle pointant vers l'extérieur, le talon de la botte calé contre la fesse. Le coude gauche appuyé sur le genou gauche, et la main gauche soutenant l'avant-bras droit tendu. Dans l'ensemble, il ressemblait à une structure géodésique humaine, muscles contractés. De l'autre côté de la voiture, au-dessus de la ligne du capot on ne voyait que la bouche de son arme, ses yeux, et le haut de son crâne. Ses balles pouvaient passer exactement neuf millimètres au-dessus de la tôle et la trajectoire pouvait rester linéaire et horizontale. Parfait. Sauf que cela impliquait qu'il tire directement au-dessus de la tête d'Abby. Elle sentirait le souffle dans ses cheveux.

Il commença par un Glock. Cela semblait approprié. Une arme albanaise. Entièrement chargée. Total de dix-huit balles. Elle pourrait faire le travail toute seule. Mais il disposa quand même les autres en éventail près de son genou droit. Espérer le mieux, prévoir le pire. En partie pour tester l'arme et en partie pour que la fête commence, il tira une balle dans la pyramide de bidons de produits chimiques. Deuxième rangée en partant du sol, le centre de gravité d'un homme debout. On entendit une détonation, un bruit de plastique qu'on perce, puis le gargouillement du liquide brun épais s'échappant du bidon qui se perça plus ou moins là où Reacher l'avait prévu. Le Glock fonctionnait bien.

Un gars sur la droite se redressa et tira de derrière une pile de planches, puis se baissa à nouveau. La balle toucha la voiture. Peut-être la portière du conducteur. Piètre tir. Précipité, affolé. Un gars sur la gauche essaya de faire mieux. Il se pencha à côté des planches et visa. Immobile, à découvert une demi-seconde. Erreur. Reacher lui tira une balle dans la poitrine, puis une deuxième dans la tête, et encore une quand il fut à terre, juste pour être sûr. Trois balles utilisées. Il restait sept gars. Ils avaient tous reculé d'un mètre. Ils étaient peut-être en train de repenser toute leur approche. On entendait des murmures de conversations. Des chassés-croisés à voix basse. Un plan en cours d'élaboration. Reacher se demanda s'il serait efficace. Probablement pas trop. Le scénario évident consistait à constituer deux escouades, dont l'une sortirait par-derrière, contournerait le bâtiment, et reviendrait par la porte roulante. Reacher serait alors confronté à un problème sur deux fronts. C'est ce qu'il aurait fait. Mais les sept gars toujours debout ne semblaient pas avoir de leader. Leur structure de commandement donnait l'impression de s'être effondrée. Il y avait peut-être eu un coup d'État. Un coup d'État raté. Une révolution de palais. Il avait entendu des tirs étouffés quand ils étaient arrivés. D'abord doublement étouffés, à cause du coffre, puis plus distincts quand le hayon s'était levé. Il était clair que tout un tas de gens se faisaient tirer dans la tête. Là-bas dans les bureaux, où vivaient les gros bonnets.

Le plan s'avéra être un assaut d'infanterie conventionnel basé sur le tir et le mouvement. En d'autres termes, certains tiraient et d'autres couraient, puis ceux qui avaient couru se baissaient et tiraient, tandis que ceux qui avaient tiré se relevaient et couraient. Comme à saute-mouton, avec des balles. Mais pas nombreuses. Il leur restait peu de munitions. Ce qui rendait les choses faciles. Dans le tir de couverture, les coups de feu sont censés être assez abondants pour détourner l'attention, neutraliser, intimider ou dérouter. Ou au moins inquiéter. Mais Reacher fut capable de l'ignorer, plus ou moins. Dix mille générations lui criaient de se mettre à l'abri, mais la partie avant de son cerveau objectait en s'appuyant sur les progrès de l'humanité, maths, géométrie et probabilités, calculant les chances qu'avaient sept types lambda d'atteindre une cible aussi petite que des yeux et le haut d'un crâne, à bonne distance, avec des armes de poing, dans la confusion, avec un tir de couverture suffisamment réduit pour que les réflexes ataviques ne prennent pas le dessus, soient mis de côté et laissent l'homme moderne accomplir sa tâche meurtrière sans être dérangé. C'était comme tirer sur des canards dans une fête foraine. Les gars de droite firent feu, et deux sur la gauche se levèrent et chargèrent.

Reacher toucha le premier.

Toucha le second.

Ils s'étalèrent bruyamment sur le béton, éveillant visiblement chez les autres le désir de se relever, parce qu'immédiatement après deux gars sur la droite bondirent et coururent, tout à fait prématurément et à découvert.

Reacher toucha le premier.

Toucha le second.

Ils tombèrent par terre, glissèrent, s'étalèrent, et s'immobilisèrent.

Il en restait trois.

Comme un numéro de cirque.

Et puis le jeu prit fin. Il se produisit quelque chose que Reacher n'avait jamais vu. Et qu'il ne voulait plus jamais voir. Après coup, il fut heureux qu'Abby ait eu la tête baissée et les yeux bien fermés. Il y eut un très long silence inquiétant, puis les trois gars restants sautèrent en même temps en tirant tels des sauvages, en rugissant et hurlant, la tête rejetée en arrière, les yeux exorbités, déments, barbares, des berserkers d'une ancienne légende, des derviches d'un mythe ancien. Ils chargèrent comme en proie à une fureur épique, comme une cavalerie chargeant des chars, trois fous conscients de courir vers une mort certaine, la désirant, la réclamant, la provoquant, l'exigeant.

Reacher toucha le premier.

Toucha le deuxième.

Toucha le troisième.

Le grand hangar devint silencieux.

Reacher déplia ses membres et se redressa. Il compta douze corps étalés, en une ligne irrégulière, sur quinze mètres. Il vit du sang sur le béton. Et une large flaque de liquide brun. Qui s'écoulait toujours du baril.

Il dit à Abby :

— Tout va bien, maintenant.

Abby leva les yeux vers lui.

Elle ne répondit pas.

Reacher secoua sa veste pour ôter les débris de verre, l'enfila et rangea les armes à feu dans les poches. Et nota dans un coin de sa tête : quarante-quatre cartouches restantes.

— On devrait aller voir dans les bureaux de derrière.

— Pourquoi ? demanda-t-elle.

— Ils pourraient avoir de l'argent.

***

Ils contournèrent les corps, le sang et les produits chimiques pour atteindre le fond du hangar. Devant eux, au-delà du porche, s'étendait un long couloir étroit. Des portes à gauche, des portes à droite. Dans la première pièce à gauche, dépourvue de fenêtre, quatre tables en stratifié alignées. Une sorte de salle de réunion. Dans la première à droite, un bureau, une chaise et des meubles classeurs. Aucun indice de sa fonction. Pas d'argent dans les classeurs. Rien non plus dans les tiroirs du bureau, hormis ce qu'on y trouve habituellement, et une douzaine de cigares et une boîte d'allumettes. Ils poursuivent leur recherche. Et ne trouvèrent rien d'intéressant, jusqu'à la dernière porte sur la gauche.

Il y avait un bureau extérieur et un bureau intérieur, qui formaient une sorte de suite. Une espèce d'aménagement pour direction générale. Comme pour un officier de commandement et un officier exécutif. Le pas de la porte communicante était jonché de corps. Et il y en avait d'autres dans la seconde pièce. Douze au total. Dont un type derrière un grand bureau, abattu d'une balle au visage, et un type sur une chaise, abattu de trois balles dans la poitrine. Un tableau bizarre et statique. Infiniment immobile. Absolument silencieux. Impossible de reconstituer ce qui s'était passé. On aurait dit que tout le monde avait tué tout le monde. Une sorte de carnage inexpliqué.

Abby resta hors du bureau intérieur. Reacher y entra. Il posa les mains sur les montants de la porte et grimpa sur les corps empilés. Il marcha sur des dos, des cous et des têtes. Une fois à l'intérieur, il se fraya un chemin derrière le bureau. Le gars qui avait reçu une balle au visage était affalé dans un fauteuil en cuir à roulettes. Reacher le déplaça pour fouiller les tiroirs du bureau. Immédiatement, il trouva une boîte en métal de la taille d'une bible, fermée à clé. Il tapota les poches du mort et sentit des clés dans la poche droite du pantalon. Un bon trousseau. Il le retira avec l'index et le pouce. Certaines clés étaient grosses, d'autres petites. La troisième des plus petites qu'il essaya ouvrit la boîte.

Elle était pourvue d'un plateau amovible sur lequel étaient posés quelques billets graisseux de un et cinq dollars et quelques pièces de cinq et dix *cents*. Pas génial. Mais la suite fut plus réjouissante. Sous le plateau, il découvrit une liasse de billets de cent dollars. Tout neufs. Bien lisses. Tout droit sortis de la banque. Une centaine de billets. Dix mille dollars. Presque la somme dont les Shevick avaient besoin. Il leur en manquerait mille, mais ça valait mieux qu'un coup de couteau dans l'œil.

Reacher mit l'argent dans sa poche et rebroussa chemin jusqu'à la porte en grimpant de nouveau sur les corps.

Abby lui dit :

— Je veux partir.

— Moi aussi, lui répondit-il. Juste une dernière chose.

Il la reconduisit au premier bureau. Sur la droite, en face de la salle du conseil. Le fumeur de cigares. Récemment décédé sans doute. Mais pas des suites de sa tabagie. Reacher prit la boîte d'allumettes. Et du papier, partout où il en trouva. Il craqua une allumette et mit le feu à une feuille. Et la tint jusqu'à ce qu'elle soit bien enflammée. Puis il la jeta dans une poubelle.

— Pourquoi ? lui demanda Abby.

— Gagner ne suffit jamais. L'adversaire doit savoir qu'il a perdu. Et puis c'est plus sûr comme ça. On est venus ici. On a sans doute laissé des traces. Mieux vaut éviter tout malentendu.

Ils craquèrent allumettes sur allumettes et enflammèrent feuilles après feuilles. En déposèrent dans chacune des pièces. Une fumée grise flottait dans le couloir quand ils en sortirent. Ils mirent le feu au film plastique qui maintenait les piles de planches. Reacher laissa tomber dans la flaque de conservateur une allumette qui s'éteignit immédiatement. Pas inflammable. Logique, dans une scierie. Mais l'essence, elle, l'est. Aucun doute là-dessus. Reacher ôta le bouchon du réservoir de la voiture pulvérisée et laissa tomber la dernière feuille de papier enflammée dans le goulot.

Puis ils se dépêchèrent. Trente mètres jusqu'au bord du trottoir défoncé, soixante-dix de plus jusqu'au premier virage, déjà ils étaient partis.

***

Le téléphone d'Abby contenait un tas de messages de Vantresca. Il disait qu'il attendait de l'autre côté de la rue, devant l'immeuble à la façade étayée couverte d'un épais filet noir. Il disait qu'il attendait depuis longtemps. Puis qu'il ne savait pas quoi faire à présent. Abby le rappela. Ils convinrent d'un nouveau rendez-vous. Il roulerait dans une direction, et Reacher et elle marcheraient dans l'autre, et ils se croiseraient quelque part en route. Avant de repartir, Reacher regarda derrière eux. À huit cents mètres, on apercevait un filet de fumée dans le ciel. Quand il regarda la fois d'après, c'était déjà une colonne, à un kilomètre et demi. Puis une lointaine masse noire en ébullition avec des flammes dansant à sa base. Ils entendirent les sirènes des camions de pompiers, hurlant, aboyant, de plus en plus nombreuses, puis le son lointain devint un gémissement sourd ininterrompu. Ils entendirent les sirènes des voitures de police résonner dans les rues de l'est.

Puis Vantresca arriva dans une berline noire. Large, basse et puissante. Le capot était orné d'un gros chat chromé bondissant. Un jaguar, sans doute, pour une Jaguar. L'habitacle était exigu. Vantresca était au volant, Hogan assis à la place passager, Barton sur la banquette arrière. Il ne restait qu'une place. Abby allait devoir s'asseoir sur les genoux de Reacher. Il n'y trouva rien à redire.

— Il y a quelque chose qui brûle là-bas, dit Hogan.

— C'est votre faute, répliqua Reacher.

— Comment ça ?

— Vous nous avez fait remarquer que si les Ukrainiens tombaient, les Albanais prendraient le contrôle de la ville. Je ne voulais pas que ça arrive. J'avais l'impression que ce serait gagnant-perdant.

— Alors qu'est-ce qui brûle ?

— Le QG des Albanais. Au fond d'une scierie. Ça devrait brûler pendant des jours.

Hogan garda le silence.

— Quelqu'un va prendre le relais, déclara Barton.

— Peut-être pas, répondit Reacher. Le nouveau commissaire aura une page blanche. Il est peut-être plus facile d'empêcher les nouveaux de s'installer que de déloger les anciens.

— Et après ? demanda Vantresca.

— Il faut trouver le centre nerveux ukrainien.

— Bien sûr, mais comment ?

— On doit savoir exactement ce qu'ils y font. Ça pourrait nous indiquer quoi chercher. Dans une certaine mesure, l'aspect dépend de l'activité. Par exemple, si c'est un laboratoire pour produire de la drogue, il faut des ventilateurs, du gaz, de l'eau, et ainsi de suite.

— Je ne sais pas ce qu'ils y font.

— Appelez la journaliste. La femme que vous avez aidée. Elle pourrait le savoir. Elle pourrait au moins savoir dans quoi ils sont impliqués. Si nécessaire, nous pourrions procéder à l'envers, à partir du genre d'endroit dont ils auraient besoin.

— Elle ne me parlera pas. Elle était terrifiée.

— Donnez-moi son numéro. Je vais l'appeler.

— Pourquoi elle vous parlerait à vous ?

— Je suis plus sympathique. Les gens me parlent sans problème. Parfois je ne peux pas les arrêter.

— Il faudrait que j'aille à mon bureau.

— Conduisez-nous d'abord chez les Shevick. J'ai quelque chose pour eux. Pour l'instant, ils ont besoin d'être rassurés.

37

Gregory reconstitua les événements à partir des premières informations qu'il reçut, de trois sources différentes, à savoir d'un flic qu'il payait, d'un pompier qui lui devait de l'argent, et d'un mouchard qu'il postait derrière un bar du côté est. Il convoqua tout de suite une réunion de son conseil restreint. Celui-ci se tint dans le bureau à l'arrière de la compagnie de taxi.

— Dino est mort, commença Gregory. Jetmir est mort. Tout leur conseil restreint est mort. Ils ont perdu leurs vingt meilleurs éléments, d'un coup. Peut-être davantage. Ils ne font plus le poids. Et ils n'auront plus jamais de pouvoir. Ils n'ont aucune perspective de leadership. Leur survivant le plus expérimenté est une vieille brute dénommée Hoxha. Et il a juste été épargné parce qu'il était à l'hôpital. Parce qu'il ne peut pas parler. Ça leur ferait un sacré leader.

Quelqu'un demanda :

— Comment c'est arrivé ?

— C'est les Russes, évidemment, répondit Gregory. Choc et stupeur à l'est de Centre Street, nettoyage de la moitié du terrain, anticipation d'une possible alliance défensive entre les Albanais et nous, avant de concentrer toutes leurs forces contre nous et nous seuls.

— Bonne stratégie.

— Mais mal exécutée. Ils ont mal géré à la scierie. Tous les flics et tous les pompiers de la ville sont là-bas. Le côté est ne servira à personne pendant des mois. Il sera trop surveillé. Les pots-de-vin ont leur limite. Il y a des choses sur lesquelles on ne peut pas fermer les yeux. Je parie que toute l'affaire est déjà relayée par la télé. Elle est sous les projecteurs, littéralement. Là où personne ne veut se retrouver. Du coup, tout se passe du côté ouest. Et maintenant, ils le voudront plus que jamais.

— Quand viendront-ils nous chercher ?

— Je ne sais pas. Mais nous serons prêts. Nous passons immédiatement à au dispositif C. Resserrer la garde. Prendre des positions défensives. Ne laisser passer personne.

— On ne peut pas maintenir le dispositif C indéfiniment. Il faut qu'on sache quand ils vont arriver.

Gregory acquiesça.

— Aaron Shevick doit le savoir. On devrait le lui demander.

— Il est introuvable.

— Est-ce qu'il y a encore des gens dans la maison de la vieille dame ?

— Oui, mais Shevick ne s'y montre plus. Elle l'a probablement prévenu. Apparemment, c'est sa mère, sa tante ou quelque chose comme ça.

Gregory acquiesça de nouveau.

— OK, dit-il. Voilà ce que vous allez faire. Appelez nos gars et dites-leur de l'amener ici. Elle peut l'avoir au téléphone, pendant qu'on s'occupe d'elle. Il accourra dès qu'il l'entendra crier.

***

Vantresca avait récupéré Abby et Reacher à un kilomètre et demi de la scierie, ce qui signifiait que la maison des Shevick se trouvait un kilomètre et demi plus loin. La Jaguar noire vrombit dans les rues. C'était le milieu de la matinée. Le soleil brillait haut dans le ciel. Le quartier baignait dans une lumière crue et des ombres épaisses. Reacher demanda à Vantresca de s'arrêter à la station-service qui faisait supérette. Il se gara à l'arrière, à côté du tunnel de lavage. Une berline blanche avançait lentement entre les brosses. Il y avait de la mousse bleue et des bulles blanches partout.

Reacher déclara :

— J'imagine que nous pouvons installer les Shevick dans un hôtel du côté est. Plus besoin de se cacher. Ça n'intéresse plus personne de nous voir avec eux.

— Ils ne peuvent pas se payer l'hôtel, fit remarquer Abby.

Reacher fouilla dans le portefeuille en forme de pomme de terre de Gezim Hoxha.

— Ils n'ont pas besoin.

— Je suis sûre qu'ils préféreraient que tout soit dépensé pour Meg.

— C'est une goutte d'eau dans l'océan. Et ça n'a rien à voir avec un choix démocratique. Ils ne peuvent plus rester chez eux.

— Pourquoi ?

— Il faut faire avancer les choses. Je veux que leur *capo* soit perturbé. Gregory, c'est ça ? Je veux qu'il nous entende frapper à la porte. On pourrait aussi bien commencer par les gars devant la maison. Il est temps qu'ils débarrassent le plancher. Mais il pourrait y avoir une riposte. Donc les Shevick doivent partir. Au moins pour le moment.

— On n'a pas de place dans la voiture, lui objecta Barton.

— On va prendre leur Lincoln. On conduira les Shevick jusqu'à un hôtel de luxe, en Town Car. Ça pourrait leur plaire.

— Ils habitent dans une impasse, leur rappela Vantresca. Nous allons nous approcher de front. Il n'y aura pas d'élément de surprise.

— Pour vous peut-être, dit Reacher. Mais je vais encore passer par-derrière, pendant qu'ils essaient de découvrir qui vous êtes tous. Ça devrait les surprendre.

Vantresca roula jusqu'à la route principale, prit la première à droite, puis à gauche, et s'arrêta à l'endroit où Reacher et Abby avaient garé la Chrysler avant l'aube, devant chez la voisine des Shevick. Devant la maison de l'informatrice, dont les appels resteraient désormais sans réponse parce que l'appareil à l'autre bout de la ligne avait fondu depuis longtemps. Comme la Chrysler auparavant, la Jaguar était garée à la parallèle de la Lincoln, dans la même direction, à une distance d'environ trente mètres, soit la profondeur de deux petits terrains résidentiels, et masquée par deux maisons. Mais seulement pour un moment. Reacher descendit et la voiture avança.

Il traversa le jardin de devant de la voisine et ouvrit d'un coup sec la partie de la clôture qui servait de porte. Et traversa le jardin de derrière. Pour atteindre la clôture arrière branlante. Qui appartenait soit à la voisine, soit aux Shevick, soit aux deux. Il n'avait pas vraiment envie de l'escalader à nouveau, il l'abattit d'un coup de pied. Si c'était celle des Shevick, Trulenko pourrait leur en financer une nouvelle. Si c'était celle de la voisine, alors tant pis. Elle les avait balancés. Si elle était commune, chacun paierait sa moitié.

Il traversa le jardin des Shevick et passa devant l'endroit où les photos avaient été prises, jusqu'à la porte de la cuisine.

Il toqua au carreau. Pas de réponse. Il toqua à nouveau, un peu plus fort. Toujours pas de réponse.

Il essaya d'ouvrir. La porte était verrouillée de l'intérieur. Il jeta un coup d'œil par la fenêtre. Rien. Personne. Juste les plans de travail, la table plastifiée et les chaises en vinyle. Il continua, passa le mur à photos de famille, jusqu'à la fenêtre suivante. Celle de la chambre à coucher. Personne à l'intérieur. Juste un lit fait et une porte de placard fermée.

Mais celle de la chambre était ouverte. Et il vit une ombre bouger dans le couloir. Une ombre complexe à deux têtes et quatre jambes. Grande d'un côté, petite de l'autre. De légers mouvements, comme si une partie luttait sans conviction et que l'autre la maintenait sans difficulté.

Reacher glissa la main dans sa poche. Il choisit le Glock fraîchement récupéré. Dix-sept cartouches, plus une dans la chambre. Il retourna vite devant la porte de la cuisine. Prit une inspiration, et une autre, donna un coup de coude dans la vitre, passa la main par la fenêtre, tourna la clé d'un geste fluide, puis entra. Opération bruyante, évidemment, si bien qu'une tête apparut, pile au bon moment, par l'entrebâillement de la porte donnant sur le couloir, pour voir ce qui se passait. Peau claire, yeux clairs, cheveux clairs. Costume noir, chemise blanche, cravate en soie noire. Reacher visa deux centimètres sous le nœud de cravate, mais en adversaire loyal, il ne tira pas avant de voir une main armée sortir d'une poche et décrire aussitôt un arc de cercle à un mètre au-dessous du visage, après quoi il appuya sur la détente et la balle fit un trou dans le gars, assez grand pour y passer le pouce. Elle le transperça complètement et vint se loger dans le mur derrière lui. Le gars tomba à la verticale, comme un pantin dont on couperait les fils.

La détonation du Glock laissa place au silence.

Pas un bruit dans le couloir.

Mais très vite un faible gémissement, étouffé, comme celui d'une vieille dame fragile essayant de crier, la main d'un homme robuste plaquée sur la bouche. Ou celui de son mari. Puis des semelles qui raclent le parquet, sans espoir, sans mener à rien. Signe de résistance. Le sang du type abattu se répandait sur le parquet. Coulait dans les interstices entre les lames. De beaux dégâts. Il faudrait en remplacer quelques mètres. Trulenko pourrait financer ça. Plus le mastic, pour l'impact de la balle dans le mur. Et la peinture. Et une nouvelle vitre pour la porte de la cuisine. Très bien.

Pas un bruit dans le couloir. Reacher recula pour sortir par la porte de la cuisine. *Le scénario évident consistait à constituer deux escouades, dont l'une sortirait par une porte à l'arrière, et contournerait le bâtiment.* Il enjamba les débris de verre, puis il gagna le jardin. Tourna à droite, encore à droite, et à droite encore. Et s'arrêta un instant devant la maison. Il vit la Lincoln garée dans la rue, sans personne dedans. Aucun signe de la Jaguar. Pas pour l'instant. Il visualisa mentalement son parcours. Vers le nord jusqu'à la grande rue suivante, à l'ouest jusqu'à la rue principale, au sud jusqu'à leur virage habituel, et après dans le lotissement avec ses rues étroites et ses virages serrés à angle droit. Cinq minutes, peut-être. Six maximum. Ils ne se perdraient pas. Abby connaissait le chemin.

Il longea la façade de la maison, sur la pelouse, à un mètre du mur, à cause des plantations. Il regarda à travers la vitre de la porte d'entrée, de biais, avec un angle visuel limité. Il aperçut un deuxième type à la peau claire, en costume noir. Son épaisse main gauche plaquée sur la bouche de Maria Shevick. Dans la droite, un pistolet, sur sa tempe. Un autre H&K P7, en acier, délicat. Un doigt crispé sur la détente. Et à un mètre de là, Aaron Shevick, pétrifié, les yeux écarquillés, manifestement terrifié. Les lèvres serrées. De toute évidence, on lui avait donné l'ordre de se taire. De toute évidence, il n'était pas prêt à prendre le risque de désobéir. Pas quand sa femme avait la bouche d'une arme sur la tempe.

Reacher observa encore le bout de la rue. Toujours pas de Jaguar. Le gars qui tenait Maria surveillait la porte de la cuisine. Attendant que celui qui s'y trouvait en sorte. Et se retrouve aussitôt dans l'impasse classique. *Lâche ton arme ou je descends la vieille.* Sauf qu'il ne pouvait pas tirer sur la vieille dame parce qu'une fraction de seconde après avoir appuyé sur la détente, on lui exploserait le crâne. Impasse classique. Triangle immuable. Les vecteurs de menace tourneraient en boucle, dans un cycle infernal, avec des hurlements assourdissants.

Reacher analysa les positions. Le gars dominait Maria Shevick d'une tête, au sens littéral du terme. Il se tenait derrière elle, la serrait contre lui, la main plaquée sur sa bouche, le menton calé sur le sommet de son crâne. Reacher le voyait de profil. Une grosse joue pâle, une petite oreille rose, des cheveux blonds rasés brillants. Il avait plus de trente ans, mais peut-être pas encore quarante. Avait-il assez de bouteille pour savoir où se trouvait le centre névralgique de l'organisation ? C'était la principale question de Reacher.

Et la réponse était non. Comme avant. *Nous, on s'assied dans des voitures pour surveiller des portes. Vous pensez qu'on dirait où se trouve Trulenko à des types comme nous ?* Celui-là ne servait à rien.

Dommage.

Surtout pour lui.

Reacher se coucha au sol et, en s'aidant des coudes et des pieds, traversa l'étroite allée bétonnée. La porte d'entrée était ouverte. Le gars fixait toujours la cuisine. Reacher se contorsionna jusqu'à avoir une vue perpendiculaire à celle qu'il avait par la fenêtre. Maintenant il distinguait l'arrière de la tête du gars. Large cou blanc, bourrelets serrés de chair épaisse, cheveux rasés. Il regardait tout cela en contre-plongée, à plat ventre sous le niveau du seuil et du sol du couloir. Il pointa le Glock vers le haut, presque à la verticale. Vers l'endroit où la colonne vertébrale du gars rencontrait son crâne. À savoir aussi haut qu'il se le permettait. Il voulait que la balle s'enfonce, pas qu'elle érafle l'os. Ce qui arrive, parfois, quand on tire de très bas. Certaines personnes ont le crâne dur comme du béton.

Il compta jusqu'à trois, expira lentement.

Et appuya sur la détente. La tête du gars éclata comme une pastèque et la balle sortit par le haut de son crâne et vint se loger dans le plafond. Une brume rose et violette s'éleva aussitôt dans la pièce. Mort cérébrale instantanée. Salissant, mais inévitable, avec quelqu'un ayant un doigt crispé sur la détente. Le seul moyen fiable. Médicalement prouvé.

Le gars s'effondra derrière Maria Shevick comme un gros manteau d'hiver qu'elle aurait ôté en le laissant lentement glisser au sol. Et elle resta debout, à un mètre de son mari, tous les deux muets et figés. Le bruit du coup de feu laissa place au silence. La brume rose retomba, avec une infinie lenteur.

Et la Jaguar apparut.

***

Le plan de Reacher consistait à présenter l'idée de l'hôtel comme une aventure amusante, et de parfaire le tout en remettant les dix mille dollars en billets de cent tout beaux tout neufs. Mais les choses ne se passèrent pas de cette façon. Maria Shevick avait du sang et des fragments d'os dans les cheveux. Et Aaron tremblait. Il était à deux doigts de disjoncter. Vantresca les fit sortir et s'asseoir à l'arrière de sa Jaguar. Abby leur prépara un sac. Elle passa de pièce en pièce, ramassa ce dont ils auraient sans doute besoin. Reacher et Hogan sortirent les cadavres et les mirent dans le coffre de la Lincoln, délestés de leur argent, de leurs armes et de leurs téléphones. Un travail de routine, à ce stade. Reacher remit à Vantresca des billets sortis du portefeuille en forme de pomme de terre de Gezim Hoxha, pour payer la chambre d'hôtel des Shevick. Vantresca proposa de les y conduire et de les enregistrer. Il monterait dans l'ascenseur avec eux et les installerait dans leur chambre. Reacher demanda aux trois autres de rester pour s'occuper de la Lincoln.

— Qu'est-ce qu'on en fait ? demanda Barton.

— On va rouler avec, déclara Reacher.

— Et on va où ?

— Vous avez un concert. On doit aller chercher votre minivan et charger vos affaires.

— Avec eux dans le coffre ?

— Vous avez déjà pris l'avion ?

— Bien sûr.

— Il y avait probablement un cercueil dans la soute à bagages. Il y a toujours des morts à rapatrier.

— Vous savez que le concert a lieu à l'ouest de Centre Street.

— Oui, dans un bar. Avec un type à la porte.

38

Le minivan de Barton était garé dans un terrain vague protégé par une clôture surmontée de fil de fer barbelé et dont le portail était fermé par une chaîne. Hogan et Barton l'en sortirent et Reacher et Abby les suivirent jusqu'à la maison dans la Lincoln. Le minivan était un véhicule de mère de famille, de troisième main et déglingué dont on avait retiré les sièges arrière et recouvert les vitres de plastique noir. Reacher les aida à le charger. Il avait fait beaucoup de petits boulots depuis son départ de l'armée, mais il n'avait jamais été roadie pour un groupe de rock. Il transporta la basse Precision meurtrière de Barton dans un étui rigide, plus un instrument de secours, plus un ampli de la taille d'une valise de riche, et enfin l'énorme enceinte à huit haut-parleurs. Et les instruments de la batterie de Hogan. La totale.

Puis il suivit à nouveau le minivan avec Abby, dans la Lincoln, en direction de l'ouest, vers le territoire ukrainien. Midi, la journée était presque à moitié terminée. Reacher conduisit. Abby compta l'argent qu'ils avaient pris aux gars enfermés dans le coffre. Ça ne faisait pas beaucoup. Au total deux cent dix dollars. *Nous, on s'assied dans des voitures.* Apparemment leur salaire à la journée était inférieur à celui d'un vieux briscard comme Gezim Hoxha. Leurs téléphones affichaient la même avalanche de textos qu'ils avaient vue auparavant, et une série de nouveaux. Tous en ukrainien. Abby reconnut la forme de certains mots, grâce à son cours intensif de la nuit précédente avec Vantresca.

— Ils changent à nouveau de dispositif, dit-elle.

— Ils passent à quoi ? demanda Reacher.

— Je ne peux pas le lire. Je ne sais pas de quelle lettre il s'agit. Sans doute le C, ou ils retournent au A.

— Probablement pas le C. Vu les circonstances.

— Je pense qu'ils accusent les Russes. Et je pense qu'ils disent qu'Aaron Shevick est russe.

— D'où viennent les SMS ?

— Tous du même numéro. Ils ont probablement un système d'envoi automatique.

— Sans doute géré depuis un ordinateur de leur centre névralgique.

— Sans doute.

— Regarde dans le journal d'appels.

— Qu'est-ce que je dois chercher ?

— Celui où on leur demande d'aller chercher Maria Shevick.

Abby fit défiler la liste des appels récents.

— Le dernier appel entrant remonte à une heure environ. Cinquante-sept minutes, pour être précise.

Reacher calcula le temps que lui avaient pris les récentes péripéties, mais à rebours, comme un chronomètre qui compterait à l'envers. Suivre le minivan à l'ouest, le charger, le récupérer, partir de chez les Shevick, environ quatre minutes et trente secondes passées dans la maison, traverser leur jardin, celui de la voisine, descendre de la voiture. De la Jaguar, garée parallèlement à la Lincoln, museaux dans la même direction, mais à une distance d'environ trente mètres. Cinquante-sept minutes. Les deux gars auraient pu sortir de leur voiture exactement au même moment.

— D'où vient l'appel ? demanda Reacher.

Abby regarda sur le téléphone.

— D'un numéro de portable bizarre. Sans doute celui d'un téléphone prépayé.

— Un appel passé par quelqu'un de haut placé. Peut-être Gregory en personne. C'était une décision stratégique majeure. Ils veulent savoir quand les Russes vont arriver. Ils pensent que je peux le leur dire. Ils voulaient se servir de Maria comme moyen de pression. Ils doivent penser que nous sommes parents.

— Quel genre de moyen de pression ?

— Le mauvais. Rappelle le numéro.

— Vraiment ?

— Certaines choses doivent être dites.

Abby mit le téléphone sur haut-parleur et sélectionna une option à partir du menu du journal d'appels. La tonalité résonna dans la voiture. Puis une voix répondit, avec un mot étranger qui aurait pu être « allô », ou « oui », ou « quoi », ou « déballe », ou tout autre formule que les gens emploient quand ils répondent au téléphone.

Reacher lança :

— Parlez en anglais.

La voix répondit :

— Qui êtes-vous ?

— Vous d'abord. Dites-moi votre nom.

— Vous êtes Shevick ?

— Non. Vous vous trompez là-dessus. Vous vous trompez sur beaucoup de choses.

— Alors qui êtes-vous ?

— Vous d'abord, répéta Reacher.

— Qu'est-ce que vous voulez ?

— J'ai un message pour Gregory.

— Qui êtes-vous ?

— Vous d'abord, répéta encore Reacher.

— Moi, c'est Danilo.

Abby se raidit sur son siège.

— Je suis le bras droit de Gregory, répondit le gars. Quel est votre message ?

— Il s'adresse à Gregory. Transférez l'appel.

— Pas avant de savoir qui vous êtes. D'où venez-vous ?

— Je suis né à Berlin.

— Vous êtes allemand de l'Est ? Pas Russe ?

— Mon père était dans la marine américaine. Il a été déployé dans notre ambassade en Allemagne de l'Est. Je suis né là-bas. Un mois plus tard, j'étais ailleurs. Maintenant, je suis ici. Avec un message pour Gregory.

— Comment vous appelez-vous ?

— Jack Reacher.

— C'est le vieux.

— Je vous l'ai dit, vous vous trompez. Je ne suis pas aussi jeune que j'ai pu l'être, mais je ne suis pas encore vieux. Dans l'ensemble, je m'en sors bien. Maintenant, transférez l'appel.

Le dénommé Danilo se tut pendant un long moment. Le bras droit. Avec une importante décision à prendre. Comme un commandant en second. On n'embête pas le commandant pour les petits problèmes, mais on s'assure de savoir quels petits problèmes sont en réalité de gros problèmes déguisés. Ensuite vient la règle de procédure la plus importante de toutes : en cas de doute, jouer la sécurité.

Danilo joua la sécurité. Il y eut un clic, puis un long moment de silence, puis un autre clic, et une nouvelle voix répondit, avec un mot étranger qui aurait pu être « allô », ou « oui », ou « quoi », ou « déballe », ou n'importe quoi d'autre.

Reacher lança :

— Parlez en anglais.

Gregory demanda :

— Qu'est-ce que vous voulez ?

— Vous avez l'identification de l'appelant ?

— Pourquoi ?

— Pour savoir qui vous appelle.

— Vous avez dit à Danilo que vous vous appeliez Reacher.

— Mais depuis quel téléphone j'appelle ?

Pas de réponse.

— Ils sont morts, dit Reacher. Ils ne servaient à rien. Comme tous vos autres gars. Ils tombent comme des mouches. Bientôt vous n'aurez plus personne.

— Qu'est-ce que vous voulez ?

— Je vais venir vous voir, Gregory. Vous alliez faire du mal à Maria Shevick. Je n'aime pas les gens comme vous. Je vais vous trouver, et je vais vous faire pleurer comme une fillette. Et après, je vais vous arracher une jambe et vous battre à mort avec.

— Vous croyez pouvoir faire ça ?

— J'en suis presque sûr.

— Pas si je vous trouve le premier.

— Ça n'arrivera pas. Vous ne l'avez pas encore fait. Vous ne le ferez jamais. Vous ne pouvez pas me trouver. Vous n'êtes pas assez bon. Vous êtes un amateur, Gregory. Je suis un professionnel. Vous ne me verrez pas arriver. Vous pourriez aller jusqu'au dispositif Z que ça ne vous aiderait pas. Mon conseil maintenant, c'est de faire vos adieux et de rédiger votre testament.

Il raccrocha et jeta le téléphone par la fenêtre.

D'une petite voix hésitante, Abby lui dit :

— Danilo.

— Oui, qu'est-ce qu'il a ?

— C'est le type.

— Quel type ?

— Celui qui m'a fait le truc.

39

Abby commença son récit à un feu rouge et le poursuivit jusqu'à un quatrième. Elle parla d'une petite voix douce. Timide, hésitante, peinée et gênée. Reacher l'écouta, presque sans rien dire. Cela semblait la meilleure chose à faire.

Elle raconta que treize mois plus tôt, elle avait travaillé dans un bar à l'ouest de Center Street. Un bar branché qui venait d'ouvrir et rapportait beaucoup d'argent. Un de leurs fleurons. De ce fait, il y avait toujours un homme qui gardait la porte. La plupart du temps pour collecter le pourcentage de Gregory, mais parfois aussi il assurait la sécurité. Comme un videur. C'était la façon de procéder de Gregory. Il aimait donner l'illusion d'offrir un service en échange. Abby précisa que ça ne lui posait pas de problème, sur le principe. Elle avait toujours travaillé dans des bars, et savait que ce genre de racket était une réalité incontournable, et qu'un videur pouvait être utile de temps en temps, quand des mecs bourrés lui mettaient la main aux fesses et lui faisaient des propositions obscènes. La plupart du temps, elle se contentait de pactiser avec le diable. Elle jouait le jeu pour ne pas faire de vagues, parfois elle détournait le regard, et d'autres fois, elle bénéficiait d'une petite intervention.

Mais une nuit, un jeune, la vingtaine, était venu fêter un anniversaire. C'était un petit gars un peu coincé, un gringalet survolté, qui n'arrêtait pas de remuer et de rire de n'importe quoi à gorge déployée. Mais totalement inoffensif. À vrai dire, elle se demandait s'il n'avait pas un problème d'ordre mental. Une case en moins qui le rendait surexcité. Et il l'était, indéniablement. Mais personne n'avait vraiment protesté. Sauf un type en costume à mille dollars qui s'attendait peut-être à un autre genre d'ambiance. Peut-être plus sophistiquée. Il était accompagné d'une femme qui portait une robe à mille dollars, et on pouvait deviner leur déception à leur langage corporel, ils communiquaient comme s'ils s'envoyaient des signaux par télégraphe ou par sémaphore et ils soufflaient de plus en plus ostensiblement, à tel point que le portier avait fini par le remarquer.

Et il avait fait ce qu'il était censé faire, à savoir observer les deux parties intéressées, et évaluer soigneusement laquelle présentait le plus d'intérêt, en termes de recettes futures. Et évidemment, c'était le couple aux tenues à mille dollars. Ils buvaient des cocktails, leur addition allait avoisiner les deux cents dollars. Alors que celle du petit jeune qui buvait de la bière locale, très lentement, s'élèverait à douze, environ. Aussi le portier avait-il demandé au petit jeune de partir.

— Ce qui ne me dérangeait pas, à ce moment-là, expliqua Abby. Je veux dire, oui, c'était triste, et c'était nul, mais c'est comme ça. Tout le monde essaie de faire tourner sa boutique. Mais quand ils se sont retrouvés face à face, j'ai vu que le portier ne pouvait vraiment pas saquer le gamin. Je pense que c'était à cause du problème mental. Le gamin était un peu à l'ouest, c'est sûr. La réaction du portier est partie de là. C'était sauvage. Comme si le gamin voulait lui nuire, et qu'il fallait le faire disparaître. Ou alors, peut-être qu'au fond le portier avait peur. Certaines personnes sont effrayées par la maladie mentale. Quoi qu'il en soit, il a traîné le gamin dehors, à l'arrière du bar, pas sur le trottoir devant l'entrée, et il l'a presque battu à mort. Je veux dire, il l'a vraiment démoli. Fractures au crâne, aux bras, aux côtes, au bassin et aux jambes. Et je trouvais ça inacceptable.

Reacher demanda à Abby :

— Qu'est-ce que tu as fait ?

— Je suis allée voir les flics. Évidemment, je savais que Gregory graissait la patte à tout le service, mais j'ai pensé qu'il devait y avoir une limite qu'on ne lui laisserait pas dépasser.

— Ne pas effrayer les électeurs.

— Mais visiblement, ça ne les effrayait pas. Parce qu'il ne s'est jamais rien passé. Les flics m'ont complètement ignorée. Sans doute que Gregory a tout arrangé en coulisses. Probablement avec un coup de fil. Pendant ce temps, on m'a abandonnée à mon sort. Seule et sans protection.

— Qu'est-ce qui s'est passé ?

— Rien, le premier jour. Puis j'ai été convoquée à un tribunal disciplinaire. Ils adorent tous ces trucs. Le crime organisé est plus procédurier que les services publics. Il y avait quatre hommes à une table. Danilo présidait la réunion. Il n'a pas prononcé un mot. Il s'est contenté d'observer. Au début, je ne voulais pas parler non plus. Je veux dire, c'était n'importe quoi. Je ne travaille pas pour eux. Ils n'ont pas à décider pour moi. En ce qui me concerne, ils peuvent se coller leur tribunal là où je pense. Et puis ils m'ont expliqué comment ça se passait. Si je ne coopérais pas, je ne travaillerais plus jamais à l'ouest de Centre Street. Ce qui représente la moitié de mes boulots, évidemment. Je ne pouvais vraiment pas me permettre de les perdre. Je serais morte de faim. J'aurais dû quitter la ville et tout recommencer ailleurs. Alors à la fin, j'ai dit : OK, comme vous voudrez.

— Et ça s'est passé comment ?

Abby haussa les épaules, hocha la tête et ne répondit pas à la question directement. Pas juste en un mot.

— J'ai dû avouer mon crime, en détail. Je devais expliquer ma motivation, et préciser comment j'avais pris conscience plus tard que je m'étais trompée. J'ai dû me confondre en sincères excuses, d'être allée voir la police, d'avoir critiqué le portier et pensé avoir fait preuve de discernement. J'ai dû leur jurer que j'avais changé. Je devais leur assurer qu'ils pouvaient me laisser continuer à travailler sans que je menace leur sécurité. J'ai dû faire une demande formelle. Je devais dire : s'il vous plaît monsieur, laissez-moi travailler de votre côté de la ville. D'une jolie voix. Comme une gentille petite fille.

Reacher garda le silence.

— Ensuite, on est passés à la phase de punition. Ils m'ont expliqué qu'il devait y avoir une sanction. Quelque chose qui prouverait ma sincérité. Ils ont apporté une caméra et un trépied. Je devais me tenir bien droite, tête haute, épaules en arrière. Ils ont expliqué qu'ils allaient me gifler le visage. C'était la sanction. Quarante fois. Vingt à gauche, vingt à droite. Et ils allaient filmer. Ils m'ont dit de faire bonne figure et d'essayer de ne pas pleurer. De ne pas reculer la tête, mais de m'offrir fièrement et de bon cœur, parce que je le méritais.

Abby poursuivit.

— Ils ont commencé à filmer. C'est Danilo qui m'a frappée. C'était horrible. Des claques, mais vraiment fortes. Il m'a mise à terre une demi-douzaine de fois. J'ai dû me relever, sourire et dire : pardon, monsieur. J'ai dû me rasseoir, de bon cœur et avec enthousiasme. J'ai dû compter. Un, monsieur, deux, monsieur. Je ne sais pas ce qui était le pire, la douleur ou l'humiliation. Il s'est arrêté à mi-chemin. Il a dit que je pouvais arrêter si je voulais. Mais je perdrais le marché. Je devrais quitter la ville. Alors je me suis résignée. J'ai dû demander à haute voix. Je devais dire : « S'il vous plaît monsieur, je veux que vous continuiez à me gifler le visage. » Quand il a fini, j'avais les joues rouges et gonflées, la tête qui tourne et du sang dans la bouche. Mais c'est à la caméra que je pense maintenant. C'était pour mettre ça en ligne, j'en suis sûre. Forcément. Un site porno. Un sous-genre sévices et humiliation. Maintenant je serai sur Internet pour toujours, à me faire gifler.

Devant, le minivan de Barton commença à ralentir.

— OK, dit Reacher. Danilo. Bon à savoir.

40

Le bar se trouvait au sous-sol d'un grand bâtiment en briques situé dans une rue convenable à trois pâtés de maisons de la première tour du centre-ville. On y trouvait des cafés et des boutiques en rez-de-chaussée, et d'autres entreprises aux étages supérieurs. Peut-être douze au total. Ils partageaient un parking réservé aux livraisons à l'arrière, où Barton se gara. Reacher gara la Lincoln à côté. À eux deux, ils transportèrent le matériel des musiciens jusqu'à l'ascenseur. Puis Vantresca arriva, dans sa Jaguar. Il se rangea de l'autre côté du van, en descendit et déclara :

— J'accompagne le groupe.

Barton et Hogan prirent leur matériel. Reacher et Abby restèrent dans la rue. Abby demanda des nouvelles des Shevick à Vantresca.

— Ils s'accrochent. Ils logent à un étage élevé. Ils se sentent en sécurité et à l'écart. Ils prennent des douches et font des siestes. Je leur ai expliqué comment fonctionne le service d'étage. Ils vont s'en sortir. Parce qu'ils me semblent assez résistants. À leur âge, ils ne sont plus en sucre. Au moins maintenant ils peuvent regarder la télé. Ils étaient contents, même s'ils ont essayé de ne pas le montrer.

Abby lui remit le deuxième téléphone ukrainien, celui que Reacher n'avait pas jeté par la fenêtre de la voiture. Vantresca lut la série de nouveaux textos.

— Ils savent que les Albanais ont été éliminés. Ils pensent qu'ils sont tous attaqués par la mafia russe. Ils sont passés en dispositif C. Ils resserrent la garde. Ils prennent des positions défensives. Ils écrivent : « Ne laissez passer personne. » Avec un point d'exclamation. Très emphatique. On dirait un slogan sur un vieux panneau d'affichage du bloc de l'Est.

— Rien sur Trulenko ? demanda Reacher.

— Pas un mot. Ils réduisent sans doute leurs activités.

— Mais ils ne lui disent pas d'arrêter.

— Visiblement pas.

— Donc sa mission ne peut pas être interrompue. Même pendant une guerre avec la mafia russe. Ça devrait nous apprendre quelque chose.

— Quoi donc ?

— Je ne sais pas. Vous êtes passé à votre bureau ?

Vantresca acquiesça. Il sortit une feuille de papier de la poche arrière de son pantalon. La tendit à Reacher. Un nom, et un numéro. Barbara Buckley. *Washington Post.* Code postal de Washington DC.

— C'est une perte de temps, affirma Vantresca. Elle ne vous parlera pas.

Reacher prit le téléphone portable et composa le numéro. Le téléphone sonna. Quelqu'un répondit.

Reacher demanda :

— Mademoiselle Buckley ?

— Elle n'est pas là. Essayez plus tard.

Et ça raccrocha. Presque midi. La moitié de la journée était écoulée. Ils prirent le monte-charge vide pour descendre au sous-sol, où ils trouvèrent Barton et Hogan en train de se préparer. Deux de leurs amis se trouvaient sur scène avec eux. Un guitariste et une chanteuse. Un rendez-vous habituel pour eux tous à l'heure du déjeuner, une fois par semaine.

Reacher resta en retrait. La salle était grande, mais basse de plafond. Dépourvue de fenêtres, car c'était un sous-sol. Il y avait un bar le long du mur de droite, une piste de danse rectangulaire parquetée, quelques chaises et tables, et juste un peu d'espace pour les spectateurs debout. Une soixantaine de personnes se trouvaient déjà dans la salle. Et d'autres arrivaient. Passaient devant un gars en costume assis sur un tabouret. Dans l'angle le plus éloigné à gauche de la salle. Pas exactement un portier. Plutôt un sous-fifre, mais au rôle identique. Compter les entrées, et avoir l'air dur. Il était baraqué. Épaules larges, cou épais. Costume noir, chemise blanche, cravate en soie noire. Dans l'angle le plus proche sur la gauche de la salle, un large couloir menait aux toilettes, à la sortie de secours et au monte-charge. C'est par là qu'ils étaient entrés. De larges arceaux de projecteurs colorés étaient fixés au plafond, tous orientés vers la scène. Et il n'y avait pas grand-chose d'autre en matière d'éclairage. Uniquement un bloc de sortie de secours pas très lumineux au bout du couloir, et un autre derrière l'homme assis sur le tabouret.

Parfait.

Reacher s'approcha de la scène. Le matériel était installé. Il ronronnait et bourdonnait doucement. La basse Precision de Barton était appuyée contre son monstrueux ampli. Prête pour l'action. Son instrument de secours était positionné sur un support à côté. Prêt pour les urgences. Barton avait pris place à une table à proximité et mangeait un hamburger. Il expliqua que le repas était gratuit pour les musiciens. Ils pouvaient manger tout ce qu'ils voulaient, jusqu'à un maximum de vingt dollars.

Reacher lui demanda :

— Quel genre de morceaux vous allez jouer ?

— Des reprises, surtout. Peut-être quelques compos.

— Vous allez faire du bruit ?

— Si on le décide.

— Est-ce que les gens dansent ?

— Si on veut qu'ils dansent.

— Faites-les danser sur le troisième morceau. Faites du bruit. Que tous les yeux soient rivés sur vous.

— En général, ça vient à la fin.

— On n'a pas le temps.

— On a un medley de rock. Tout le monde danse dessus. Je pense qu'on pourrait le jouer plus tôt.

— Ça marche pour moi, dit Reacher. Merci.

Parfait.

Le plan était au point.

***

Les lumières de la salle s'éteignirent et celles de la scène s'allumèrent. Le groupe entama son premier morceau, un rock mid-tempo au couplet triste et au refrain plein d'énergie. Reacher et Abby gagnèrent l'angle le plus proche à droite, à la diagonale de l'homme sur le tabouret. Ils se faufilèrent entre les clients assemblés au bar, longèrent le mur de droite et atteignirent le fond de la salle juste au moment où le groupe entamait son deuxième morceau, plus rapide et plus endiablé que le premier. Il chauffait le public. Le préparait pour le medley de rock à venir. Ils étaient plutôt doués pour ça. Ils firent mouche. Contre toute logique, Reacher voulut s'arrêter et danser. Le rythme était entraînant. Il voyait qu'Abby en avait envie, elle aussi. Elle marchait devant lui. Il le voyait à son déhanché. Elle voulait danser.

Alors, contre toute logique, ils dansèrent. Dans le noir, derrière le public, près du mur, tout en poursuivant leur progression, deux pas en avant, un pas en arrière, mais en s'amusant. C'était comme une libération, un soulagement, une diversion, ou un réconfort. Ou un comportement normal. Celui de deux personnes qui viennent de se rencontrer.

Autour d'eux, d'autres dansaient aussi. De plus en plus. Si bien que lorsque le troisième morceau commença, la salle se déchaîna et des spectateurs se pressèrent sur la piste, bondissant en tous sens, accompagnés par un large cercle sur la moquette, heurtant les tables, renversant les boissons, se déchaînant. *Faites-les danser. Faites du bruit. Que tous les yeux soient rivés sur vous.* Barton se surpassait.

Puis Reacher et Abby cessèrent de danser.

Ils continuèrent d'avancer furtivement le long du mur du fond, derrière la foule de danseurs, vers l'angle le plus à gauche, où ils arrivèrent directement derrière l'homme assis sur le tabouret. Ils attendirent dans l'obscurité à deux mètres, jusqu'à ce qu'un groupe de retardataires descende l'escalier. L'homme assis sur le tabouret leva les yeux vers eux. Reacher s'approcha de lui par-derrière, et lui posa une main sur l'épaule. Comme un salut amical. Ou une blague, juste pour s'amuser. Reacher supposa que les retardataires n'y virent rien d'autre. Ce qu'ils ne virent pas, c'étaient ses doigts qui se glissèrent sous le col de la chemise du gars, le tordirent, le resserrèrent. Ils ne virent pas non plus son autre main, plus bas dans le dos, appuyant fermement la bouche d'un pistolet à la base de la colonne vertébrale du type. Vraiment fermement. Assez pour causer une plaie perforante, même sans appuyer sur la détente.

Reacher se pencha et chuchota à l'oreille du gars :

— On va faire un tour.

Puis il le fit glisser vers l'arrière du tabouret. Le redressa, le mit en équilibre. Et tordit son col de chemise plus fort. Abby s'approcha, lui fouilla les poches et le délesta de son téléphone et de son arme. Un autre P7 en acier. Le groupe passa au deuxième morceau du medley. Plus rapide et plus fort. Reacher se pencha de nouveau en avant.

— Tu entends ce backbeat ? Je pourrais te tirer dessus au quatrième temps sans que personne se rende compte de rien. Alors fais exactement ce que je te dis.

Il poussa le gars le long du mur, raide, formant une sorte de quadrupède pataud, comme l'ombre qu'il avait aperçue dans le couloir des Shevick. Abby suivit à un mètre, tel un ailier. Elle tangua. Se faufila. Le groupe enchaîna avec la troisième partie du medley. Plus rapide et plus bruyant encore. Reacher fit avancer le gars jusqu'à l'entrée du couloir. Jusqu'au monte-charge. Jusqu'à la rue. Jusqu'au parking. Jusqu'à la lumière du jour. Et là, le traîna à l'arrière de la Lincoln. Le redressa et l'obligea à regarder.

Abby appuya sur le bouton de la clé.

Le hayon se leva.

Deux types morts. Mêmes costumes, mêmes cravates. Flasques, sanguinolents, puants.

Le gars détourna le regard.

— C'est toi dans une minute, lui lança Reacher. À moins que tu répondes à mes questions.

Le gars garda le silence. Il ne pouvait pas parler. Reacher lui serrait trop le col de chemise.

— Où travaille Maxim Trulenko ?

Reacher relâcha sa prise d'un centimètre. Le gars haleta. Jeta un coup d'œil à gauche, à droite, regarda le ciel, comme s'il réfléchissait à ses différentes options. Comme s'il en avait. Puis il baissa les yeux. Vers les cadavres dans le coffre.

Il fixa ensuite Reacher et lui dit :

— C'est mon cousin.

— Lequel ? Celui à qui j'ai tiré dans la tête, ou celui à qui j'ai tiré dans la gorge ?

— On est venus ici ensemble. D'Odessa. On est arrivés dans le New Jersey.

— Tu crois que ça m'intéresse ? Je t'ai posé une question. Où travaille Maxim Trulenko ?

Le type prononça le mot qu'ils avaient lu dans le SMS. Inexact du point de vue biologique. Soit une ruche, soit un nid, soit un terrier. Pour décrire quelque chose qui bourdonnait ou s'agitait dans tous les sens.

— Où est-il ? demanda Reacher.

— Je ne sais pas, répondit le gars. C'est une activité secrète.

— C'est grand comment ?

— Je ne sais pas.

— Qui d'autre y travaille ?

— J'en sais rien.

— Est-ce que Danilo et Gregory y travaillent ?

— Non.

— Où est-ce qu'ils travaillent ?

— Dans le bureau.

— Il est indépendant ?

— De quoi ?

— Du mot que tu as utilisé. La ruche.

— Bien sûr que oui.

— Où est le bureau ?

Le type donna le nom d'une rue, et d'une autre, transversale. Puis il ajouta :

— Derrière la compagnie de taxi, en face du prêteur sur gages, à côté de l'agence de cautionnement.

— On était pile au bon endroit, dit Abby.

Reacher acquiesça. De derrière, il glissa la main sous le col du gars. Et il fit le tour de son cou jusqu'à sentir le nœud de cravate dans le creux de sa paume. Il le sentit à travers le coton du col. Cravate en soie, large de quatre centimètres. Plus résistante à la traction que l'acier. La soie brille parce que ses fibres sont triangulaires, comme des prismes allongés, du plus bel effet à la lumière, mais tissées si étroitement qu'il est pratiquement impossible de les détacher les unes des autres sur toute leur longueur. Un câble en acier céderait plus vite.

Reacher serra le poing, releva le coude pour exercer une torsion, comme s'il était suspendu d'une seule main à un barreau d'echelle. Geste qui lui permit de serrer le nœud plus résistant que de l'acier sur l'autre côté du cou. Reacher le maintint comme ça un moment, puis tourna encore un peu. Et encore un peu. Le portier était calme. La pression s'exerçait d'un côté à l'autre, pas d'avant en arrière. Il ne s'étouffa pas, ne s'asphyxia pas. Ne se débattit pas, dans un dernier sursaut désespéré. Au contraire, sa jugulaire bloquée n'irriguait plus son cerveau. Il était détendu. Paisible. Comme sous l'effet d'un narcotique. Il avait chaud, il se sentait bien.

Engourdi.

On y était presque.

C'était presque fini.

Reacher maintint sa prise une minute de plus, juste pour être sûr, puis il fit basculer le gars dans le coffre avec son cousin, et claqua le hayon. Abby le fixa du regard. Comme pour lui demander : Est-ce qu'on va les tuer tous ? Mais ce n'était pas un regard désapprobateur. Pas accusateur. Juste une interrogation. Reacher pensa : *Je l'espère.*

Mais à voix haute, il lança :

— Je devrais réessayer le *Washington Post.*

Abby lui tendit le téléphone du mort. Un nouveau texto s'affichait à l'écran. Pas encore lu. La photo de Reacher apparaissait dans une grosse bulle verte. Le portrait surprise du bar de prêt. Le type pâle, levant son téléphone. En dessous de la photo, un bloc de mots en cyrillique. Une longue tirade à propos de quelque chose.

— C'est quoi leur problème, maintenant ? demanda Reacher.

— Vantresca va nous le dire, répondit Abby.

Reacher composa le numéro du *Washington Post* de mémoire, car il l'avait tapé peu de temps auparavant. Une fois de plus, le téléphone sonna. Une fois de plus, quelqu'un répondit.

Une fois de plus, Reacher demanda :

— Mademoiselle Buckley ?

Et on lui répondit :

— Oui.

— Barbara Buckley ?

— Que voulez-vous ?

— J'ai deux choses pour vous. De bonnes nouvelles, et un sujet d'article.

41

Reacher perçut une grande effervescence en arrière-plan. Un vaste open space. Peut-être un plafond bas en placoplatre. Des cliquetis de claviers. Une douzaine de conversations.

— J'imagine que vous êtes à un bureau dans une salle de rédaction, dit-il.

— Sans blague, Sherlock, répliqua Barbara Buckley.

— J'imagine qu'il y a des bandeaux déroulants et des infos de chaînes câblées sur des écrans tout autour de vous.

— Des centaines.

— Peut-être qu'en ce moment même, l'un d'entre eux diffuse la couverture régionale d'un incendie dans une scierie dans une ville que vous connaissez.

Pas de réponse.

— La bonne nouvelle, c'est que c'était le QG du gang albanais. Il est en train de brûler. La plupart de ses membres sont morts à l'intérieur. Les autres se sont enfuis. Ils appartiennent au passé. Ce qu'ils vous ont dit quand vous les avez rencontrés, il y a quelques mois, ne s'applique plus. Ces menaces, c'est de l'histoire ancienne, à compter d'aujourd'hui. Nous pensons qu'il était important de vous mettre au courant le plus tôt possible. Ça fait partie de notre protocole concernant les droits des victimes.

— Vous êtes de la police ?

— Pas à proprement parler.

— Mais vous êtes dans les forces de l'ordre ?

— Qui ont de nombreux niveaux.

— Et vous êtes auquel ?

— Madame, avec tout le respect que je vous dois, vous êtes journaliste. Il y a des choses qu'il vaut mieux ne pas exprimer à voix haute.

— Vous voulez dire que vous pourriez me répondre, mais qu'ensuite vous devriez me tuer ?

— Madame, nous ne faisons pas cela dans la réalité.

— Et c'est de cet endroit que vous parlez ?

— Je préfère ne pas mentionner de lieux précis. Mais je dirais qu'il fait très chaud, ici.

— Attendez. Comment m'avez-vous trouvée ? Je n'ai signalé ces menaces à personne.

Reacher inspira, prêt à se lancer dans la deuxième partie de son script, mais la journaliste d'investigation le devança avec un feu roulant de recoupements rapides, d'hypothèses et de suppositions à chaud, qui de toute façon aboutirent à peu près au résultat qu'il espérait.

— Attendez, dit-elle, la seule personne qui aurait pu être au courant est l'homme qui m'a conduite à l'aéroport ensuite, celui que j'avais engagé sur place pour m'aider, un ancien militaire, d'un grade assez élevé, ce dont je suis sûre parce que j'ai vérifié, donc c'est lui qui a dû signaler les faits, probablement à un ami ou à un associé qui y trouvait un intérêt particulier, peut-être au Pentagone, d'où vous venez, j'imagine. Une agence secrète avec un acronyme à trois lettres dont personne n'a jamais entendu parler.

— Madame, je préférerais vraiment ne pas confirmer ou nier.

— Peu importe.

Barbara Buckley prit une grande inspiration et sa voix changea un peu.

— J'apprécie votre appel. Je vous remercie. Votre protocole fonctionne bien.

— Vous vous sentez mieux ?

— Vous avez déclaré que vous aviez un sujet pour moi. C'est ça ? Les Albanais sont partis ?

— Non. C'est autre chose. Qui vous implique.

— Je ne veux pas révéler cette information. J'ai laissé tomber le sujet. Et ce n'est pas ce qu'une journaliste intrépide est censée faire.

— C'est le revers de la médaille. C'est là que la journaliste intrépide expose l'affaire au grand jour. Grâce à ses recherches. Vous êtes venue ici pour une bonne raison. Et ce n'étaient pas les Albanais. Vous sembliez vous intéresser beaucoup plus aux Ukrainiens. Ça nous aiderait de savoir pourquoi.

— Je ne comprends pas.

— Que croyez-vous qu'ils faisaient ?

— J'ai compris la question. Ce que je n'ai pas compris, c'est pourquoi vous la posez. Vous travaillez pour une agence secrète à trois lettres. Vous devez sûrement savoir pourquoi vous êtes là. Ou c'est comme cela que ça se passe, maintenant ? Vous sous-traitez la partie investigation de l'enquête à la presse ?

Reacher prit une inspiration, et entama la troisième partie de son script.

— De toute évidence, vous avez obtenu des informations quelque part. Tout comme nous, bien sûr. Mais votre quelque part n'était pas le même que le nôtre. Je peux vous l'assurer. Donc faire de vous la star du spectacle nous permet de rester dans l'ombre. Nous jetons les soupçons dans la mauvaise direction. Nous protégeons nos sources. Pour qu'elles restent opérationnelles. Ce qui peut être important. Mais les règles d'engagement exigent que nous entendions une accusation crédible de la part d'une personne crédible avant de pouvoir passer à l'action. Nous ne pouvons pas en inventer. Ça doit être crédible.

— Vous enregistrez ?

— J'ai besoin de votre accord.

— Vous admettriez que j'ai résolu l'affaire ?

— Je pense que nous serions obligés de présenter ça de cette façon. C'est mieux pour tout le monde. Personne ne regarderait nos gars. Et puis, de toute façon on s'en fiche. Je ne veux pas passer à la télé.

— Je suis journaliste. Personne ne me qualifierait de crédible.

— Ce sont juste des cases à cocher.

— Ça a commencé par une rumeur que j'ai entendue d'un ami d'ami. À savoir que, quoiqu'on dise sur le plan politique, si les professionnels du renseignement avaient bien retracé les fake news sur Internet jusqu'au gouvernement russe à Moscou et avaient réussi à les bloquer, ils ont soudain essuyé un revers. D'après la rumeur, les Russes avaient pénétré sur le territoire d'une manière ou d'une autre. Ils opéraient à l'intérieur des États-Unis, et le blocage ne fonctionnait plus.

— OK.

— Mais j'ai commencé à réfléchir. De toute évidence, rien ne sortait de leur ambassade parce que nous l'aurions su. Ils sont surveillés, là-bas. Et ils n'ont pas déplacé leur QG ici parce que nous ne sommes pas les seuls chez qui ils fourrent leur nez. Ils piratent le monde entier. Donc évidemment qu'ils ont sous-traité la partie américaine du projet à quelqu'un qui se trouvait déjà sur le territoire. Comme pour un simple contrat d'affaires. Comme une franchise. Mais qui ? La mafia russe aux États-Unis n'est pas assez efficace, et de toute façon, le gouvernement russe ne voudra jamais traiter avec elle. J'ai essayé de comprendre. Je détenais quelques informations. Les informaticiens du journal suivent ce genre de choses. Ils ont des classements, comme la NFL. Tous ces vieux États soviétiques sont plutôt calés en technologie. L'Estonie, par exemple. Et l'Ukraine, ils l'ont compris. Seulement, Moscou et Kiev ne peuvent pas communiquer. Ils sont à couteaux tirés en permanence. Mais Moscou peut communiquer avec la mafia ukrainienne aux États-Unis. Mêmes personnes, même talent, mais dans un endroit différent. Et ce serait une couverture parfaite, du fait que le lien est très improbable. Et les informaticiens ont dit que les Ukrainiens étaient tout juste capables de le faire, du point de vue technologique. J'ai donc pensé que c'était ce qui s'était passé. Un contrat annuel entre le gouvernement russe et le crime organisé ukrainien aux États-Unis se chiffrant probablement en dizaines de millions de dollars au moins. Je n'ai aucune preuve, mais je parie que j'ai raison. Appelez ça une supposition de journaliste.

— OK.

— Mais ensuite, il y a deux mois de cela, ils se sont soudain bien améliorés. Ils sont devenus plus que « tout juste capables ». C'est arrivé plus ou moins du jour au lendemain. Tout à coup, ils faisaient des choses vraiment intelligentes. Les informaticiens ont dit qu'ils avaient certainement fait appel à de nouveaux talents. Ce n'était pas possible autrement. Peut-être un consultant de Moscou. Alors je suis allée là-bas pour vérifier. J'ai naïvement pensé que je pourrais croiser un Russe en train de déambuler en ville, l'air perdu.

— Donc vous aviez déjà l'intention de révéler l'histoire.

— Mais je ne l'ai pas fait.

— Où auriez-vous cherché ?

— Je n'en avais aucune idée. C'était l'étape suivante. Mais je ne suis jamais allée aussi loin.

— OK. Merci.

— C'est suffisant ?

— Personne crédible, raison crédible. Les cases sont cochées.

— Merci encore, pour la première partie du coup de fil. Je me sens mieux.

— C'est agréable, n'est-ce pas ? Vous êtes en vie, et eux ne le sont pas.

***

À la fin de leur heure de concert, Barton et Hogan arrivèrent dans la rue, en sueur, chargés de matériel. Vantresca les aidait. Il lut le nouveau texto. La photographie, dans la grosse bulle verte.

— C'est ridicule, déclara-t-il.

— Il m'a pris par surprise, se défendit Reacher.

— Pas la photo. Le message vient de Gregory en personne. Il dit que vous êtes l'avant-garde d'une attaque venant d'une direction qu'il ne peut plus identifier avec certitude. Il est même possible que vous soyez un agent du gouvernement de Kiev. Vous devez donc être capturé à tout prix. Vous devez lui être amené vivant.

— C'est mieux que l'alternative, j'imagine.

— Le portier vous a appris quelque chose ?

— Des tas de choses. Mais la journaliste m'en a dit plus.

— Elle vous a parlé ?

— Ça concerne des fake news sur Internet. Elles venaient de Russie. Maintenant ça se passe depuis le territoire américain. On ne peut plus les bloquer. Elle pensait que Moscou avait engagé les Ukrainiens comme intermédiaires. Puis il y a environ deux mois, leur niveau de compétences est monté en flèche. D'après les informaticiens du journal, les Ukrainiens avaient dû faire venir de nouveaux talents. Il n'y aurait pas d'autre explication.

— Trulenko s'est caché il y a environ deux mois.

— Exactement. Il s'y connaît en informatique. Il gère le contrat. Le gouvernement russe paie Gregory, et Gregory paie Trulenko. Après avoir pris un bon pourcentage, j'en suis sûr. Ça doit être Noël tous les jours. Selon la journaliste, le contrat pourrait se chiffrer en dizaines de millions de dollars.

— Que vous a dit le portier ?

— Que c'est une activité satellite secrète qui n'est pas gérée depuis le bureau principal. Il ne connaissait ni sa localisation, ni sa taille, ni le nombre de personnes qui y travaillent, ni leur identité.

— Vous appelez ça vous en dire beaucoup ?

— Si on fait le lien entre les deux, on peut commencer à deviner ce dont ils ont besoin. Sécurité, logement, réseau électrique fiable, débit Internet fiable, isolé, mais assez proche pour être approvisionné et réapprovisionné facilement.

— Ça pourrait être n'importe quel sous-sol de la ville. Ils auraient pu installer de nouveaux fils électriques et quelques lits de camp.

— Plus que des lits de camp. C'est un contrat annuel. Renouvelable, sans aucun doute. Ça pourrait être un projet à long terme.

— OK, en plus des fils électriques, ils ont aussi apporté du placo, de la peinture et mis de la moquette au sol. Peut-être des lits king size.

— On ferait mieux de commencer à chercher, dit Abby.

— Autre chose d'abord, dit Reacher. Cette horrible photographie me l'a rappelé. Je veux aller rendre visite à ce type. Il est plus de midi. Je parie qu'il a un tas de billets sous la main. Les Shevick ont besoin d'argent aujourd'hui. Il nous manque encore mille dollars.

***

Cette fois, Abby conduisit. Reacher sentait le poids derrière lui. L'arrière de la voiture s'affaissait et traînait. Il y avait près de deux cent soixante-dix kilos dans le coffre. Une donnée peut-être jamais prise en compte dans le processus de conception de la Lincoln.

Ils s'arrêtèrent avant le bar, dans une rue latérale. Le dispositif C exigeait-il des gardes supplémentaires partout ? Sans doute que non, pas partout. Les effectifs étaient insuffisants. Ils allaient concentrer leurs forces uniquement là où c'était nécessaire. Autour de leurs cibles de grande valeur. L'opération de prêt en faisait-elle partie ? Pas sûr. Reacher descendit et jeta un coup d'œil à l'angle du bâtiment.

La rue était déserte. Aucun véhicule garé devant le bar. Pas de gars en costume appuyés aux murs.

Il remonta dans la voiture et ils continuèrent de rouler de l'autre côté de la rue où se trouvait le bar, puis ils tournèrent dans la ruelle derrière. La partie ancienne de la ville, construite à l'époque où Alexander Graham Bell inventait le téléphone, si bien que tout ce qui était plus récent avait été greffé après coup. Des poteaux qui ployaient chargés de touffes de fils et de câbles enroulés pendant ici et là. Des compteurs d'eau, de gaz et d'électricité vissés aux murs de façon aléatoire. Des poubelles à hauteur de tête.

Une Lincoln noire était garée derrière le bar. Vide. Sans doute la voiture du type pâle. Prête pour le retour au bercail, à la fin de la journée. Abby se gara derrière.

— Je peux me rendre utile ? demanda-t-elle.

— Tu veux ? lui demanda Reacher en retour.

— Oui.

— Fais le tour jusqu'à l'avant. Entre par la porte comme une cliente lambda. Arrête-toi une seconde. Le type est assis dans l'angle du fond à droite. Avance vers le mur du fond.

— Pourquoi ?

— Je veux détourner l'attention du type. Il te regardera tout le long. En partie parce que tu es peut-être une nouvelle cliente, mais surtout parce que tu es la plus belle chose qu'il aura vue de la journée. Peut-être même de toute sa vie. Ignore le barman, quoi qu'il dise. C'est un enfoiré.

— Compris.

— Tu veux une arme ?

— Je devrais ?

— Ça ne peut pas faire de mal.

— OK.

Il lui tendit le H&K du portier du bar. L'arme semblait petite dans la main de Reacher, mais parut énorme dans celle d'Abby. Elle la soupesa une ou deux fois, puis la mit dans sa poche. Et se dirigea vers le bout de la ruelle. Reacher trouva la porte de derrière du bar. Un vieux panneau d'acier banal, terne, balafré et cabossé à sa base par des diables chargés de fûts et de caisses. Il tourna la poignée. La porte n'était pas fermée à clé. Sans doute une réglementation municipale. C'était aussi une sortie de secours.

Il se glissa à l'intérieur du bâtiment. Et se retrouva au bout d'un petit couloir. Toilettes à gauche et à droite. Venait ensuite une porte réservée aux employés. Un bureau, ou une réserve, ou les deux. Puis le bout du couloir, et la salle, vue à l'envers. Le bar carré à présent dans l'angle le plus proche à droite, l'allée centrale abîmée s'étendant entre les longues rangées de tables. Comme avant. La salle était toujours sombre et sentait toujours la bière et le désinfectant. Cette fois, il y avait cinq clients, là encore chacun seul à une table, protégeant sa boisson, l'air déprimé. Derrière le bar, le même gros serveur, maintenant avec une barbe de six jours, mais un torchon propre jeté sur l'épaule.

Le type pâle était installé à la table du fond sur la gauche de Reacher. Même chose qu'avant. Phosphorescent dans la pénombre. Cheveux scintillants. Poignets blancs épais, grandes mains blanches, grand livre de compte noir volumineux. Même costume noir, même chemise blanche, même cravate en soie noire. Même tatouage.

Abby franchit la porte d'entrée. Et resta immobile tandis qu'elle se refermait derrière elle. Performance d'actrice. Tous les regards se rivèrent sur elle. Le néon terne aux fenêtres l'éclairait doucement par l'arrière. Menue et garçonne, soignée et svelte, habillée tout en noir. Cheveux noirs coupés court, yeux marron, regard vif. Sourire timide, mais contagieux. Une inconnue, qui passe par là et espère être bien accueillie.

Il n'en fut rien. Les cinq clients détournèrent le regard. Mais pas le barman. Et le type pâle non plus. Elle se mit à marcher. Ils l'observèrent tout le long du chemin.

Reacher avança d'un pas. Il se trouvait deux mètres derrière le type pâle, deux mètres sur le côté, sans doute dans l'angle de son champ de vision, qu'avec un peu de chance Abby occupait entièrement. Elle continua d'avancer, et Reacher fit encore un pas.

Le barman lui lança :

— Hé !

Reacher se trouvait aussi dans l'angle de son champ de vision. Deux mètres derrière, deux mètres sur le côté. Toutes sortes de choses se passèrent ensuite. Une sorte de ballet complexe. Le type pâle se retourna et commença à se lever, Reacher, lui, s'écarta, en direction du bar, où il saisit à deux mains la grosse tête du barman, sauta, la rabattit et l'écrasa sur l'acajou, comme un dunk au basket, puis il se servit du rebond de son atterrissage pour pivoter vers le type pâle, un pas, deux, et lui expédier une droite colossale en plein visage, avec toute la puissance de sa masse mobile, au moment où il se levait, et le type disparut derrière sa table, propulsé en arrière tel un obus tiré par un canon. Il glissa et s'étala par terre, sur le dos, du sang lui coulant du nez et de la bouche.

Les cinq clients se levèrent et se précipitèrent vers la sortie. Peut-être une réaction coutumière dans le coin en pareilles circonstances. Auquel cas Reacher applaudit cet usage. Ça ne laissait aucun témoin. Il y avait du sang et des dents sur le comptoir, mais le barman était tombé derrière, hors de vue.

— J'imagine qu'il ne m'a pas regardée jusqu'au bout, dit Abby.

— Je te l'avais dit. C'est un enfoiré.

Ils s'accroupirent à côté du type pâle, prirent dans ses poches son arme, son téléphone, sa clé de voiture et ce qui semblait représenter environ huit mille dollars. Il avait le nez sévèrement cassé. Et respirait par la bouche. Le sang formait des petites bulles aux commissures de ses lèvres. Reacher se le rappela en train de tapoter sa tête scintillante de son doigt blanc comme un os. Une sorte d'implication de menace. *Comment tombent les puissants…*

— Oui ou non ? demanda-t-il à Abby.

Elle garda le silence un instant.

Puis répondit :

— Oui.

Reacher plaqua fermement sa main sur la bouche du gars. Difficile de l'y laisser parce que ça glissait à cause du sang. Mais il y parvint. Le type perdit du temps à fouiller dans sa poche, à la recherche de son arme qui avait disparu, et gaspilla le reste de sa vie à tambouriner des talons et à griffer inutilement le poignet de Reacher.

Finalement, ses muscles se relâchèrent, puis il se figea pour toujours.

***

Abby et Reacher utilisèrent la Lincoln du type pâle parce que le coffre était vide. Elle roulait beaucoup mieux. Ils se rendirent en ville et se garèrent près d'une bouche d'incendie à un coin de rue de l'hôtel des Shevick. Abby jeta un coup d'œil au contenu du nouveau téléphone. Pas de textos. Rien depuis la théorie du complot de Gregory.

— Envoyé depuis son numéro personnel ? demanda Reacher.

Abby le compara avec les précédents.

— Je suppose. Ce n'est pas le numéro habituel.

— On devrait le rappeler. Pour le tenir au courant.

Abby tapa un raccourci sur l'écran et mit le téléphone sur haut-parleur. Ils entendirent sonner. Ils entendirent répondre. Gregory prononça un mot, bref et sur un ton pressant, probablement pas bonjour. Probablement « balance » ou « oui », ou « quoi ».

— Parle anglais, dit Reacher.

— C'est toi ?

— Tu en as perdu deux de plus. Je viens te chercher, Gregory.

— Qui es-tu ?

— Je ne suis pas de Kiev.

— D'où alors ?

— De la 110e brigade spéciale des MP.

— Qu'est-ce que c'est ?

— Tu vas le savoir, très bientôt.

— Qu'est-ce que tu attends de moi ?

— Tu as commis une erreur.

— Quelle erreur ?

— Tu as franchi une limite. Alors prépare-toi. L'heure de la revanche a sonné.

— Tu es américain.

— Autant qu'un hamburger.

Gregory garda le silence un long moment. Il réfléchissait. Pensait sans doute à son large réseau tissé à coups de pots-de-vin, de graissages de pattes, de claques dans le dos, de distribution de faveurs, et d'une soigneuse mise en place de signaux d'alarme. Tout ou partie de ce qui aurait dû l'alerter depuis longtemps. Mais il n'avait rien entendu. De nulle part.

— Tu n'es pas flic, conclut-il. Tu ne travailles pas pour le gouvernement. Tu agis à ton compte. N'est-ce pas ?

— Ce qui, j'en suis sûr, rendra les choses encore plus difficiles pour toi quand ton organisation sera en ruine, et que tous tes hommes seront morts, sauf toi parce que tu seras le dernier en vie, et que j'entrerai par la porte.

— Tu ne t'approcheras pas de moi.

— Comment je m'en sors jusqu'ici ?

Pas de réponse.

— Prépare-toi, répéta Reacher. Je viens te chercher.

Sur quoi il raccrocha et jeta le téléphone par la fenêtre.

Puis ils démarrèrent, tournèrent au coin de la rue, et se garèrent à dix minutes de l'hôtel des Shevick.

42

Reacher et Abby prirent l'ascenseur jusqu'à l'étage des Shevick, probablement le point le plus élevé dans un rayon de cent soixante kilomètres selon les normes locales. Ils trouvèrent la bonne porte. Maria Shevick les observa par le judas, puis leur ouvrit. La chambre était une suite, avec un salon séparé, lumineuse, récente et propre. Deux immenses baies vitrées occupaient deux murs à angle droit. C'était le début de l'après-midi, le soleil était haut dans le ciel et l'air limpide. Et la vue spectaculaire. La ville s'étendait en dessous. Comme si la carte de l'hôtel que Reacher avait étudiée avait pris vie.

Abby dévoila l'argent. Dix mille dollars provenant du charnier à l'arrière de la scierie, et près de huit mille du bar de prêt sur gages. En tellement de liasses qu'une partie rebondit sur la table, et que des billets voletèrent sur le sol. Les Shevick riaient littéralement de joie. Le problème du jour était résolu. Aaron décida de mettre l'argent à la banque, puis de faire un virement à l'hôpital en bonne et due forme, comme d'habitude. Une dernière once de dignité. Abby proposa de l'accompagner jusqu'au centre-ville. Juste pour lui tenir compagnie. Sans autre raison. Pas besoin. Maintenant, Aaron marchait beaucoup mieux et l'est de Centre Street était parfaitement sûr. Donc, juste pour la promenade. Ils partirent ensemble, et Reacher retourna aux fenêtres pour étudier la vue. Maria s'assit sur un canapé étroit derrière lui.

— Vous avez des enfants ? lui demanda-t-elle.

— Je ne pense pas, répondit Reacher. Aucun que je connaisse, en tout cas.

Il observait la ville en contrebas. La partie charnue de la poire. Les baies vitrées en angle droit lui offraient tout un panorama du quart nord-ouest. De neuf à douze heures environ sur un cadran d'horloge. Il apercevait Center Street plus ou moins directement en dessous. Tout près derrière, sur sa moitié gauche, deux tours de bureaux et une d'hôtel. Visiblement flambant neuves. Elles s'élançaient audacieusement vers le ciel depuis un tapis uniforme et étendu de bâtiments de deux et trois étages, anciens pour la plupart, en briques, et pour la plupart vétustes. Des toits terrasses, ragréés et peints en gris argenté, la plupart disposant de climatiseurs reposant sur des cadres en fer. Des cheminées de ventilation en métal sortaient des cuisines des restaurants, et on voyait aussi des antennes satellites de la taille de trampolines, et des parkings en terrasse. Les rues étaient étroites, certaines encombrées par la circulation, d'autres désertes et tranquilles. Des piétons minuscules tournaient à gauche, tournaient à droite, entraient dans des bâtiments, en sortaient. Le panorama s'étendait jusque dans un lointain brumeux.

Ça pourrait être n'importe quel sous-sol de la ville, avait dit Vantresca.

— Vous êtes marié ? demanda Maria Shevick.

— Non, répondit Reacher.

— Vous ne voulez pas vous marier ?

— La décision ne m'appartient qu'à cinquante pour cent. J'imagine que ceci explique cela.

Il se retourna et observa la ville en contrebas. Tout comme il avait examiné la carte. Où un commandant compétent dissimulerait-il une activité satellite secrète ? Dans quel genre d'endroit ? Sécurité, logement, électricité, Internet, isolement, facilité d'approvisionnement et de réapprovisionnement. Il chercha les possibilités. Le tapis de petits bâtiments bruns. Les toits brillants. La circulation.

— Abby vous aime bien, poursuivit Maria.

— Peut-être.

— Vous ne voulez pas l'admettre ?

— Je suis d'accord pour dire qu'elle ne ménage pas sa peine en ce moment. J'imagine qu'il y a une raison à cela.

— Vous ne pensez pas que c'est vous ?

Il sourit.

— Vous vous prenez pour ma mère ?

Maria ne répondit pas. Il continua à chercher. Comme toujours, la réponse dépendait de plusieurs facteurs. Si le quart sud-ouest était conçu de la même manière que le quart nord-ouest, il y avait soit moins de dix soit plus de cent endroits possibles. Cela dépendait des critères. De ce que quelqu'un comprenait au concept sécurité, logement, électricité, Internet, isolement, et facilité d'approvisionnement.

— Quelles sont les nouvelles de Meg ?

— L'humeur est toujours bonne. Le scanner de demain devrait le confirmer. Tout le monde le pense. Personnellement, j'ai l'impression que nous faisons un pari. C'est sûrement maintenant que tout doit se jouer. Soit c'est une énorme, énorme victoire, soit c'est une défaite dévastatrice.

— Je serais prêt à tenir ce pari. Gagner ou perdre. J'aime la simplicité.

— C'est brutal.

— Seulement si on perd.

— Vous gagnez toujours ?

— Jusqu'à présent.

— Comment est-ce possible ?

— Ça ne l'est pas. Je ne peux pas toujours gagner. Un jour, je vais perdre. Je le sais. Mais pas aujourd'hui. Je le sais aussi.

— Si seulement vous étiez médecin…

— Je n'ai même pas de diplôme de troisième cycle.

Maria marqua une pause, avant d'ajouter :

— Vous m'avez dit que vous pouviez trouver Trulenko.

— Je le ferai. Aujourd'hui. Avant la fermeture des bureaux.

***

Ils se rejoignirent tous chez Frank Barton, au fin fond de ce qui avait été le territoire albanais. Il y avait encore de la fumée dans le ciel, dégagée par l'incendie de la scierie. Barton et Hogan étaient revenus de leur concert, Vantresca passait le temps, et Reacher et Abby rentraient tout juste de leur visite à l'hôtel des Shevick. Ils se réunirent tous dans le salon. Une fois de plus encombré de matériel qui ne pouvait pas rester dans le van. On l'aurait volé.

— La clé du problème, déclara Hogan, c'est qu'il faut deviner ce que ferait un gars intelligent, ou un gars très intelligent, ou un génie. Parce que ça donne trois emplacements différents.

— Gregory semble assez intelligent, répondit Reacher. Je suis sûr qu'il est assez rusé. Mais je doute qu'il ait pris la décision lui-même. Pas si c'était un deal officiel, se chiffrant en dizaines de millions de dollars avec un gouvernement étranger. Pour moi, il s'agit plutôt d'un contrat, avec toutes sortes de clauses, de conditions, de contrôles et d'autorisations. Moscou aurait voulu ce qu'il y a de mieux. Et ils ne sont pas idiots, là-bas. Ils savent reconnaître une mauvaise idée quand ils en décèlent une. Donc en termes d'emplacement, je suggère que nous commencions à chercher au niveau génies.

— Sécurité, logement, électricité, Internet, isolement, facilité d'approvisionnement, déclara Vantresca.

— Commencez par la fin, dit Reacher. Facilité d'approvisionnement. À quelle distance cela serait-il facile d'approvisionner l'endroit ?

— C'est plutôt dans quel genre d'endroit faudrait-il se trouver, dit Hogan. Je dirais l'ensemble du centre-ville. Le quartier des affaires. N'importe où avec une zone commerciale. Des choses bizarres y sont livrées et en sortent en permanence. Personne n'y prête attention. Pas comme dans un quartier résidentiel. Je dirais que la limite du centre-ville est la frontière naturelle. À l'ouest de Centre Street.

— Ce n'est pas isolé, fit remarquer Barton. C'est en plein dans un quartier animé.

— Ce serait comme se cacher à la vue de tous. Peut-être pas isolé, mais très anonyme tout de même. Tout le monde va et vient et personne ne voit rien. Les gens ne se connaissent pas.

— De quoi ont-ils besoin pour l'Internet ? demanda Reacher.

— Une connexion fiable à un FAI par câble ou satellite, répondit Vantresca, probablement satellite parce que ce serait plus difficile à tracer.

— Il y a beaucoup d'antennes satellites en ville.

— Beaucoup de gens les utilisent.

— De quoi ont-elles besoin pour être alimentées ?

— D'une installation récente, aux normes, avec une capacité excédentaire comme marge de sécurité, et un générateur automatique de secours en cas de coupure sur le réseau. Ils ne peuvent pas se permettre d'interruptions. Ça pourrait détruire leur matériel.

— Et pour le logement ?

— Des chambres, des salles de bains, une cantine, peut-être une salle télé, peut-être une salle de jeux. Avec une table de ping-pong, ou autre.

— Ça ressemble à une prison fédérale.

— Et des fenêtres, dit Abby. Donc pas un sous-sol. Ça pourrait être un contrat sur le long terme. Trulenko est une superstar. Il traverse peut-être une mauvaise passe en ce moment, mais quand même, il a des exigences. Il voudra vivre à peu près normalement. Il ne transigera pas là-dessus.

— OK, des fenêtres, dit Reacher. Ce qui nous amène à la sécurité.

— Des barreaux aux fenêtres, dit Barton.

— Ou à l'anonymat, dit Hogan. Il y a un million de fenêtres. La lumière est parfois allumée, parfois éteinte. Tout le monde s'en fiche.

— Ils ont besoin d'un seul point d'entrée contrôlable, dit Vantresca, probablement avec un écran quelque part en amont, et des dispositifs de secours un peu en aval. Peut-être qu'il faut entrer par le sous-sol, et passer par l'escalier de service. Quelque chose comme ça. Sous surveillance tout le chemin. Comme un long tunnel. Au sens métaphorique, sinon littéral.

— Où, alors ?

— Il y a des milliers de bâtiments comme ça. Vous les avez vus.

— Ils ne me convainquent pas, dit Reacher. Parce qu'ils sont tous reliés. Souvenez-vous des Navy SEAL, Hogan a tout expliqué. Ils cherchent les sorties de secours, les aires de livraison, les puits de ventilation, les conduites d'eau, les égouts, etc., mais surtout, ils cherchent des endroits auxquels ils pourraient accéder en démolissant les murs entre des structures adjacentes. Vous savez comment ça se passe. Ils réveillent un vieux schnock du service d'urbanisme de la ville qui déterre un vieux plan poussiéreux montrant que la cave d'un type A est reliée à celle d'un type B, sauf qu'un type C l'a murée en 1920, mais avec une seule épaisseur de maçonnerie, et du mortier de mauvaise qualité. Ça s'écroulerait juste en soufflant dessus. Ou ils pourraient entrer par le côté, par un mur du rez-de-chaussée. Ou une fenêtre. Ou le dernier étage. Ou ils pourraient descendre en rappel depuis le toit. N'oubliez pas que c'est le gouvernement de Moscou qui a pris cette décision. Il y avait un gros enjeu. Le contrat pouvait s'étaler sur des années. Par conséquent, ils voulaient l'emplacement parfait. Et ils sont plus que qualifiés pour en juger. Ils connaissent toutes nos astuces. Ils savent que nos forces spéciales s'entraînent tout le temps dans des environnements urbains tout à fait semblables à celui-ci.

— Mais l'extérieur de la ville n'est pas facile à approvisionner. C'est impossible d'avoir les deux à la fois.

— Rien n'est impossible. À moins d'un défaut de planification. Je pense qu'ils ont obtenu ce qu'ils voulaient. C'est tout près, pour pouvoir passer prendre un petit café sans problème. Mais aussi sérieusement isolé. Potentiellement à des centaines de mètres du voisin le plus proche. Infrastructure à toute épreuve en termes de fils, de câbles, de générateurs automatiques et de connexions. Des logements luxueux baignés de lumière naturelle. Absolument impossibles à pénétrer par les côtés. Ou même à approcher. Par le bas comme par le dessus. Aucune possibilité d'intrusion par des conduites d'eau ou des conduits d'aération. Une seule entrée contrôlable, tout le temps nécessaire pour déclencher une alerte et autant de dispositifs de secours qu'ils en veulent. Je pense que Moscou a défini les caractéristiques de l'endroit dont il rêvait, et je pense qu'ils l'ont trouvé.

— Où ça ? demanda Abby.

— Je l'avais face à moi quand j'ai regardé par la fenêtre de l'hôtel. Avec Maria Shevick. Quand elle m'a demandé si je voulais me marier.

— Avec elle ?

— Plutôt en général, je pense.

— Qu'est-ce que tu as répondu ?

— Qu'il fallait être deux.

— Où est Trulenko ?

— C'est un nid, pas une ruche ou un terrier. C'est en hauteur. Ils ont loué trois étages élevés dans une de ces nouvelles tours de bureaux. Il y en a deux à l'ouest de Centre Street. Ils utilisent les étages supérieurs et inférieurs comme zones tampons, et vivent et travaillent à l'étage du milieu. On ne peut y accéder ni d'en haut ni d'en bas ni par les côtés.

43

Ils discutèrent des paramètres incontournables un par un. Sécurité, logement, électricité, Internet, isolement, facilité d'approvisionnement. Trois étages élevés dans une tour de bureaux récente du centre-ville répondaient à tous les critères. Les ascenseurs pouvaient être reprogrammés. Aucun problème pour Trulenko. Une seule voiture serait autorisée à s'arrêter. Les autres portes pourraient être condamnées en les soudant de l'extérieur. De même pour les portes de la cage d'escalier. Le seul ascenseur qui fonctionnerait pourrait s'ouvrir sur une cage. Il y aurait peut-être une clôture grillagée, installée dans le couloir. Et une sorte de portail cadenassé. Des hommes armés. Les portes de l'ascenseur se refermeraient derrière le visiteur, qui serait alors piégé derrière le grillage. Ce qui laisserait largement assez de temps pour l'examiner minutieusement.

Si le visiteur arrivait même seulement jusque-là. Il y aurait des gars dans le hall. Peut-être postés près des boutons de l'ascenseur. Peut-être nombreux, à cause du dispositif C. Ils seraient à l'affût de visages inconnus.

— Quelle tour ? demanda Abby.

— Il doit y avoir de la paperasse sur le sujet, avança Reacher. Dans un service municipal. Trois étages, loués par une société inconnue au nom banal qu'on ne retient pas. Ou alors on pourrait interroger les gardiens de l'immeuble. Leur poser des questions au sujet de livraisons étranges. Peut-être des composants d'échafaudage, ou un parc canin. Quelque chose comme ça. Pour la cage d'escalier.

— Ce qui va poser problème, dit Hogan. Je ne vois pas comment nous allons entrer.

— « Nous » ?

— Tôt ou tard, votre chance va tourner. Vous aurez besoin des marines pour vous venir en aide. C'est ce que vous faites toujours, vous, les militaires. Ce sera beaucoup plus efficace si j'anticipe ce recours nécessaire et supervise l'opération dès le début.

— J'en suis aussi, dit Vantresca. Pour la même raison, en fait.

— Moi aussi, dit Barton.

Sur ce, il y eut un instant de silence.

— Je vais être franc, dit Reacher. Ce ne sera pas un jeu d'enfant.

Personne n'objecta.

— Par quoi commençons-nous ? demanda Vantresca.

— Barton et vous allez repérer la tour. Et les trois étages. Nous, nous allons rendre une petite visite à leur bureau principal. Derrière la compagnie de taxi, en face du prêteur sur gages, à côté de l'agence de cautionnement.

— Pourquoi ?

— Parce que certaines des plus grandes erreurs de l'histoire ont été commises lors d'opérations secrètes de satellites coupés du vaisseau-mère. Pas de commandement, pas de contrôle. Pas d'informations, pas d'ordres, pas de leader. Pas de réapprovisionnement. Isolement complet. C'est ce que je veux pour ces gars. Le moyen le plus rapide de l'obtenir, c'est de foncer et de détruire le vaisseau-mère. Pas besoin de tourner autour du pot. On n'a plus le temps de faire dans la subtilité.

— Vous n'aimez vraiment pas ces gens.

— Vous ne me dites pas du bien d'eux non plus.

— Ils auront des sentinelles partout.

— Doublement, maintenant. J'ai appelé Gregory et je l'ai asticoté. Pas de doute, c'est un gars très courageux, mais quand même, je parie qu'il a appelé des renforts supplémentaires. Juste pour être sûr.

— Alors c'était stupide de l'asticoter.

— Non, je les veux tous au même endroit. Enfin, tous à deux endroits. Au vaisseau-mère, et au satellite. Nulle part ailleurs. Pas de détails à régler. Pas de laissés-pour-compte. On pourrait appeler ça le dispositif D. Beaucoup plus satisfaisant. S'attaquer à un groupe est toujours plus efficace que courir après des fugitifs solitaires disséminés. Ça prendrait des jours, dans un endroit comme ici. On les poursuivrait dans toute la ville. Mieux vaut éviter, c'est certain. Nous sommes pressés. Nous devrions les laisser faire une partie du travail à notre place.

— Vous êtes fou, vous en avez conscience ?

— Dit le gars prêt à rouler en ligne droite à trente kilomètres heures vers de l'artillerie antichar.

— C'était différent.

— En quoi exactement ?

— Je crois que je ne sais pas.

— Trouvez la tour, dit Reacher. Trouvez les numéros d'étage.

***

Ils utilisèrent à nouveau la Lincoln de l'usurier. Un véhicule banal à l'ouest de Centre Street. Au-dessus de tout soupçon. Abby prit le volant, Hogan s'assit à l'avant, Reacher s'affala à l'arrière. Les rues étaient calmes. Peu de circulation. Aucun flic. Ils se trouvaient à l'est de Centre Street, absolument tous. C'était certain. À ce moment-là, les pompiers devaient être en train de sortir des squelettes croustillants des décombres. L'un après l'autre. Ça ferait sensation. Tout le monde voudrait assister au spectacle. Des histoires à raconter aux petits-enfants.

Abby s'arrêta près d'une bouche d'incendie, quatre pâtés de maisons juste derrière le prêteur sur gages. Une ligne droite sur une carte. Simple progression linéaire.

— À quelle distance les sentinelles seront-elles postées ? demanda Reacher.

— Pas loin, répondit Hogan. Elles doivent couvrir tout le périmètre autour. Ils ne peuvent pas gaspiller de la main-d'œuvre. Ils seront prudents. Les quatre coins du pâté de maisons où se trouve leur bureau sont concernés. C'est ce que je dirais. Peut-être même qu'ils arrêtent la circulation. Mais rien de plus.

— Donc ils peuvent voir la façade du prêteur sur gages et celle de la compagnie de taxi.

— Depuis les deux côtés de la rue. Probablement deux gars par coin.

— Mais ils ne peuvent pas voir l'arrière de la boutique du prêteur sur gages.

— Non. Élargir la surveillance d'une rue dans chaque direction leur demanderait trois fois plus d'effectifs. Le calcul est simple. Ils ne peuvent pas se le permettre.

— OK. Bon à savoir. On va aller derrière la boutique du prêteur sur gages. On devait le faire de toute façon. Pour récupérer les objets de famille de Maria. Quatre-vingts dollars, ils les ont sous-estimés. Ça ne m'a pas plu. Nous devrions leur exprimer notre désapprobation. Peut-être que leur mauvaise conscience les incitera à faire un don généreux à une association médicale.

Ils sortirent et laissèrent la voiture sur le trottoir à côté de la bouche d'incendie. Gregory avait certainement de plus gros soucis qu'une amende de stationnement. Ils parcoururent le premier pâté de maisons. Puis le deuxième. Puis ils devinrent prudents. Peut-être que personne n'était posté plus loin, mais ils pouvaient quand même monter la garde. Ce serait très facile. Ils pouvaient relever leur ligne de mire de temps en temps, pour regarder au loin. Ils pourraient alors distinguer les visages à un pâté de maisons de distance, estimer la vitesse de progression, discerner les intentions et déchiffrer le langage corporel. En conséquence, Reacher resta près de la vitrine du magasin, dans l'ombre dense de l'après-midi, à bonne distance d'Abby, qui suivait six mètres derrière, suivie de Hogan, tous se promenant, s'arrêtant au hasard, sans lien manifeste entre eux en termes de vitesse, de direction ou d'intention.

Reacher tourna à gauche, dans la rue transversale. Hors de vue. Et attendit. Abby le rejoignit. Puis Hogan. Ils se regroupèrent et avancèrent ensemble de dix pas sur le trottoir le plus éloigné. Puis ils s'arrêtèrent à nouveau. La sortie de service de la boutique du prêteur sur gages devait se trouver devant eux sur la droite. Mais il y avait beaucoup de sorties de service sur la droite, et rien ne les distinguait les unes des autres. Des portes identiques et sans inscription. Il y en avait douze au total. Chaque établissement en possédait une.

Reacher se remémora leur précédente visite. La mission de recherche et de sauvetage dans la vieille Toyota d'Abby. Un mont-de-piété crasseux, dans une rue étroite en face d'une compagnie de taxi et d'une agence de cautionnement. Maria qui sortait, Abby qui se garait, Aaron qui baissait sa vitre et l'appelait.

— Dans mon souvenir, c'est au milieu du pâté de maisons, dit-il.

— Sauf que douze n'a pas de milieu, dit Abby. Douze, ça fait six à gauche, six à droite et rien au milieu.

— Parce que c'est un nombre pair. Pour le milieu il faut choisir. Le dernier des six premiers ou le premier des six derniers.

— Dans mon souvenir, ce n'était pas exactement le milieu.

— Avant le milieu ou après ?

— Peut-être après. Peut-être même aux deux tiers. Je me rappelle l'avoir vue, et m'être arrêtée. Je pense que c'était après le milieu.

— OK, dit Reacher. On va commencer par jeter un coup d'œil aux numéros sept, huit et neuf.

Les bâtiments étaient mitoyens, et leurs façades arrière identiques, hautes, miteuses et étroites, construites avec de tristes briques centenaires, percées çà et là de fenêtres à barreaux, de façon aléatoire, et couvertes de fils et de câbles tombant et faisant des boucles entre les connexions. Pas toujours robustes sur le plan mécanique. Les portes de service se ressemblaient toutes. De gros panneaux de bois centenaires identiques, s'ouvrant vers l'intérieur, mais sur lesquels quelqu'un à un moment donné, cinquante ans plus tôt peut-être, avait vissé des feuilles de métal sur les moitiés inférieures pour qu'ils résistent au temps. Peut-être un nouveau propriétaire réalisant des travaux d'amélioration. Les feuilles de métal présentaient un demi-siècle d'usure, à cause des chargements et déchargements, des expéditions et réceptions, ouverture et fermeture à coups de pied, entrées et sorties avec des diables et des chariots.

Reacher les examina.

Celle du numéro huit était moins abîmée que celles du sept et du neuf.

Beaucoup moins, en fait. Elle était même en très bon état, pour cinquante ans d'utilisation.

Le numéro huit. Exactement les deux tiers d'un pâté de maisons de douze.

— Je pense que c'est là, conclut-il. Il n'y a pas grand-chose qui entre ou sort d'un mont-de-piété sur un diable ou un chariot. Seulement un objet de temps en temps. Comme l'enceinte de Barton, s'il décidait de la mettre au clou. Mais presque tout le reste circule dans une main ou une poche.

La porte était fermée de l'intérieur. Ce n'était pas une sortie de secours. Pas un bar, pas un restaurant. Réglementation différente. Le bois était solide. Le cadre, peut-être pas autant. Du bois plus tendre, rarement peint, peut-être un peu pourri et spongieux.

Reacher demanda :

— Que ferait-on dans les marines ?

— On utiliserait un bazooka, répondit Hogan. C'est le meilleur moyen d'entrer dans n'importe quel bâtiment. On appuie sur la détente, et on passe par le trou encore fumant.

— Supposez que vous n'avez pas de bazooka.

— De toute évidence, nous devrions défoncer la porte. Mais nous ferions mieux de réussir du premier coup. Ils ont une douzaine de gars qu'ils peuvent appeler à l'aide juste en criant. On ne peut pas rester coincés ici.

— On vous a appris à défoncer des portes dans l'armée ?

— Non, on nous a donné des bazookas.

— La force est égale à la masse multipliée par l'accélération. Prenez un départ en courant et donnez un coup dans la porte, avec le pied à plat.

— Je fais ça, moi ?

— Sous la poignée.

— Je croyais que c'était au-dessus.

— Au plus près du trou de la serrure. C'est là que se trouve le verrou. Là que la plus grande quantité de bois a été découpée dans le cadre. Donc là où il est le plus fragile.

C'est ça qu'on recherche. C'est toujours le cadre qui casse. Jamais la porte.

— Maintenant ?

— On sera juste derrière vous.

Hogan recula face à la porte, de trois ou quatre mètres, s'aligna, se balança d'avant en arrière, puis s'élança avec le genre d'inébranlable concentration que Reacher avait observée chez les sauteurs en hauteur à la télé quand ils cherchent à battre un record. Il était musicien, jeune, et en bonne forme physique, il avait de la grâce et de l'énergie, pourquoi Reacher ne lui aurait-il pas fait faire le boulot ? La décision fut spectaculairement payante. Hogan s'élança, sauta, se plia en vol et écrasa son talon sous la poignée, comme un cuisinier dans la restauration rapide aurait écrasé un cafard, avec force, rapidité, et un timing parfait. La porte s'abattit et Hogan piétina dessus puis trébucha à l'intérieur, moulinant des bras avec l'élan, et Reacher se précipita après lui, suivi d'Abby, dans un court couloir sombre, vers une porte semi-vitrée marquée « Privé » en lettres d'or sur la face opposée.

Il n'y avait aucune raison de s'arrêter. Aucune réelle possibilité non plus. Hogan fit irruption par la porte semi-vitrée, suivi de Reacher suivi d'Abby, directement dans la boutique, derrière le comptoir, juste à côté de la caisse, devant laquelle se trouvait un petit gars à tête de fouine, qui se retourna pour leur faire face, complètement choqué et surpris. Hogan le frappa à la poitrine d'un coup d'épaule, ce qui le fit rebondir du comptoir directement sur Reacher, qui l'attrapa, le fit tourner sur lui-même, et lui pointa un H&K sur la tempe. La droite ou la gauche, il ne savait pas trop. Il avait choisi à l'aveugle. Peu importe. À ce stade, les deux faisaient l'affaire.

Abby prit l'arme du type. Hogan trouva son livre de comptes. Grand, rédigé à la main. Peut-être une réglementation de la ville. Peut-être une tradition de prêteur sur gages. Hogan fit glisser son doigt le long d'un tas de lignes.

— C'est ici, déclara-t-il. Maria Shevick : alliances, petits solitaires, une montre avec un cristal cassé. Quatre-vingts dollars.

Reacher demanda au gars :

— Où sont-ils ?

— Je peux vous les trouver, répondit le gars.

— Tu penses que quatre-vingts dollars, c'était juste ?

— Le juste prix, c'est celui du marché. Ça dépend à quel point les gens sont désespérés.

— À quel point es-tu désespéré, toi, là, tout de suite ?

— Je pourrais certainement vous trouver ces trucs.

— Quoi d'autre ?

— Je pourrais peut-être ajouter quelques objets. Des jolies choses. Peut-être de plus gros diamants.

— Tu as de l'argent ici ?

— Oui j'en ai, bien sûr.

— Combien ?

— Probablement cinq mille. Vous pouvez tout prendre.

— Je sais qu'on peut, cela va sans dire. On peut prendre ce qu'on veut. Mais c'est le cadet de tes soucis. Parce que ça concerne plus qu'une simple transaction. Tu as traversé la rue en courant pour dénoncer la vieille dame. Tu as causé pas mal de problèmes. Pourquoi ?

— Vous venez de Kiev ?

— Non. Mais j'ai mangé du poulet à la Kiev une fois. C'était plutôt bon.

— Qu'est-ce que vous attendez de moi ?

— Gregory va tomber. On doit décider si tu vas tomber avec lui.

— Si je reçois un SMS, je dois répondre. Je n'ai pas le choix. Ce sont les conditions.

— Quelles conditions ?

— C'était mon magasin avant. Il me l'a pris. Il m'a obligé à le lui louer. Il y a des conditions tacites.

— Tu dois traverser la rue en courant.

— Je n'ai pas le choix.

— C'est comment là-bas ?

— Comment ça ?

— La configuration.

— Vous prenez un couloir sur la gauche. Il y a une porte sur la droite pour entrer dans la salle des taxis. C'est une vraie entreprise. Mais vous continuez tout droit, jusque derrière. Là, vous trouvez une salle de réunion. Vous la traversez, jusqu'à un autre couloir, dans l'angle opposé du fond. C'est comme ça qu'on arrive aux bureaux. Le dernier, c'est celui de Danilo. On passe par le bureau de Danilo pour arriver à celui de Gregory.

— Tu y vas souvent ?

— Seulement quand j'y suis obligé.

— Tu travailles pour eux, mais contraint et forcé.

— C'est la vérité.

— Tout le monde dit ça.

— J'en suis sûr. Mais moi, je suis sincère.

Reacher garda le silence.

Abby dit :

— Non.

Hogan dit :

— Non.

Reacher dit :

— Va chercher les trucs dont on a parlé.

Le gars alla les chercher. Les alliances, les petits solitaires, la montre cassée. Il les rangea dans une enveloppe. Que Reacher glissa dans sa poche. Ainsi que tous les billets de la caisse. Environ cinq mille dollars. Avec un peu de chance juste une goutte d'eau dans l'océan, très bientôt, mais Reacher aimait les billets. Depuis toujours. Il aimait soupeser et palper ces feuilles insipides. Hogan fouilla les étagères du magasin, arracha les cordons de tous les vieux appareils stéréo poussiéreux, puis il attacha le gars, fermement, au-delà de tout confort, mais sans risque pour sa vie. Quelqu'un finirait par le trouver et le libérer. La suite dépendrait de lui.

Ils l'abandonnèrent par terre derrière le comptoir. S'éloignèrent. Et à travers la vitrine poussiéreuse, ils regardèrent la compagnie de taxi de l'autre côté de la rue.

44

Ils parvinrent à examiner toute la rue en restant dans le mont-de-piété, dans l'ombre, en traversant d'un côté à l'autre en jetant des coups d'œil en diagonale. Deux gars se tenaient sur le trottoir devant la porte de la compagnie de taxi, deux un peu plus loin à l'angle gauche de la rue, et deux à la même distance sur la droite. Six hommes visibles. Et probablement autant à l'intérieur. Au moins. Peut-être deux dans le couloir que le prêteur sur gages avait décrit, deux dans la salle de réunion, et deux à l'entrée du couloir menant aux bureaux. Chacun de ces derniers sans doute occupé par un initié avec une arme dans la poche et une autre dans un tiroir.

Rien de bon. Ce que dans les écoles militaires on aurait qualifié de « défi tactique ». Un assaut frontal contre un adversaire en supériorité numérique dans un espace de combat très restreint. Sans compter que les gars du coin de la rue se joindraient à l'action par l'arrière. Des adversaires devant, des adversaires derrière, pas de gilets pare-balles, pas de grenades, pas d'armes automatiques, pas de fusils à pompe, pas de lance-flammes.

— Je pense que la vraie question est de savoir si Gregory fait confiance à Danilo, déclara Reacher.

— Est-ce que ça compte ? demanda Hogan.

— Pourquoi ne lui ferait-il pas confiance ? demanda Abby.

— Pour deux raisons. Et d'un, il ne fait confiance à personne. On ne devient pas Gregory en faisant confiance aux gens. C'est un faux frère, donc il suppose que tous les autres en sont aussi. Et de deux, Danilo est de loin sa plus grande menace. Le commandant en second. Le prétendant au poste. On voit ça aux infos tous les soirs. Les généraux sont destitués, et les colonels prennent le pouvoir.

— Ça nous aide ?

— Il faut passer par le bureau de Danilo pour se rendre dans celui de Gregory.

— C'est normal, dit Hogan. Tout le monde procède de cette manière. C'est comme ça qu'opère un chef d'état-major.

— Pensez-y dans l'autre sens. Pour quitter son bureau, Gregory doit passer par celui de Danilo. Et il est paranoïaque, pour de bonnes raisons. Et avec de bons résultats. Il est toujours en vie. Pour lui, ce n'est pas comme un PDG dans un film, qui dirait bonne nuit à sa secrétaire, et l'appellerait mon chou. C'est plutôt comme de marcher dans un champ de mines. Ce sont des escadrons d'assassins qu'il y a derrière son bureau. Peut-être même pire, c'est un blocus, jusqu'à ce qu'il accède à leurs exigences. Peut-être qu'ils le laisseront se retirer, sa dignité intacte.

Abby acquiesça.

— On dit que c'est dans la nature humaine. La plupart du temps, c'est n'importe quoi, mais parfois c'est parlant.

— Et qu'est-ce que ça dit ? demanda Hogan.

— Il s'est construit une sortie de secours.

***

Ils retournèrent derrière le comptoir et s'assirent par terre contre les armoires, non loin du gars ligoté. Réunion d'état-major de haut niveau. Qui se tient toujours derrière les lignes ennemies. Hogan joua le rôle du marine morose, en partie parce qu'il l'était, en partie par obligation professionnelle. Chaque plan devait être envisagé en situation de stress, et sous tous les angles.

— Dans le pire des cas, nous allons trouver exactement la même configuration, mais inversée à cent quatre-vingts degrés. Des gars sur le trottoir de la rue d'à côté qui surveillent la porte arrière, et des gars à l'intérieur, dans des couloirs étroits, exactement la même chose. Il y a un mot pour ça.

— Position symétrique, dit Reacher.

— Forcément.

— La nature humaine, dit Abby. La plupart du temps, c'est n'importe quoi, mais parfois c'est parlant.

— Et maintenant ?

— Ce n'est pas le bon point de vue, dit-elle. Une trappe de secours donnerait l'impression qu'il a peur. Dans le meilleur des cas, ça donne l'impression qu'il ne fait pas confiance aux gardes du corps qu'il paie, ou à l'armée de loyaux soldats qui se tient devant lui. Il ne peut rien se permettre de tout ça. C'est Gregory. Il n'a aucune faiblesse. Son organisation n'a pas de faiblesses.

— Et donc ?

— La sortie de secours est secrète. Personne ne la garde car personne ne sait qu'elle existe.

— Même pas Danilo ?

— Surtout pas lui, dit Reacher. C'est lui la plus grande menace. Ça a été fait dans son dos. Je parie que si on fouillait dans les dossiers, on découvrirait qu'il a été envoyé quelque part pendant quinze jours et que juste avant son retour deux ouvriers du bâtiment ont été retrouvés morts mystérieusement dans un horrible accident.

— Pour que personne d'autre que Gregory ne sache où se trouve le tunnel secret.

— Exactement.

— Nous y compris. On ne le sait pas non plus.

— La cave d'un type A est reliée à la cave d'un type B.

— C'est ça votre plan ?

— Pensez-y du point de vue de Gregory. Il est arrivé là où il est en ne prenant aucun risque. Il envisage d'empêcher une tentative d'assassinat et de se tirer de là vite fait. C'est une situation très stressante. Il ne peut pas se permettre la moindre erreur. Il a besoin que ce soit clair, et simple. Peut-être un itinéraire fléché sur les murs. Peut-être un éclairage de sécurité, comme dans un avion. Tout ce que nous avons à faire, c'est trouver la porte qui donne sur la rue tout au bout. On peut entrer et suivre les flèches en sens inverse. Peut-être qu'on ressortira derrière une peinture à l'huile sur le mur de son bureau.

— On aura les mêmes gars devant nous. Mais dans l'ordre inverse. Ils arriveront en masse par la porte du bureau.

— On ne peut que croiser les doigts.

— Je ne vois pas ce que nous y gagnons.

— Deux choses. On n'aura personne derrière nous, et on les prendra de haut en bas, au lieu de bas en haut. C'est beaucoup plus efficace.

— Attendez, dit Hogan. Il y a des gars au coin des rues. En position symétrique. Les coins arrière deviennent les coins avant. Ce ne sera pas facile d'entrer.

— Si je visais la facilité, je me serais engagé dans les marines.

***

Ils quittèrent le mont-de-piété de la même manière qu'ils y étaient entrés, par la sortie de service pour regagner la rue transversale. Ils se hâtèrent de retourner à la voiture, d'abord prudemment, puis en se dépêchant franchement. Elle était toujours là. Sans contravention. Même les agents de la circulation se trouvaient à l'est de Centre Street. Abby conduisit. Elle connaissait le chemin. Elle décrivit une grande boucle, bien hors de vue de la compagnie de taxi. Elle s'arrêta deux pâtés de maisons derrière, dans une rue tranquille, devant un magasin familial spécialisé dans les flexibles de lave-linge. Elle laissa le moteur tourner. Hogan descendit, elle se glissa sur le siège passager. Hogan contourna le capot et s'installa au volant. Reacher resta à l'arrière.

— Prêt ? dit-il.

Hogan acquiesça d'un ferme hochement de tête.

Abby d'un hochement de tête déterminé.

— OK, c'est parti.

Hogan parcourut le reste du quartier, puis tourna à gauche. Deux types au coin de la rue, costumes noirs, chemises blanches. Ils se tenaient debout, dos au pâté de maisons qu'ils surveillaient, regardant devant eux, comme de bonnes sentinelles se doivent de le faire.

Ce qu'ils virent, c'est une de leurs voitures roulant dans leur direction. Une Lincoln noire. Des visages indistincts derrière le pare-brise. Lunette arrière noire. Le véhicule tourna dans la rue transversale. Bâtiments de Gregory sur la droite, propriétés privées sur la gauche. Et juste devant, deux autres gars, à l'angle suivant. Auparavant tout à droite, maintenant tout à gauche.

La Lincoln ralentit et s'arrêta au bord du trottoir. La vitre arrière s'ouvrit et une main en sortit qui leur fit signe. Les gars au coin de la rue firent un pas vers elle, machinalement. Par réflexe. Puis ils s'arrêtèrent et réfléchirent. Mais ils ne changèrent pas d'idée. Pourquoi l'auraient-ils fait ? C'était leur voiture, et quelqu'un d'assez important pour être dehors pendant le dispositif C ne voudrait pas qu'on le fasse attendre. Ils accoururent donc.

L'erreur.

La portière avant s'ouvrit alors qu'ils se trouvaient à trois mètres, et Abby sortit du véhicule. La portière arrière s'ouvrit juste quand ils arrivèrent, et Reacher sortit. Il donna un coup de tête au premier arrivé, sans presque aucun effort et presque sans se déplacer, tout dans le timing et l'élan, comme un attaquant de football qui reçoit un centre tiré par un ailier. Le gars tomba dans le caniveau. Sa tête craqua sur le trottoir. Ce n'était pas son jour.

Reacher se tourna vers le deuxième gars, dont il connaissait le visage. Vu dans le bar aux pizzas minuscules où Abby travaillait comme serveuse. Le gars de la porte qui avait dit à Abby : « Va-t'en, petite », et auquel Reacher avait dit : « On se reverra. J'espère. »

La chance sourit à qui sait attendre.

Reacher lui expédia une courte gauche au visage, juste une tape, pour le redresser, et lui en balancer une deuxième, cette fois dans le ventre, pour le plier en deux, et lui ramener la tête à hauteur de sa propre poitrine, peut-être un peu en dessous, position pratique pour pouvoir l'attraper, la tordre et la secouer de toute sa force. Le cou se brisa et le gars tomba. Assez près de son copain. Reacher s'accroupit entre eux et retira les chargeurs de leurs pistolets.

La Lincoln redémarra.

Reacher observa. Les gars d'en face s'étaient rapprochés. Inévitable. Symétrique. Pour les mêmes raisons. Ils se rapprochaient encore. Maintenant ils couraient. Hogan donna une forte accélération, monta sur le trottoir et les percuta de plein fouet. Ce ne fut pas joli. Ils s'élevèrent dans les airs, les membres agités en tous sens, validant tous les clichés, comme des poupées de chiffon, comme s'ils volaient. Ils étaient sans doute déjà morts. À cause de l'impact. Bien entendu, ils ne tentèrent pas d'amortir leur chute. Ils s'écrasèrent simplement, glissant, roulant, raclant le sol, tous les membres emmêlés. Hogan gara la voiture et en descendit.

Reacher se redressa et avança.

Ils se rejoignirent au milieu du pâté de maisons. Abby s'y trouvait déjà.

Elle montra du doigt le chemin qu'avait emprunté Hogan.

— C'est par là, annonça-t-elle.

— Comment peux-tu le savoir ? lui demanda Reacher.

Ce n'était pas le genre de rue auquel il s'attendait. Rien à voir avec celle derrière le mont-de-piété. Pas de brique triste, pas de barreaux aux fenêtres, ni fils ni câbles qui pendaient. Au contraire, une rangée nette de bâtiments récemment restaurés. Comme dans la rue du bureau du projet de loi. Propre et lumineuse. Dans le cas présent, principalement des magasins de vente au détail. Plus jolie et agréable que la rue de la compagnie de taxi et l'agence de cautionnement. Un pâté de maisons aux faces contrastées, l'une qui prospérait, l'autre qui stagnait.

— J'ai pensé qu'il avait dû commencer par l'extérieur, fit remarquer Abby. Il n'aurait pas pu garder ça secret en commençant par l'intérieur. Il n'aurait pas pu y avoir un défilé d'ouvriers du bâtiment dans le bureau des taxis. Pas sans qu'on lui pose des questions. Donc il a commencé ici, pendant les rénovations. C'était la couverture parfaite. Il avait accès aux plans détaillés et aux expertises. Il devait connaître le réseau de communications. L'arrière d'un de ces magasins mène à l'arrière de son bureau.

— Symétrique, dit Hogan.

— Seulement en principe, poursuivit Abby. Je suis sûre qu'en réalité, il y a un vrai dédale de couloirs en zigzag. Ce pâté de maisons a plus de cent ans.

— Quel magasin ? demanda Reacher.

— Principe de la nature humaine, dit Abby. J'ai compris qu'à la fin il n'aurait pas pu se résoudre à le louer. Il avait besoin d'être absolument sûr. Il ne voulait pas s'inquiéter que quelqu'un place une vitrine contre sa porte secrète. Donc, j'ai cherché des magasins inoccupés. Et il n'y en a qu'un. La fenêtre est recouverte de papier peint. C'est par là.

Elle désigna à nouveau le chemin par lequel Hogan était arrivé.

***

Le magasin inoccupé était un local classique, construit à l'ancienne, avec une vitrine du sol au plafond, incurvée vers l'intérieur et qui rejoignait la porte d'entrée à environ quatre mètres du bord du trottoir, avec des carreaux de mosaïque au sol. La porte était en verre et recouverte de papier. Reacher supposa que le système de fermeture serait simple. À l'ancienne. Tourner la grosse poignée, tirer, et le tour est joué. Pas besoin de clé. Une clé pouvait se trouver dans la mauvaise poche de pantalon au moment crucial. Et les clés demandent du temps. Et Gregory n'en aurait pas à perdre. Il serait en train de courir, probablement pour sauver sa peau. Il voulait pouvoir tourner, tirer et sortir.

— Est-ce qu'il y a une alarme ? demanda Hogan. C'est un paranoïaque. Il voudrait savoir si quelqu'un traîne par ici.

Reacher acquiesça.

— J'en suis sûr. Mais au final, je pense qu'il s'est montré réaliste. Les alarmes ont des loupés. Il ne voudrait pas risquer qu'elle sonne en son absence. Parce que Danilo pourrait être là, et l'entendre. Du coup, on lui poserait des questions, forcément. Le secret ne tiendrait pas longtemps. Je pense donc qu'il n'y a pas d'alarme. Mais je suis sûr que la décision a été difficile.

— OK.

— Prêts ?

Hochement de tête ferme de Hogan.

Hochement de tête déterminé d'Abby.

Reacher sortit sa carte bancaire, la meilleure façon de venir à bout d'un système comme celui-ci. Il la glissa dans la fente, l'inclina et la plia dans l'autre sens, jusqu'à ce qu'elle se bloque contre la languette de la serrure. Il tira d'un coup sec la porte vers la charnière, et une combinaison de pressions soudaines indiqua au mécanisme rudimentaire que la poignée avait été tournée, et la porte s'ouvrit docilement.

Reacher la poussa et entra.

45

Le magasin avait été rénové, mais jamais occupé. Il y flottait encore de légères odeurs de travaux. Plâtre des panneaux, mastic, peinture.

Le papier peint sur la fenêtre laissait filtrer une lumière douce et cotonneuse. L'endroit se réduisait à un simple espace blanc et vide. Un énorme cube nu, pas du tout aménagé. Reacher ne connaissait rien au commerce de détail, mais visiblement, il revenait au commerçant d'apporter le nécessaire. Comptoirs, caisses, étagères et présentoirs.

Le mur du fond ne présentait qu'une seule porte, logée dans un encadrement de menuiserie, peinte en blanc, munie d'une grosse poignée en laiton. Pas une porte secrète. Derrière s'étendait un court couloir sombre. Toilettes à gauche, bureau à droite. Au bout, une autre porte. Logée dans un encadrement de menuiserie, peinte en blanc, munie d'une grosse poignée en laiton. Pas une porte secrète. Derrière elle, on trouvait un autre espace non aménagé sur toute la largeur, de peut-être six mètres de profondeur. Côté gauche peut-être destiné à stocker la marchandise. Et le droit réservé à la machinerie. Chaudière, chauffe-eau et climatiseur. L'air circulait par les mêmes conduits que le chauffage. Conduits encore flambant neufs. Les raccords étaient scotchés avec du ruban adhésif. Dont c'est la fonction, à l'origine. Des tuyaux d'eau et de gaz sortaient du sol en béton. Une unité de chauffage-ventilation-climatisation était fixée sur le mur du fond. Reacher en avait vu de semblables dans des chambres d'hôtel. Des appareils monoblocs hauts et étroits. Et des tableaux électriques aux boîtiers ouverts étaient visibles dans la pénombre. Aucun des disjoncteurs n'était étiqueté.

Il n'y avait pas d'autres portes.

Abby ne commenta pas.

Reacher se retourna et regarda derrière lui. Tout le reste était approprié. Marcher jusqu'au fond du couloir, traverser la boutique, tourner, tirer, et sortir dans la rue. Rapide. Sans obstacle. Rien en travers du chemin. Tout allait bien. Sauf qu'il n'y avait pas d'autres portes.

— Il est paranoïaque, dit Hogan. Même s'il n'a jamais loué la boutique, il savait que des gens pouvaient venir ici de temps en temps. Des inspecteurs des services municipaux, des dératiseurs, voire un plombier en urgence s'il y avait une fuite. Il ne voulait pas que ce genre de personnes voient une porte et se demandent ce qu'il y a derrière. Ils pourraient jeter un coup d'œil. Par curiosité professionnelle. La porte est donc déguisée d'une manière ou d'une autre. Ce n'est peut-être même pas une porte. Peut-être que c'est juste un panneau de placo. Sans montants derrière.

Il tapota le mur sur toute sa longueur. Le bruit fut le même partout.

— Attendez, dit Reacher. Une chaudière et un climatiseur alimentent le même réseau de conduits, vraisemblablement contrôlés par une sorte de thermostat compliqué fixé sur un mur quelque part. Une installation flambant neuve.

— Et donc ? lança Hogan.

— Pourquoi ont-ils eu besoin d'un système CVC indépendant fixé au mur ? S'ils voulaient avoir plus chaud ou plus frais ici, ils auraient pu placer quelques ventilateurs supplémentaires au plafond. Ça leur aurait coûté un dollar.

Ils se rassemblèrent devant l'installation. La contemplèrent à la manière d'une sculpture dans une galerie. Elle arrivait à peu près à la hauteur de la tête d'Abby. Les deux tiers inférieurs consistaient en un panneau métallique ordinaire fixé par des vis à tête plate. Ensuite venaient deux commutateurs rotatifs, l'un pour les fonctions chauffage-arrêt-climatisation, l'autre pour le réglage de la température, du froid au chaud, illustré par un cercle allant du bleu au rouge. Au-dessus se trouvait une grille d'où sortait l'air, réchauffé ou refroidi selon les réglages.

Reacher passa le bout des doigts dans la grille et tira.

Elle céda d'un coup. Se détacha des fermetures magnétiques et tomba bruyamment sur le sol. Derrière, un long couloir droit s'enfonçait dans l'obscurité.

***

Le mur n'était pas fléché. Et il n'y avait pas d'éclairage de secours comme on en voit dans les avions. Abby actionna la lampe de son téléphone, et sa faible lueur leur permit de voir environ trois mètres devant eux. Le couloir, construit récemment et avec soin, mesurait environ un mètre de large. Il y régnait la même odeur que dans le magasin vide. Plâtre des panneaux, mastic, peinture. Il était droit sur une courte distance, puis tournait à quatre-vingt-dix degrés à droite, puis à quatre-vingt-dix à gauche. Comme s'il se frayait un chemin pour contourner les pièces d'autres occupants. Toilettes, bureaux et réserves, par endroits mystérieusement rétrécis d'un mètre par rapport à leur dimension d'origine. Reacher imagina Gregory avec les plans détaillés, grignotant trente centimètres par-ci, trente par-là, dessinant des croquis de faux murs, assemblant le tout. Un parcours labyrinthique, mais clair et net, et tout de même cohérent. On ne pouvait ni trébucher ni se perdre. Reacher se représenta une lampe de poche accrochée au mur à l'entrée, Gregory la saisissant, puis se précipitant, fonçant d'un angle à l'autre, passant par le panneau de climatisation, sortant par le magasin vide.

Ils continuèrent de marcher, lentement. Les tours et les détours ne leur facilitèrent pas la tâche pour évaluer la distance parcourue. Reacher se souvint que le quartier était carré et assez grand, compte tenu des standards de la vieille ville. Environ cent vingt mètres de côté. La compagnie de taxi, la salle du conseil et les bureaux à l'arrière représentaient dans les trente mètres. Peut-être quarante-cinq, selon l'espace disponible. Ce qui leur donnait soixante-quinze mètres à parcourir. Peut-être cent cinquante ou plus en réalité, à cause de tous les virages. Ça devrait leur prendre environ six minutes, à leur rythme lent et prudent.

Cela en prit cinq et demie. Ils tournèrent une dernière fois, et devant eux, à la lueur du téléphone d'Abby, ils aperçurent le bout du couloir. Le mur était entièrement constitué d'une lourde tôle d'acier. D'un côté à l'autre, et du sol au plafond. Une trappe y était aménagée, à peu près de la taille du panneau de CVC de tout à l'heure. Une invitation à se baisser et à enjamber. Sur le côté droit de lourdes charnières étaient soudées à l'acier. Le métal décoloré par la chaleur. Sur la gauche, il y avait un gros loquet. Tiré vers l'arrière. Gregory poussait la trappe, entrait, claquait la trappe derrière lui, et tirait sur le loquet. Pas de poursuivants. Pas besoin de clé. Plus rapide. Une lampe de poche était accrochée au mur, juste à côté du verrou.

Ils reculèrent de deux portions de couloir et parlèrent si bas qu'ils s'entendaient à peine. Reacher chuchota :

— Je pense que la vraie question est de savoir si les charnières grincent. Si oui, on agit rapidement. Sinon, on y va lentement. Prêts ?

Hochement de tête ferme de Hogan.

Hochement de tête déterminé d'Abby.

Ils revinrent sur leurs pas. Deux tournants. Retour à la trappe d'acier. Abby approcha son téléphone d'une charnière.

Elle semblait de bonne qualité. Acier forgé, surface lisse. Mais aucune trace de graisse ou d'huile. Imprévisible. La trappe n'était pas pourvue de poignée, juste deux épais arceaux pour y placer le loquet. Reacher passa un doigt dans l'un d'eux. Réfléchit à ce qu'il allait faire ensuite, soit rapidement, soit lentement. La trappe serait cachée à l'intérieur par une sorte de camouflage. Rien de trop fantaisiste. Rien qui aurait impliqué de la main-d'œuvre visible. Ou modifié l'apparence de la pièce. Ou que Danilo aurait remarqué à son retour. Probablement un meuble existant. De la taille d'Abby. Probablement une bibliothèque. Il devrait ouvrir la trappe et la déplacer sur le côté. Soit rapidement, soit lentement.

Ce fut rapide. Reacher ouvrit la trappe, et sur les trois premiers centimètres, les deux charnières grincèrent violemment. Il finit d'ouvrir d'un seul coup et à la lueur du téléphone d'Abby il découvrit le dos d'un lourd meuble en bois brut. Il poussa fort et le meuble bascula en avant, se renversa et s'écrasa. Pas du tout stable. Une bibliothèque, c'était sûr. Reacher monta sur le meuble tombé au sol, et entra dans la pièce.

***

Gregory était assis à son bureau, dans son fauteuil en cuir vert, occupé à réfléchir à des choses importantes. Il entendit les charnières grincer derrière lui, fit pivoter son fauteuil à moitié, juste à temps pour que la bibliothèque lui tombe dessus. Un meuble en chêne de la Baltique, massif, sans placage. Chargé de livres, de trophées et de photos encadrées. Dans un premier temps, une étagère lui brisa l'épaule, puis une imperceptible milliseconde plus tard, l'étagère suivante lui fracassa le crâne, et pour finir la masse du meuble l'écrasa, faisant basculer son fauteuil, poussant le côté de sa tête contre le rebord du bureau, mais le reste de son corps vers le sol, de sorte que son cou se plia de façon grotesque et se brisa comme une brindille, le tuant sur le coup. Le poids de Reacher grimpant sur le meuble au sol ne lui causa aucune blessure supplémentaire.

***

Reacher vit l'arrière de la bibliothèque, incliné comme une rampe. Elle était tombée contre un bureau. Il grimpa dessus et découvrit une double porte ouverte sur un bureau d'accueil, où un gars installé derrière un bureau se leva de son fauteuil, l'air surpris et choqué. Sans doute Danilo. Il y avait une porte entre la pièce et le couloir au-delà. Ouverte elle aussi. Il s'en échappait des raclements de chaises et des bruits de pas sur du linoléum. Le grincement et le fracas avaient attiré l'attention.

Reacher tenait un Glock dans sa main droite et un Glock dans sa main gauche. De la droite, il couvrait Danilo. De la gauche, il couvrait la porte. Hogan arriva derrière lui. Suivi d'Abby, qui annonça :

— Gregory est mort sous la bibliothèque.

— Comment ? lui demanda Reacher.

— Elle lui est tombée dessus. Il était à son bureau. Elle était derrière lui. Je pense qu'elle lui a brisé le cou.

— Je l'ai poussée sur lui.

— En pratique, je suppose.

Reacher marqua une pause, puis déclara :

— Il a eu de la chance.

Il fit un signe de tête à Danilo et dit à Hogan :

— Immobilise ce type, sans lui faire de mal. Nous devons avoir une discussion importante lui et moi.

— À quel sujet ?

— C'est ce qu'on dit dans l'armée quand on va battre quelqu'un à mort.

— Compris.

Puis les événements se déroulèrent d'une façon que Reacher jugea plus tard en partie inévitable, préprogrammée même, en partie dictée par la culture, en partie par la pression des pairs, l'obéissance aveugle, et le manque désespéré d'alternatives. Difficile à saisir. Mais cela l'aida à comprendre, avec le recul, la présence de la pile de corps dans l'entrée à l'arrière de la scierie. Ils continuaient d'arriver. D'abord un gars solide, qui considéra la situation et se prépara à sortir son arme. Reacher le laissa faire. Le laissa afficher très clairement son intention. Puis il lui tira dans le ventre. Une seule balle. Puis un deuxième gars arriva, gonflé à bloc par une sorte de bravade ridicule, un « je peux faire mieux ». Mais il ne put pas. Reacher l'abattit et il tomba pile au-dessus du premier gars. Ce fut comme ça que le tas se forma. Et il ne dissuada personne. Tous contribuèrent à le surélever. Les uns après les autres. *On aura les mêmes gars devant nous. Mais dans l'ordre inverse.* Hogan avait tout à fait raison. D'abord vinrent les anciens des bureaux, puis les gros bras futés de l'intérieur du bâtiment, et enfin les gros bras idiots du coin de la rue, tous motivés, tous acharnés, tous condamnés. Dans un premier temps, Reacher envisagea leur sacrifice en termes médiévaux, puis il remonta plus loin encore, jusqu'à la nuit des temps, cent mille générations, jusqu'à l'emprise de la folie pure de la tribu, et la terreur absolue de se retrouver sans elle.

Cela leur avait permis de survivre à l'époque. Mais plus maintenant. Finalement, les bruits de pas cessèrent. Reacher attendit encore une minute. Juste pour être sûr. Et le vacarme de ses tirs interminables laissa place à un silence violent et assourdissant.

Alors il se retourna pour faire face à Danilo.

46

Danilo était petit selon les standards de Reacher, dans les un mètre quatre-vingts, et plutôt sec que charpenté. Hogan l'avait dépouillé de sa veste de costume et avait vidé son étui d'épaule. Il semblait nu et vulnérable. Déjà vaincu. Hogan l'obligea à se placer debout à côté du bureau. Un meuble massif en bois couleur caramel. La bibliothèque était tombée dessus. Elle était énorme. Et devait peser une tonne. Les livres et les décorations s'étaient répandus partout. De l'endroit où il se tenait maintenant, Reacher pouvait voir Gregory sur le sol.

Il était plié en forme de Z. Comme comprimé. Au demeurant, un individu sain. Grand, dur, et solide. Mais mort. Dommage.

Reacher passa son index gauche sous le nœud de cravate de Danilo, le fit pivoter et le redressa. Épaules en arrière, menton en avant.

Reacher s'écarta.

— Parle-moi de vos sites pornos sur Internet.

— Nos quoi ? s'étonna Danilo.

Reacher lui donna une gifle. Juste une claque, mais un coup colossal quand même. Qui fit tomber Danilo. Après un demi-saut périlleux latéral il alla s'écraser contre la plinthe.

— Debout, lui lança Reacher.

Danilo se leva, lentement, mains tremblantes et jambes flageolantes, prenant appui sur le mur.

— Essaye encore, dit Reacher.

— C'est une activité secondaire, répondit Danilo.

— Où sont-ils ?

Danilo hésita.

Reacher le frappa de nouveau. De l'autre côté. Une gifle. Encore plus forte qu'avant. Danilo retomba en roulant sur le côté, et se cogna la tête contre l'autre mur.

— Lève-toi, lui lança de nouveau Reacher.

Danilo se releva. Lentement, mains tremblantes et jambes flageolantes, et s'appuya sur le mur pour se relever.

— Où sont-ils ? répéta Reacher.

— Nulle part. Et partout. C'est l'Internet. Il y en a un peu sur des serveurs partout sur la planète.

— Contrôlés depuis où ?

Danilo regarda la main droite de Reacher. Il avait compris l'enchaînement. Pas difficile. Droite, gauche, droite. Il ne voulait pas répondre, mais il allait le faire.

Il prononça le mot. Ni ruche ni terrier, mais nid, très haut. Puis il serra les lèvres. Maintenant, il se trouvait entre le marteau et l'enclume. Il ne pouvait pas révéler l'emplacement. C'était leur plus grand secret et le mieux gardé. Au lieu de cela, il continua de fixer la main droite de Reacher, qui lui dit :

— On sait déjà où il est. Vous n'avez plus rien à échanger.

Danilo ne répondit pas. Puis un téléphone portable sonna. Sonnerie distante et étouffée. De l'autre côté de la porte. Dans une poche, quelque part dans la pile de cadavres. Il sonna six fois, puis s'arrêta. Et une autre sonnerie retentit. Tout aussi distante, tout aussi étouffée. Puis deux autres.

Le son du vaisseau mère qui ne répond pas.

— Je suis désolé, dit Danilo.
— De quoi ? demanda Reacher.
— Des choses que j'ai faites.
— Mais tu les as faites. On ne peut pas changer ça.
Danilo garda le silence.
Abby dit :
— Oui.
Hogan dit :
— Oui.
Reacher tira sur Danilo en plein front avec le H&K P7 que Hogan lui avait pris. Modèle de la police allemande. Identique à tous les autres. Peut-être même des numéros de série qui se suivent. Une commande en gros, à un flic allemand corrompu. Danilo tomba, avec ce qui restait de ses chefs dans son propre bureau, et le reste dans celui de Gregory. Reacher jeta un coup d'œil à gauche et à droite. *On les prendra de haut en bas. C'est beaucoup plus efficace.* Travail accompli. Ils étaient disposés comme un organigramme d'entreprise. Gregory, Danilo, le tas d'adjoints principaux. Les téléphones portables sonnèrent partout.

***

Ils repartirent comme ils étaient arrivés, par la sortie secrète. Traversèrent le magasin vide. Tourner, tirer, et retour dans la rue. Les gars des angles gisaient toujours là où ils étaient tombés. Personne ne songerait à appeler les flics pour des cadavres près d'une Town Car noire dans une rue secondaire à l'ouest de la ville. Ce genre de chose était évidemment l'affaire privée de quelqu'un d'autre.
— Où va-t-on maintenant ? demanda Abby.
— Tu vas bien ? répondit Reacher.
— Je vais bien. Et maintenant ?

Reacher regarda l'horizon du centre-ville. Six tours. Trois immeubles de bureaux, trois hôtels.

— Je devrais aller dire au revoir aux Shevick. Je n'aurai peut-être pas d'autre occasion.

— Pourquoi ?

— La scierie ne va pas brûler éternellement. Tôt ou tard, les flics seront de retour à l'ouest de Centre Street. Fini les mille dollars par semaine. Ils seront en colère contre quelqu'un. Des questions seront posées. C'est toujours mieux de ne pas être dans le coin quand ça arrivera.

— Tu vas partir ?

— Viens avec moi.

Abby garda le silence.

Puis elle dit :

— Appelle Vantresca et demande-lui de nous rejoindre.

Ils laissèrent la Lincoln où ils l'avaient garée. Une sorte d'assurance. Comme un panneau de signalisation. Pas « Interdiction d'avancer », mais « Questions interdites ». Le soleil brillait, le ciel était dégagé. Ils rentrèrent à pied par le chemin qu'ils avaient emprunté en voiture. Ils prirent l'ascenseur pour se rendre jusqu'à la chambre des Shevick. Maria les observa par le judas et les fit entrer. Barton et Vantresca étaient déjà là.

Vantresca pointa le doigt vers la fenêtre. À gauche de deux tours de bureaux du côté ouest de Centre Street. Une structure rectangulaire simple d'environ vingt étages, à la façade en verre qui reflétait le ciel. Au-dessus des fenêtres du dernier étage, un nom banal et anodin. Celui d'une compagnie d'assurances. Ou d'un laxatif.

— Vous êtes sûr ? demanda Reacher.

— C'est le seul bail signé à la bonne période. Les trois derniers étages supérieurs. Une société dont personne n'a jamais entendu parler. Et toutes sortes de trucs bizarres montent par l'ascenseur.

— Bon travail.

— Remerciez Barton. Il connaît un saxophoniste qui travaille au Service des bâtiments pour gagner sa vie.

Apparemment, Vantresca avait appelé le room-service dès son arrivée parce qu'un garçon arriva avec un chariot rempli de casse-croûte et de boissons. Des sandwiches, des petits gâteaux, une assiette de cookies tout juste sortis du four à micro-ondes. Et de l'eau, des sodas, du thé glacé, du thé chaud, et le meilleur de tous les cafés dans un grand thermos en chrome qui étincelait au soleil. Ils mangèrent et burent tous ensemble. Vantresca annonça qu'il avait déjà envoyé une équipe de nettoyage chez les Shevick, ainsi qu'un plaquiste et un peintre. Ils pourraient rentrer chez eux le lendemain matin. S'ils le voulaient. Ils avaient répondu qu'ils le voulaient, vraiment. Et l'avaient remercié d'avoir réparé les trous.

Puis ils fixèrent Reacher d'un regard interrogateur.

— À la fermeture des bureaux aujourd'hui, dit-il. Guettez un virement bancaire.

Aaron hésita une seconde, poliment, puis demanda :

— De quel montant ?

— Je suis plutôt du genre chiffres ronds. Si c'est trop, donnez le reste. À des gens dans la même situation. Peut-être un peu à ces avocats, Julian Harvey Wood, Gino Vettoretto et Isaac Mehay-Byford. Ils font du bon travail pour des gars avec autant de noms.

Puis il sortit l'enveloppe du prêteur sur gages. Les alliances, les petits solitaires, la montre au cristal cassé. Il la remit à Maria en lui disant :

— Ils ont fait faillite.

Puis Reacher, Abby, Barton, Hogan et Vantresca prirent l'ascenseur ensemble et regagnèrent la rue.

***

Non loin de la tour de bureaux se trouvait un petit café. Ils entrèrent et se serrèrent, cinq personnes entassées à une table de quatre tout au fond. Vantresca et Barton racontèrent ce qu'ils savaient. Le bâtiment avait été achevé trois ans plus tôt. Il comptait vingt étages. Et quarante espaces de bureaux au total. Jusqu'à présent, c'était un échec commercial. L'économie locale était fragile. La société inconnue avait fait une bonne affaire sur les dix-huitième, dix-neuvième et vingtième. Les seuls autres locataires étaient un dentiste, au quatrième, et un courtier en immobilier commercial, au deuxième. Le reste était inoccupé.

— Que ferait-on dans les marines ? demanda Reacher à Hogan.

— Le plus probable est qu'on évacuerait le courtier et le dentiste avant de mettre le feu au bâtiment. Soit les cibles des étages supérieurs sortiraient par les escaliers de secours, soit elles brûleraient sur place. Dans les deux cas, ce serait gagnant-gagnant, pour un effort minimal.

Puis Reacher demanda à Vantresca :

— Que feraient les divisions blindées ?

— La doctrine standard en milieu urbain consiste à tirer sur les murs du rez-de-chaussée pour que le bâtiment s'effondre sur lui-même. On doit éviter de laisser des décombres dans les rues, si possible. Tout ce qui bouge encore une minute plus tard, on le tire à la mitrailleuse.

— OK, dit Reacher.

Vantresca demanda :

— Que feraient les MP ?

— Sans doute quelque chose de subtil et d'ingénieux. Étant donné notre manque relatif de ressources.

— Comme quoi ?

Reacher réfléchit une minute, puis il leur expliqua.

47

Cinq minutes plus tard, Barton quitta le café pour se rendre à un rendez-vous chez le dentiste. Reacher et les autres restèrent. Une base pratique. Toute proche. Pas de doute, le serveur au comptoir était un informateur du côté ouest, mais il n'y avait plus personne à informer. Reacher le vit passer deux coups de fil. Apparemment personne ne répondait. Le gars fixait son téléphone, perplexe. Puis Hogan et Vantresca sortirent pour un rendez-vous avec le courtier en immobilier. Reacher et Abby restèrent assis. Seuls leurs visages apparaissaient sur les téléphones ukrainiens. Il valait mieux ne pas se réjouir trop tôt.

Le serveur tenta un troisième appel.

Personne ne décrocha.

— Ça doit vouloir dire qu'on peut aller chez moi ce soir, dit Abby.

— Il n'y a aucune raison de ne pas le faire, répondit Reacher.

— À moins que tu ne partes avant ce soir.

— Ça dépend de ce qui se passe. On pourrait avoir besoin de s'enfuir tous les cinq.

— Supposons que non.

— Alors on ira chez toi ce soir.

— Pour combien de temps ?

— Quelle serait ta réponse à cette question ?

— Pas pour toujours, j'imagine.

— C'est aussi la mienne. Sauf que l'horizon de mon « pour toujours » est plus proche que celui auquel pensent la plupart des gens.

— Proche comment ?

Reacher regarda par la fenêtre. La rue, la brique, les ombres de l'après-midi.

— J'ai déjà l'impression d'être ici depuis toujours.

— Alors tu vas partir quoi qu'il arrive.

— Viens avec moi.

— Pourquoi ne pas rester dans le coin ?

— Pourquoi y rester ?

— Pour rien. Je ne me plains pas. Je veux juste savoir.

— Savoir quoi ?

— Combien de temps il nous reste. Pour que je puisse en profiter au maximum.

— Tu ne veux pas venir avec moi ?

— Il me semble que j'ai le choix entre deux choses. Soit un bon souvenir avec un début et une fin, soit une relation qui s'essouffle lentement, et où je me fatigue de dormir dans des motels, de faire du stop et de marcher. Je choisis le souvenir. D'une expérience réussie. Beaucoup plus rare que tu ne penses. On s'en sort très bien, Reacher.

— On n'en est pas encore à la fin. Ne vends pas la peau de l'ours avant de l'avoir tué.

— Tu es inquiet ?

— D'un point de vue professionnel.

— Maria m'a répété ce que tu lui as dit. Un jour, tu vas perdre. Mais pas aujourd'hui.

— J'essayais de lui remonter le moral. C'est tout. J'aurais dit n'importe quoi.

— Je crois que tu le pensais.

— On apprend ça dans l'armée. Le seul truc en ton pouvoir, c'est de t'investir à cent pour cent. En d'autres termes, si on se donne vraiment à fond aujourd'hui, et que les renseignements, l'organisation et l'exécution sont précis à cent pour cent, alors on est sûr de l'emporter.

— Ça doit booster la confiance.

— C'est l'armée. En fait ce qu'ils veulent dire, c'est que si tu échoues aujourd'hui, c'est entièrement ta faute.

— On s'en est bien sortis jusqu'à présent.

— Mais maintenant la donne a changé. Maintenant on combat Moscou. Pas seulement une bande de proxénètes et de voleurs.

— Ce sont les mêmes individus.

— Mais mieux organisés, c'est certain. Meilleure planification. La crème de la crème. Moins de faiblesses. Moins d'erreurs.

— Ça ne sent pas bon.

— Je suppose que c'est du cinquante-cinquante. Gagner ou perdre. C'est bien. J'aime la simplicité.

— Comment on fait ?

— Renseignement, planification, exécution. D'abord on réfléchit comme eux. Ce qui n'est pas difficile. On les a étudiés sous toutes les coutures. Vantresca pourrait te le dire. Ce sont des gens intelligents, organisés, attachés à la bureaucratie, prudents, consciencieux, méthodiques, et terriblement rationnels.

— Alors comment pouvons-nous gagner ?

— On peut exploiter leur côté rationnel. On peut faire quelque chose qu'une personne rationnelle n'envisagerait même pas. Quelque chose de complètement dingue.

Puis le premier rapport revint. Barton entra, salua d'un signe de tête et marcha vers le comptoir. Il prit un café, puis se dirigea vers la table. Il s'assit, mais avant qu'il ait pu prononcer un mot, le deuxième rapport arriva. Hogan et Vantresca, qui revenaient ensemble. Ils avancèrent directement vers la table. Ils eurent du mal à s'installer, mais réussirent à se faire une petite place. Cinq personnes à une table de quatre.

Barton déclara :

— La façade du hall est entièrement vitrée. On entre par une porte tambour. Le mur du fond du hall d'entrée est la face avant du cœur du bâtiment. Il y a cinq ouvertures. Une porte coupe-feu, trois ascenseurs, et une autre porte coupe-feu. Avant d'y accéder, il faut passer les tourniquets et un guichet de sécurité. Tenu par ce qui me semble être un vigile ordinaire.

— C'est tout ? demanda Reacher.

— Je suppose que c'est tout ce que fournit le bâtiment. Mais il y a aussi quatre hommes en costume cravate. Fournis par quelqu'un d'autre, j'imagine. Deux d'entre eux attendaient juste derrière la porte tambour. Ils m'ont demandé mon métier. J'ai répondu dentiste. Ils se sont écartés et m'ont fait signe d'avancer vers le guichet de sécurité. Où le vigile m'a redemandé mon métier.

Reacher regarda Hogan et Vantresca.

— Même chose pour vous ?

— Exactement la même chose, répondit Vantresca. Très bon écran en amont. Ensuite le filtrage est encore plus perfectionné. Les deux autres gars se trouvent de l'autre côté des tourniquets de sécurité. Près des ascenseurs. Qui ont été améliorés en modifiant le tableau de commandes, comme on en voit dans les très grands bâtiments occupés par des milliers de personnes. On sélectionne l'étage auquel on veut se rendre, et l'écran indique quelle cabine on doit attendre. Puis la cabine vous emmène à l'étage que vous avez choisi. Il n'y a pas de boutons à l'intérieur. C'est un système très efficace. Mais totalement inutile dans un bâtiment aussi petit. Manifestement, il est là pour une bonne raison. À savoir que les deux gars ne vous laisseront pas appuyer sur le bouton. Ils doivent le faire pour vous. Ils vous demandent où vous allez, vous leur dites, ils appuient sur les boutons et vous montrent où attendre. Puis vous entrez dans la cabine de l'ascenseur et vous en sortez quand les portes s'ouvrent. Aucune alternative.

— Y avait-il des caméras dans le hall ?

— Il y a un petit point en verre sur le tableau de commande de l'ascenseur. Presque certainement un objectif fish-eye, qui transmet directement l'image à l'étage.

Reacher acquiesça.

Regarda Barton.

— Comment était le dentiste ?

— Le troisième étage est composé de petits espaces de bureaux situés du côté extérieur d'un couloir rectangulaire qui ceinture le cœur du bâtiment. Cœur sans ouverture sur trois côtés. Je suis monté au quatrième étage par l'escalier de secours, et c'était la même chose. Au cinquième, il y avait deux espaces de bureaux plus grands au fond. Je n'ai pas pu faire tout le tour du noyau. Je suppose que la face aveugle correspond à un mur de l'espace de travail.

Hogan dit :

— On a couru jusqu'au sixième et on est partis de là. Les bureaux deviennent plus grands au fur et à mesure qu'on monte. On peut supposer que le dix-neuvième est un espace somptueux sur un étage entier. Les ascenseurs arrivent au centre. C'est tout ce que l'architecte leur a fourni. Je suis sûr qu'ils ont construit le reste exactement à leur convenance.

— En commençant par la cage, dit Reacher.

— C'est certain, dit Vantresca. C'est encore plus simple que ce qu'on pensait. Parce que le bâtiment est haut, mais pas grand. Il n'y a qu'une seule colonne pour loger tous les matériels de service, et seulement cinq ouvertures par étage dans la structure, toutes alignées. Une seule cage pourrait toutes les desservir. Pas besoin de souder quoi que ce soit pour fermer. On pourrait construire une cage d'environ un mètre quatre-vingt de profondeur et de deux mètres de haut, en commençant juste avant la première porte coupe-feu, et qui se prolongerait sur toute la largeur juste après la dernière. Chaque porte donne dedans. Les ascenseurs et les escaliers de secours. Ce serait comme un long vestibule rectangulaire. Assez peu profond. Il faudrait attendre là une minute, avec des hommes armés qui vous surveillent à travers le grillage. Et d'autres hommes armés à la porte pour vous laisser sortir. Le mécanisme pourrait être électronique. Peut-être qu'il y a deux portes, comme un sas.

— Planchers et plafonds ?

— Dalle de béton. Perforation quasiment impossible. Toutes les gaines et conduits de gros diamètre montent et descendent à l'intérieur de la colonne centrale, avec les cages d'ascenseur.

— OK, dit Reacher.

— OK quoi ?

— Ils sont prudents, méthodiques et rationnels. C'est ce que j'ai dit à Abby.

— Et paranoïaques. On peut parier qu'ils ont fait exactement la même chose au dix-huitième et au vingtième. Ce qui rendrait leurs zones tampons quasiment imprenables.

Reacher acquiesça.

— C'est de toute beauté. Il n'y a aucun moyen d'entrer.

— Alors comment fait-on ?

— Quand la situation se corse, les durs à cuire vont faire des courses.

— Où ça ?

— À la quincaillerie.

***

La boutique la plus proche était une franchise nationale aux slogans sérieux engageant à agir ensemble et sans attendre. Moscou aurait approuvé. Elle était assez grande pour se procurer ce dont ils avaient besoin, mais pas assez pour offrir du choix. Ce qui fit avancer les choses. Après tout, un couteau à linoléum, c'est un couteau à linoléum. Une tronçonneuse, une tronçonneuse. Et ainsi de suite. Ils achetèrent un sac à outils chacun. Le nom du magasin figurait dessus, ils auraient pu appartenir à des professionnels. Gezim Hoxha, au fond de son lit d'hôpital, régla la totalité des achats via son portefeuille en forme de pomme de terre.

Ils remplirent leurs sacs avec soin, et les portèrent en bandoulière. Puis ils se mirent en route et revinrent sur leurs pas, mais cette fois sans s'arrêter au café. Ils continuèrent tout droit jusqu'à la porte d'entrée de la tour de bureaux.

48

Comme Barton l'avait indiqué, la façade du hall était entièrement vitrée. Les gars à l'entrée les aperçurent donc rapidement. À une dizaine de mètres, probablement. Ce qui, à la vitesse où marchait le groupe, lui laissait encore plusieurs secondes. Et Reacher espérait que dans ce laps de temps les types seraient déconcertés car légèrement affolés. Juste assez pour qu'ils restent dans le doute jusqu'au bout. Cinq personnes avançant à grands pas étaient automatiquement suspectes. Cinq personnes portant des sacs à outils, peut-être pas. Des plombiers répondant à un appel urgent pour réparer une fuite ? Ou des électriciens. Sauf que l'un d'eux était une femme. Mais ça ne posait pas de problème. N'est-ce pas ? On était en Amérique. Sauf que l'un d'eux ressemblait au gars qui venait de Kiev. Gregory avait envoyé une photo par SMS avant de devenir muet. Le gars de Kiev était-il plombier ? Juste de petits feux clignotants, des signaux neuronaux contradictoires, assez pour les ralentir, assez pour que leurs éventuelles réactions arrivent avec un temps de retard fatal.

Parce qu'à ce moment-là, la porte tambour tournait déjà, déversant d'abord Reacher, puis Hogan, Vantresca, Barton, Abby, tous sortant des armes de leurs sacs à outils, se déployant, Hogan et Vantresca courant devant, Abby derrière eux, Reacher et Barton bloquant les gars à la porte, leur pointant des armes sous le menton, les poussant en arrière et Vantresca et Abby franchissant les tourniquets, les gars percutant les hommes en costume, les renversant au passage avant qu'Abby s'arrête dans un dérapage contrôlé devant le tableau de commande de l'ascenseur.

Prête pour le plan. Elle resta immobile une seconde. La lumière de la rue l'éclairait par-derrière. Petite et garçonne, soignée et élancée, habillée tout en noir, un Glock 17 dans la main. Performance d'actrice. Une vision de cauchemar.

Puis elle se pencha et, avec un sifflement de bombe aérosol, pulvérisa de la peinture sur le petit point en verre. Noir mat, de la quincaillerie.

Barton avait déjà commencé à faire la même chose sur le mur de verre de la façade, mais en blanc, pour produire l'effet d'un magasin vide. Les quatre hommes en costume s'étaient serrés les uns contre les autres, Reacher et Vantresca pointant des armes sur eux et Hogan se préparant à les ligoter avec de longs câbles de serrage achetés à la quincaillerie.

Le vigile au guichet de la sécurité observait nerveusement.

Reacher lui lança :

— Vous travaillez pour ces gens ?

— Non monsieur, absolument pas, répondit le vigile.

— Néanmoins, vous occupez un poste. Vous avez des responsabilités, au moins envers le propriétaire de cet immeuble. Peut-être avez-vous prêté serment. Si nous vous laissons partir, vous êtes donc obligé d'appeler les flics. Vous m'avez l'air d'un homme de principe. Il vaut donc mieux qu'on vous attache aussi. Peut-être même qu'on vous bande les yeux. On vous laissera sur le sol derrière votre guichet. Vous pourrez tout nier par la suite. Cela vous semble-t-il acceptable ?

— C'est sans doute mieux.

— Venez d'abord verrouiller la porte pour nous.

Le type se leva.

Et c'est là que le plan dérapa. Que son exécution jusqu'ici sans accroc connut un revers malheureux. Bien que, par la suite, en y réfléchissant, Reacher se rappelât avoir considéré ce moment comme celui où le plan réussissait. Il le voulait. Secrètement, il l'avait espéré. D'où les tronçonneuses.

Quelque chose de complètement dingue.

Hogan se pencha pour attacher la cheville du premier gars. Qui, sous l'effet de la panique, ou dans un dernier élan désespéré, ou les deux, ou encore dans l'espoir de déclencher une sorte d'insurrection, enfin peu importe pourquoi, fonça soudain en avant avec une énergie sauvage, droit sur

Vantresca, une lueur de folie dans le regard. Et se précipita plus ou moins droit sur le canon de son arme.

Vantresca réagit à la perfection. Du coin de l'œil, il vit que Hogan roulait sur le côté, en bon marine, pour éviter les pieds du gars qui chargeait, et échapper à un tir ami. Il n'y avait personne derrière. Aucun danger de tir traversant. Ils se trouvaient dans un bâtiment en béton. Aucun risque que par un calamiteux hasard la balle traverse le mur. Ni même que le tir soit bruyant puisque ce serait un tir de proximité. La cavité thoracique du gars agirait comme un silencieux géant.

Vantresca appuya sur la détente.

Il n'y eut pas d'insurrection.

Les trois autres gars ne bougèrent pas.

Le vigile lâcha :

— Oh, merde !

Reacher lui lança :

— On s'occupe de vous dans une minute. Mais d'abord, vous fermez la porte.

***

Au dix-neuvième étage, quelqu'un remarqua que l'écran montrant les images du hall était noir. Personne ne savait depuis combien de temps. Au début, on crut qu'il s'agissait d'un problème technique. Mais quelqu'un d'autre eut l'impression que l'obscurcissement n'était pas uniforme. Et il n'y avait pas de coupure de courant. C'était donc autre chose. Ils repassèrent donc la vidéo en arrière et virent une jeune femme en train de vaporiser de la peinture avec une bombe aérosol. Après avoir pris la pose avec un pistolet. Après avoir surgi par la porte tambour avec quatre autres personnes. Portant toutes des vêtements de ville différents, mais toutes équipées de sacoches identiques spécifiques à la mission. Une unité militaire secrète dirigée par une femme. On était en Amérique.

Bien sûr, leur première réaction fut de téléphoner à leurs collègues du hall. Juste au cas où. Quatre numéros de portable différents. Quatre appels sans réponse. Comme ils le craignaient, comme ils s'y attendaient. C'était partout pareil, ces deux dernières heures. Ils tentèrent même le vigile. Ils avaient le numéro. Celui de son stupide guichet, la ligne fixe.

Pas de réponse.

Ils étaient complètement isolés. Sans la moindre information. Même pas depuis le hall. Ils n'avaient aucune idée de ce qui se passait. Coupés du monde. Rien aux nouvelles. Rien sur les sites d'infox. Pas de déploiements étranges. Pas d'attachés de presse en état d'alerte.

Ils essayèrent à nouveau tous les numéros.

Pas de réponse.

Puis l'ascenseur gronda. La cage centrale.

La cabine arriva, dans un sifflement.

Les portes s'ouvrirent, avec un léger crissement.

Sur la paroi du fond de la cabine, quelqu'un avait peint à la bombe le terme ukrainien pour « loser ». Sous les lettres dégoulinantes, un des gars du hall, costume noir et cravate, assis en tailleur, bras et jambes en biais. Il avait reçu une balle dans la poitrine.

Et on lui avait coupé la tête.

À présent maintenue entre ses jambes.

Les portes se refermèrent, avec un léger crissement.

L'ascenseur gronda.

La cabine redescendit.

Complètement isolés. Aucun contact. Tous ceux sans tâche spécifique à accomplir se rassemblèrent près des ascenseurs, à l'extérieur de la cage. À regarder à l'intérieur. Positionnés comme s'ils pariaient. Certains face à l'ascenseur du milieu, comme s'ils s'attendaient à ce qu'il remonte, avec son tableau macabre. D'autres choisirent celui de droite ou celui de gauche. Quelques originaux observèrent les escaliers de secours. Il y avait toutes sortes de théories.

Ils attendirent.

Rien ne se passa.

Ils intervertirent leurs positions près de la grille. Comme si l'attente modifiait subtilement les chances. Comme si cela rendait un scénario légèrement plus probable qu'un autre. Ou moins improbable.

Ils attendirent.

Ils essayèrent encore trois numéros. D'abord celui de Gregory, puis celui de Danilo, puis celui du chef de garde, en bas dans le hall. Sans réel espoir.

Sans réponse.

Ils attendirent. Intervertirent leurs positions près de la grille.

Et tendirent l'oreille.

L'ascenseur gronda. Cette fois, la cage de gauche.

La cabine arriva, dans un sifflement.

Les portes s'ouvrirent, avec un léger crissement.

Un autre de leurs gars gisait sur le plancher de la cabine. Un du hall d'entrée. Costume noir et cravate. Allongé sur le flanc. Poignets et chevilles attachés dans le dos. Bâillonné avec un chiffon noir. Il se tortillait, se débattait, les suppliait du regard, désespérément, en mordillant son bâillon comme s'il criait : *S'il vous plaît, venez me délivrer, s'il vous plaît, venez*, et puis il hochait la tête avec insistance, comme s'il les appelait, pour leur dire : *Oui, oui, c'est sans danger, s'il vous plaît venez me chercher*, puis, il fit une sorte de pirouette, désespérément, comme s'il essayait d'atteindre le seuil.

Les portes se refermèrent sur lui, avec un léger crissement.

La cabine redescendit.

D'abord, personne ne dit mot.

Puis quelqu'un se risqua.

— On aurait dû le sauver.

Quelqu'un ajouta :

— Comment on aurait pu ?

— On aurait dû être plus rapides. Il a réussi à s'échapper. On aurait dû l'aider.

— On n'avait pas le temps.

Le type qui avait parlé en premier regarda tout autour de lui. Parcourut des yeux le trajet, d'abord entre lui et la porte, puis l'arrêt au digicode, et ensuite entre la porte et l'ascenseur de gauche, à l'intérieur. Il chronométra mentalement. Les portes s'ouvrent. Les portes se ferment. Non. Trop juste.

Surtout avec cette satanée fraction de seconde de temporisation au tout début.

Impossible.

— Dommage, dit-il. Il s'est échappé et on l'a renvoyé en bas.

— Échappé comment ?

— Peut-être qu'ils l'ont ligoté, prêts à lui couper la tête, mais qu'il s'est débrouillé pour rouler jusqu'à l'ascenseur, et il est venu ici, et il voulait qu'on le sauve. Il était à deux mètres.

Personne ne répliqua.

Le type reprit :

— Écoutez.

L'ascenseur gronda.

La cage de gauche, encore.

Qui remontait.

Le type dit :

— Ouvrez la porte.

— On n'a pas le droit.

— On doit y arriver cette fois. Ouvrez la porte.

Personne ne répliqua.

L'ascenseur gronda.

Quelqu'un d'autre dit :

— Oui, ouvrez cette foutue porte. On ne peut pas renvoyer ce pauvre type en bas.

Complètement isolés. Pas d'ordres, pas de commandement.

Un troisième dit :

— Ouvrez la porte.

Le gars à la porte tapa les chiffres. Après le délai programmé, le verrou s'ouvrit. Quatre hommes franchirent le seuil de la cage. Armes dégainées, prudents, sur le qui-vive. Les autres restèrent à l'extérieur, surveillant à travers la grille.

L'ascenseur gronda.

La cabine arriva, dans un sifflement.

Les portes s'ouvrirent, avec un léger crissement.

Le même type par terre. Costume noir et cravate. Pieds et mains ligotés de la même façon, bâillonné de la même façon, se tortillant, se débattant, suppliant du regard, hochant désespérément la tête pour leur demander de venir, se retournant dans tous les sens.

Les quatre gars à l'intérieur de la cage se précipitèrent, prêts à donner un coup de main.

Mais ce n'était pas le même gars. C'était Vantresca. Corpulence moyenne. Le costume lui allait. Et il n'était pas ligoté. Il tenait ses mains derrière son dos, cachant deux Glock 17. Qu'il brandit, et utilisa, quatre fois, rapidement, en visant, posément.

À ce moment-là, l'ascenseur de droite s'ouvrit, et Reacher en sortit, avec Hogan, Barton, et Abby. Quatre pistolets. Hogan tira le premier. *Les cibles à ne pas rater, ce sont tous les adversaires qu'on peut atteindre depuis la porte* tel avait été le briefing de Reacher. Trois tirs suffirent. Pendant ce temps, Reacher ratissa, en leur tirant dans le dos ou une moitié de dos, la haie de ceux qui restaient hypnotisés à la vue de Vantresca abattant leurs copains depuis le sol de sa cabine d'ascenseur. Barton couvrait une extrémité du hall, et Abby l'autre.

Tout fut rapidement terminé. Difficile d'en être autrement. L'exercice était facile. L'assaillant avait bénéficié de l'effet de surprise, et avait ensuite dirigé des tirs nourris avec un angle réduit dans un espace de combat rectangulaire. Le seul combattant de son propre camp situé dans le champ de tir se trouvait posté à l'intérieur d'une cage d'ascenseur en béton pare-balles, parfaitement isolé, et de là, il fut en mesure de fournir un feu d'enfilade efficace. Tout cela avait fait de la victoire une simple formalité. La récompense, c'était la porte. Elle était toujours ouverte. Une sorte de serrure compliquée, pas encore verrouillée. Peut-être électronique. Il y avait un digicode sur le poteau.

Reacher passa la porte, puis entra dans l'espace secret, suivi de Hogan, Abby et Barton, Vantresca fermant la marche, vêtu du costume emprunté, l'époussetant, après sa remarquable prestation sur le sol de l'ascenseur.

49

La partie arrière du cerveau de Reacher s'activait pour effectuer un calcul compliqué consistant à diviser la superficie totale du dix-neuvième étage par le nombre de morts au combat sur le palier d'ascenseur. En prenant en compte les logements des gradés et ceux des simples soldats, probablement plus densément peuplés, la horde était déjà considérablement réduite. Forcément. Il ne devait plus y avoir beaucoup de gars disponibles. Sauf s'ils dormaient à trois dans un lit, ou empilés sur le sol. Calculs simples.

La partie avant du cerveau de Reacher lui dit : *Peu importe. Si j'échoue aujourd'hui, ce sera ma faute.* Il se plaqua, visage en premier, contre le mur d'un couloir, et risqua un coup d'œil. Aperçut un autre couloir. Même largeur. Portes à gauche et à droite. Des bureaux, peut-être. Ou des chambres. Des salles de bains de l'autre côté du couloir. Ou des remises. Ou des laboratoires, des centres névralgiques, des ruches, des nids ou des terriers.

Il avança. Hogan le suivit. Puis Abby. Puis Barton et Vantresca. La première pièce à gauche était une sorte de poste de sécurité. Vide. Abandonné. Un bureau et une chaise, inoccupés. Deux téléviseurs à écran plat sur le bureau, l'un étiqueté *Hall*, l'écran noir à cause de la peinture, et l'autre *19ᵉ étage*, qui montrait l'image filmée par une caméra manifestement fixée en hauteur sur le mur en face de l'ascenseur. L'objectif orienté vers le bas. L'image de beaucoup de cadavres sur le sol. Plus d'une douzaine.

Je te l'avais dit, lui lança la partie arrière de son cerveau.

Reacher avança. La première pièce sur la droite était également vide. Il y avait une baie vitrée, orientée nord. La ville s'étendait en dessous. Dans la pièce, quatre fauteuils, un réfrigérateur qui bourdonnait, et une machine à café sur une table. Une salle de briefing ou un espace de détente. Pratique. Proche des ascenseurs.

Tous les cinq avancèrent. Et ne virent rien, personne, aucun équipement technique. Reacher ne savait absolument pas à quoi pouvait ressembler la pièce de travail. Il était accroché à la description initiale d'Abby. *Comme dans les films. Le savant fou dans son laboratoire plein de machines lumineuses et de crépitements.* Pour lui, un serveur était quelqu'un qui joue au tennis, ou qui sert une boisson. Vantresca pensait que l'installation pourrait se limiter à une demi-douzaine d'ordinateurs portables. Reposant sur le cloud, comme il l'appelait. Hogan présageait qu'elle se trouverait dans une pièce basse, froide, pleine de mobilier stratifié blanc.

Ils avancèrent sans bruit.

Et ne virent rien.

— Attendez, chuchota Reacher. Nous perdons du temps. Ce n'est pas la procédure habituelle. Pour moi, ils sont passés directement à la fin de la partie. Je pense que le cavalier sans tête a attiré tous les gars disponibles dans la cage d'ascenseur. Seuls ceux qui travaillaient à cet instant précis sont restés en arrière et ont survécu. Donc, ils restent tapis. C'est Little Bighorn, pour eux.

— Combien ? demanda Hogan.

— Je m'en fiche, répondit Reacher. Du moment que Trulenko est parmi eux.

— S'il y a six ordinateurs portables, il peut y avoir juste deux gars, fit remarquer Abby.

— Plus des gardes, dit Reacher. Autant que Moscou a décrété qu'il en fallait en permanence dans la pièce. Ou du moins ceux d'entre eux qui maintenaient la discipline. Ce qui pourrait donner un nombre différent.

Vantresca dit :

— Moscou imposerait un régiment entier de gardes, s'il le pouvait. Ça doit dépendre de la taille de la pièce.

— S'il y a six ordinateurs portables, ça pourrait être un placard à balais, fit Hogan. Ça pourrait être n'importe où. Il pourrait y avoir une porte secrète au fond d'un placard à balais.

— Non, Trulenko veut des fenêtres, répliqua Abby. Surtout de ce genre. Je parie qu'il aime la vue. Et qu'il aime rester là, à regarder par la fenêtre, et dominer les terriens en bas. Même si en fait, c'est un raté et qu'il est pratiquement prisonnier. Je parie que ça le réconforte.

— Attendez, dit encore Reacher.

Il regarda Barton.

— Vous avez expliqué qu'au quatrième étage, on peut faire le tour du cœur du bâtiment. Que les murs sont aveugles sur trois côtés. Mais qu'au cinquième on ne peut pas faire tout le tour. À cause des grands espaces de bureaux à l'arrière. À l'intérieur desquels la longue face aveugle doit correspondre à un mur dans une pièce.

— Oui, acquiesça Barton.

— C'est une chance d'avoir un tel mur. Pour être au plus près de toutes les colonnes d'installations techniques placées derrière les ascenseurs.

Reacher se tourna vers Vantresca.

— À l'époque, si vous deviez poser des câbles de communication filaire, de quelle longueur auriez-vous eu besoin ?

— Il aurait fallu des câbles aussi courts que possible.

— Pourquoi ?

— Parce qu'ils sont fragiles.

Reacher acquiesça.

— En plus, ce mur est le premier secteur desservi en électricité et en eau, et en tout ce que le générateur peut fournir en cas d'urgence. Je parie que c'est le mur que Moscou voulait.

Il prononça le mot. Ruche, nid ou terrier, rempli de quelque chose qui ronronne ou bourdonne ou s'agite autour.

— Ils l'ont construit de l'arrière de la colonne de l'ascenseur jusqu'aux fenêtres en face. Parce que Moscou voulait le mur, et que les gars comme Trulenko voulaient la vue.

— C'est une grande pièce, répondit Vantresca.

Reacher acquiesça.

— Même taille et même forme que le hall en bas. Exactement le même espace, mais pivoté à cent quatre-vingts degrés.

— Assez grand pour un régiment de la Garde.

— Deux compagnies de fusiliers, tout au plus.

— Peut-être personne, dit Abby. À cause de la nature humaine. Ces gars viennent d'Ukraine. Moscou est comme un grand frère condescendant. Ils inventeront leurs propres règles. Qu'est-ce que ça peut faire qu'ils soient réellement dans la pièce ? Ils ont la cage. Qui garantit leur sécurité partout. Peut-être que Trulenko ne veut même pas qu'ils soient dans la pièce de toute façon, à regarder par-dessus son épaule. Ça aussi, c'est la nature humaine.

— Dispositif C, dit Hogan. Il faut qu'il y ait quelqu'un.

— Peut-être plus maintenant, dit Abby. Ils sont isolés depuis deux heures. Je pense que par instinct, ils sortiraient pour se battre sur les barricades. Sur les barbelés. Ils ne pourraient pas résister. À cause de la nature humaine. On n'a pas envie de se cacher dans un couloir en attendant l'inévitable.

— C'est ce que les types du renseignement appelleraient un large éventail d'hypothèses de base, déclara Reacher. Cela va de « personne dans la pièce » à « un régiment de gardes ».

— Qu'est-ce que vous en pensez ?

— Je m'en fiche. Du moment que Trulenko est parmi eux.

— Sérieusement.

— Ça dépend du nombre d'informaticiens surdoués dont ils disposent. Il pourrait y avoir des dizaines de personnes entassées là-dedans. Des rangées entières.

— Non, rétorqua Vantresca. C'est l'atelier sur-mesure. Le labo de recherche secrète. Les petites mains sont ailleurs. Dans le cloud.

— Ou chez leur mère au sous-sol, dit Hogan.

— N'importe où, dit Vantresca. Trulenko est un artiste. Il y aura lui, et une petite poignée d'autres. Peut-être un ou deux. Maximum.

— OK, dit Reacher. Alors il y a soit quatre gardes dans la pièce, soit un. Probablement que la partie protection rapprochée du dispositif C requiert une équipe de quatre personnes à portée de main en permanence. Dans le pire des cas, ils maintiennent une surveillance rigoureuse. Dans le meilleur, Abby a raison et Trulenko n'aime pas ça. Et ils se sont peut-être arrangés entre eux. J'ai déjà vu ça. En général, le chef de quart s'assied dans un coin comme si c'était un meuble. Peut-être même qu'ils se lient d'amitié. Une belle histoire, digne d'un film. Pendant ce temps, les trois autres membres de l'équipe vont traîner ailleurs, avec ceux réquisitionnés pour le dispositif C.

— Ça veut dire quoi ? Un ou quatre ?

L'arrière de son cerveau répondit : *Un.*

À voix haute, il répondit :

— Quatre.

Ils jetèrent un coup d'œil à l'angle suivant, et Barton indiqua la porte correspondante, similaire à celle qui plus bas au cinquième avait conduit aux grands bureaux à l'arrière.

50

L'extrémité de la cage d'ascenseur se trouvait à la gauche de Reacher. La porte droit devant. Donc au-delà de la largeur de la cage. Elle ne faisait donc pas partie de la pièce elle-même. Un couloir extérieur, ou un hall d'entrée. Reacher poussa la porte, doigts écartés, lentement, prudemment.

Une antichambre. Vide. Trois chaises, traînées à l'intérieur, négligemment disposées. La partie arrière de son cerveau lui dit : *C'est là qu'ils étaient.* Les trois autres membres de l'équipe. Ensuite ils ont entendu du bruit dans les ascenseurs. Ils ont couru jusque là-bas. Et maintenant ils sont morts. La partie avant de son cerveau aperçut une autre porte. Devant, sur la gauche. Dans le mur latéral. Parfaitement alignée avec l'extrémité de la cage. Donc la porte ouvrant sur la pièce.

Qui comportait un équipement impressionnant. Presque certainement insonorisée, comme les studios d'enregistrement ou les stations de radio que Reacher avait vus dans les films. La porte s'ouvrait vers l'extérieur. Grande et lourde. Ouverture lente. Un système de sécurité à elle toute seule. Pour l'ouvrir, il fallait placer une main sur le mur, et pousser de toutes ses forces avec l'autre, se rendant ainsi vulnérable. On ne trouvait ça nulle part dans le manuel de terrain. Qu'il y ait un gars ou quatre à l'intérieur, ils surveilleraient la porte de près. Armes dégainées et prêts à tirer. Un classique. Leur baroud d'honneur.

Reacher communiqua le plan en mimant les manœuvres à effectuer. Il se tapa la poitrine : J'y vais. Mima l'ouverture de la porte, mouvement brusque, maximum de force. Il tapota l'épaule d'Abby. Mima : s'agenouiller, pointer l'arme vers l'entrebâillement. Il tapota l'épaule de Vantresca et mima : s'accroupir et viser au-dessus de la tête d'Abby. Puis Hogan, au-dessus de la tête de Vantresca. Il positionna Barton à quatre-vingt-dix degrés, juste au cas où la porte s'ouvrirait et révélerait une trajectoire différente.

Tous se mirent en position. À genoux, accroupis, debout. Reacher saisit la porte à deux mains. Cala ses pieds. Inspira profondément. Hocha la tête, un, deux, trois.

Et ouvrit violemment.

Abby tira. Vantresca tira. Hogan tira. Tous en même temps. Une balle chacun. Puis on n'entendit plus que le bruit d'un pistolet qui tombe, et celui, sourd et charnu d'un corps qui tombe, puis un silence assourdissant.

Reacher regarda derrière la porte. Un type. Le chef de garde. Qui n'était plus en position assise dans le coin comme un meuble. Plus en train de se faire un copain. Depuis peu, il était sur le qui-vive et surveillait la porte. Probablement en tenant son arme à deux mains. Mais l'attente était longue. Le temps passait lentement. L'attention se relâchait. La concentration diminuait. Les bras se fatiguaient. Le canon s'affaissait.

Derrière le mort, la pièce correspondait à peu près à la description de Hogan. Stratifié blanc et air froid, immense, de la taille du hall du rez-de-chaussée. Des baies vitrées d'un mur à l'autre. Des bancs et des étagères. L'idée qu'on se fait d'un local technique. Peut-être aménagé l'année précédente, ou la semaine précédente. Mais modernisé depuis avec une accumulation de câbles et de boîtes mystérieuses. Le cœur de l'opération semblait encore plus dépouillé que Vantresca l'avait pronostiqué. Cinq ordinateurs portables, pas six. Alignés côte à côte, sur un même poste de travail.

Derrière le bureau, deux gars. Reacher reconnut immédiatement Trulenko, d'après la description d'Abby et les photos dans le journal. Plutôt petit. Jeune, mais à la calvitie précoce. Il portait des lunettes. Il ne cassait pas des pierres dans une carrière. Pantalon chino et tee-shirt. À côté de lui, un gars peut-être de cinq ans plus jeune. Plus grand, mais les cheveux blancs. Les épaules déjà voûtées, à force de pianoter sur un clavier.

Trulenko prononça une phrase en ukrainien.

Vantresca traduisit.

— Il vient de dire à son pote de ne rien nous dire.

— Mauvais début, commenta Reacher.

Barton et Hogan éloignèrent les deux gars de leurs claviers. Reacher regarda par la fenêtre les terriens en bas.

— Imagine que tu écrives un programme, dit-il. Voici ce que tu dois savoir sur notre côté de l'équation. Nous ne sommes affiliés à aucun gouvernement ni à aucune agence. C'est une entreprise purement privée. Nous avons deux exigences très spécifiques et très personnelles. Le reste, on s'en fout. On n'a d'intérêts dans aucun autre conflit. Fais exactement ce qu'on te demande et on partira, et tu ne nous reverras plus jamais.

Pas de réponse.

— Qu'est-ce que ton infaillible logique informatique te prédit pour la suite ?

Pas de réponse.

— Exact. Nous ne sommes affiliés à aucun gouvernement ni à aucune agence. Ce qui signifie que nous n'obéissons à aucune règle. Nous venons juste de nous battre contre une armée entière des plus durs des gars que tu as jamais vus. On vient de pénétrer dans votre repaire le plus secret. Ce qui signifie que nous sommes plus forts que vous. Et donc probablement plus méchants. Ta logique infaillible te dit que tu vas souffrir si tu ne nous obéis pas. Avant de venir, on a fait un tour à la quincaillerie. Tu peux la jouer comme une partie d'échecs. Évidemment, nous allons commencer par le gamin. Il est très difficile d'imaginer que ton camp remporte la victoire. Inévitablement, à la fin, tu feras ce qu'on te dit. La logique veut que tu passes directement à cette étape. Ça nous épargnerait à tous beaucoup de problèmes.

Trulenko plaida sa cause.

— Je ne suis pas avec eux.

— Mais tu travailles pour eux.

— J'étais à court d'options. Mais hé ! je ne me suis pas engagé. On peut peut-être s'arranger. Je réponds à vos deux demandes, et vous me laissez partir d'ici. C'est bien ça ?

— Ne fais pas le malin. On en sait assez sur ce que tu fais. On a acheté un diamant à la quincaillerie. On pourrait découper un rond dans la fenêtre et te jeter à travers, comme si on postait une lettre.

— Quelles sont les deux demandes ?

— La première, c'est la pornographie. Tous vos différents sites web.

— C'est pour ça que vous êtes là ?

— Pour deux besoins très spécifiques et très personnels, dit encore Reacher. Le premier, c'est le porno.

— C'est une activité secondaire.

— Efface-le. Supprime-le. Enfin peu importe le mot.

— Tout ?

— Définitivement.

— OK, dit Trulenko. Je pense que je pourrais faire ça. Si je peux me permettre, vous menez une sorte de croisade morale ?

— Quelle partie de notre procédure te semble morale jusqu'à présent ?

Trulenko garda le silence. Reacher s'approcha et se tint à côté de lui. Barton et Hogan restèrent en retrait. Trulenko s'avança vers le poste de travail.

— Dis-nous ce que tu as là, lui dit Reacher.

Trulenko désigna les ordinateurs du doigt.

— Les deux premiers sont des réseaux sociaux. Un flux constant d'histoires inventées qui se retrouvent aussi sur les sites web de conneries, tous assez stupides pour les gober à la lettre. Et aussi sur certaines chaînes de télévision. Le troisième sert à l'usurpation d'identité. Le quatrième, c'est pour les « opérations diverses ».

— Et le cinquième ?

— C'est l'argent.

— Où est le porno ?

— Numéro quatre. Divers. C'est une activité secondaire.

— Vas-y. Exigence n° 1.

Les autres se pressèrent autour d'eux. En vérité, leurs connaissances en codage étaient rudimentaires. Mais Trulenko l'ignorait. Ils le surveillaient et cela semblait le contraindre à rester dans les clous. Il tapa de longues lignes de code. Il répondit oui, oui, et oui, à toutes sortes de questions du genre « Voulez-vous vraiment supprimer ? ». Le texte défilait sur l'écran. Finalement, il s'arrêta.

Et se recula.

— C'est fini, déclara-t-il. Le contenu est sécurisé à cent pour cent, et les noms de domaine sont à nouveau en vente.

Personne n'objecta.

— OK, dit Reacher. Maintenant, vas-y. Montre-nous l'argent.

— Quel argent ?

— Toutes les liquidités.

— Alors c'est pour ça que vous êtes là.

— Il fait tourner le monde.

Trulenko fit un pas sur sa droite.

— Attends, dit Reacher. Reste sur le quatre pour un moment. Montre-nous ton compte bancaire.

— C'est pas pertinent, mec. Je n'ai rien à voir avec ces gars-là. Ils sont totalement indépendants de moi. Je viens de San Francisco.

— Montre-nous quand même.

Trulenko resta silencieux un moment.

Puis se justifia.

— Mon entreprise était une société à responsabilité limitée.

— Tu veux dire que tout le monde a coulé, sauf toi.

— Mes biens personnels étaient protégés. C'est l'intérêt de la structure d'une société. Elle encourage l'esprit d'entreprise. Elle encourage la prise de risque. C'est là que réside la gloire.

— Montre-nous tes actifs personnels, insista Reacher.

Trulenko marqua de nouveau une pause. Puis il arriva à l'inévitable conclusion. Il semblait réfléchir et décider vite. Probablement influencé par sa longue relation avec les ordinateurs. Il se leva à nouveau, pianota, cliqua. Bientôt l'écran se rafraîchit. Une couleur apaisante. Et une liste de chiffres. Maxim Trulenko, compte courant, solde : quatre millions de dollars.

Maria Shevick avait mis en gage les bagues de sa mère pour quatre-vingts dollars.

— Laisse cette fenêtre ouverte, lui ordonna Reacher. Passe au numéro cinq. Montre-nous ce dont disposait Gregory.

Trulenko se déplaça. Pianota et cliqua. L'écran se rafraîchit.

— C'est le seul compte courant. La petite caisse, recettes et dépenses.

— Combien y a-t-il en ce moment ?

Trulenko regarda.

— En ce moment, vingt-neuf millions de dollars.

— Ajoutes-y ton argent. Fais un virement à Gregory.

— Quoi ?

— Tu as bien entendu. Vide ton compte bancaire et transfère l'argent sur celui de Gregory.

Trulenko ne répondit pas. Ne bougea pas. Il réfléchissait. Rapidement, comme il en était capable. En quelques secondes, il atteignit le stade de l'acceptation. Reacher le vit sur son visage. Mieux vaut sortir fauché que ne pas sortir du tout.

Ça pouvait être pire. Il avait rapidement intégré le concept. Comme si une jambe cassée valait mieux que deux.

Il revint au quatre, tapa et cliqua. Oui, oui, et oui aux questions « Voulez-vous vraiment ? ». Puis il fit un pas en arrière. Le solde du compte sur le quatre tomba à zéro. Sur le cinq, il grimpa à trente-trois millions.

— Maintenant, tape ces chiffres, dit Reacher.

Il récita de mémoire le numéro du compte bancaire d'Aaron Shevick. Appris quelques jours plus tôt, avant le trajet au bar. *L'homme au tatouage de prison pense que vous êtes Aaron Shevick. Vous devez aller chercher notre argent à notre place.* Dix-huit mille neuf cents dollars, en l'occurrence. *Je suis plutôt du genre chiffres ronds.*

Trulenko relut les chiffres.

Aucune erreur.

— Maintenant, transfère l'argent.

— Combien ?

— Tout.

— Quoi ?

— Tu as bien entendu. Vide le compte bancaire de Gregory et transfère l'argent sur le compte dont je t'ai donné le numéro.

Trulenko marqua encore une pause. Le point de non-retour. Il allait perdre le contrôle de ses actifs. Mais une jambe cassée valait mieux que deux. Il pianota, cliqua. Oui, oui, et oui. Il recula. À l'écran, le solde tomba à zéro. Trente-trois millions de dollars se faisaient la malle.

Reacher regarda les autres et leur dit :

— Allez-y. Je vous rejoins à l'ascenseur.

Tous acquiescèrent d'un hochement de tête. Reacher pensait que seule Abby savait pourquoi il leur demandait cela. Ils sortirent l'un après autre. En passant devant le mort. Vantresca sortit le dernier. Il regarda derrière lui. Puis partit.

Reacher s'approcha de Trulenko.

— Je dois t'avouer quelque chose.

— Quoi ?

— Je t'ai dit que tu pourrais quitter cette pièce.

— Oui ?

— C'était une infox.

Reacher lui tira dans le front, et l'abandonna sur place.

51

Il passa la nuit chez Abby. Dans le salon aux couleurs sourdes, aux meubles usés et confortables, à l'aspect douillet. Dans la cuisine, avec sa machine à café, ses tasses en porcelaine blanche, et sa petite table devant la fenêtre. Mais surtout dans la chambre. Ils prirent d'abord de longues douches chaudes, à la symbolique évidente et assumée, mais également revigorantes et réconfortantes, nécessaires et opportunes. Ils en émergèrent avec une odeur de propre, de frais et de parfum. D'innocence. Comme des fleurs. Jusqu'à présent, Reacher n'avait pas tranché, pas vraiment, mais Abby semblait voir cette nuit comme leur dernière ensemble. Elle semblait ne pas avoir de regrets. *Je suppose que ce n'est pas pour toujours.* Elle était audacieuse. Elle était drôle. Elle était légère et astucieuse et aimait expérimenter. Par moments, elle se blottissait contre lui, mais sans chercher la sécurité. Au contraire, de temps en temps, elle s'étirait comme un chat. Elle souriait, d'un large et franc sourire. *Une impression merveilleuse. Vous êtes en vie, et eux ne le sont pas.*

Le matin, ils furent réveillés tôt par un coup de fil des Shevick. Abby mit le téléphone sur haut-parleur. Maria lui parla la première. Le scan avait révélé un succès total. L'amélioration était remarquable. Leur fille allait mieux. Les médecins dansaient la gigue. Puis Aaron prit le combiné et déclara que le virement lui avait fait un choc. Il avait frôlé la crise cardiaque. Reacher lui répéta ce qu'il lui avait déjà dit : Donnez le reste. À des gens dans la même situation que vous. Une partie aux avocats. Après avoir racheté votre maison à la banque. Peut-être que Meg pourrait s'y installer, le temps de se rétablir. Et ils pourraient peut-être acheter une nouvelle télé. Peut-être aussi une nouvelle voiture. Ou une voiture d'occasion. Quelque chose d'intéressant. Quelque chose d'amusant. Peut-être une Jaguar. Une mécanique soignée. Reacher affirma qu'il le savait de source sûre.

Puis il partit. Il fit le tour du centre-ville, traversa Center Street, et resta à distance polie des quartiers chics. Huit cents mètres plus loin, il atteignit la gare routière. Il en franchit la porte. Regarda le tableau d'affichage et acheta un billet. Il avait encore cinq mille dollars dans la poche. Confisqués au mont-de-piété. Il en était ravi. Il aimait soupeser et palper ces liasses inertes. Cela lui permettrait de financer ses déplacements pendant deux ou trois semaines, au moins. Peut-être plus, s'il faisait attention.

Dix jours plus tard, l'été l'entraînait vers le nord. Dans un car il trouva par hasard un exemplaire du *Washington Post.* Avec un article de fond. Qui expliquait que le crime organisé avait été éradiqué dans une ville tristement célèbre. Un problème de longue date enfin résolu. Deux gangs rivaux, tous les deux disparus. Fini l'extorsion. Fini la drogue et les affaires de mœurs. Fini la violence gratuite. Fini le règne de la terreur. Le nouveau commissaire de police s'en attribuait tous les mérites. Il se qualifiait lui-même de réformateur qui apporte des idées neuves et un regain d'énergie. On disait qu'il pourrait se présenter aux élections un jour. Devenir maire, qui sait, peut-être même gouverneur. Il n'y avait aucune raison qu'il en soit autrement. Jusqu'à présent, son dossier était éblouissant.

Dans la collection
Robert Pépin présente…

Composition et mise en pages
Nord Compo à Villeneuve-d'Ascq
Achevé d'imprimer sur Roto-Page en août 2023
par l'Imprimerie Floch à Mayenne
pour le compte des Éditions Calmann-Lévy
21, rue du Montparnasse 75006 Paris

CALMANN LEVY s'engage pour l'environnement en réduisant l'empreinte carbone de ses livres. Celle de cet exemplaire est de :
750 g éq. CO_2
Rendez-vous sur
www.calmann-levy-durable.fr

PAPIER CERTIFIÉ

N° d'éditeur : 1197641/01
N° d'imprimeur : 103089
Dépôt légal : septembre 2023
Imprimé en France